天幕红尘

豆豆／著

作家出版社

第一章

1991年8月24日夜，莫斯科。

罗家明站在办公室的窗前静静地抽着烟，静静地从12楼俯看楼下的大街。大街上的坦克和武装部队已经不见了，随着苏联国防部长亚佐夫的被捕和内务部长普戈的自杀，莫斯科在经历了"8·19事变"的短暂动荡之后渐渐恢复了秩序，午夜的大街上冷冷清清，街道两边的店铺大部分都关门了，偶尔有汽车和行人匆匆而过。

办公室里只有办公桌的台灯开着，光线很暗。电视机的国际频道正在重播苏共总书记戈尔巴乔夫的声明，声明他已经没有可能继续履行苏共中央总书记的职能，正在交出权力，苏共中央自行解散……戈尔巴乔夫的声明无异于一个历史的宣告：这个走过了69年历程的苏维埃社会主义共和国联盟将不复存在……

这场震惊世界的事变无论结果如何，对于绝大多数普通中国人几乎不会意味着什么，但是对于罗家明这个投资苏联石油开采的中国商人却是一场生死赌注，150口油井的开采权几乎要让他成为亿万富翁，他的诺尔库克石油公司几乎要创造一个辉煌……然而他输了！倾尽家产的投资、即将到期的巨额债务、一家老小的生存……一切的一切都因为这次投资是依托于苏共政权个别高官的"权力经济"而崩溃。从22号到24号的两天时间里，公司秘密股东协议里的5个权力股高官已经有3个被逮捕，查封、清算、起诉……只是个时间问题了。经济要重新洗牌，利益要重新分配，他的诺尔库克石油公司既是"权力经济"的附着物，也是这场政治斗争的牺牲品，那是以他个人之力根本无法抗拒的毁灭。

他想着远在纽约的母亲、女儿、妻子、妹妹，她们往后可怎么活呢？想着那些借给他钱的亲朋好友，没法交代啊……没办法了，有办法就不用死了……他觉得自己连句道歉的话都不能说，没资格。他知道母亲的心脏很可能承受不住破产丧子的打击，但他甚至觉得那样或许更好，母亲就解脱了，就不用再受煎熬了。

他用力深吸了一口烟，让烟雾在胸腔里停留了一会儿，徐徐吐出，然后往窗外弹了一下烟灰，烟灰立刻从12层楼的高度悄然飞落，转眼间在夏日的风里分解为尘埃。他下意识地侧身瞥了一眼电视，马上又面向窗外了，他不想再看见戈尔巴乔夫这张脸了，这张脸再也唤不起他的期待了，他在心里冷冷地骂了一句：这个笨蛋！

就在这支烟将要抽完的时候，他走过去关掉电视机，把烟蒂拧进办公桌上的烟灰缸，坐下来拿出钥匙打开抽屉，取出一个礼品盒，里面是一支二战时期的左轮手枪和一盒子弹。这支枪原本是一位苏联将军的儿子送给他的礼物，现在却要成为结束他生命的工具。他将一颗子弹塞进枪膛，转到击发的位置，放到右手边，然后拿来纸笔留遗言，只写了两句——

我撑不住了。

我不能请求原谅，这不是可以原谅的事！

办公室的东墙上挂着一幅古色古香、装裱精美的中国书法横幅，上面是苍劲有力的四个大字——见路不走。这张横幅跟着他从北京到纽约，又从纽约来到莫斯科。这是他生命的最后一刻了，他最后看了一眼横幅，用生命最后一刻的意识在想：见路不走……可我现在能见到的只有一条死路，不走也得走了……

他将遗言放到电话上以免被血染红了，拿起枪对准太阳穴，随着一声枪响身体前倾倒伏在办公桌上，鲜血顺着办公桌的边沿往下流淌……

第二章

北京首都国际机场航站楼里，一位肩挎黑色商务挎包的中年男子步履匆匆地去办理登机手续，此人衣着考究，戴一副镶金边的名贵眼镜，文雅中透着一股商人的精明，他就是香港当红影星戴梦岩的经纪人、香港星际演艺经纪公司总经理梁士乔，即将搭乘4点10分的航班前往巴黎，为获得圣西蒙电影节最佳女主角提名的戴梦岩出席颁奖典礼做前期准备。

跟随在梁士乔身边的是剧组为戴梦岩配备的专用车的司机韩平，一个二十多岁的北京小伙子，腋下夹着文件包，手里攥着车钥匙。

忽然，韩平腰间的传呼机响了，他拿出一看，是戴梦岩发来的，内容是：梁哥，情况有变，取消去巴黎，速回片场。韩平赶紧拿给梁士乔看，梁士乔皱了皱眉头，马上就近找了个公用电话打到片场，等了几分钟，戴梦岩接到电话。

梁士乔说："什么事？我马上就要登机了。"

戴梦岩说："你今天不能去巴黎了，你得先去纽约，然后从纽约去巴黎，你也顺道回家看看。阿英刚跟机场联系过，晚上11点的那趟航班还有机票。"

梁士乔惊诧不已，因为周围有人，不得不压低了声调说："还有什么事能比颁奖典礼更重要？天大的事也要等电影节的事忙完了再说。"

戴梦岩语调平缓而严峻地说："梁哥，出事了，罗家明在莫斯科破产自杀了，苏老师受不住打击，25号在纽约突发心脏病猝死。阿英是20分钟前接到的传真，我往纽约打电话核实过了，是真的。苏老师的葬礼定在28号，传真里没提这事，是我向林雪红核实情况问到了她才说的，传真内容主要是那笔30万美元借款的事，说是等巴黎颁奖典礼结束以后要我们去柏林参加债权人会议。我没见到传真，详细情况也不清楚。”

梁士乔说：“这次最佳女主角提名里你是最被行家看好的，如果不出意外，你就是金像奖得主，这是你演艺生涯的又一个成就，每个细节都会被媒体传播出去，每个细节都至关重要，都需要周密协调、精心准备，每个细节都关系着你的最新身价。”

戴梦岩说：“我知道你的细节论，巴黎那边还有时间，还没紧迫到分秒计较。纽约的事一天就办完了，时间完全来得及，你再辛苦点吧。”

梁士乔说：“罗家明借的不是你一家的钱，如果有办法他愿意死吗？他不知道他母亲的心脏承受不了这种打击吗？人都没了，那笔钱也就没多大指望了。你和苏教授的关系圈里人都知道，但是葬礼跟典礼撞车了，我相信任何人都能理解。况且你说的那趟班机是纽约时间下午2点降落，怎么都赶不上明天上午的葬礼。”

戴梦岩说：“我接到消息第一时间做出反应了，这是最重要的。借给苏教授的钱加上利息有36万美元，能不能还也要弄个明白。我不知道债权跟柏林有什么关系，如果是走过场我没必要再去柏林。我办美国签证来不及了，你替我走一趟吧。”

梁士乔妥协了，不悦地说：“你想怎样就怎样吧，我退票去。”

戴梦岩说：“你直接来片场，我让阿英把传真送来。”

……

韩平驱车送梁士乔去北京京都影视基地《红颜至尊》剧组拍摄现场。

拍摄现场在一间宽敞的摄影棚里，外围两个出口均有保安把守，没有剧组证件或未经剧组批准的人员一律禁止入内。由于天热，摄影棚的大门敞开着，门口除了各种车辆还有许多候场的演员，有些演员跟梁士乔认识，或点头或微笑地打招呼。现场有几个娱乐记者在进行剧组探班，采集拍摄花絮之类，看见梁士乔下车就想过来采访，梁士乔赶紧摆手谢绝，并抱拳表示歉意。阿英已经先到了，手里拿着传真文件站在大门口，一边观看里面的拍摄一边不时回头张望，见到梁士乔马上迎了过去。

阿英是戴梦岩的私人助理，香港人，比戴梦岩小一岁，综合素质很好，主要负责照顾戴梦岩的个人生活，处理日常繁杂事务，从整理房间、衣物送洗、日用品采购到戴梦岩外出工作时准备服装、化妆品、安排休息、用餐，遇到影迷和记者纠缠还要与经纪公司或保安一起充当保护墙的角色，凡是涉及戴梦岩个人生活的，几乎无所不做。

阿英把传真递上，说："梁哥，这是林雪红的传真。"

梁士乔接过传真，一眼就看见右上角有3个加粗加大的字：请保密。

对于酒店，如果不是常驻机构的长期包房，客房里一般是不设传真机的，客人有需要就到酒店的商务中心收发文件，商务中心提供传真、打字、复印等一条龙服务。普通传真文件一般由商务中心接收后送达客房，有保密要求的文件则需要收发双方约定时间，接收人守在传真机旁即收即取，不经过商务中心转送这道环节。

梁士乔问："怎么收到的?"

阿英回答："林雪红打电话到香港，公司告诉她梦姐的房间电话。我感冒了，梦姐让我留在酒店休息，是我接的电话，传真是我到商务中心亲自接收的。"

梁士乔又问："机票订了吗?"

阿英回答："订了，7点半到酒店服务台取票。"

梁士乔对司机说："小韩，你先把阿英送回去。"

韩平带阿英走了。

梁士乔走进摄影棚，只见导演神情专注地站在监视器旁，吼着嗓门指挥拍摄，剧务人员忙作一团。道具背景是两派江湖势力赌场火拼，剧情是现代版的江湖恩仇，典型的香港枪战风格。扮演女一号的就是香港著名影星戴梦岩，出演剧中冷酷柔情的都市女侠，摄影机、鼓风机、灯光……一起对着她，她后背上吊着几根钢丝绳，在空中荡来荡去。戏中的戴梦岩浓妆艳抹，长发飘飘，8月的热天却是一身秋末的装束，穿着白色风衣，左右两手各握一支军用手枪，做着各种特别造型的射击动作。

中国改革开放以后，很多港台艺人纷纷投向内地的巨大市场，而内地正处在从政治挂帅到以经济建设为中心的转型期，一时间港台歌曲、影视风靡内地，港台明星成了众多歌迷影迷的追逐偶像。戴梦岩就是这些当红港台明星中较为耀眼的一颗，她以出色的演技和靓丽的形象征服了无数影迷，是时下片酬最高、最有票房影响力的港台明星之一。媒体对戴梦岩有身家亿万的说法，谁也没有考证过，有报道可查的就是她在香港和巴黎的4套房子。

梁士乔找了一个远远的角落，坐在一只不知是装什么的木箱子上看传真。

传真是罗家明的妻子林雪红发来的，她对正值戴梦岩即将参加圣西蒙电影节颁奖典礼之际报来坏消息表示歉意，叙述了罗家明24日晚在莫斯科开枪自杀、苏玉平25日在纽约接到儿子的死讯突发心脏病猝死、家人去莫斯科料理罗家明的后事等事件，介绍了罗家明的诺尔库克石油公司政治背景以及该公司的融资来源和投资情况，对变卖北京房产、抵押纽约裕香阁饭店贷款、数笔私人借款、所有债务即将到期等关键问题描述较为详细，林雪红在文中多处使用了“倾家荡产”、“灭顶之灾”、“绝境”、“绝望”这些极端词汇。

梁士乔脑子里大致有了一个脉络：罗家明与其他两个苏联高官的公子共同融资500多万美元投资俄罗斯石油开采，其实只是以权力背景的超低价格买下一片油井开采权，并非是真正开采，而是要转手卖给美国一家石油公司从中牟取暴利……罗家明所有债务的最后期限都是1991年11月10日，这是按他的还贷计划多加了半年余地的保险期限，却没料到苏联政局突变……罗家在纽约只剩下罗家明的妻子、女儿和罗家明的妹妹罗慧娟3个人了，位于曼哈顿的裕香阁饭店是她们的唯一生计，一旦到期无力还贷，她们在纽约将无以立足，而她们在北京早已一无所有了，更不要说还有60万美元的私人债务……

现在清楚了，罗家明作为诺尔库克石油公司的大股东个人损失240万美元，输掉了这些年来的全部财富积累，总债务105万美元，其中私人债务60万美元，分别为——

裕香阁饭店抵押贷款……………………本息45万美元

戴梦岩……………………………………本息36万美元

老九………………………………………本息12万美元

布兰迪……………………………………本息6万美元

库格列夫…………………………………本息6万美元

梁士乔注意到，文中特别提到了一个侨居柏林、名叫“叶子农”的人，林雪红认为此人应对罗家明的破产负一定责任，理由是此人曾送给罗家明一句从此让他走火入魔的话：见路不走。罗家明把这四个字奉为至理，花重金请著名书法家书写，请高级技师装裱，脑子从此就不正常了，而此人既非贤士也非富豪，仅初中毕业，在柏林以出租一间16平方米的小店铺为生，住一套很破旧的40平方米小房子，根本不具备解决罗家危机的财力，而且此人与罗家明的关系仅仅是一次萍水之交，也不具备鼎力相助的基础。林雪红所筹备的9月5日柏林债权人会议，其指向正是这个名叫“叶子农”的人。

传真件的文字是手写的，内容之多，条理之清晰，并没有一般女人在这种悲痛之时的语无伦次。梁士乔看过之后，心里既有同情，也有对文字背后东西的洞悉。

又过了十几分钟，戴梦岩的这场戏拍完了，一男一女架着她走向一把椅子，她已经累得几乎站立不住了，但还是伸手指了指梁士乔所在角落的位置，另一个工作人员马上把椅子搬到梁士乔旁边。戴梦岩在梁士乔旁边坐下，对工作人员说：“谢谢！”等3个人走开了，用纸巾抹了一把脸上的汗看看梁士乔。

梁士乔把传真件递给戴梦岩，说：“你自己看吧，林雪红根本没要求你参加葬礼，连暗示都没有，她没这个心思了，她关心的是债务。”

戴梦岩接过传真件说：“苏老师猝死这事早晚要见报，别人可以不去，我不能。她关心债务，我也关心，我的钱也是这么拼死拼活换来的。”

梁士乔摆摆手说：“不说这个了，你先看着，我出去抽根烟，回来再谈。”

梁士乔到外面的树荫下抽了一支烟，回来。

戴梦岩看完，不屑地说：“见路不走，这人脑子不正常！他自己还蜷在破屋里呢，有能力他早挣钱了，还用等到现在？如果叶子农能解决问题，罗家明还不知道去那儿给自己找条生路吗？还轮得着她林雪红出面？这钱，没指望了。”

梁士乔说：“林雪红写了那么多，也许就是这个意思，让你自己得出这个结论。你看她的文笔，条理清晰，思路清楚。罗家出了这么大的事，她还没乱方寸。”

戴梦岩沉思了片刻，有些疑惑地说：“苏老师也是有点知名度的人，这都三天了，怎么一点消息都没听到呢？”

梁士乔说：“贫居闹市无人问嘛，封锁消息，大家都避免了尴尬。你之前没跟林雪红联系过，她一样知道你参加颁奖典礼，这就是你想让外界知道的。”

戴梦岩说：“你带上点钱，人去了，礼就到了。”

梁士乔问：“带多少呢？怎么让人知道你是来悼念的还是来讨债的？”

戴梦岩想了想，说：“一万美金吧。”

梁士乔点头表示同意，说：“我看也得这个数，要落个讨债的名还不如不去。”

戴梦岩自知36万美元没多大希望了，可心里还是割舍不下，茫然地说：“梁哥，要在那么短的时间内生出那么大一笔钱，你觉得有可能吗？”

梁士乔说：“就是组织抢银行都来不及了。”

第三章

纽约肯尼迪机场停车场，一辆黑色凯迪拉克轿车里，精神极度憔悴的林雪红斜靠在后座上睡着了，她太累了，是心累，是精神极度疲惫，然而即使在睡梦里她也没逃过恐惧，她正做着一个几乎是现实境况真实写照的梦，她梦见自己掉进海里了，汹涌的海水眼看就要把她吞没了，惊恐中她的手拼命地四处乱抓，试图抓到哪怕是一根最小的小草。

司机开车门的声音把她惊醒了。

司机打开驾驶座的车门探进身子，说："林姐，梁先生到了。"说着，把接客人用的硬纸牌子放到仪表台上，牌子上写着"梁士乔"三个字。

林雪红赶快整理一下衣服和头发，下车与梁士乔握手，寒暄道："梁先生，辛苦了。戴梦岩说您把去巴黎的行程都改了，真过意不去。"

梁士乔客气地说："哪里，应该的。"

林雪红歉意道："这几天失眠，怕去墓地支持不住就在车上睡了一会儿，失礼了。华商会的许主席和《欧美侨报》记者在墓地等我们，按您的安排，先去墓地。"

上了车，凯迪拉克轿车驶离机场。

梁士乔坐在后排，从挎包里拿出一个纸袋递过去，说："得知伯母和罗兄不幸，梦岩委托我带给你一点美金，略表心意，还望节哀。"

林雪红极度压抑地深呼吸了一下，说："没什么哀可节的，已经顾不上了……死的人已经不重要了，重要的是还没死的人怎么活。"

梁士乔无语，他不想拿套话去安慰，那样很假，很苍白。

林雪红拿出信封里的钱看了一眼，全是100美元面值的，从现钞厚度就知道是一万美金。她数了10张放进纸袋，将其余的钱还给梁士乔，说："戴小姐的心意我领了，我收下1000，再多就真的不能接受了，也请戴小姐照顾到我的感受。真的，一点不客套。"

梁士乔接过钱，说："好的，我转告梦岩。"

林雪红说："梁先生，现在情况是这样的，纽约几个债权人都不愿意去柏林，我请许主席出面做做工作。许主席知道您来，约了九哥、布兰迪和库格列夫，待会儿见个面。我现在没资格要求什么，但还是想请梁先生能给点支持。"

梁士乔停了好一会儿，说："剧组只给了梦岩4天假，除去两天往返路程，在巴黎的净时间也只有两天，但这对于资方已经是很仗义了，你知道剧组要维持一摊子运转，每分钟都是钱。召集到柏林开会费用不小，你资金这么紧张，我的意思……"

林雪红说："这个钱省不省都救不了命，趁手里还有俩私房钱，我得博一下，眼下就是根稻草我也得当井绳去抓，我尽力了，对自己对朋友都是个交代。"

梁士乔说："你传真里说罗先生跟叶子农是萍水之交，那是什么关系？"

林雪红回忆道："那是1987年，家明还在北京开公司，有一天家明办公室来了一个陌生人，说是有个项目希望家明给他5万元投资用一年，然后返还家明50万，他拿出500块钱放到桌上，说我就买你5分钟的时间。家明说骗子我见多了，我就给你5分钟，我倒要看看你能出什么骗招儿。结果等那人说完了，家明拿出2000块钱给他，说温州人向来都是赚别人的钱，你要能到温州赚来温州人的钱，我就给你投资，说你要是骗子，你的学识也不是一般的骗子，这点小钱就当赏识你的学识吧。过了半个多月这人又来了，他拿着那钱真去温州做了笔生意，赚了8000块钱回来，所有过程都有据可查，那不是作假能作出来的细节。家明是说话算数的人，二话没说甩给他5万。"

梁士乔笑了笑说："我知道北京有句土话，形容不靠谱的人叫二。至少在一般人眼里这俩人都够二的，恐怕当故事说都没人信哪。"

林雪红点点头，说："可不是嘛，家里人都说家明疯了，居然相信这么个骗子，好在钱也不是很多，这事就过去了，想不到一年后这人还真就提个皮箱找上门来了，箱子一打开整整50万。家明问他挣了多少钱，他说挣了200多万。当时家明正筹备来美国发展，就说你别干了，跟我去纽约吧，那儿有大舞台。这人说他已经不干了，已经攒够了出国的钱，他要去柏林。俩人吃了一顿饭，推心置腹谈了一场，家明这才知道这人要去柏林是为了研究马克思主义。临别，家明说什么都不要那50万，家明说我不要你的钱，你要真想谢我，就送我一句比50万还值钱的话吧。这人想了想，说那我就送你四个字吧，见路不走。”

梁士乔听得入神，说：“这故事蛮有意思的。”

梁士乔等了一会儿，见林雪红久没下文，就问：“然后呢？”

林雪红说：“没了，就这些。”

梁士乔不解：“嗯？这就算完了？”

林雪红说：“完了，就这么怪怪的，谁能想到男人还有这种玩法？如果不是侨会的朋友帮忙打听，我到现在都还不知道叶子农这人在哪儿呢。”

梁士乔说：“这年头还有人研究马克思主义？呵呵。”

林雪红说：“这还不算什么，据说他16岁就研究，算到现在应该22年了。为直接读原版著作，他在‘文革’那会儿就学了英德两种外语，后来在政法大学上了两年就退学，佛学院上了两年也退学，都是为这个。”

梁士乔更不解了，说：“读书不为学位，那他为什么呢？就算是为了研究，那研究马克思主义他也得为点什么吧？”

林雪红说：“他父母都是干部，都在‘文革’中死了，他想知道父母至死都忠诚的那个信仰到底是什么，就为这个。当然，这都是据说，从家明嘴里七零八碎听来的。”

梁士乔沉思了一会儿，说：“你愿意相信他有能力，也愿意相信他应该负责。”

林雪红说：“是的，是我愿意相信，而不是相信。毕竟他没钱，有个正式文凭还是初中毕业，而且人家凭什么对我家的事负责？可我还是愿意相信那儿有根稻草，人在穷途末路的时候也只能靠信念了，再没这点东西撑着，那就活不下去了。”

……

汽车行驶了半个多小时来到纽约东郊一个公墓，在公墓停车场刚停下车，两个男人迎面过来，一个年轻点的胸前挎着照相机，肩上挎着照相器材包，一看就是记者，旁边的中年人则是一种稳重装束和领导气质，显然是华商会的许主席。下车后林雪红给双方介绍，梁士乔与二人握手。司机打开车后厢取出事先准备好的3束鲜花，给梁士乔、许主席和林雪红每人分了一束，一行人向苏玉平的墓地走去。

这处墓园更像是一座公园，美丽而幽静，高耸的树木像一把巨伞展开浓密的树荫，小路旁边到处是茸茸青草，不时能听到鸟儿的啼鸣，让人仿佛倾听到生命流逝的声音。在西方的基督文化里，人死后将化为灵魂进入基督的天国，那里只有爱和幸福，所以墓地气氛更多是纯净而释然，少了几分鬼神的阴森凄冷。

作为中国人，苏玉平和罗家明母子的墓地还是沿袭了中国人的墓葬传统，两个墓地分立安置，罗家明的墓地在母亲苏玉平的墓地旁边。梁士乔在林雪红和许主席的陪同下向苏玉平的墓碑献花、默哀，摄影记者从不同角度拍下了梁士乔悼念仪式的全部过程。

仪式过后，梁士乔说："戴小姐和苏教授的关系是演艺圈里都知道的，戴小姐需要这样的报道，你们考虑得很周到。我也冒昧提个请求，报道请突出第一时间，戴小姐是在得到消息的第一时间做出反应，经纪人是在到达纽约的第一时间去了墓地，谢谢。"

记者答应道："这个是事实，不会有问题。"

许主席说："梁先生，知道你来，我约了九哥、布兰迪和库格列夫，你看能不能耽误你一点时间大家见个面？不会很长时间的，你上我的车，见过面我送你回家。"

梁士乔说："好的。"

回到公墓停车场，梁士乔上了许主席的车，记者上了林雪红的车，两辆车一前一后继续向西朝纽约市中心行驶。驶过曼哈顿大桥两辆车分开了，车上的人相互挥手示意，然后各自去了不同方向。许主席的车在纽约大学附近的一条街道停下，两人进了一家咖啡馆。

这家咖啡馆不是很大，方桌的白色台布上再加一层较小的黑色台布，露出四个白色的桌角，黑色台布上摆着白色瓷器。虽然夜幕还没有落下，咖啡厅里依然被灯光笼罩着，橘黄的灯光里恰到好处地融进了几许淡淡的咖啡色。在这个浪漫而怀旧的空间里，既有情侣在窃窃私语，也有人高谈阔论，宁静与嘈杂就这么鲜明地彼此容纳着。

咖啡厅纵深处的一张桌子，正在喝咖啡的3个男人见许主席和梁士乔走进来，都礼貌地站起身，许主席谦恭地用英语跟大家打招呼，首先向大家介绍梁士乔，然后仍然用英语向梁士乔介绍道："这位是九哥，老九面王的老板老九。这位是库格列夫，这几天一直在莫斯科帮罗家料理后事，昨天才回来。这位是布兰迪，美国迪拉诺电视台新闻频道编导。"

又是一番握手寒暄，三个中国人、一个美国人、一个俄罗斯人，在纽约曼哈顿区的这家咖啡馆里聚在一起。一张方桌坐不下5个人，服务员过来把两张方桌并成一张大桌子，又给新来的两位客人上了两份咖啡，大家围桌而坐用英语交谈。

许主席说："柏林债务会议的事都已经通知到各位，但一直没达成共识。今天梁先生也来了，趁这个机会大家再商量商量。"

老九说："我说话直，许兄别太计较。你想吧，几个大男人跟着一个小女人，硬要一个不相干的人对一堆不相干的债务负责，这像什么呀？还要脸不要了？"

老九40岁的年纪，身材高大，脸色黝黑，面部线条粗犷刚硬，颧骨比较突出，胡子刮得干干净净，脸颊和下巴泛着一片胡子青茬，直爽里透着一点西装革履的土气。

布兰迪说："我正在休假，时间不是问题，但是去柏林理由不充分。简单说，林雪红不能拿一个传奇故事去推定叶子农应该负责和有能力负责，叶子农也不能拿一堆马克思主义去替你还债。以罗家目前的状况，我认为应该采取更务实的态度。"

梁士乔说："我同意这个观点，务实。罗家没钱，你勒死她也没用，况且是因为朋友才借的钱，借钱就有风险。以债权人的角色去柏林，没道理，也没用，真的有失体面。如果不是十分必要，戴梦岩将尽量避免出现在那种场合。"

库格列夫头一歪，手一摊，做了个俄罗斯式的动作，意思是：那我还能说什么呢？

许主席环视了一下大家，说："其实我跟各位的看法一样，但是罗家求助到侨会，侨会就要尽这个义务。出了这种事，罗家的天也就塌了，林雪红还算清醒，没去管后事，全让家明的妹妹和几个朋友去操办了，她自己关在屋里想了几天，想出来这么个主意。林雪红是想以江湖的方式解决，德、美侨会都出个代表，这就代表侨界江湖了，撑个道场，施加点道义影响。林雪红的意思是不管有理没理的，直接间接的，责任的，交情的，道义的……凡是能烘托造势的都用上，在不扩大诸位损失的基础上，争取先保住饭店，有了饭店不仅罗家有了生路，也有了赚钱还债的机会。”

老九说：“这样的会十有八九就开成了集资会，那还跑柏林干什么？就在纽约开了。”

许主席说：“林雪红绝对没有这个意思，这东西很难表达，她就是因为说不清楚才委托我来说的，其实我也表达不清楚。这么说吧，各位去柏林不是去找叶子农负责的，而是作为罗家明的朋友共同商讨罗家债务危机解决办法的，在林雪红认为叶子农应该负一定责任的基础上，其他债权人愿意提供力所能及的帮助。”

梁士乔忍不住笑了笑，说：“听起来还是集资会，我知道许主席不是这个意思，这意思一层一层的确实很难表达，许兄不必再解释了，大家意会就行了。”梁士乔的后半句话里用了“许兄”的称谓，这种亲切口吻避免了“不必再解释”可能被误解为不礼貌。

许主席说：“罗家明不死，罗家明就是责任主体，跟人家叶子农说不着呢。恰恰是罗家明一死，没有责任主体了，林雪红找叶子农求助倒是有可能了。林雪红这个想法也并非完全没道理，毕竟罗家明帮过叶子农，叶子农能被家明看得起想必也有他不简单的地方。让我怎么说呢，大家给她个心理平衡的机会行不行？雪红给各位预订了头等舱、五星级酒店，各位就当旅游一次，就受点委屈、舍点面子，我代表罗家恳请各位帮忙了！”

老九说：“许兄，可别这么说，我去就是了。”

梁士乔也说：“许主席言重了，我转告戴小姐，争取挤点时间去一趟。”

库格列夫说：“我不反对，我理解罗家的决定。”

布兰迪的表态则是美国式的，说：“这就算投票表决吧，我服从多数。”

许主席起身以传统的中国礼节抱拳道：“那就拜托各位了，谢谢！谢谢！”

……

咖啡馆见面应该算是一个协调会了，议题单一，议程简短，很快就结束了。正如林雪红所托付的，许主席发挥了侨会以及他个人的影响，说服了债权人参加柏林会议。走出咖啡馆的时候夜幕已经降临了，许主席开车送梁士乔回家。

许主席一边开车一边搭讪道：“看这情况，家里还不知道你回来吧？”

梁士乔说：“没告诉她，她一知道就当个事了，这次时间太紧，能回家看看就挺好。”

许主席感叹道：“罗家明也算一方人物了，没想到一脚不慎就……真是世事难料啊！”

梁士乔点点头，然后问：“这么多人去柏林，跟叶子农约定好了吗？”

许主席说：“德国侨联轮值主席钱静辉跟叶子农联系过了，但只是表达个意向，说有时间的话希望跟他见个面。叶子农说只要钱主席方便，他随时都有时间。这就是说叶子农近期都在柏林，他大概会以为是侨联找他有什么事。”

梁士乔说：“这样不好吧，这不是搞突袭嘛。”

许主席说：“林雪红就是这么要求的，她怕叶子农知道了借故推托，这个只有林雪红去解释了。侨会也难呢，面儿上的事该说得说，该办也得办。当事者迷呀，劝也没用。”

梁士乔说：“这么短的时间，这么大一笔钱，抢银行都来不及了。”

许主席说：“这话都跟她说过，没有用。”

许主席按梁士乔所说的地址驾驶到曼哈顿下东城包厘街，在“永恒之光灯饰”店铺门口停下车。这条街是纽约有名的灯饰区，遍布着几十家灯饰店铺，也是餐具批发零售较为集中的地方，以前这里是犹太人居多，后来逐渐被华人商家取代了。“永恒之光灯饰”的招牌上有英、汉两种文字，门头不是很大，装饰风格简约、典雅。

许主席下车在路边与梁士乔握手道别，说：“梁先生一路劳顿，我就不打扰了。”

梁士乔说：“多谢许主席关照，咱们下次再叙。”

看着许主席的车走远了，梁士乔转身进店里。

店里有一位男士在专注地挑选吊灯，一个服务生站在身旁随时准备解答问题。还有一对情侣驻足在一台精致的落地灯跟前，一个三十多岁的女士正在给他们介绍商品。这位女士正是梁士乔的妻子，漂亮、端庄，她注意到有人进来，以为是顾客，目光闪过了一下，但随即目光就回来了，就凝固了，来人竟然是她日夜思念的丈夫，正冲她微笑。

妻子又惊又喜，惊喜之下突然就没了词汇，说：“你，你……哦，上帝！”

第四章

1

巴黎圣西蒙国际电影节颁奖典礼的入场仪式在洛克西勒剧院门前举行，警察封锁了整条大街，只有组委会的专用车辆可以进入，长长的红地毯两侧是长长排列的各路记者，参加典礼的各国演员、导演以及相关人员在无数镜头和闪光灯的追踪下依次走过红地毯，男人们风度翩翩，女人们妩媚性感。这是电影的节日，这是群星璀璨的时刻。

戴梦岩和《香港之恋》的导演从红地毯上走来，紧随其后的是梁士乔和香港英雄影业公司的代表。戴梦岩穿着一件宝石蓝颜色的露肩拖地长裙，衣裙精致的剪裁和手工更衬托出她曲线玲珑的迷人身材和优雅风度，脖子上佩戴着一串晶光闪烁的钻石项链，面带微笑地一边走一边朝影迷和记者招手致意，还不时要按照司仪的引导停下来让记者拍照……人群中有不少巴黎华裔青年和留学生是戴梦岩的狂热影迷，他们挥舞着写有戴梦岩名字的牌子，有些情绪激动的少女甚至还发出尖叫……

戴梦岩出生于香港九龙，父母信奉天主教。母亲早逝，父亲是香港一家国际海运公司的船员，常年在海上工作。戴梦岩从小在寄宿学校里，父亲再婚后跟继母生活几年，有一个同父异母的弟弟，继母心地善良，家庭关系非常和睦。戴梦岩秉承了父亲的性格，坚强，特别能吃苦，有很强的生活自主能力。戴梦岩自小就显示出良好的表演天赋，14岁进入香港皇家艺术学校，16岁以出演电影《阳光少女》的出色表演走红香港，17岁进入香港电影戏剧学院进修，从影12年来屡获大奖，多次担任社会公益活动形象大使，从电视到影院，从商业广告到娱乐新闻，她的名字几乎无处不在，她是港台内地家喻户晓的当红影星，在国际影坛也具有一定影响。

巴黎时间9月5日下午4点颁奖典礼开幕，洛克西勒剧院里灯火辉煌，嘉宾满座，每当颁奖嘉宾宣布一个奖项的得主都会引起全场一阵阵热烈的掌声……会场气氛十分热烈，随着主持人、颁奖嘉宾和获奖者的轮番出场，终于轮到了最佳女主角奖项揭晓，大银幕上依次出现了获女主角提名的5位演员在各自影片中的表演片段。

戴梦岩从影12年，大小场面和形形色色的名利几乎她都经历了，但此刻却仍然抑制不住内心的紧张，毕竟圣西蒙金像奖更具国际性和权威性，那是每一个电影演员都梦寐以求的艺术成就，不仅仅关乎金钱、身价，更是人生价值的一种体现。当她看到颁奖嘉宾拆开信封将要宣布结果时，她的心也提到了嗓子眼，呼吸都停滞了。

颁奖嘉宾热情洋溢地宣布了结果，虽然戴梦岩只会讲英语，听不懂法语，但是不管法语还是英语，戴梦岩这个名字的读音是一样的，而她清晰地听到了“戴梦岩”这三个发音，等翻译又用英语复述一遍的时候，她听清楚了，颁奖嘉宾的原话是：我荣幸地在这里宣布，获得本届圣西蒙电影节最佳女主角的是，戴梦岩！会场又响起一阵热烈的掌声，梁士乔和导演都兴奋地站了起来与戴梦岩拥抱祝贺，一边鼓掌一边给她让开一条路。戴梦岩激动地走上颁奖台，从颁奖嘉宾手中接过金像，情不自禁地在奖杯上轻轻一吻。

戴梦岩手握金像，凑近麦克风用英语激动地说：“非常荣幸……太激动了……我要感谢香港英雄影业公司和导演给我的机会，感谢经纪人梁士乔先生给我的帮助，感谢剧组的每一个人给我的支持，感谢评委给了我站在这里的荣耀，感谢所有我要感谢的人们……”

此时，舞台大银幕上再次出现了戴梦岩在《香港之恋》中的表演片段。

2

巴黎老城的梅里斯坦街已经有300多年的历史，街道不宽，沿街道两边是一幢幢只有四五层楼的老式公寓，这里没有别墅豪宅的显贵，没有平民楼房的简朴，没有新城的高楼大厦和商业区的喧闹繁华，无论岁月怎么变迁，这里一直都是中产阶层的聚集地，静静的街道似乎是被时尚巴黎遗忘的角落，却悄然流淌着独属巴黎的古典风情。

梅里斯坦街17号公寓3楼5号，这是戴梦岩在巴黎的房产其中的一套。

颁奖典礼之后戴梦岩参加了一个由组委会举办的部分获奖者记者招待会，然后就直接回公寓了，没有参加组委会举办的例行晚宴，而是去主持她自己的家庭晚宴。这个家庭晚宴是阴错阳差赶出来的，原本是几个在法国经商或逗留的朋友想趁她来参加颁奖典礼的机会在巴黎宴请她，这些朋友里有知名企业家，也有著名的歌星、演员，都是不好谢绝的朋友，但也不能逐一参加每一位的宴请，于是反客为主预约宴请大家，这样就都照顾到了。由于颁奖典礼期间涌来不少内地和港台娱乐媒体，其中不乏专门炮制八卦绯闻的记者，戴梦岩为躲避记者而没有选择饭店，特意把这次宴请安排在自己的公寓。

这是一套4室2厅的房子，房内装修一新，只是戴梦岩不常在这里住，家具很少，客厅甚至连沙发、电视这样的居家物品都没有，此时就完全当餐厅用了。空荡荡的客厅摆着一张崭新的、长长的西式餐桌，餐桌两侧各有6把椅子，两端各有一把椅子，一共摆放了14把高靠背椅子，洁白的台布上依次摆放着14套精致餐具，每个餐位的玻璃杯都插着花朵形状的餐巾。男人们谈笑风生，女人们尽情八卦，家宴承办方的饭店女招待优雅地穿梭于餐桌和厨房之间……这情景一下子使人联想起电影里豪门家族的宴请场面。

这次家宴是由巴黎著名的卡尼奇饭店承办，卡尼奇饭店100多年来一直沿袭着家族经营模式，以坚守传统闻名，是最能代表法国大餐文化内涵的巴黎饭店之一。梁士乔在4天前就与卡尼奇饭店接洽了，除了桌椅，其他所有原料和餐具全部由饭店自带，店方派出了一名高级厨师、一名厨师助理和两名女招待。当然，价格不菲。约请的7位客人都到了，其中两位女士，加上3位带夫人或女朋友的，共12位，再算上戴梦岩和梁士乔，正好坐满。

客厅的顶灯洒落着柔和的灯光，窗帘在晚风中飘动，这是一个温馨的巴黎之夜，这是一个贵宾满堂的巴黎之夜，而对于戴梦岩，这是一个获得了圣西蒙金像奖的辉煌之夜。

开胃酒斟上，开胃小菜上来，法国大餐的第一道程序这就开始了，戴梦岩作为主人起身说了一段开场白，她说："梁哥在里屋谈房租合同，不让咱们等了，那就开始吧。这房子是去年买的，今天是第一次在这里招待朋友，来的全是商界和演艺圈的著名人物，今天又是我得奖的日子，我感到特别荣幸，也特别有纪念意义，非常感谢大家捧场，也感谢梁哥把巴黎这边的事筹划得这么周到。唯一遗憾的是今晚还要赶班机去柏林，聚会时间受点限制，好在还有3个小时的吃饭时间，还不算太糟糕，也请大家多谅解。另外赵总和刘哥要开车送我们去机场，喝酒就不要为难他们了。来，大家为今天的聚会，干杯！”

客人纷纷举杯，有的说：为梦岩获得金像奖干杯！

有的说：为梦岩大喜的日子干杯！

……

法国大餐一般分为开胃酒、前菜、主菜、甜点、咖啡5个程序。前菜过后，梁士乔在里屋谈房租还没出来，眼看鹅肝、蜗牛这些主菜都陆续上桌，大家开始有些议论了，纷纷问戴梦岩：梁士乔怎么还不见出来？

一位台湾当红女歌星站起身说：“梦岩，要不要我去催催梁哥？”

戴梦岩点点头，继续应酬客人。

不多时，那位女歌星回来了，对戴梦岩说：“梁哥让你去一下，那边要减11万房租。”

戴梦岩放下酒杯，说：“好了，我也忍到头了。大家慢用，我去去就来。”

戴梦岩起身去了书房，书房的写字桌侧面靠墙，正面坐着梁士乔，对面的两把椅子坐着承租方，承租方是一对加拿大中年夫妇。写字桌上放着两份打印好的房屋租赁合同，用餐盘代替的临时烟缸里有六七个烟头，显然是谈的时间不短了。加拿大夫妇不急不躁，一副平和镇定的神态，而梁士乔的表情却呈现出几分不悦。

戴梦岩进屋问：“梁哥，怎么回事？”

戴梦岩是用华语问的，而加拿大夫妇讲英语，大概从戴梦岩的神态和语气明白些意思，于是还没等梁士乔回答，男的就解释：“是这样的，总体讲今年的世界经济不景气，法国的经济增长率已经下降到1.3%左右，经济学家认为法国已经进入战后最严重的经济衰退，这必然会影响到巴黎的旅游业和零售业，根据行业协会统计的数字，就连香榭丽舍大街的营业额都在下降，巴黎新城的商业街就更受影响。所以，我们提出适当降低房租的要求。我们从电视里看到您得了最佳女主角金像奖，您的家庭宴会还请来了那么多尊贵客人，我们实在不想在这种时候打扰您，真的非常抱歉。但是如果您以后因为签约再专程来巴黎，以您的身份将是一笔不小的费用，而最重要的，您的时间就是滚滚财富。”

戴梦岩说：“我不懂什么世界经济，我只知道我的房租在新城商业街是中等偏下的，你们觉得合适就续约，否则等剩下的8个月期满以后，你们可以去找更合适的房子。”

梁士乔说：“该说的都说了，可他们翻来覆去就是那几句话。”

戴梦岩对中年夫妇说：“那就没什么好谈了，你们可以回去了，以后也不用再来了。我的房子我做主，我不出租了。”

男人一愣，惊讶地问：“为什么？”

戴梦岩愠怒地说了一句在北京学来的字正腔圆的京骂：“你他妈惹着我了！”

男人听不懂，问梁士乔：“她说什么？”

梁士乔说：“她说她很不愉快，房子不出租了。”

男人说：“您就是租给别人，根据法律我们也有优先权。”

戴梦岩说：“拿上你的优先权回去吧！梁哥，送客！”说完转身走了。

男人抱怨地瞥了一眼女人，似乎这个结果都是妻子的责任，然后他又以求助的眼神看了看梁士乔。梁士乔摇摇头表示无奈，很有礼貌地将加拿大夫妇送出房门。

等梁士乔入座，一位著名的香港电影演员说：“梁哥，别生气了，咱们喝酒。”

梁士乔喝了一口葡萄酒，笑笑说：“这两口子有点过分了，不知道从哪儿听说了梦岩要参加颁奖典礼，就主动打电话，说趁梦岩来巴黎把续租合同签了，其实合同还有8个月不该续签呢。本来谈好了只是续签，不涉及租金问题，时间也是定在昨天，可他们非找借口拖到今天，明知梦岩有宴请还偏偏选在这个时候，太用心了。”

旅居巴黎的富商赵总插话道：“他要看你有没有得奖，得了奖就好心情不计较啦，宴席上在乎体面也不计较啦。其实这也是打劫，拿不上台面啦。”

在座的一位北京房地产商笑道：“你以为加拿大都是白求恩哪？”

梁士乔说：“也赶上了梦岩这脾气。”

……

房租合同的不愉快很快就被欢声笑语驱散了，大家推杯换盏，无所不谈，沉浸在欢乐的气氛中。戴梦岩和其他几个人拿出照相机，大家不管是合影的还是单独的都一通拍照，酒席接近尾声时，戴梦岩还专门与厨师和服务员合影留念。家宴圆满结束，卡尼奇饭店的员工以专业水准将餐具和剩菜收拾干净，戴梦岩下楼与朋友依依惜别……

送走了客人，戴梦岩和梁士乔马上乘车赶往戴高乐机场。

第五章

1

柏林黑格斯坦街是一条南北走向的街道，街道北端106号院是一幢独立别墅，这里原是一位知名侨领的私宅，生前将这幢别墅捐赠为德国华侨联合商会永久会馆，大门牌子上用中德两种文字写着会馆名称，院子里的空地已经由原来的花园改成了会馆停车的场地。

柏林时间9月6日上午10点，会馆二楼会议室，分别来自纽约和巴黎的债务会议的与会成员都到齐了，他们是：林雪红、戴梦岩、梁士乔、老九、布兰迪、库格列夫、纽约华商会主席许亚夫、德国华侨联合商会轮值主席钱静辉。准确地说戴梦岩和梁士乔是到达柏林的当天就参加债务会议，他们从巴黎机场起飞时已经接近午夜，林雪红和钱静辉到机场迎接，从柏林机场回到酒店天已经开始蒙蒙亮了，此时戴梦岩和梁士乔的神态显得有些疲惫。

唯一没有提前到场的是全然不知内情却又恰恰是债务会议核心人物的叶子农，叶子农的座位被刻意安排在与林雪红面对面的位置，相隔不到两米。林雪红的桌位上放着罗家明的遗书和一个纸卷，纸卷就是那幅去掉木框的“见路不走”书法横幅。

片刻，楼下一名华商会的工作人员带着一个人进来，此人就是叶子农，中等个子，相貌和身材都很一般，年龄不到40岁，穿一件雪白的衬衫和一套质地不错的蓝色西服，脚下是一双擦得黑亮的皮鞋，给人一种特别正式、特别注重仪表的感觉。

工作人员对钱静辉说：“钱主席，叶先生来了。”

钱主席起身迎接叶子农，他不知为什么怔了一下，上前握手说：“叶先生你好，你可能没见过我，可我见过你呀，请坐请坐。”

叶子农环视了一下会议室，说："你们开会，我改天再来吧。"

钱主席说："他们是从纽约和巴黎来的，是专程来找你的，我们华商会只是受托安排这次会面。因为委托人特别要求，所以我没告诉你这个情况，请原谅。"

叶子农看着一屋子陌生人，不解地问："找我？"

钱主席说："是的，你请坐，一会儿就明白了。"

叶子农只得坐下，与林雪红面对面。钱主席做了一个手势，让工作人员离开了。

林雪红打量了一下叶子农，说："叶先生，我是罗家明的妻子，虽然没见过面，但是我知道您，相信您也知道罗家明有我这个妻子。"

叶子农一听是罗家明的妻子，十分意外，立刻起身握手，热情而礼貌地说："原来是嫂夫人，你好你好！家明兄来了吗？"

握过手林雪红重新坐下，说："家明死了，在莫斯科开枪自杀了，他破产了。"林雪红说着，把那张罗家明的遗书推到叶子农面前。

叶子农愣住了，拿起遗书看了看，再看一张张陌生的面孔，似乎明白点了什么，他沉默了一会儿，说："嫂子找我，必是有事了。只要我能做到的，我会尽力的。"

林雪红把罗家明从北京到纽约再到莫斯科的情况大致讲了一遍，把罗家倾尽家产的投资和即将到期的巨额债务以及一家孤儿寡母的生存绝境讲了一遍，把在座的债权人和两位侨领分别作了介绍，最后将那卷书法横幅递给叶子农。

叶子农把横幅展开，看到了"见路不走"四个字。

林雪红说："叶先生还记得这四个字吧，家明非常敬重您，自从您送他这句话以后他就脑子不正常了，整天想着怎么跟别人不一样，本来生意好好的，非要跑到莫斯科投资，还把这幅'见路不走'带去了，结果出了这么大错，命都丢了，您该不该为此负点责任？家明在您最需要资金的时候帮助了您，而且没收您一分钱红利，萍水相逢做到这点不易吧？家明一直把您当朋友，出了这种事我们孤儿寡母来找您帮点忙不过分吧？"

叶子农静静地听着，两手下意识地交替将两只袖子推上去很高，露出很长一截雪白的衬衣袖子，但他很快发现这种场合做这个动作有些匪气，又把袖子放了下来。接着他的手又下意识地伸进西服口袋去摸，摸出一盒香烟和一只打火机，刚拿出来就发现这个场合也是不适合抽烟的，于是也放了回去。他注意到有人向他投来目光，那目光里分明写着：没教养。

林雪红话落，大家谁也没做声，但是都在猜测叶子农可能的反应，是据理推辞？是指责林雪红的要求过分？还是象征性给几个小钱打发了？

叶子农沉思着……

林雪红等待着，就像等待一个判决，见叶子农久不做声，就艰难而尴尬地说："我知道这样做很牵强，对您也不公平，但我真的没办法了，就算是根稻草我也得拼命去抓。"

叶子农沉思了许久，还是下意识往上推了一下袖子，说："我想，大家来柏林不会是盲目的，应该了解过我的情况，那么我的经济状况就不多说了，这不是我掏下口袋就能解决的问题。要在这么短的时间内弄到这么大一笔钱，我得考虑有没有可能。我想……最快也要明天给你们答复，明天下午3点吧，我来这里。"

戴梦岩一听，这个时间影响到她的返回日程了。她本来就对债务会议不抱希望，对叶子农市井装斯文的做派又多了几分反感，于是不冷不热地说："叶先生，你知道今天在座的都是什么人吗？我的时间是以小时计算的。"

叶子农看了她一眼，说："哦，是这样。那你就扛住地球让它走慢点，以天计算吧，不然你来柏林就是一个错误。"

谁也没想到叶子农在这种场合敢这样说话，都愣住了，气氛也突然紧张起来。

戴梦岩是生活在仰慕和追捧中的著名影星，哪里受过这种待遇，正要发火，却被梁士乔一把摁住了胳膊，梁士乔冷静地轻声说："等！剧组那边我去交涉，就等他一天。"

纽约华商会主席许亚夫见状站了起来，温和地微微一笑，说："叶先生，请允许我作一下说明。在座的债权人没有一个是自己要来的，都是林雪红和侨会反复做工作才来的，他们认为你们之间没有责任关系。他们来，是作为罗家明的朋友来共同商讨解决办法的，并且愿意为叶先生可能提出的解决方案提供力所能及的帮助。"

叶子农说："哦，明白了，非常感谢！"说完起身就走了。

钱静辉主席也随之起身送客。

由于叶子农的对话讲的都是华语，在叶子农是否接受责任尚未明确之前也不会有实质性内容，没有必要用英语交流，所以会上的谈话布兰迪和库格列夫一句也没听懂，只能通过语气和表情判断。此时布兰迪问道："许先生，刚才你们谈的什么结果？"

许主席稍微提高了点声调，以便旁边的库格列夫也能听到，回答："要在这么短的时间内解决这么大一笔资金，叶先生说他要考虑有没有可能，明天下午3点给答复。"

布兰迪点点头示意听明白了。

戴梦岩怒气未消，愤愤说了一句："这人怎么这样？没教养！"

钱主席把叶子农送到门口就回来了，正听到戴梦岩愤愤的一句，笑笑说："这人的西装像是放羊倌从哪儿偷来的，我见过他，穿着不是这样的，懒散得很。"

老九一直没说话，这时自言自语地说："看不懂，是骡子是马要拉出来才知道。"

2

第二天下午3点债务会议继续进行，每人还是原来的座位，叶子农还是那身西装。

叶子农说："要在这么短的时间内弄到这么大一笔钱，我能想到的就是趁中匈互免签证协议还没失效，在布达佩斯厂筹建一个劳动力密集型的工厂，有条件地招募一批指定名单的出国劳工，组织一次有规模的劳务输出。这个周期短，相关条件比较充分，只要在座的各位能协调一致，如期还债不是没有可能。"

中国与匈牙利在1988年12月签订了互免签证协议，缔约方公民持普通护照可免办签证进入缔约另一方境内。由于中国与匈牙利有两国互免签证协议，在西欧诸国大门纷纷关闭的情况下，进入西欧的华人多数都采用绕道东欧的方法。

叶子农没有谈责任问题，而是直接谈解决方案，这就意味着他已经开始承担责任。林雪红那颗绝望的心在这一刻燃起了希望的火光，她长长地、长长地……出了一口气，双手捂住脸低下头，眼泪悄然滑落……这时候什么方案不重要了，重要的是叶子农提出了方案，不在于他有没有钱，而在于他肯不肯负责和有没有能力……她赌赢了。

许主席心里也非常欣慰，原来根本没抱希望的事竟然有了意外的结果，竟然一开场就直奔实质问题，于是站起来用英语说："叶先生，诸位，会议已经开始讨论实质问题，布兰迪和库格列夫都是重要当事人，他们不懂华语，请大家从现在起用英语发言。刚才叶先生讲的内容非常重要，请叶先生用英语再讲一遍，麻烦叶先生了，谢谢！"

于是叶子农用英语又讲了一遍。

钱静辉主席疑虑地说："现在做出国的也不少，卖个邀请函担保书什么的，有点路子的也能办出来几个，都是零打碎敲不解决问题。我明白你的意思，指定名单的劳务输出其实就是变相移民。现在的行情是办一个人一万美金，要达到解决问题的数目，即使不算成本也要办上一百个，这么大的规模现实吗？这还不包括法律风险和运作成本风险。"

许亚夫主席担忧地说："这个嘛……很敏感，稍有不当就涉嫌偷渡。"

戴梦岩不屑地说："叶先生，那我们这些人不就都成蛇头了吗？"

叶子农说："组织非法偷渡的叫蛇头，你揣着主权国家的合法护照，合法进入互免签证协议国，那叫法定公民权利。"

梁士乔说："我想，叶先生无论提什么方案，都不可能让在座的人涉及违法，叶先生不可能不考虑这个问题，大家还是让他把话讲完。"

叶子农说："世界移民潮不断加剧，欧美移民政策越来越严，自1989年中匈互免签证协议生效之后，很多华人都采取绕道东欧，而西欧各国华侨也都有自己的一套身份由黑变白的办法，匈牙利的特殊地缘和政治背景已经成了华人过渡西欧的跳板。但是，由于东欧剧变对世界格局的影响，中匈互免签证协议随时都有可能废止，匈牙利这块跳板的弹性不会持续多久，很多华侨看到了这一点，都想尽早把亲眷接出来，而中国正处在改革开放的转型期，极'左'思维的历史惯性还在，申办护照仍然是出国的第一道门槛。"

许主席和钱主席都分别点点头，认同叶子农对华人移民形势的分析。

叶子农继续说："侨会对侨民的情况比较了解，侨领在侨民中具有较高威信，各国侨会和侨领之间又有丝丝缕缕的联系，在没有法律风险和经济风险的先决条件下，由侨领征集出国名单是供需联络最通畅的方式。指定名单的劳务输出具有规模效应，摆脱个人出国的事务纠缠，把天南海北的户口迁移到一个地方集中办理护照，统一出境，我们给它起个名字叫过路劳务。中国的就业压力和耕地分配将是长期的社会问题，在法律允许的范围内谨慎探索劳务输出的方法、模式，既符合改革开放的要求，也符合地方利益和官员政绩。这批劳务输出一旦纳入地方政府这架机器，就是政府利益驱动的运转效率，如期还债才有可能。”

叶子农精力高度集中只顾着讲话了，不知不觉就忘记了风度和仪表，不知什么时候已经把领带扯开了，而且扯开了很多，领结非常明显地挂在脖子的右下侧，衬衣领子的两个扣子也解开了，两只袖子又推上去很高，两只胳膊都赤裸出半个手臂。话音落下又不自觉地摸出香烟和打火机，又是刚做出动作就察觉了，又放了回去。

老九看在眼里，说：“都这时候了，想抽烟的就抽吧，别那么多讲究了。”

钱主席说：“只要女士没意见，我不反对。”

林雪红没有表态，而是以征询的目光看着戴梦岩。

戴梦岩说：“那就抽吧。”

于是钱主席说：“开禁，我去拿烟缸。”说着，从西墙的柜子里拿了几个烟缸。

叶子农尴尬了一下，拿出香烟和打火机，取出一支烟。点烟的时候，打火机像变魔术一样不知怎么盖子就打开了，就打着火了，又像变魔术一样不知怎么盖子就合上了，这不是刻意的打火机技巧表演，而是一种娴熟的习惯动作，但是这种摆弄打火机的娴熟动作很容易让人联想到牛仔、黑帮、嬉皮士这些难登大雅之堂的形象。

这时候叶子农是否绅士似乎被忽略了，大家更关心的还是解决问题。

老九说：“其实政府没必要对护照过于控制，准不准入境那是签证国该操心的事。”

叶子农说：“中国公民申办护照早晚会像办身份证一样简单，但是现在还没简单，所以才有了这种机会，否则就不存在这个议题了。”

钱主席分完烟缸回到座位，说：“现在出国热直线升温，如果没有法律风险，征集出国名单不是问题，但这事你就是说破大天来，它也是以虚假劳务骗取出境证件。”

叶子农说：“前面我们讲了这个构想的背景和原理，现在说说法律风险。法律风险是一个最基本、最底线的问题，也直接关联经济风险，从安全上又分为规避风险和风险不起两个等级。从规避风险上说，中国现在执行的是1980年的刑法，只有偷越国境罪。刑法将来可能会增加骗取出境证件罪，但是现在还没增加，还没有这个罪种，最高人民法院到目前为止也没有相关的司法解释。”

许主席说：“话虽这么说，可心里还是不踏实。政府对华侨社团挺看得起的，国家领导人重要出访经常会安排接见侨领，也算有头有脸吧，一旦捅了娄子，不长脸哪。”

叶子农说：“许主席可别这么说，好像我们小人物都不配遵守法律似的。规避法律风险就是正视法律的存在，就是遵守法律。但是，我们说这个不究竟，究竟的遵守是不缘起法律问题的遵守。户籍和护照是要地方政府办的，你揣上钱走了，人家还得混呢，人家要是混不下去，你一本护照也拿不走。‘假’的实相必是假象，天下只有看不清实相的人，没有色空各异的事，‘需要解释’本身就需要解释。只有劳务输出是事实，不管你是当面对质还是背后出卖，法律都保护你。”

梁士乔疑惑地问：“那……你这个钱从哪儿生出来呢？”

叶子农说：“你不移民，移民问题就不存在了吗？公司在布达佩斯租厂房，在地方政府的辖区订购设备、聘请专家……那是投资干事的，劳工到了布达佩斯跑了怎么办？你要不要防止劳工移民？劳工在匈牙利出现违法、遣返，公司要不要擦屁股？因此，我们招募的出国打工是要有担保人的，是要签订担保协议的，担保人是要交纳一万美元劳务合同风险担保金的，一旦劳工违约，担保人是要承担连带责任的。”

老九笑了笑，说：“因为违约成本太低，结果劳工就真跑了。”

钱主席也听明白了，说：“那后边的事就不用说了，自然是工厂开不下去了，订购设备暂缓，租赁厂房暂缓，损失点订金。这事搞的，这就成劳工违约了。”

叶子农说：“劳工违约属于民事纠纷，美国的公司在匈牙利注册公司，在匈牙利发生劳资纠纷，不受中国司法管辖。即使在匈牙利诉讼，法律也是给无过错方主持公道。”

许主席仍然有顾虑，担心地说：“侨眷大多是分布在浙江、福建的农民，户籍迁移涉及两地政府，迁出还好说，省了一个人头的耕地，迁入就不好说了，特别是这么集中的迁移和这么集中的办护照，你怎么能肯定地方政府就一定会按你的意思办?”

叶子农说:“不是按我的意思办,是地方政府按取舍利弊的规律办。简单说,官商早晚要退出市场经济,但是现在还没退。什么叫摸着石头过河?就是探索符合中国社会条件的市场经济,就是允许你深一脚浅一脚地往前摸索。中国正处在改革开放的转型期,历史的规律告诉人们,矫枉必过正,理论上说,这其中的一个‘过’字就是花不完的钱。”

会场突然沉默了,没人提问,没人评论。

如果叶子农的方案成立,那么征集出国名单就一定是两位侨领的工作。两位主席相互看了一下,钱主席说:“我个人不反对关于法律风险的解释。老许,你说说吧。”

许主席说:“谁来操作?运作资金从哪儿来?经济风险谁承担?如果办不成怎么跟大家交代?除了退款,要不要承担违约责任?人家开证明、转户口、到指定地点集结……这些都是要产生费用的。侨领要是糊弄了人家,这影响大了,以后怎么在道上混哪。”

叶子农说:“我有一套住房和一间店面房,都很小,当时是32万美元打包买的,抵押贷款能筹点钱。我账上还有点钱,凑到一起能筹集20多万美元,不管谁来操作,我能拿出来的就这么多。我认为劳务输出的人数不能低于120名,如果办不成,除了退款每人补偿1000美元,两位主席可以把12万美元补偿金先行冻结。”

许主席重重地点了点头,说:“我已经很感动了,真出现那种最糟的情况,我们去做解释工作。如果失败,你先破产了。就凭这一条,我信你。”

林雪红的感激之情不言而喻,她站了起来,想对叶子农鞠个躬,说句感谢的话,就在她刚要做出鞠躬言谢的姿势时,叶子农立刻以手势制止了。

叶子农说:“别鞠躬,别说谢,我不受这个。大家知道,房屋抵押贷款手续烦琐,周期很长,匈牙利政局的演化趋势和罗家的债务期限是否允许贷款程序按部就班?在座的各位是否需要考虑房产抵押即刻变现?我提这个问题或许不合理,但这是我个人能力的极限,合理是一回事,我能不能做到是另一回事。这个问题你们商量,我回避,就先告辞了。”

叶子农收起桌上的烟和打火机,起身要走。

这时,两次会议一言不发的布兰迪说了一句:“叶先生,请您留步。”

叶子农站下。

布兰迪说："我也是罗先生的朋友，我很想知道'见路不走'是什么意思。罗夫人认为罗先生是因为'见路不走'才导致莫斯科投资失败，我很想知道您的评价。"

叶子农说："那不叫见路不走，那叫事于道，又走了一条见路不走的路。见路不走就是实事求是，不住一法，你理解成不拘经验教条就行了。"

叶子农说完整理了一下领带，与钱主席握了握手离开会场。

许主席用征询的目光看着大家，问道："大家认为需要商量吗？"

会场再次沉默了，大家都不表态，又似乎都在等着别人表态，就这样沉默着。

终于还是戴梦岩打破了沉默，说："还有什么好商量的，这不明摆着的事嘛，我是最大债权人，我不在乎谁还在乎？变现的钱我可以出，但有个条件，你们先去查查这个人，你们谁对这人知根知底？运作资金不是一下子就用那么多的，启动资金不需要很多钱，他账上不是有点钱吗？他要真有诚意就先用着，启动资金不够我可以给点，但后续运作资金要等调查结果出来再说，知根知底了大家都踏实，起码别闹出个笑话。"

库格列夫冒出了一句："有房产抵押你怕什么？"

戴梦岩说："我怕他到时候赎不起。"

库格列夫说："其实这就是典当，赎不起你就卖他房子。"

戴梦岩说："有那么简单吗？既然那么简单你们怎么不揽过去？变现抵押物要不要来柏林办手续？要不要机票、食宿、时间、精力？中途如果再有变故算谁的？谁愿意这摊子还没完呢又惹上个新麻烦？搞不好再落个你给人家逼得无家可归了，你干吗？既然非逼我说出来，那好，这些还都不是最重要的，最重要的是……算了，我不想说了。"

钱主席笑着说了一句："卖那种房子你嫌丢身份。"

戴梦岩没有吭声，或者说是没有辩解。

许主席说："我同意调查，是该摸摸底。其实我们知道的情况都是听说，就连罗家明也并不是真正了解这个人。但是怎么操作呢？如果没有特殊渠道，调查一个人是很难的。"

老九插话说："我倒有个路子，是谁就不便说了，只是……要花点钱。"

戴梦岩问："多少？"

老九思忖了一下，说："怎么也得5000美金吧。"

林雪红说："这钱我出，还有启动资金我也想想办法，能凑多少是多少。"

布兰迪抬手做了一个报名的姿势，说："调查费我出了，你的钱用在项目上吧。大家都在尽力，我也应该做点什么。"

钱主席与许主席耳语了几句交换过意见，然后站起来说："戴小姐急着赶回北京，趁现在人都在，应该马上找叶先生签订房产抵押协议，抵押数额你们协商，协议可以规定戴小姐有权根据调查结果决定是否完全履行协议，我和许主席愿意做证明人。"

戴梦岩说："你们去谈吧，协议拿回来我签字。"

梁士乔说："我去。"

钱主席说："这样的话，这个会议就非常圆满。如果大家没有什么要补充的，我看就可以散会了，先送大家回酒店，然后我们去见叶先生。"

于是，柏林债务会议就这样结束了。

会馆楼下停着几辆车，其中3辆是侨会专门为这次会议临时准备的，都是会馆工作人员的私家车。散会后大家下楼，分散在会馆大门口的路边等车辆出来。戴梦岩和梁士乔站在路边的一棵树下，与其他人有五六米的距离。

戴梦岩问梁士乔："你觉得叶子农的方案有点道理吗？"

梁士乔点下头，笑笑说："小子够赖的。可不管怎么说，是人家站出来收拾局面了。"

戴梦岩也点下头，往大街的远方眺望了片刻，说了两个字："有种。"

第六章

柏林梅尔卡酒店是参加债务会议一行人入住的酒店，酒店大堂的休息区与接待处的服务台南北相对，休息区设有一处咖啡吧，零星坐着几位客人。

布兰迪坐在一处可以观察到大门的位置，漫不经心地看着一份英文报纸，面前的那杯咖啡只是一个摆设，他的注意力集中在酒店大门进进出出的人。他在等人，等钱主席他们四人签订抵押协议回来，也是在等一个结果。债务会议结束了，明天他们都要离开德国，不知为什么，有一种莫名的东西牵动着他，如果叶子农接受了抵押变现的条件，他想在离开德国前去叶子农的住所见见这个人。他根据时间判断，抵押协议可能已经签了，因为商议条款和起草文件都需要时间，而拒签就简单了。

酒店大门终于出现了钱主席他们四人的身影，布兰迪从他们的表情里不难看出，事情很顺利。这也是他所倾向的结果，他放下报纸起身迎过去。

许主席也发现了布兰迪，于是问："你怎么在这儿?"

布兰迪说："我在等你们。"

许主席说："签下了，放心吧。"

布兰迪说："我想拜访一下叶先生，我在等你们问一下地址。"

四个人都诧异了一下，钱主席说："哦，那我送你吧。"

布兰迪说："不，谢谢。我自己去。"

林雪红说："一会儿就要吃饭了。"

布兰迪说："你们吃吧，不要等我了。"

许主席对钱主席说："你给他写个德文地址吧，出租车司机好认得。"

林雪红马上从包里拿出记事本和笔递给钱主席，钱主席写了一个地址，林雪红把地址这页撕下来交给布兰迪。

许主席笑笑说："还想那个'见路不走'呢？"

布兰迪不置可否，也是笑了笑，拿着地址出酒店叫了一辆出租车。

出租车行驶了十几分钟，在诺伊瑟尔街一幢住宅楼的单元门口停下，布兰迪付过车费下来四处打量一番，这是一条不宽的小街，楼房拥挤而破旧，沿街有些零星小店铺，巷口出入的居民肤色各异，服装风格也不同，像是平民阶层的外来移民聚集地。

摁动5楼10号房的门铃，不多时里面就传出叶子农的德语问话："谁呀？"

布兰迪也不管这句德语听懂没听懂，接上话就说英语："叶先生，我是布兰迪，下午开会我们还在一起，我可以上去坐坐吗？"

话音刚落，电控门"咔"的一声就开了。

布兰迪上到5楼，10号房的门已经开了，叶子农探出身子说："请进。"

布兰迪进门，见叶子农穿着拖鞋，就礼貌地问："需要换鞋吗？"

叶子农关上门说："不用，我穿拖鞋不是为了干净。"

布兰迪立刻就感到了叶子农的话是正确的，因为这个家确实不干净。岂止不干净，只能用杂乱来形容了，衣服堆得乱，书籍堆得乱，录像带堆得乱……这里简直就是录像带和书的世界，塞满了各个角落，都是有关马克思主义、共产主义、宗教、哲学、西方政治经济学之类的。3台录像机摆在电视旁边，几乎和电视一样高了，上面落满了灰尘，只有遥控器常用的几个按键还显得有点干净。写字台和电脑桌也同样是灰蒙蒙的，同样也只有键盘和经常写字的地方独成一道风景。这房子虽是两室一厅，但每个房间都很小，只有卧室那间还略显大一点，也只有那张床和床头旁边的衣柜还能透出点居家过日子的气息。

一张低矮的小饭桌也当茶几用了，叶子农拿过一摞套在一起的塑料凳子掰下来一个递给布兰迪，说："新的，刚才许主席他们四个来没地儿坐，我到楼下买的。"

布兰迪打量着叶子农，下午开会时的那身西装现在换成了一件类似军服的上衣，到处都是口袋，袖子高高挽起，雪白的衬衣也不见了，里面穿一件黑色背心。布兰迪看到，换下了西装的叶子农变得自如了，这才是他真正的自己。

布兰迪坐下，惊奇地说："你……就在这种地方生活？"

叶子农坐的是一只破旧的木凳子，说："是的。找我有事吗？"

布兰迪说："我对你很好奇，想来看看。"

叶子农说："哦，那就看吧。"

布兰迪说："你英语很好。"

叶子农说："嗯，还行吧。"

场面有些冷落，布兰迪说："我好像不太受欢迎。"

叶子农说："没有，我跟人交往太少，没事不知道怎么说话。"

布兰迪笑笑，说："其实我也是，不善交际。"

正说着，门铃又响了，叶子农走过去拿起话筒用德语问："谁呀？"

来人讲的是中文，说："我是老九，这不明天要走了嘛，想来找你坐坐。"

叶子农挂上话筒，摁下门锁键。

随着楼道里一阵厚重的脚步声，老九上来，叶子农打开门说："请进。"

老九看见布兰迪并不惊讶，显然知道他在此，只是用英语招呼道："你好！"

布兰迪也起身礼貌地说："你好！"

老九打量一番屋子，跟布兰迪一样惊奇，只是含蓄地说："这儿……不大宽敞啊。"

叶子农说："嗯，不大宽敞。"

老九对布兰迪说："我没打扰你们吧？我知道你在这儿，可还是硬着头皮来了。这不明天要走了嘛，真没时间了。"

叶子农也给老九掰下一个塑料凳子，说："都别站着，坐下说。"

老九的身材比布兰迪还高大，单薄的塑料腿在重压下与地面发出"吱吱"的响声，矮小的凳子也使他的身体不得不呈蜷缩状，坐下说："叶先生这事办得仗义，我挺佩服的，我要不表示表示，这心它落不下。其实也没啥，就是想请你吃顿饭。"

叶子农说："别，这个我可不受。吃饭可以，到了我这儿我做东，不然就算了。"

老九说："不给面子？"

叶子农说："扯哪儿去了？吃了你的饭就默认了仗义，可这事跟仗不仗义的没关系，凭空扣个帽子你受吗？"

老九一时语塞了，一个合适的词都找不出来。

布兰迪看在眼里，随和地说："一起吃个饭很好，不必为什么，就是一起聊聊。”

老九说：“那……就只好让叶先生破费了。”

说到吃，叶子农来了兴致，说：“柏林城别的我不敢说，就对吃有了解，哪条街有什么好吃的我张嘴就说出来，不知道你们想吃什么？”

老九说：“德国除了香肠火腿没什么特别好吃的，要说吃还得是中国料理。”

布兰迪说：“我吃什么都可以。”

叶子农想着说：“中餐馆……望河楼有几个菜不错。”

老九说：“行啊，那就望河楼。时间也不早了，那咱们就望河楼聊吧。”

叶子农说：“你们稍等，我换件衣服。”

老九说：“不用，我不介意这个。其实你不适合穿西装，这样就挺好。”

于是，三人下楼。

叶子农走到路边一辆白色大众轿车跟前拿钥匙开车门，而布兰迪和老九都下意识地打量这辆车。这是一辆最普通的轿车，从陈旧的外观上看已经有些年头了，但却非常干净。

布兰迪笑着说：“叶先生，你的车比你的家干净啊。”

叶子农说：“多说，出了门就是公共规则。”

老九身材高大坐在后面，布兰迪坐在前面，叶子农开车朝望河楼饭店驶去。

望河楼饭店顾名思义是坐在饭店可以望到河，因施普雷河而得名。施普雷河是哈韦尔河的分支，两岸建筑林立，夕阳的余晖洒在河面上闪着金光，水鸟在水面上飞翔，远处的柏林电视塔在一片楼群后面高耸，坐在饭店隔窗而望，外面的景色就是一幅优美的画卷。

叶子农显然对这家饭店很熟悉，进了门看也不看就径自上了二楼，选了一张位置靠里而又临窗的桌子，点了泼辣腰花、剁椒鱼头、北京烤鸭、夫妻肺片四个招牌菜，要了几瓶啤酒和几个时令小菜。叶子农开车不敢喝酒，给自己倒了一杯矿泉水。这桌酒席没有开场，没有礼仪式的碰杯，非常随意。由于布兰迪的存在，三人的谈话一直都是用英语。

老九喝口啤酒，说：“其实这次来谁都没想到是这个结果，都认为最大的可能是你给林雪红扔几个小钱打发了，大家看到罗家尽力了，也就只能这样了。大家这次来真的不是因为有什么希望，只是给罗家一个体面的收场方式，这谁心里都清楚。”

布兰迪说："是这样的。如果我不是正在休假，我是不会来的。"

老九说："你这么有办法，之前怎么没干点什么呢？"

叶子农说："你的问题是个问题了，你在这事里的利害关系不该在意这类问题。"

老九说："我就是觉得，你不该是现在这样的。"

叶子农笑笑说："你是非得从我这儿挖掘点自卑才踏实啊。"

老九赶忙说："不不，真不是那个意思。"

这时布兰迪搭话了，说："叶先生是研究马克思主义的，我有个疑问，以叶先生的思辨能力，对马克思主义的研究应该早有结论了，还用等到东欧社会主义阵营解体吗？"

叶子农也笑笑说："那就是我太笨了吧。"

布兰迪说："我是认真的。"

叶子农说："不谈这个，个人爱好而已，不值一提。"

布兰迪说："这样谦虚……就有点做作了吧？据说你研究马克思主义二十多年了，马克思主义对世界产生过巨大影响，怎么能说不值一提呢？"

叶子农笑了，说："照你的意思，我要揣本《圣经》就有了上帝的价值，没那好事吧？"

布兰迪说："嗯，这话是有点问题，但我确实是认真的。我对你很好奇，你不认为马克思主义已经失败了吗？这个结果非得需要成为事实才能被你认识吗？"

叶子农说："马克思主义胜利失败关我什么事？我不愿意跟人讨论这个问题，谁的看法谁揣着，我没想去影响谁，也没想去受谁的影响。"

布兰迪说："你可以不去影响别人，但即使马克思主义已经失败了却还在影响你。我好奇的是，是什么样的教育能让你这种思辨能力的人在这个问题上居然丧失判断力？"

叶子农犹豫了一下，说："那你能不能告诉我，什么是马克思主义？"

布兰迪说："简单说，马克思主义就是斗争，社会主义就是公有制。"

叶子农又问："你怎么知道的？"

布兰迪说："至少意识形态的两大阵营在这一点的认识是一致的。"

叶子农说："那你就是拿别人的东西糊弄事了，你知道的只是别人的认识，你知道别人的认识和你自己知道，不是一回事。"

布兰迪怔住了，想了一会儿说："嗯……是的，不是一回事。"

叶子农说："如果我也拿别人的认识当知道，那就是有判断力了？"

布兰迪微微点了点头，沉默了片刻说："社会主义阵营解体总是一个事实，这至少不能说是马克思主义的胜利吧？"

叶子农说："牛顿定律是胜利的还是失败的？马克思主义是社会发展规律的学说，是规律的发现和解释，属于准不准确，不属于胜败的评价范畴。"

布兰迪说："那东欧社会主义阵营解体算什么？"

叶子农说："你既对这个问题感兴趣，就不妨再捎带问一句，那即将诞生的欧盟又该算什么？如果谁挂了块牌子就是什么，那就不用见相非相了，谁还不会挂块牌子？苏维埃不是被谁骂垮的，欧盟也不是为了主义凑在一起的，是成员国生产力发展的需要，生产力资源社会化和全球化是生产力自身的发展要求，是人类要过好日子的本能。如果欧盟有一天沦为政治工具或另一种形式的大锅饭，它会像苏联一样垮掉，半点没商量。"

布兰迪的眼睛里闪过一丝惊诧，思索着说："这个观点……太大胆了，这就意味着对立的双方都在走着与各自旗帜相背离的道路，恐怕两大阵营的学者都不会认同，特别是红色信仰这一方。如果是规律的发现和解释，就否定了作为某个阶级获得解放的法宝。如果马克思主义失去了共产主义的美丽许诺，这个学说的信仰价值就将不复存在。"

叶子农说："如果我告诉你，我们三个正在望河楼吃饭，你信吗？"

布兰迪说："这不是信不信，是就是。"

叶子农说："所以，信即不是，信仰只管需要信仰的用，对我这种刨根问底的疯子就不用谈信仰了。"

布兰迪看着叶子农，突然有些困惑了，说："那你……到底是赞成马克思主义的？还是反对马克思主义的？"

叶子农说："我不是赞成的，也不是反对的，我是要知道马克思主义本来的。"

第七章

1

千金一勺卤，万贯一口汤——这是“老九面王”门头两侧的一副对联，纯铜材质，比招牌上的字体要小一些，没有译文，也不管美国人看懂看不懂。格罗蒂亚大街是纽约一条比较繁华的商业街，“老九面王”地处这条街的西段，坐北朝南。

老九今天来晚了，昨天由于气候原因航班在中转机场滞留，凌晨才飞抵纽约。现在还没到午餐时间，门口的车位都空着，老九停好车却迟迟没下来。不知为什么，他今天觉得这副对联特别刺眼，却又不由自主想多看它两眼。他只是去了柏林几天，还不至于有陌生感，只是柏林的某些东西触动了他，不同的心境使他对这副对联有了异样的感觉。

老九并不姓老，本名慕容久，周围的人都已经习惯了叫他老九，叫得久了，许多人连他的本名都记不起了。

说起老九面王，还得从老九的父亲慕容府说起，慕容府是个独子，单名一个“府”字取人丁兴旺、家业昌盛之意。慕容府是河南信阳人，抗日战争参加国民党部队，1949年随国民党部队撤至台湾，1951年去了美国，从一碗杠子面开始创业，创立了“面王府”这块金字招牌。既然敢号称“面王”，自然在面食上有过人之处，面王府的鼎盛时期曾在纽约开4家店，都不是租店经营，而是自己的房产，每个店面都够得上气派。

到了老九这辈仍是独子，父亲给他取名慕容久，意喻昌盛长久。老九声音浑厚，天生一副好嗓子，曾试图在演唱方面发展，考上音乐学院深造了几年，怎奈他生性粗犷，为人忠厚耿直，既干不了这表达感情的细腻活儿，也适应不了演艺圈里的明争暗斗，大学毕业后服了几年兵役，眼看在演艺圈没有发展，只好回餐馆跟随父亲打理生意。几年前两位老人先后过世，面王府的生意也由此日益衰落，老九不得已租出了3个店面，自己经营老店。老九这人信命，重金请来算命先生算时运，算命的说你父亲去世了，罩不住你了，你要改字号。于是老九就把一个远近闻名的面王府改成了现在的老九面王。字号改了，可是店里的生意仍旧不见起色。老九虽然家底雄厚，3个店面租金收入也不少，但是作为“面王府”的传人，毕竟不是凭自己的本事，而是坐吃父辈的老本，心里终归是块隐痛。

千金一勺卤，万贯一口汤——这是“面王”立命安身的秘籍。老九是个本分人，在父亲店里刻苦学习厨艺，算是得了父亲真传，也想在餐饮界干出一番业绩，可偏偏就连个餐馆都搞不红火，他就不明白了，怎么家传秘籍到了他这儿就不灵了呢?

店里的吧台领班从玻璃窗见老板迟迟没下车，忙出来问：“九哥，你不舒服吗?”

老九说：“没有，走神了。”

老九下车关上车门，按了一下遥控门锁，车门就锁上了。

来到吧台，老九看了看这几天的营业报表，到餐厅、厨房例行巡视了一遍，然后去了二楼自己的办公室。他从文件柜里把一沓员工登记表找出来，查一个名叫“方迪”的留学生的住址和电话，查到之后就往方迪的住所打电话，没人接，他判断方迪应该是上课去了。看了看表，时间也差不多了，老九带上点钱下楼，开车去了纽约圣尼耶尔大学商学院。

等到放学时间，学生们鱼贯涌出校门，老九站在门口专注地搜寻方迪的身影，看到她和几个不同肤色的同学说笑着走来，他想等方迪走近了再打招呼，而方迪也发现了他。

方迪25岁，属于那种少见的漂亮，脸形好，皮肤好，身材好……她长发乌黑，束着简洁的马尾，白色弹力内衣外面是一件黑底暗格上衣，没系扣子。低腰牛仔裤束着一条宽牛皮带，宽大的不锈钢皮带扣在弹力内衣下极有分寸地露出一半，融野性、妩媚、时尚、典雅于一身，不是简单的动人。

方迪惊讶地问：“九哥？你怎么在这儿?”

老九说：“等你。”

方迪用英语跟同学说：“你们先走，我随后就来。”然后问老九：“有事吗?”

老九说：“有点事。不介意的话，中午想请你吃个饭。”

方迪说："中午不行了，已经约好了去一个同学家里聚会，是早就约好的。九哥有什么事直说就行了，不用这么客气。"

老九说："其实也不是请客，这事它七扭八拐的不好说清楚，就是找个说话的地方。"

方迪问："很急吗?"

老九说："算是吧。"

方迪说："很急的话……我下午没课，你到中华总会找我吧，我在那儿排练节目。这不快到中秋节了嘛，总会要搞台晚会，有我个跳舞的节目。九哥，你找我能有什么事啊?"

老九说："这个……几句话还真是说不清楚。你排练到几点?"

方迪说："说是到6点。"

老九想了想，说："你排练节目，我也不好打扰。这样吧，我6点钟去找你，晚上一起吃个饭，到时候咱们再详谈。"

方迪说："那好吧，如果提前排练结束了我就在总会门口等会儿。"

……

2

中华总会是林林总总的华人社团里规模较大、规格较高的组织，汇集了商业、文化、艺术、宗教各个领域的优秀人才，也有一定的官方背景。总会每逢重大节日或重大政治事件都会组织一些活动，以此凝聚华人，表达华人的声音。

老九对中华总会人熟、地熟，将近6点的时候赶到总会大院，停好车，一路跟人打着招呼来到小礼堂，还没进门就听到里面音乐声叫喊声响成一片，非常喧闹，进去一看才知道原来是不同的节目各练各的，本来就不是很宽敞的礼堂被分割成了几个区块，原有的长条椅统统被归置到一个角落，参加排练的人除了艺术指导，绝大多数都是业余演员。纽约华人有个传统，凡是总会的公益活动，很多人都会自觉尽义务，有钱的出钱，有力的出力。

方迪在一个圆台子上独舞，圆台高度约40厘米，直径有一米多。录音机里播放的是一段节奏强劲的打击乐，两只落地音箱的低音喇叭突突地弹跳，仿佛要爆出来。方迪随着强劲的节奏忘我地舞蹈，一招一式都能让人感觉到是有点功底的身手，那舞跳得，像火一样激荡，像水一样柔美……艺术指导站在一边审视着，不时攥起拳头晃晃表示非常满意。

曲终，艺术指导拍拍手走近说：“好！很好！就这样定了。你回去再练练，爆发力再强一些。我再强调一遍，这节目是放在开场的，灯光、烟火一配合，上去就要把观众情绪调动起来，要那种迎面撞上去的感觉……好，今天就到这了。”

方迪拎上包和外衣，一边用纸巾擦汗一边走近老九，说：“九哥，你来啦。”

方迪刚走几步，那边艺术指导又喊道：“方迪，别忘了19号彩排，带上演出服。”

方迪回头答应道：“知道啦！”然后和老九一起往外走。

老九说：“这是谁出的馊主意，在这么小的台子上跳舞，搞不好就摔着了。”

方迪说：“这是跟人家演唱会学来的，模仿吧，主创说这节目调动观众情绪。台子其实也不算小，动作熟了掉不下去的。”

老九说：“好像这几年的中秋晚会你都参加了。”

方迪说：“可别说参加，就是给人家伴个舞，顶多叫参与了。”

老九笑笑说：“那这次算参加了。”

方迪也一笑说：“哪儿啊，这节目本来是请的名家，据说人家要价太高，除了酬金还要负责北京到纽约的往返机票和食宿，对外还要说是义演。主办方不干了，请不起呀，就找了几个业余的来试试，我比她们还有点舞蹈底子，就拿我充数了。”

出了中华总会大门，方迪问：“去哪儿？”

老九说：“我请客，你说。”

方迪说：“去台湾粥棚吧，就在我住的楼下不远，我喜欢那家的香菇粥。”

老九笑笑，说：“我知道，你们这种家庭的子女忌讳请客。也好，就台湾粥棚，你请九哥吃碗香菇粥可以吧？”

方迪也笑了，说：“当然可以。”

方迪去开车，可车却发动不着了。老九把车开到方迪的车前，下来看什么情况。方迪也从车里下来了，朝车头的侧面“咚咚”踹了几脚。

老九问：“发动不着吗？”

方迪说：“老毛病，踹两脚就好了。”方迪再一打火，车子果然就发动了。

老九说：“这样不能上路啊，再熄火了怎么办？”

方迪说：“凉车有时候这样，车一热就正常了。”

老九说：“还是应该去修一下。”

方迪说：“去修过，人家说这车不值得修了，修一下的钱还不如再买辆二手车呢。将就着开吧，实在不能跑就不要了。”

老九一路都担心方迪的车再熄火，但是还好，他们顺利驶到了那家台湾粥棚。

台湾粥棚在一条住宅楼较密集的小街上，店面不大，客人也不多。到了粥棚，方迪要了两碗香菇粥和两碟春卷，边吃边谈。老九费了好大劲才把为什么要查叶子农底细的来龙去脉说清楚。方迪听完考虑了许久，轻轻摇摇头。

老九说：“这种事，没有特殊渠道是查不来的。我知道你不愿意沾这种招风的事，可这事真的关系重大。如果知根知底，不用她戴梦岩，我都能把运作资金拿出来。”

方迪说：“这几年不管寒假暑假都去九哥那儿打工，九哥一直挺照顾的，要说能给九哥办事，那是九哥看得起我。可这事真的不行，一旦有政治背景或涉及法律禁止的，我的麻烦就不止我个人了，而且你花了钱也一个字的资料都拿不到。”

老九说：“这个我懂。你看这样行不行，你先查，如果你发现有问题就停止调查，调查费一分不退，你一个字的资料也不用给我。”

方迪说：“有没有问题你怎么知道？那样的话我可以任意黑了你的钱。”

老九说：“我相信你。”

方迪说：“你换个成本低的渠道吧，用我成本太高，因为我用别人的成本很高。那些人是什么人？没有人情是可以白用的，你选的就是一个高成本的渠道。”

老九说：“这些我都想过，我除了找你帮忙没别的渠道。”

方迪想了一会儿，说出了一个数：“一万，你考虑一下。”

老九说：“我明天就把钱给你送去。”

方迪说：“如果我发现有问题或者有不适合交给你的文件，我就停止了，只能把剩余的钱退给你。我是个穷学生，担不起人情，也付不起那么贵的电话费。”

老九歉意地说：“不好意思，给你添麻烦了。”

第八章

1

1991年9月11日，叶子农独自一人先行来到布达佩斯，入住亚斯索尔尼酒店，这里也将是注册公司后的法定办公地，这标志着劳务输出计划正式启动了。

在柏林动身之前，叶子农从侨会收集了大量有关国内招商引资的资料，这些资料大多都是由地方政府主管招商引资的机构组织编写，通过官方或社团流入海外。叶子农经过缜密研究，根据劳务输出计划的条件需要和地方经济利益的条件需要，选择了位于中国腹地的红川市作为劳务输出组织城市，确定以在布达佩斯建立方便面生产线作为投资项目。

叶子农在布达佩斯受到了匈牙利华人商会的热情接待，事实证明林雪红求助华人商会是正确的，尤其是在人地两生的情况下，海外华人商会在信息交流、相互协助方面确实发挥了重要作用。在商会的引荐下，叶子农联系了由当地华人经营的注册代理业务公司和商务咨询公司，实地考察了几家闲置厂房，选定了布达佩斯北部一家犹太人开办的工厂，提前做好了各项预备工作，就等林雪红一到正式注册公司和租赁厂房。

匈牙利是个东欧小国，既不靠海，也没有多少自然资源，加之长期实行教条的苏联经济模式，国民经济一直不景气。东欧剧变后，匈牙利政府开放国门吸引外资，国内也加速私有化进程，然而由于整个东欧都处于裂变与战乱的状况，以及匈牙利国有经济产权的私有化转变等各种因素，导致了失业问题严重，所以外资的注册门槛很低，注册资本只要8000美元就够了，其中7000美元注资存入银行账户，1000美元交给律师，手续非常简便，有了公司法律文件就可以拿到居留卡。

匈牙利是欢迎中国人来办公司的，但是大多数来匈牙利的人并不是为了投资经营，而是为了过渡西欧。中匈互免签证协定第一条规定，缔约一方的公民凭有效的旅行证件，可免办签证进入缔约另一方境内，并可在该国逗留30天。有接应渠道的人根本用不了30天就神秘蒸发了，又神秘现身在西欧某国。没有渠道的人或黑着身份等待时机，或办个公司当起了倒爷。所谓“北京的倒爷震东欧”，主要指的就是莫斯科和布达佩斯。

9月15日，星期天。按事先通报的情况，林雪红一行将于晚间抵达布达佩斯。星期天各机关单位都休假，叶子农无事可做，下午来到自由市场闲逛。自由市场里，各国摊主与顾客之间的交易进行得热火朝天，各种不同的语言之中夹杂着一些简单的匈文与手势，你来我往地讨价还价，而更多的摊主是中国人，恍然间仿佛置身于中国市场，只有实地来到过这里的人才能真正明白，什么叫“北京的倒爷震东欧”。

叶子农漫无目的地逛着，对服装、首饰、化妆品之类的东西不感兴趣，逛着逛着，一个卖打火机的小摊引起了他的兴趣，摊主是个20多岁的中国小伙子，穿条牛仔裤和一件灰白色牛仔夹克，坐在一个折叠马扎上。地上铺着一块一米见方的小毛毯，毛毯上摆着几十只打火机，有温州的恒星、上海的葵花、美国的ZIPPO、英国的登喜路，等等。毛毯三分之一的地方摆着十几把握柄可折合的刀，行话叫蝴蝶刀。

叶子农蹲下，拿起一只ZIPPO火机习惯性地摆弄了几下，用英语问：“多少钱?”

小伙子一口地道的北京腔：“中国人吧?”

叶子农问：“你怎么知道?”

小伙子说：“你看你，鞋是温州的，衣服是出口转内销的。”

叶子农说：“可以呀你。”

小伙子不以为然地说：“干这个的。哥们儿，你露底了。”

叶子农不解：“什么露底了?”

小伙子说：“你拿的那个是三铰链黑裂，有年头了，行家没有拿藏机玩T的，表演也最多用个酷贴章。你那手法也露怯了，那叫拈花一笑，你偷巧了，就这两下子也敢出手?”

叶子农笑了，说：“这回你走眼了，我什么都不懂。这是收藏机？那点烟就糟蹋了。”

小伙子拿起一只圆角纯铜火机说：“烧机就用41复刻吧，经典、耐造，还便宜。听口音你也是北京人吧？同城弟兄不多要你的，你给2万福林吧。”

福林是匈牙利币，时值匈牙利通货膨胀，黑市1美元约兑换500福林。

叶子农说：“我只有美元。”

小伙子说：“付美元还能优惠点，你给40美金吧。”

叶子农说：“这还便宜？我那火机跟你这一样，才50块钱，人民币。”

小伙子不屑地说：“你那是温州仿造的，50块你都买贵了，进价不超过15块。你再看看这是什么？这是ZIPPO，正品美国造。算了，不跟你说了，啥都不懂。”

叶子农说：“那好，就40美元。”

小伙子把打火机装进包装盒里，叶子农接过打火机准备掏钱。

突然，小伙子脸色大变，叶子农顺着小伙子的目光向自由市场的进出口望去，只见从大门口进来两个威风凛凛的匈牙利警察，那副庄严的打扮让人一见心里就怵了三分，漆黑锃亮的大皮靴，灰制服、大盖帽，腰间的武装带上挂满了手铐、手枪、警棍、报话机、口哨之类的装备，两个警察昂首挺胸地走到一个摊位前，用手指着那个摊主说了一句匈文，那摊主忙伸手从怀里掏出一个小本本递上去，警察翻开小本子，拿眼光不住地对着摊主相看，摊主一副诚惶诚恐的神态，好像随时都可能有麻烦降临。

叶子农问：“他们干什么？”

此刻，那两个警察与小伙子之间还隔着十几个摊位。小伙子手脚麻利地将摆摊用的小毛毯四角一收，眨眼间整个摊子就变成了一个大包袱，只听里面的打火机哗啦哗啦响。看看叶子农还站着没动，也顾不上没给钱了，包袱一背就往自由市场的另一个出口跑。

叶子农没付钱，只能紧跟在小伙子后面。小伙子到一条河边的台阶处停下来，向身后张望了一阵，确信没有警察追了才放下肩上的大包袱，坐在台阶上大口喘气。

小伙子见叶子农跟过来了，竖了一下大拇指，喘着粗气说：“哥们儿仗义，我以为你躲了不给钱呢。查护照的……身份黑了，丫不给签证，抓住就驱逐出境。”

叶子农掏出40美元递过去，小伙子接过4张10元面额的美钞验了验真假，拿出一张还给叶子农，说：“哥们儿仗义，收你3张。”

叶子农说：“谢谢，不用了。”说完转身要走。

小伙子急忙站起身说：“大哥留步！大老远的在这儿碰上不容易，聊两句。你刚才那手法露怯了，出去给咱玩T的丢份儿，我给你纠正纠正。我不是坏人，北师大刚毕业的。”小伙子说着拿出折叠马扎展开，这就算让座了。

叶子农把马扎后移了一点，与小伙子保持一个恰当的距离，坐下说：“我是想事的时候习惯在手上摆弄，没想玩什么，也不知道什么是玩T。”

小伙子拿出烟让叶子农，叶子农推挡了一下，拿出自己的烟。

小伙子收起烟说：“你的烟好，抽你的。”跟叶子农要了一支，从腰间的皮套里摸出打火机先给叶子农点上，自己再点，说：“大哥稍等，我先检查一下机器。”然后打开毛毯，重点检查几个贵重打火机看有没有磕碰，嘴里念叨着：“哎哟……他妈的心疼死我了。”

叶子农笑笑说：“真是，烧什么的都有。”

小伙子拿上刚才点烟的那只打火机说：“T是英文tricks，玩T的广义就是玩打火机的各种手法技巧，火机魔术的意思，狭义是指玩Z的圈子，Z就是ZIPPO火机。当然你玩别的火机也可以，没什么规定的，不过还是公认玩Z最正宗。看好了，我给你玩一套。”

说着，小伙子开始表演，一只小小的打火机刹那间像有了灵魂一样在他手里舞动，不知火从哪里来，也不知从哪里熄灭，一轮又一轮……打火机任凭怎么翻转都游刃自如，哪里还是一块金属，简直就是一个鲜活的生命。

最后，小伙子“啪”地一甩合上盖子结束表演，说：“看见了，这才叫玩T。”

叶子农看呆了，惊叹地说：“真没见过……了不得，太了不得了。”

小伙子自我介绍说：“我姓沈，叫沈彪，绰号北京刀客，圈里都叫我彪哥，其实他们好多比我大，圈里不按年龄，论道行。我真不是坏人，北京师范大学刚毕业一年，我倒是想学坏来着，可来不及呀，没时间。玩T要的是功夫，功夫不到说啥你都是秀才。”

叶子农纳闷：“你玩火机，怎么会叫北京刀客呢？”

沈彪说：“外行了吧？玩T不懂刀，你只能算半个江湖。今天手头没Z油，不然来个火之浴什么的。蝴蝶刀有几把，我给你来一个。”

沈彪拿出一把蝴蝶刀“唰唰唰”舞动起来，只见刀光如雨，不见刀在何处，看得人眼花缭乱，犹如漫天蝴蝶……突然一个炫目的收刀动作，戛然而止。

叶子农又看呆了，说：“这刀是真格的吗？”

沈彪眼光一竖，说：“笑话！Bm47，美式几何刀头，人称鬼溅血，没几年功夫玩不了这个。看看我这手，刀伤都够你数的。”

沈彪伸过手去，叶子农一看，果然满是刀痕。

叶子农说：“你多大了？我看你不像刚毕业的。”

沈彪脸一红，沮丧地摇摇头说：“今年28了，高中复读一年，大学多读一年，硕士又比人家多读一年，学分难修啊，兴趣不在那儿。唉……想家了，还是咱北京好哇，哪像在这儿整天被警察追着，真他妈跟孙子甭找钱。”

叶子农说：“那就早点回去吧，路费不够吗？”

沈彪说：“那倒不是，我是借道去美国。看了篇报道，世界Tricks大赛美国的托尼卡拿了第一，我那叫一个来气。你说，没有咱中国人参加的项目能叫世界第一吗？我就是再苦再难也得到美国给丫灭了，咱中国有人呢，他是第一我他妈往哪儿放？”

叶子农说：“就为这点事，至于吗？”

沈彪一听生气了，说：“中国就是让你这种没血性的人给耽误了。算了，不说了，一点兴致都没了，你走吧。”

叶子农打量着沈彪想了一会儿，说：“有联系电话吗？给我一个。”

沈彪问：“干吗？”

叶子农说：“两个月内也许有人跟你联系，能不能帮上忙看你运气了。”

沈彪赶紧拿出纸笔写下电话、姓名交给叶子农，也顾不得生气了。

叶子农看了看，起身说：“出门不易，多保重吧。”说完转身就走了。

沈彪追上一步：“大哥，还没请教尊姓哪。”

叶子农没回头，只是摆摆手说了一句：“不值一提。”

2

晚上，叶子农知道林雪红一行飞抵布达佩斯的时间，所以没有出去找吃的，在酒店餐厅随便吃了点东西就回房间了。其实这几天他一有时间就走街串巷找吃的，不管到什么地方他都不会先关注当地的风景名胜，而是先打听风味美食。

时间不多久，林雪红来电话了，说他们已经住进酒店，一会儿就过来。几分钟后林雪红带着两男一女来了，其中一位是库格列夫，叶子农在柏林会议上已经认识了。大家礼节性地握手寒暄，然后到客厅就座。客厅沙发坐不下5个人，林雪红就拿来一把椅子坐下。

林雪红介绍道："这是莫尔先生，食品机械工程师。这是徐红女士，翻译。"

莫尔30多岁，美国人，五官端正，个子很高，朴实的脸上总挂着微笑，看上去亲和而开朗。徐红20多岁，美籍华人，长得很漂亮，留偏分式齐耳短发，中等个子，穿一身质地很好的浅色裙装，人显得非常有灵气。

叶子农用英语问："莫尔先生，测量工具都带了吗？"

莫尔点点头说："是的。"

叶子农说："明天签厂房租赁合同，厂址的选择是出于多方面考虑的，一经签字厂房就不能改变了，但标准配置的生产线不一定跟厂房匹配。你只有两天的时间勘察场地，如果标准配置的生产线跟厂房不匹配，怎么改装、变通，到了红川以后你跟厂家谈。"

莫尔说："我明白。"

叶子农说："大家旅途一天了，以后有时间聊，林总先带大家去吃饭，吃过饭你们早点休息，林总来我这里一下。"

叶子农所称的林总就是林雪红。

林雪红说："那好，我先带他们去吃饭。"

送出几个人，叶子农关上门躺床上想事。林雪红没提过库格列夫也要来，库格列夫的出现让他感到诧异，他不知道库格列夫与罗家的背景，也不知道林雪红的用意，但是林雪红刻意隐瞒了这个情况，但是人已经来了……

过了一个多小时，林雪红没来，电话却响了。

叶子农拿起电话。

林雪红说："叶先生吗？我已经带他们吃过饭了，我在酒店对面的咖啡馆里，这儿的环境很好的，我请您出来喝咖啡好吗？"

叶子农说："好的。"

这是一家高档咖啡馆，与酒店相邻，来这里的大多是能住得起酒店的客人，当地人光顾的并不多。叶子农来到咖啡馆，在林雪红面前坐下，要了一杯咖啡。

林雪红从包里拿出一张授权书，说："材料和印章都带来了，您先看看这个。"

授权书上写的是：纽约裕香阁公司委托叶子农全权负责公司在布达佩斯

筹建方便面厂的各项事宜，落款是纽约裕香阁公司印章和林雪红的签名。

叶子农把授权书装进上衣口袋，说："有几件事，得和你交代交代。劳务输出的批文下来之前，红川方面一定会来布达佩斯进行资信考察，既是怕出错，也是出国旅游。厂房租下来以后，圈个围墙，修个大门，到旧货市场收购一批桌椅床铺，花钱要少，摊子要大，得让人一眼就能看明白你是真办厂、真干事的，凡不体现真办厂、真干事的都是白花钱。"

林雪红说："明白。"

叶子农接着说："劳务输出对于红川方面是心照不宣的事，只要不妨碍人家乌纱帽你就过得去，但这毕竟是出国，难免会有红川的人搭车，这是必办的事，推了这个也就推翻了整个计划。这事你要早做准备，要联络可靠的渠道。"

林雪红说："这个我想到了，我和许主席谈过，也和钱主席联络过，他们的渠道还是比较可靠的，只要肯花钱，应该没问题。"

叶子农说："要特别提醒一下，这钱怎么花很重要。对于红川搭车出国的，帮忙与变相行贿是条杠杠，过了界就构成犯罪。"

林雪红说："这个我懂。"

叶子农说："罗慧娟还得去莫斯科，要向当局主张资产权利，劳务输出结束以后人可以回来，但是主张资产权利的事得继续挂着，诺尔库克石油公司毕竟还存在，就是当局收归国有也得有个法律程序。劳务输出计划是基于莫斯科的资金支持，你们不去讨这个钱，布达佩斯建厂就是一个骗局，其法理就断了证据链。你是挪用担保金，不是侵吞担保金，要让将来担保金的处理成为另一个法律关系的事。"

林雪红说："慧娟肯定不愿意再去莫斯科，我跟她谈谈，她会顾全大局的。"

叶子农说："在主张权利的同时，要尝试转让公司，你就理解为打包出售不良资产。资产在你手里不良，不一定到了别人手里也不良，要送给能拿动这个包的人物。归公你连一个钢镚都收不回来，归私你还有可能落几个。"

林雪红说："这个我没想过。可以试试，反正已经这样了。"

叶子农说："别的就没什么了。"

林雪红说："叶先生，这会儿您不忙吧？"

叶子农说："不忙。"

林雪红说："您要是不忙的话，我想跟您说说那几笔债务的背景。"

叶子农说："如果仍然是债务的性质，什么背景还重要吗？"

林雪红说："对家明，对我，都很重要。"

叶子农说："哦，那就说吧。"

林雪红说："先说九哥吧，其实家明跟老九就不认识，欠老九的钱是家明接餐馆时房主拿分期付款的部分债务抵债抵过来的，家明是跟售房代理公司签约在先，跟房主欠老九的债务抵换在后，根本不是家明跟老九借钱。库格列夫的钱本来是绑在家明名下掺的暗股，这点钱不可能成为股东，也不是光有钱就能成股东的，只是当时是口头约定，没凭没据的，现在就变成借钱了。戴梦岩的钱是家明他妈看他挺作难的，家明又舍不下脸向朋友开口借钱，就找戴梦岩借了一笔钱。只有布兰迪的钱是家明开口借的，但是连布兰迪自己都知道，这点钱真是象征意义的，仅仅是家明想跟布兰迪保持关系。您也许不知道，家明这人向来是走精英路线的，在美国他需要布兰迪这种精英阶层的朋友。"

林雪红停顿了一下，喝了口咖啡润嗓子，接着说："家明刚来纽约时，住房是通过中介公司租的，房东就是布兰迪。当时布兰迪正在离婚，女方不要实物，只要钱，布兰迪就四处筹措离婚费，家明偶然知道了这事，觉得是个机会，当时家明的投资项目还没启动，手里也有闲钱，就给布兰迪送去了一笔钱，其实那笔钱布兰迪只用了4个月，很快就还了。后来家明买了房子，跟布兰迪没联系了，就想了个借点小钱的法子，布兰迪也不好拒绝。"

叶子农问："你想说什么呢？"

林雪红说："我想说，家明是要脸面的人，饿瘪了肚子也要挺着腰。我们不敢说自己高贵，可也不是低三下四求生的人。"

叶子农说："你们高不高贵，跟我有什么关系？"

林雪红说："在柏林开会的时候，我想对您表示一下感谢，您说您不受这个。您不受这个，那您受什么呢？"

叶子农说："要谢你谢他们，没有他们的帮助办不了这事。对于我，这是我自己愿意做的事，不是你可以要求来的，也不是你可以谢来的，没什么可受的。"

林雪红问："您为什么要帮我？"

叶子农说："你该把'我'字改成'罗家'，是罗家。这个问题不是你现在该问的，是你来柏林之前就该想清楚的。"

林雪红说："叶先生，其实我对您是不了解的，我说几句话您别生气。库格列夫是我让他来的，他一直给家明打下手，也希望有点事做。我打算让库格列夫留守布达佩斯，这样您可以随时来视察工作，库格列夫也完全能胜任这儿的工作。"

叶子农说："苏联正在解体，匈牙利正在改变苏联模式，或者说正在摆脱苏联控制，这种时候不宜把俄罗斯人放到这里工作，出了安全问题你我都负不了责任。"

林雪红沉默了一会儿，终于还是鼓起勇气，说："这是个问题，我确实没考虑过。不过我还是想很不礼貌地问一句，您不会是对我有什么企图吧？我是女人，本能需要安全感，所以我想让库格列夫留守布达佩斯，这样便于您来视察工作。还有刚才，我觉得晚上去您房间不方便，所以把您约到这儿了。"

叶子农眼神里掠过一道惊愕，随即平息了，说："这会儿我觉得自己很笨，不管我怎么回答都是对你不尊重。刚才是我疏忽了，我向你道歉。但我还是想说，人是有情绪的，有情绪说话就容易偏激，这会儿我就很想说句很偏激的话。"

林雪红问："什么话？"

叶子农平静地说："这世界，真他妈容不下一点美好的东西。"

林雪红的脸噌地一下就涨红了。

叶子农说："诺尔库克是个权钱结构的腐败公司，至少这个不能让罗兄有底气认为自己是好东西。我就更不用说了，劣迹斑斑，从来就没是过好东西。"

说着，叶子农起身准备离开，临走前说："我跟罗兄交往不多，可那点东西真干净，这对我是收藏。"

说完叶子农就走了。

3

第二天上午，在中介公司和华人商会的陪同下，叶子农一行按约定前往厂房出租方的驻地办理承租合同，4辆轿车沿瓦茨路向北，穿过多瑙河之后再向北，在接近古罗马城址的一条东西走向的路上进入一家已经停业的食品厂。

厂主是一个50多岁的匈籍犹太人，已经在办公室门口等候了。

叶子农向厂主介绍了承租方的法人代表林雪红，然后大家就步行陪同林雪红再次看了一遍厂房。叶子农决定租下的这两幢厂房原是食品厂的一个生产车间、一个产品库房，两幢建筑都是坐北朝南，与旁边最近的其他车间相距50多米。库房的后面隔着围墙是3栋一字排开的3层宿舍楼……不难看出这曾是一家相当有规模的食品厂。据厂主介绍说，以前这里的工人大多是来自南斯拉夫和罗马尼亚的打工者，而且流动性很大。

叶子农指着一栋宿舍楼对林雪红说："这栋宿舍和两个厂房是我们的，我们把这部分的隔墙推倒，把属于我们的场地用围墙圈起来，大门开在东侧，形成一个独立的厂区，这样便于管理，已经和厂主谈好了，都在合同里。宿舍楼有36个房间，每个房间上下铺能住6个工人，完全够用，留下一楼几个房间做伙房和办公室。"

林雪红也极认真地点点头说："嗯，很好。"

这时候叶子农和林雪红是用中文交谈的，不需要翻译，但是女翻译徐红可能与林雪红比较熟悉，还是插了句嘴，说："林姐，宿舍楼的房间当餐厅有点小了吧?"

林雪红说："把东头的两间房打通了当伙房用，工人打了饭到自己房间吃去。"

华人商会的一位朋友也说："刚创业没必要那么正规，其实工人更困难，不困难谁来这儿打工啊，以后生意好了可以逐步改善。"

看过了外部场地，大家又陪同林雪红到厂房里视察，厂房里废旧的机器还没拆走，上面落满了灰尘，一看就是停产很久了。

厂主用英语对林雪红说："签过合同以后，我们会按合同在10天之内清空厂房。"

林雪红也用英语回答："好的。"

……

视察厂房之后回到办公室，林雪红作为承租方法人代表的身份没有对叶子农的选址提出异议，于是双方正式签署厂房租赁合同，合同文本是厂主准备的，一式三份，因为中介公司也要持有一份，中介公司是要凭借这个向承租方收取服务费的。叶子农把合同文本又详细看了一遍，没有问题，双方就开始签字。

林雪红把纽约裕香阁公司的印章盖上，签上自己的名字，然后从包里拿一万美元定金交给厂主，厂主也把厂房的设计图和地下管线图等资料交给林雪红。合同规定，厂房年租金为两万美元，自机器投产后开始起算，租期15年，租金按每年1.5%的比例递增。定金一万美元，如6个月内厂房不能投入使用，合同自行失效，定金一万美元归出租方所有，承租方无权索回。签完字，厂主和林雪红两人只是握了握手，没有香槟酒，也没有掌声。

华人商会的那位朋友笑着说："林总，这也太简单了吧？"

林雪红也笑着回答："哪里，晚上请大家吃饭，以后还仰仗各位多照应呢。"

叶子农对莫尔说："从现在起，这些建筑的使用权就归我们了，你可以工作了。"

莫尔说："明白，我只有两天的时间。"

叶子农又习惯地把衣袖推上去，点上一支烟。布达佩斯的工作就此告一段落，现在他的心思已经不在这里了，他在想红川……

第九章

1

星期五的晚上，方迪房间的灯亮了一夜。

方迪脖子上挂着专业监听耳机，一会儿抽口烟，一会儿抓起酒瓶喝口啤酒。那台专业的开盘录音机转转停停，她听一段，摁下暂停，娴熟地操作键盘打成文字。录音机里的内容是对方把采访录音通过电话传输从北京传到纽约的，方迪再用麦克风对着电话听筒把录音采集下来，所以音质很差，有些说话片段需要戴上耳机加大音量反复听，再结合前后内容判断才能明白意思。从国内传过来的关于叶子农的调查资料有传真文件和采访录音两部分，她需要把两部分汇总、归纳，形成一份简明扼要的调查报告。

方迪出身于军人世家，爷爷是中国人民解放军中将，父亲是少将，哥哥军校毕业后就下连队，走的也是从军道路。方迪从小在北京军区八号家属院长大，简称"军八大院"，因为大院有一种"比"的风气，比谁家的孩子有本事，比漂亮，比才艺……所以大院的孩子特别能吃苦，军八大院也就有了"魔鬼大院"的别称，意思是孩子受苦的地方，从军八大院出来的孩子都以此为荣，常挂嘴边一句话：我是谁？魔鬼大院出来的！

方迪19岁就读纽约圣尼耶尔大学新闻传播学院，读完新闻学硕士又报考圣尼耶尔大学商学院，攻读工商管理学硕士，还有一年即将毕业。她从19岁独自离开北京，在纽约这座城市已经生活6年了，已经逐渐适应了这座多元文化的国际大都市。

这是圣尼耶尔大学商学院附近的一座学生公寓，分4种户型，可以独租，也可以几个人合租。方迪是一人独租的小户型，卫生间和厨房很小，除此之外就只有一个15平方米左右的房间，集客厅、卧室、书房于一室。房间里除了单人床和衣柜，最显眼的就是靠墙摆放的一张裱画台子，2米多宽，1米多深，上面摆了一堆新闻采编的设备，有专业录像机、专业摄像机、开盘录音机、有线麦克风、喷墨打印机、电脑、显示器、音箱，俨然就是一间新闻采编工作室。除了这些还有台式化妆镜、化妆品、碗筷等生活用品，这虽然不是一张严格意义上的桌子，却是集梳妆台、写字台、电脑桌、视听编辑、饭桌于一台。裱画台、单人床和衣柜摆放得很拥挤，硬是挤出了门口的一片不到5平方米空地，视觉上显得很不协调。方迪喜欢跳舞，这块空地是她闲时练舞的专用领地。

开盘录音机时断时续。

陕北延秀当年村支部书记的声音：子农刚下乡嘛，那时还是个娃，我问他会做啥，他说会打架，那我说那你去看山林吧……

陕北延秀一女村民的声音：子农那脏得呀，脖子上生疮，手都冻烂了，就那，人家不耽误学习，那《资本论》啥的，厚得像砖头……

陆军作战部家属院前居委会主任的声音：哎哟，是1978年平的反吧，房子和补偿款子农都没要，那孩子倔，说那是父母的命钱，花不出去，他说他们都是党的人，要尊重他们的信仰，他们的东西都当党费交了……

中国社会科学院一位学者的声音：有过几次交流，见解独到，我认为是马克思主义理论研究专家。他去柏林是必然的，东柏林是研究共产主义运动变化的重要标本，我相信子农已经预见到了柏林墙即将倒塌，作为学者当然希望目睹那一幕，见证历史……

方迪一边工作，一边不时通过衣柜的镜子看看自己。这个角度不是巧合，是她从一开始布置宿舍就设计好的角度，这或许是女人的天性，大概没有哪个女人不喜欢孤芳自赏。她看着镜子里的女人，镜子里的女人也在她脑海里不断幻化，像一个风情万种的极致女人。

……

调查报告终于整理出来了。

关于叶子农的调查报告

叶子农的父亲

叶辉——1918年出生，1935年参加红军，1937年入党，延安抗日军政大学毕业，历经长征、抗日战争、解放战争、抗美援朝战争，历任排长、副连长、营长、团长、师政委、陆军作战部参谋，少将军衔。1967年被造反派隔离审查，1968年被送五七干校劳动改造，1970年因劳累折磨诱发肺部枪伤致死，时年52岁。

叶子农的母亲

林静如——1928年出生，上海大资本家的女儿，1947年参军，1949年入党，1950年被派往莫斯科大学学习，1952年在朝鲜战场与叶辉相识，1953年任外交部俄语机要翻译，1967年被造反派批斗，因不堪凌辱投河自尽，时年39岁，留下遗书：我对党是忠诚的，我对共产主义事业是忠诚的，请党审查我。

叶子农本人

叶子农——1954年出生，1960年入北京军区机关小学，1966年入北京红杉中学，1967年因父亲被隔离审查和母亲“自绝于人民”而在学校深受歧视，纠集团伙称霸一方，游荡在校园内外打架斗殴。1970年初中毕业下乡，到陕西延秀插队落户，做护林员，因为打架不要命远近闻名。为了搞明白父母至死都忠诚的那个信仰到底是什么，从这一年起他开始大量阅读马克思主义书籍，为了直接阅读原著刻苦学习英语、德语。1978年父母平反，叶子农把落实政策的房子和补偿款全部都替父母当党费交了。同年中国恢复高考，叶子农考入黄埔政法大学，两年后退学。1981年叶子农考入六祖佛学院，两年后再度退学。1984年沿当年红军长征路线进行革命历史考察。1987年在陕西清东油田开办汽车修理厂，涉嫌利用价格双轨制倒卖紧缺物资。1988年侨居柏林至今，目的是以东西柏林为标本研究共产主义运动变化，据一位学者说叶子农对柏林墙倒塌有预见，去等待目睹那一幕。

综合被访者的评价，一、懒散，没有上进心。二、马克思主义理论研究专家。

1991年9月20日

方迪把原始文字和语音整理出来，形成简练的叙述文字，再把中文稿按照要求翻译出一份英文稿，两种文字稿各打印3份，天色蒙蒙亮的时候做完了全部工作。她困极了，倒在床上便睡，直到被闹钟叫醒，睁开眼犹豫了一下，看了看床头的课程表，一翻身又睡了。

2

中午过了饭时，老九店里的员工都下班了，午饭后和晚饭前员工们有一段不到3个小时休息的时间。老九没回家，在办公室里准备红包。明天就是中秋节了，按店里的传统，每年的春节和中秋节都会给员工发红包。老九的生意不景气，红包的钱数也是象征性的。

到了4点多钟楼下开始熙熙攘攘起来，员工们又来上班了。老九听到楼下的动静，把一沓红包锁进抽屉，拿上几张不知是新旧的报纸下楼了，到吧台要了一包烟和一个印有本店广告的一次性打火机，自己出去了。他沿斑马线穿到马路对面，顺着人行道往东走了大约20多米，那儿有一家大型超市，超市门前入口处是一个长方形平台，环平台三面有台阶，他就在平台西侧的台阶上垫上报纸，面朝西坐下，这个位置可以很清楚地看到他的饭店。

老九不嗜烟酒，至少没有烟瘾，只是碰到一些场合抽个一两支。今天他是想抽烟，或者说是为了抽烟而抽烟，似乎抽烟已经成了一种思考的象征，或者是释放烦恼的方式。自打他从柏林回来以后，他的烦恼越来越重了，饭店不温不火的生意比以往更加刺痛着他。临近中秋节了，饭店也挂起了彩带、灯笼，但是节庆的气氛也并没有让他的心情好起来。

格罗蒂亚大街车来人往，一年四季像集市一样繁华而喧闹，人行道上不同的脚步、不同的表情匆匆而过……老九就这样久久地、静静地凝望，一支接着一支地抽烟，都抽到嘴苦麻木了，他还在继续抽，好像在故意虐待自己。这一刻他觉得自己像一粒尘埃，没有人在意他的存在，也不需要在意，甚至他自己都不知道自己是谁……其实不是，他是忘了嘴苦，只顾在心里念叨一句话了：难道我老九这辈子就这样了？

忽然一个走出商场的熟人发现了他，说了一句："九哥，坐这儿干吗，看妞呢？"

老九应酬地一笑，看着那人走远了。

一会儿，又有一个声音叫他："九哥，坐这儿干吗呢？"

老九闻声移过视线："哟，是方迪呀。"

方迪说："去店里找你，吧台说你在这儿呢，说你都坐好几天了。"

老九不好意思地说："没有，就昨天坐了会儿。下午没课了？"

方迪说："有，不很重要，逃课了。九哥，调查结果出来了。"方迪说着，将包里的文件袋拿出来交给老九。

老九非常高兴，接过来连说："太好了，太好了。"说罢赶忙抽出来看了看，英文、中文的都有，很满意地点点头，从身下分出一份报纸说："你坐会儿，我先看看。"

方迪也坐在台阶上。

老九看了一遍中文稿的，说："这下有底了，一看就不是瞎糊弄的人。"

方迪问："一万美金，你不觉得代价太高了吗？"

老九说："我知道这事的难度，没点背景是办不来的，也办不了这么快。跟罗家的事比起来这点钱真不算什么，没准儿我那5万也能收回来呢。"

方迪又从包里拿出一个长方形的纸包递给老九，说："这个你拿着。"

老九问："什么？"

方迪说："你先拿着。"

老九接过，一上手就有感觉了，说："钱？"

方迪说："用了2000，除了长途话费还给他们买了点小礼物，都不是值钱的，就是表个谢意。还剩8000，你点一下。"

老九的脸色立刻沉了下来："你寒碜九哥？"

方迪说："我说一万，如果是可办可不办的事，也许你觉得代价太高就放弃了。"

老九说："那也不行！这钱也不是我一人出的，你给谁省啊？"

方迪说："九哥，你别急呀，容我解释一下行吗？"

老九说："你说。"

方迪说："我不是不想拿，是不敢拿。其实我到现在都拿不准这事的深浅，话费单和购物发票我都保存了，账目清清楚楚。这事是没事则已，一旦有事，是不是以牟利为目的性质就不一样了，这个深浅我还是知道的。我一个丫头片子能有什么能耐，人家帮我还不都是冲我爹来的，虽然我不是国家工作人员，但利用的还是公务权力，拿了你的调查费就是利用国家职权牟利，一旦有事这牟利的性质就严重了，这不是害我，是害我爹呢。"

老九不知道该说什么了："那你看……这……"

方迪说："你当我愿意整天累死累活的？是没办法，我得挣钱哪，学费、房租一大堆开销呢。虽然苦点，可没后遗症，睡觉踏实。"

老九说："其实你要亮明身份，会有很多人找上门关照你的。"

方迪说："不说这个了，这事就这样了。九哥，你坐这儿干吗呢？"

老九说："这生意一直半死不活的，愁呗。"

方迪笑笑说："那也不能坐这儿呀。"

老九感慨地说："我在想啊，人家都见路不走了，我还不知道路在哪儿呢。要是罗家这事让我摊上了，我该咋办呢？说不定我会愁死呢。"

方迪说："我的论文选题又被导师否定了，还遭了白眼，我都想找个地缝钻进去，可没有哇，那就厚着脸皮硬扛呗。发愁的事谁都有，慢慢就熬过去了。"

老九笑了笑，说："好啊，借你的吉言，慢慢熬过去。"

方迪起身说："那我就不陪九哥聊了，明天演出，我去总会再跟指导碰个头。"

老九也站起来说："我也得去趟商会，把文件送去。"

……

送走方迪，老九自己收起一份调查报告，然后开车去了华商会。

华商会在加拉迈北街一幢楼房的一楼，门口停着几辆车，许主席站在一辆车旁跟人说着什么，一个小伙子往车里搬东西。

老九停好车，走过来跟许主席打招呼："老许，干吗呢？"

许主席笑道："九哥来了。这不中秋节了嘛，给几个老关系送点月饼。"

老九走近了说："叶子农的调查结果出来了，这不，刚拿到就给你送来了。"

许主席说："走，屋里坐。"

进到许主席的办公室，老九把调查报告和8000美元拿出来。

许主席诧异地问："钱没用完吗？"

老九说："人家不挣这个钱，只收了2000成本费。"

许主席看了调查报告，说："嗯，跟口传的差不多。行啊你，路子挺硬的嘛。"

老九说："嗨，别提了，人家是真不愿意沾这事，也就碰上我这么个不识相的。"

许主席说："办成了就好啊。"

老九说："要是戴梦岩还刁难叶先生，后续资金我出了，我信他。"

许主席说："我和老钱商量过，没冻结那12万补偿金，有点过分了。这里面戴梦岩的利益最大，真到成事的时候用钱，我看她比谁都掏得快。"

老九说："朋友说，有人也在调查叶子农，走的是正规渠道。"

许主席说："可能是红川方面，人家也要摸摸底呀。"

老九问："那事怎么样了？"

许主席说："听雪红说还不错，名单多报了5个，叶子农也没说什么。"

老九说："这种事要放开了，那还不跟涨潮似的，要不咋叫出国潮呢。"

许主席拿出通讯录查找电话号码，一边说："我得跟布兰迪说一声，人家出的钱，这就算有个交代了，再让他抽空把钱拿回去。"

查到了号码，许主席给布兰迪打电话，先打到布兰迪办公室，布兰迪不在，许主席这才想起是周末，又打到布兰迪家里。

那边布兰迪接到电话，很职业地问："你好，哪位？"

许主席说："我，老许呀。"

布兰迪马上变成了随和的语气，说："是许主席啊，你好！你好！有事吗？"

许主席说："柏林，叶子农，想起来了？调查叶子农的报告送来了，跟你说一声，有个交代。另外调查费没用完，还剩了8000，你什么时候抽空拿回去吧。"

布兰迪问："调查报告是英文的吗？"

许主席回答："当然啦，你花的钱嘛。"

布兰迪说："好的，好的。你稍等，我马上去拿。"

许主席对布兰迪的反应有些意外，愣了一下，说："哦，好的好的。"

放下电话，许主席说："他说他来拿，好像挺感兴趣。"

老九说："想拿就拿呗，在柏林他们争过几句嘴，话不投机。"

许主席忽然怪怪地笑了，说："刚才布兰迪声音不对嘛，有点喘气。"

老九一时还没明白，问："怎么了？"

许主席笑着说："过生活呢。"

老九哈哈一笑，说："你看你，坏了人家的好事。"

3

布兰迪接到许主席的电话后反应异常迅速，马上开车来到了华商会，他让女朋友在车里稍等，自己进了商会，也就是几分钟工夫就拿着调查报告和8000美元出来了，许主席把他送到门口，招招手看着他开车走了。

驶离华商会不到两公里，布兰迪靠路边停下车，就在车里看文件。文件内容不多，但他看得很仔细，看过一遍再看一遍……文件印证并放大着他在柏林的那个微弱的敏感，他的心情也在这其中发生着变化，他感到正在看清一种东西，并且被这个东西推动着。他觉得自己那种踌躇满志的感觉又回来了，那种踌躇满志只在他大学刚毕业的时候曾经有过，那是一种久违的、已经被平淡岁月磨灭了的感觉。

女友说："回去再看吧。"

布兰迪仿佛没听见，而是自言自语道："我的直觉是对的。"

女友问："什么直觉？"

布兰迪说："如果一个人不是因为工作去研究马克思主义22年，说明什么？"

女友说："说明他是笨蛋，谁的书也不用读22年。"

布兰迪又自语："如果我的判断没错，这将是一件有价值的事，有很大价值。"

女友问："什么事？"

布兰迪收起报告说："工作，你不懂。现在我送你回家，晚上不跟你吃饭了。"

女友不满地说："你总是这样，一完事就让我走。"

布兰迪说："我有事要考虑，很重要，我需要一个人安静。"

……

布兰迪先把女朋友送回家，然后再回自己的家。布兰迪住在曼哈顿上东城一座高层公寓的22层，上东城面积不大，房价很高，是富人比较聚居的地段。这套公寓曾是罗家明一家初到纽约租住的房子，也是罗家明与布兰迪认识的地方，那时的布兰迪还没离婚，与妻子住在另一套公寓，自从离婚后他就一个人住在这里了。

布兰迪躺在宽大的沙发上，就这样躺着，他想啊，想啊……不知不觉房间里的光线越来越暗，直到夜幕完全落下，眼看着银色月光透过落地窗洒落在地板上。或许夜色的沉静更能催化他的思考，他也没有去开灯，让自己沉浸在夜色里，只是偶尔抽支烟，借着微弱的月光往茶几的烟缸里弹弹烟灰。无数个理由、词汇、可能……像萤火虫一样在他脑子里乱纷纷地闪来闪去，渐渐形成关联、逻辑，形成一个理论上可预期的结果。

这时候他才感觉到肚子饿了，起身打开灯，但是并没有先去厨房，而是先到书房打开了电脑，然后才去厨房找吃的。冰箱里储存了很丰富的食物，他拿了一个汉堡用微波炉加热了一下，一边吃着一边走进书房，吃完汉堡擦擦手在电脑前坐下，打出了一个标题：

大型电视片《共产主义运动一百年》立项申请报告

陆陆续续，他又打出了一些零散而具有提示性的重要词语：东欧剧变……世界格局的新态势……与东欧当局推行变革政策所呼应的政治理论……东欧民众的心理倾向……东欧市场分析……西欧和美国市场分析……亚洲市场分析……1.3亿美元市场预期……有效利用迪拉诺广播公司的库存资源……叶子农……特定人选……政治背景、家庭、身世……迪拉诺广播公司在世界范围的权威度和影响力……大尺度、大视野……

随着思考他写下很多零散的提示，零散的提示逐渐变成提纲，而把提纲变成完整的立项申请报告，他还需要更多的时间。布兰迪申请立项的理由主要有3个，一是他认为遇到了合适的人选；二是以东欧各国当局的政治利益和民众的心理倾向驱动市场利益，兼顾欧美民众的胜利感所可以获取的市场利益；三是有效利用迪拉诺广播公司的库存资源，低成本。布兰迪的构想并没有政治上的考虑，而是利用政治时局获取经济利益，提高公司国际影响。所谓解析共产主义运动一百年，只是载体、手段。

此时的布兰迪并不知道，在这个城市里还有一个与他获得同样信息的老九也在关注着同一个人，只是各自的心事不同。他更不会想到，正是他今晚的思考从此拉开了叶子农多事之秋的序幕。而此刻远在中国红川的叶子农也不会想到，他介入罗家的债务危机就像推倒了第一张多米诺骨牌，债务危机还没结束，多米诺效应就已经开始了。

第十章

1

美国迪拉诺公司是一家大型企业，主要有金融、保险、电视、电子四大产业，总部设在纽约。迪拉诺电视台是人们的习惯叫法，其标准名称是——美国迪拉诺国际广播公司，是美国迪拉诺公司下属的子公司。

布兰迪的工作地点在迪拉诺电视大楼17层《世界风云》专栏区，他从哥伦比亚大学新闻学院毕业以后就一直在这里做编导。《世界风云》专栏与时事新闻不同，是将已经报道的世界重要新闻综合、归类，再做深度解析，发表意见、推测或判断，对观众的政治倾向有引导或影响作用，也是解读美国外交政策的窗口之一。布兰迪从见习编导到资深编导，十几年来既没被淘汰也没有升迁，属于胜任而稳重的编导。

《世界风云》专栏有3个采编室和一个总编室，布兰迪工作间的所有编辑设备都集中在一个3米多长的专业工作台上，中间部分是一台电脑，左边是素材区，右边是合成区，工作台上并列5台显示器和其他最先进的采编设备。

早上他刚上班，还没等进屋就听到里面电话铃响个不停，他赶紧进屋接电话。

一个女士的声音说："布兰迪，主席先生请您来他办公室一下。"

布兰迪回答："好的，我马上就到。"

放下电话，布兰迪心里有些不安，他知道戴维主席找他一定是谈他申请政论片《共产主义运动一百年》立项的事。迪拉诺国际广播公司的管理实行执行委员会制度，戴维是执行委员会主席。以布兰迪对戴维的了解，他对立项申请获得批准并没有把握。

来到主席的办公室，戴维主席正在打电话，示意布兰迪先坐下。戴维不到60岁，额头很宽，略有秃顶，雪白的衬衣打着一条深蓝色碎花领带，肥胖的身体挤满了办公椅。戴维面前的办公桌上放着布兰迪的《大型电视片〈共产主义运动一百年〉立项申请报告》。

放下电话，戴维用手指点了点立项申请报告，说："布兰迪，你是老手，干这行已经十几年了，怎么会有这么轻率的念头？"

布兰迪说："主席，我认为正因为我干十几年了，我才有这样的敏感。"

戴维说："华约解散了，一个时代结束了，美国的外交政策正在发生变化，没有谁会对一个已经吵了50年的话题感兴趣了。再好的思想，招不来广告卖不出拷贝，就不能算是好思想。东欧不需要共产主义了，也不需要谈论共产主义了，这一页的历史翻过去了。"

布兰迪说："东欧正处在变革中，这种时候他们需要听到他们愿意听到的声音，有需要就是市场。美国和西欧需要胜利者的感受，这也是市场。"

戴维摇摇头，说："布兰迪，这个话题世界已经吵了50年，互相揭短骂街，人们已经厌倦了。除非你有新史观，烫冷饭是不行的。我看了叶子农的情况，也许他是专家，可那又怎么样？你是说我们、美国还有欧洲，那么多学者都是白痴？"

布兰迪说："不是，是立场问题，立场。有新立场才可能有新视角、新史观，如果是输出美国式的价值观，那我们自己来好了，那是最纯正的美国货。"

戴维说："你的报告是假定这个人可以，但是我不能去支持一个假想。你只是偶然去了趟柏林，偶然遇到了一个人，然后就来跟我说要上一个大型政论片，这太草率了。"

布兰迪仍然坚持自己的观点，说："如果火星上有一道蚂蚁爬过的痕迹，我们会想到什么？水，空气，基因，生物链，人类有新地盘了。纵观历史，两大阵营的双方无不是批判对方美化自己，而这个人不是为谋生研究的，是为知道那个'本来'研究的，以这个人的思辨能力，如果真那么简单他不会研究22年，而这个'本来'就是价值。同样推导出社会主义阵营瓦解这个事实，不同的立场、思维，说服力是不一样的。这是个难得的人选，来自社会主义中国，将军的儿子，革命家庭的后代，父母都死于党内政治斗争，他的背景、经历本身就具有说服力。还有一个重要条件，他是孤儿，在中国没有亲人，没有亲属受到政治牵连的顾虑，这能使他无所顾忌，完全放开手脚。"

戴维说："也许你是对的，我吃不准。电视台是要赚钱的，如果钱花出去了，广告跟不进来，拷贝卖不出去，我是要负责任的。”

布兰迪说：“以《解密人类战争》和《二战纪实》两部片子为参照，我认为这片子的收益不会低于1.3亿美元，而只需要很少的投入，其中资料库的影像资料就能省掉很大一块成本。历史是一样的，不一样的是怎样取舍、整合、解读，用一根什么样的线把它们穿起来。其实我并不担心市场，我最担心的是叶子农愿不愿意跟我们合作。”

戴维见无法说服布兰迪撤回申请，又不想生硬否定，他想了想，说：“布兰迪，大家都说我保守，也许是吧。我老了，我的任期也快到了，不想再冒险了。这么多年你一直在幕后默默无闻，你想做点什么，我能理解。我给你个建议，绕个圈子吧，你把材料报给总裁求证一下，如果总裁不反对，我就支持你。你告诉总裁，戴维这个老家伙认为这是轻率，你认为这是敏锐，就这样写，是我让你报给总裁的，用我的原话。”

布兰迪的申请虽然没有得戴维主席的批准，但是这个结果也没有让他失去希望。站在戴维的立场，这样处理也是恰当的。

2

几天后，布兰迪接到迪拉诺公司总裁办公室的通知：总裁召见。

迪拉诺公司总部大楼有32年历史，坐落在纽约东河岸边，其间经过两次修缮，仍然保持着简洁、庄重的风格，在摩天大楼林立的建筑群里并不十分招眼。这里与商业区的繁华相比显得很安静，楼前的广场由半米高的栅栏与人行道隔开，广场中央是一个大花池，花池四周是停车的位置。站在这里，远远能望见布鲁克林大桥。

总裁办公室在三楼，在楼梯口处有一个宽敞的候客厅，穿过候客厅是秘书室，再往里才是总裁办公室。布兰迪提前了几分钟来到候客厅，没过多久就轮到接见了，女秘书把他领到总裁办公室门前，拉开门请他进去，然后把门轻轻关上。

布兰迪上前与总裁乔治握了一下手说：“总裁您好！”

乔治说：“请坐。”

乔治50多岁，身材偏瘦，西装在靠背上搭着，敞怀穿一件马夹，看上去要比实际年龄年轻。宽大的办公桌上除了文件、电话和其他办公用品，最醒目的就是一只硕大的木雕烟缸和旁边的木制保湿雪茄烟盒，屋里还有一股浓浓的雪茄烟味。

乔治问："你现在还坚持你的想法吗?"

布兰迪回答："我坚持。"

乔治和蔼地笑了一下，说："有市场，讲道理，有新意，符合这三个条件就可以，这个不需要判断。但是满足这三个条件也是需要条件的。如果把需要的条件和已有的条件用数学的方式公约一下，除去公约的部分还剩什么?"

布兰迪说："就简化到对一个人的判断了，叶子农。"

乔治说："因此，我把你的报告转给奥布莱恩了，由他处理。你知道，奥布莱恩是情报分析专家，我们需要听听专家的意见，而不是先做决定。奥布莱恩在他的办公室等你，你现在就可以去找他，这就是我要跟你说的。"

布兰迪起身说："明白。谢谢总裁!"

这次接见从进门到离开，总共也就1分多钟。

奥布莱恩的办公室在三楼另一端离电梯最远的那间屋子，门上有块不大的牌子，上面写着"第五工作室"，这是总裁高级顾问的别称，了解迪拉诺公司的人都知道，历届在这间屋子工作的人都是对时任总裁的决策有影响力的人物。

布兰迪见房门虚掩着，就轻轻敲了两下门，听到一声"请进"便推门进去，只见奥布莱恩戴着老花镜正在看文件，直到客人进来才放下文件取下眼镜。

布兰迪上前握手："您好!"

奥布莱恩说："你好!坐。"

奥布莱恩65岁，美国中央情报局前高级官员，情报分析与策划专家，是个有知名度的人物，深邃、博学、敏锐，退休后受聘迪拉诺公司，任美国迪拉诺公司总裁高级顾问。他高高的个子，满头白发，略微有些驼背，刮得干干净净的脸上布满了皱纹，两条眉毛中间有几道深深的竖纹，那是长期习惯性皱眉所留下的痕迹。他有一双鹰一样的眼睛，锐利而又深不见底，这使他不管怎么显得平易近人，都仍然让人有一种难以接近的感觉，他是迪拉诺公司为数不多的可以对总裁叫"乔治"而不是"总裁"的人。

奥布莱恩把叶子农的调查报告压在布兰迪的立项申请报告最后一页的上面，又用一本杂志压在调查报告上面，只显出两份报告的日期，说："从日期上看，调查报告与你的立项申请报告时间仅间隔了两天，也就是星期六、星期天。你就是当天拿到的调查报告，也只是用了两天就完成了申请报告，我不能据此说你轻率，但至少可以说你做出反应很快。”

布兰迪说：“是的，我认为没什么可顾虑的。”

奥布莱恩问：“为什么?”

布兰迪说：“接洽一下，即使不行也不损失什么。”

奥布莱恩说：“能被迪拉诺接洽就意味着规格、评价，于对方是有值的，这种接洽是不能被滥用的。迪拉诺是有形象的牌子，不能靠没完没了掷色子撞个好点。”

布兰迪说：“这一点我考虑到了，我也希望前期接触先局限在我个人，等确定可以立项了再上升到公司行为。但是这很困难，一旦进入实质话题就面临一个开价的问题，我没有得到授权不能开价，开不出价是谈不下去的。”

奥布莱恩说：“你拐弯了，还没到那儿。我们再回到日期，单一份调查报告是不足以让你反应这么快的，它只是起到了一个催化作用。”

布兰迪说：“是的，我是根据柏林接触的判断，不，应该是直觉。”

奥布莱恩说：“你的根据，是根据与这个人接触的过程。好，我们就到这儿。我需要你把详细过程写出来，每句话，每个细节，不允许出现任何修饰词。这是工作程序，在这个程序里你的工作是还原、呈现，判断是别人的工作，不是你的事。”

布兰迪说：“好的，我尽快把材料给您送来。”

这又是一次简短的谈话，没几分钟就结束了。

3

奥布莱恩收到布兰迪《在柏林与叶子农的接触》的纪实报告已经是第三天了，布兰迪的报告很详细，从罗家债务危机、柏林债权人会议、布达佩斯劳务输出计划等凡是跟叶子农有关联的内容都详细做了叙述，奥布莱恩从每句话、每个细节、每个逻辑关系去分析、判断叶子农这个人，这种专业分析，就像考古学家在一把土一块石之间破解事物的真相。

这天下午，奥布莱恩写了一个简短的个人意见：《关于叶子农的调查报告》、《大型电视片〈共产主义运动一百年〉立项申请报告》、《在柏林与叶子农的接触》3份文件已阅，同意布兰迪对叶子农可能具备撰稿该政论片理论能力的判断。

写完意见书，他给总裁办公室秘书打电话，问："总裁有客人吗？"

女秘书回答："没有。"

奥布莱恩说："如果总裁现在方便，我到他办公室去一下。"

女秘书回答："好的，别挂电话。"片刻之后回复，"总裁请您过来。"

奥布莱恩拿上布兰迪送来的3份文件和一份自己的意见书去见总裁。

乔治看上去兴致很好，一个人坐在沙发上品咖啡，左手夹着粗大的哈瓦那雪茄，那只硕大的木雕烟缸也被移到了茶几上。见奥布莱恩进来，马上起身让座。奥布莱恩刚坐下，女秘书随后又送来一杯咖啡。

奥布莱恩把文件放到茶几上，把意见书递给乔治，笑道："你气色不错。"

乔治说："白宫政要下个月出访中东，商务代表团名单有迪拉诺公司，这就是说大气候成熟了，我们跟沙特那笔生意谈了一年，该签字了。"

奥布莱恩说："嗯，好消息。"

乔治举了一下雪茄说："来一支？"

奥布莱恩摆摆手说："不。谢谢。"

乔治说："我喜欢丘吉尔叼着雪茄的样子，可惜我没他那么胖。"

寒暄了几句，乔治看意见书，看过之后说："布兰迪把这个交给戴维就可以了。"

奥布莱恩说："乔治，你对这件事倾向哪边？"

乔治说："以现在的情况，显然对布兰迪的意见有利。"

奥布莱恩说："布兰迪可以去尝试一下，但我有种感觉，可能性不大。"

乔治问："为什么？"

奥布莱恩说："这个人的心思不在钱上。看看布兰迪提供的材料，这个人只在需要用钱的时候才去挣钱，挣到够用他就停了。这是一个矛盾，如果他的心思在钱上，他也就不太可能有思想了，有的只是知识，是生存技能。"

乔治说："你该把这个也写到意见里。"

奥布莱恩说："这个只是感觉，根据不足，还没充分到可以成为意见。而且，戴维与布兰迪的分歧是这个人行不行，而不是这个人肯不肯干。这个人可以肯定不是书呆子，有可能不只是一部电视片的价值。问题是，他肯不肯按照布兰迪的需要去左右自己的思想。”

乔治问：“你确信没有高估这个人？”

奥布莱恩说：“有可能高估，但至少与这个人接触不至于有损迪拉诺的形象，也就是说操作成本没有区别。既然如此，在高估和低估之间，哪个假想有利就该选哪个。”

乔治说：“如果你的感觉是对的，你想说什么？”

奥布莱恩说：“如果你倾向布兰迪的意见，你得做点什么。布兰迪是对的，没有授权就不能开价，开不出价是谈不下去的。你了解戴维，你认为戴维能开出个什么价？”

乔治说：“我不能替戴维行使职权。”

奥布莱恩说：“但你可以影响，如果你希望合作的几率大些。开价不等于支付，本质是他能给你赚多少。要开就是颠覆性的，开一个能把绅士变成魔鬼的价码。”

乔治说：“那就是说，我们都有可能变成魔鬼。”

奥布莱恩笑了笑，说：“我不知道，也许我早就是魔鬼了。”

乔治想了想，说：“1000万。”

奥布莱恩说：“我看可以。开到这个数，干不干都由他去吧。”

第十一章

1

红川市对外经济服务公司的会议室里，布达佩斯亚欧实业有限公司与红川对外经济服务公司的第三轮谈判正在进行，亚欧实业公司的总经理叶子农、食品机械工程师莫尔、英语翻译徐红参加谈判，对外经济服务公司的办公室主任黄书宁、业务经理余其伟、公关部经理周雅丽参加谈判，谈判的焦点仍然是方便面生产线和过路劳务的相关条件问题。

红川食品机械设备有限公司是中国知名的方便面生产线制造厂家，有25年的研制生产历史，是国内多家大型制面企业的生产设备供应商，产品远销美国、加拿大、意大利、南斯拉夫、比利时以及东南亚等国家。但是叶子农并没有直接与厂家接洽，而是选择了通过红川对外经济服务公司订购方便面生产线，这不仅是因为厂家没有直接出口权，最重要的是红川对外经济服务公司是官商一体的公司，就是所谓的“官商”。叶子农知道这笔交易最终是不会成交的，红川方面可以得到的只是定金，将设备定金与过路劳务费一并集中到对外经济服务公司，无疑会加重驱动对外经济服务公司合作的利益筹码。

在上世纪80年代至90年代初，中国的改革开放正处在探索阶段，党政军机关办公司是一种普遍现象。各地的对外经济贸易委员会都是政府的一个重要部门，简称“外经委”。红川对外经济服务公司正是红川外经委的直属公司，外经委主任直接兼任公司总经理，公司的骨干力量也大多来自外经委的干部。尽管官商带来过一系列社会问题并终将退出历史舞台，但是在中国刚刚摆脱“以阶级斗争为纲”的历史背景下，官商对于转变观念、消除政治顾虑、推动市场经济发展确实起到过一定的示范作用。

此时，发言的是工程师莫尔，他谈的是方便面生产线的输送机问题。红川方面的谈判代表听不懂英语，只能等一会儿听翻译的。

徐红翻译道："我和贵方的工程师谈过多次，双轴和面机输送角度必须调整90度，切断分排机也要调整90度，否则两端的作业区空间太小，不符合安全生产要求。"

黄主任诚恳地回答道："莫尔先生，红川食品机械厂有相当一部分产品是我们公司代理出口的，有的厂房还没有你们的宽敞都安装了这个型号。你的意见我们非常重视，你是负责技术的，技术方面我可以答复你，这个真不是什么问题，说到底是个费用问题，我建议这个问题暂时先搁置，等我们核算过这个单项的造价以后再谈。"

徐红翻译给莫尔，莫尔说："好的。"

黄主任说："关于设备定金和付款方式，我们商量了一下，可以做适当的让步，但定金最少不能少于2万美元。付款方式原则上接受贵方的要求，但首付不能低于50%，设备运抵布达佩斯后，等安装、调试运转正常了，再付50%。"

叶子农想了一会儿，说："可以，这个能接受。"

业务经理余其伟说："那接下来就是谈劳务输出了，关于劳务输出批文，我们愿意再让一步，80万元人民币。户口迁入费我们也让一步，每人2000元人民币。去布达佩斯的资信考察费我们还让一步，50万元人民币。如果叶先生接受这些条件，这个项目马上可以启动。"

叶子农摇摇头说："距离太大。"

黄主任说："叶总也要体谅我们的难处，我们是冒着犯错误的风险跟贵方合作的，出国的那些人回来跟我们要耕地怎么办？违反了户籍政策怎么办？搞不好是要犯大错误的。"

叶子农说："出国的那些人如果真回来，那是一笔招商引资的资源。中国现在执行的是1958年的户籍管理条例，且不说是否适应市场经济发展，即使是原条例也没有禁止公民户口迁移的条款。你们的政策研究室和法制办是专做这门功课的，你们明白这个。中央一再强调，改革是没有既定模式可借鉴的伟大创举，所以要摸着石头过河，胆子再大一点，步子再快一点。什么叫摸着石头过河？就是摸对了过去，摸错了回来。你不伸到水里摸摸，你怎么知道能不能过去？解放思想，就是要扯下裹脚布，迈大步子。"

余经理笑笑说："裹脚布是扯下来了，可叶先生不接受这些条件，步子迈不开呀。"

公关部经理周雅丽说："我认为你们缺乏合作诚意。"

黄主任瞥了周经理一眼，显然是不满意属下的这句表达。

叶子农说："你可以那样认为，但是每天在红川消耗资金的是我们，而且我们也不会无休止地这样消耗下去。合作不是你死我活，是利益的趋同和妥协。"

黄主任说："费用问题有分歧，不要紧，也可以搁置，我们都回去再想想。现在我们谈谈由外经委组团去布达佩斯考察的问题，先不谈单项费用，只谈组团人数、接待规格、考察项目，这些问题不是孤立的，是对其他条件有影响的，我们草拟了一个方案。"

谈判继续进行……

2

第三轮谈判结束之后，叶子农和莫尔、徐红离开红川对外经济服务公司，乘坐同一辆出租车回到红川国际饭店。下了车，三人说着话走进大厅。

莫尔说："叶先生，我一直想问，为什么要在布达佩斯建方便面厂呢？"

叶子农说："因为东欧人民不需要主义了，需要填饱肚子。"

徐红扑哧就笑了，赶紧捂住嘴。

莫尔问："你笑什么？"

三人正往里走着，忽然听到有人喊："子农！"

叶子农听到了，只是怔了一下，没大在意，因为他在红川是没有熟人的，也更不会有人用"子农"称呼他。

但是那声音仍在喊，这次喊的是："叶子农！"

叶子农站住了，转身一看，呆住了，眼前的这个人竟然是老九！只见老九从休息区的沙发旁朝他走来，脸上挂着微笑。叶子农惊诧地问："你怎么在这儿？"

老九走到近前说："找你呀。"

叶子农这才想起来握手，于是伸出手说："你好你好。"然后对莫尔和徐红说："你们先上去忙吧，我这儿有客人。"

老九说："我下午到的，打电话找不到你，就又跟雪红联系，她给了我一个对外经济服务公司的号码，我一问，他们说你刚走，那我就在这儿等呗。"

叶子农问："房间订了吗？"

老九说："都订好了，在你楼下5012房。"

叶子农说："那……先去我那儿还是先去你那儿？"

老九说："我来找你的，当然先去你那儿啦。"

叶子农说："那好，咱们上去吧。"

红川国际饭店是红川市规格最高的酒店，叶子农住在9层9009号商务套间，比标准间多了一间办公室和一间客厅。进了房间，两人在客厅落座，叶子农倒了两杯水。

老九说："老弟，听说你这边进展不错。"

叶子农说："还行吧，大概就是这两天的事了。你呢？来这边办事？"

老九说："我一个开饭馆的又不做贸易，能有什么事？就是想来看看你。"

叶子农有些诧异："你来……就为找我？"

老九说："是啊，我从纽约到北京，没出机场就飞红川，就是来找你的。我想跟这儿住些日子，真没什么事，就是想在你不忙的时候跟你聊聊天。"

叶子农更纳闷了："聊天？我能跟你聊什么？"

老九说："咋？俺不配跟你搭话？"

叶子农说："不是那个意思，是说也没什么事，咋个聊法呢？"

老九说："瞎聊呗，聊啥都行，我就愿意听你说话。"

叶子农说："你放着纽约的餐馆不管，就为来聊天？"

老九说："那餐馆半死不活的，看着就闹心，还不如不看呢。出来找个人喝点酒聊聊天还好受点，不然得憋死呢，哈哈。"

叶子农沉默了好大一会儿，问："我是叫你老哥还是叫你九哥呢？"

老九说："比我小的都叫我九哥，你不介意的话这么叫也行啊。"

叶子农说："那好。九哥，先啥都不说了，红川好吃的我都摸清楚了，我先带九哥好好吃两天，也先谢谢九哥这么抬举搭我一眼。"

老九笑笑，说："兄弟喜欢吃，那咱就定个规矩，以后只要有我九哥在场，凡是吃的事就统统归我打点。九哥没啥能耐，也就能撑点这碎银子的事。我知道你这儿很忙，来之前我也是左思右想，怕给你添麻烦……”

就在老九说怕添麻烦的时候，电话铃响了。

叶子农到办公室接电话，电话是黄书宁主任打来的。

黄主任说：“叶总，刚进门吧？不好意思啊，没等你休息一会儿就打扰了。你看这阵子老是吃叶总的，过意不去呢，要是叶总晚上没啥安排，我想请你出来坐坐。”

叶子农说：“黄主任客气了。都有什么人参加？”

黄主任说：“就你我，没旁人。10分钟以后我车到楼下接你。”

叶子农看了一下桌上的表，说：“这还不到6点，太早了吧？”

黄主任说：“不早不早，到时候你就知道了。好，待会儿见。”

叶子农放下电话思索了片刻，回到客厅重新坐下，对老九说：“可能要亮底牌了，这顿饭必须得去，晚饭就不能陪九哥了。”

老九则起身，说：“正事要紧，你忙你的，那我就先回去了。晚上我在房间等你，饭不能吃了，咱找个地儿喝茶去，喝咖啡也行嘛。”

3

一辆黑色尼桑轿车沿红川北环路一直向西行驶，黄主任开车，旁边坐着叶子农。黄主任并没有挑选市内的豪华饭店，而是去了郊外。

傍晚，太阳还没有完全落山，中秋时节的天空又高又远，蓝色的天际飘着白云，只有夕阳西下的边际隐约出现一抹淡红。树木尽管还是绿色的，但已经不是青嫩的绿了，是一种成熟的深绿，仿佛有汁液要滴落下来……秋风吹来，哗哗的响声中多了一种萧瑟的意味，偶尔传来几声秋蝉无力的嘶鸣……一切都呈现出一种诗意的美丽与苍凉。

叶子农不好意思问去吃什么，黄主任也不主动说，两人一路闲扯，都是一些不着边际的话题，直到出了城，叶子农终于忍不住了，问：“黄主任，咱们这是去吃什么？”

黄主任笑笑，不紧不慢地说：“请你吃饭，我还真是犯愁了，你说你这种人走南闯北什么没吃过？所以呀，请你吃饭就得吃点绝的，好不好吃先不说，起码是你没吃过的。咱去蔡庄镇，还有几十公里呢，我说不早吧，到地方也就到饭点了。”

叶子农又问：“什么好吃的？”

黄主任说：“纳鞋底，裤腰带，乱七八糟一道菜。呵呵，当地流传的顺口溜。”

叶子农说：“我就喜欢有特色的地方风味。”

黄主任腾出右手从放在仪表盘的公文包里拿出一张单子递给叶子农，说：“都是不上席的饭，不值几个钱，叶总可别嫌俺小气啊，俺老黄官虽不大，可真找个踏踏实实说话的地方也不易呢，是个像样的饭店都能碰到熟人。”

叶子农一看单子，果然是亮底牌了。单子上写的是——

方便面生产线定金	2万美元
省经贸委劳务输出批文	50万元人民币
户口迁入费	每人1000元人民币
护照代理办证费	每人200元人民币
布达佩斯资信考察费	30万元人民币
红川市劳务输出名额	3人

单子是手写的，根本没提方便面生产线的事，却多了一项红川出国名额。

黄主任说：“一竿子到底，交底儿了。叶总要是觉得这个条件还不行，红川方面就无能为力了，今晚这顿饭咱们就当叙叙家常。”

叶子农说：“凭心说，比我预期的满意。”

黄主任使劲点点头，满意地说：“好，好！那这事就算成了！”

叶子农问：“红川这3个人是男的女的？多大了？打算到哪儿发展呢？”

黄主任说：“都是小子，20多岁吧，家长一个是海关的，一个是公安局的，一个是经贸委的。其实递条子的不止这些，外经委也难哪，不想给你们添麻烦，能推的都推掉了。至于到哪儿落脚，那得看你们了，帮他们找个工作，以后怎么混就靠他们自己了。”

叶子农把单子还给黄主任，点上一支烟，说：“匈牙利与奥地利接壤，这条路线相对好操作一点。维也纳是世界名城，确实很不错的。奥地利与德国、意大利接壤，有了奥地利的居留以后还可以有选择。这一项的费用我们出了，路费他们自己负担。”

黄主任说：“好，很好。这里外的安排，首先法律法规上我们不作难了，各路关系也照顾到了，这批劳务输出也算件能拿上台面的政绩……不错！我老黄在主任这个位置也有些年头了，迎来送往的也算阅人无数吧，我一看你老弟就是能干点事的人，我要过去，就先让人家过得去，不简单哪！其实你来没几天我们就有底了，统战部，公安局，侨联，港台事务办公室……你看有多少渠道可以了解你，但是该谈还得谈，没这个过程是不行的。”

叶子农说：“那剩下的就是付款方式了。”

黄主任说：“首付总额50%，最后一批离境前再付50%，这样双方都放心。”

叶子农说：“同意，我这边没有问题，即签合同，即交首付。”

黄主任说：“这种事不宜久拖，既决定了就要速办，闪电式的。你没辆车不方便，买辆车也不值当，我们借给你一辆车，把办公室的小柯派过去，连司机带助手都有了，小柯人熟地熟，联络起来也方便。出国前7天，我们找个地方给他们办个安全生产强化培训班，全封闭的，免得到处放羊出差错。”

叶子农想了一会儿，说：“过两天我可能得回趟柏林。”

黄主任说：“哦，那最好是签了合同再走，不影响这边的进展。”

叶子农说：“那当然，肯定要先签合同，再说回不回去还不一定呢。”

黄主任说：“等签了合同，你要有事就回去一趟。这边的事你放心，材料汇总到我这儿就可以了，有专人办理，你在不在都一点不受影响。户口迁移证给他们发下去，他们到当地机关提档案也得几天呢。”

……

蔡庄镇距红川不到50公里，是一个很普通的小镇，街道的房子大同小异，不管是平房还是二层小楼，墙面都贴上花花绿绿的瓷砖，门头上都有祈福纳祥的图文。小镇的街道都是一些私宅店铺，卖的也都是简单日用品和常用农业生产资料，街道上不时有拖拉机和农用三轮机动车驶过，发出柴油机特有的响声。此时天色已是黄昏，红色的晚霞正在悄然褪去，夜幕也在不知不觉中降临，有些人家已经亮起了灯光。

果然如黄主任所说，到了地方也就到了饭点。黄主任把车开到一家名叫“蔡庄菜”的饭馆门前停下，门口已经停了七八辆车，但多是外地车牌号的大货车，这就是说吃饭的大多是南来北往的过路司机，也说明这家的饭菜经济实惠。两人上到二楼要了一个小包间，黄主任点了几个酒菜，先是上了几个凉菜和啤酒，两人就边喝边聊。

黄主任说：“这‘纳鞋底，裤腰带，乱七八糟一道菜’是啥呢？早年人民公社的时候大兴水利，每年冬闲都挖河。这挖河苦哇，派工一直是老大难问题，书记就想了个主意，改善伙食。可人多呀，也只能乱七八糟大锅煮，结果是特别好吃。纳鞋底就是锅贴子，为熟得快拿钢刷子拍两下，密密麻麻的像鞋底。裤腰带就是宽面条，锅太大了，细面煮熟了根本捞不出来，都成糨糊了。那年月，能吃上这些可不得了，后来就形成了这种吃法，当地的红白喜事你要没上这个，那你就算没请客。”

叶子农说：“那得尝尝。”

黄主任说：“改革开放以后老百姓的生活好了，吃得也讲究了，可还是有不少人就喜欢这口，吃的就是这口土得掉渣儿的味。你看，门口停的都是外地车，过路司机都喜欢到这儿尝个稀罕。”

说话间主菜上来了，只见服务员端着一个农村和面的大瓦盆，那么大一盆菜，热气腾腾浓香四溢……叶子农从未见过如此大的大盆菜，惊讶地说：“我的天哪!”

黄主任也来了兴致，对服务员说：“去，拿瓶白酒。”

叶子农说：“不行，那开车太危险了。”

黄主任说：“我这酒量，没事！你看，这就是乱七八糟一道菜，没啥刀法讲究，就是一个实惠，豆腐、皮扎、丸子、肉块啥都有，一般的饭量，这盆菜够5个人吃。”

叶子农左手拿碗，右手拿筷子，摆开阵势开吃。

白酒上来，黄主任自己倒上小半茶杯，也不谦让，也不劝酒，一口就闷喝见底，然后又如数倒上。叶子农看在眼里，越发觉得有些异常。

黄主任说：“对外地司机来说这家的饭菜很实惠，其实呢，是比以前贵多了，都是让那帮过路司机给吃贵的，这一贵不要紧，镇上的老百姓就不怎么来吃了。要说也没多贵，要是放在其他乡镇真的不算啥，可红川地区经济发展不平衡，特别是西部地区，土地承包以后原来的水利设施都荒废了，遇到大涝大旱单靠独门独户的力量根本抗拒不了。”

叶子农感觉到黄主任正在逐渐偏离双方共同关心的话题，也许是怕冷场，但这种偏离又似乎隐含着什么东西。叶子农看不清楚，只能附和着说：“嗯，水利很重要。”

黄主任说：“老弟，咱初次见面你跟我说过三句话，我印象特别深。你说，中匈互免签证早晚要废止，现在还没废止。官商早晚要退出市场，现在还没退。护照早晚会像办身份证一样简单，现在还没简单。那你说，咱是不是在钻法律空子?”

叶子农说：“钻空子，是禁止而有漏。法律就没禁止，漏在哪儿？钻什么?”

黄主任竖了一下大拇指，又是一口闷喝，再倒上。

叶子农说：“黄主任，你可不能这样喝。”

但是黄主任已经开始话多了，说：“老弟，不是我跟你邀功，外经委也难哪，真的做了很多工作。户口人头费，县里张嘴要3000，宋主任指着县长鼻子骂，说你他妈抢劫哪？县长也急了，指着自己说，这钱我要是截留一分，我他妈是狗娘养的……唉，还是穷啊，闻不得一点肉腥，你让他啃个猪蹄儿，他恨不得把卖肉的都啃了。”

叶子农只能再次附和着说：“嗯，宋主任和黄主任都辛苦了。”

黄主任由于酒精的作用渐渐来了情绪，说：“老弟，干部不都是焦裕禄，可也不都是刘青山哪。你说吃点拿点有没有？有！但是绝大多数干部是不出大格的，是兢兢业业想干好工作的，不像有些人说的，当官的都不是好东西。”

叶子农说：“我就不信咱年年8%的经济增长都是群众无组织自发干出来的，这样说不是对立干群关系，是说中国的成绩是干部群众一起干出来的。事实是什么？改革开放的春风一吹，全国人民就奔小康了。但是呢，这五个指头不会一般齐呀，你得允许一部分人高高兴兴奔小康，一部分人嘟嘟囔囔奔小康。”

黄主任再次竖了一下大拇指，第三次一口闷喝，再倒酒的时候手都有点不听使唤了。

叶子农也真急了，说：“老黄，你真不能再喝了!”

黄主任摇摇头，说：“我老黄什么场面没见过？谁想灌老黄一杯酒，难哪！可今天不一样啊，不喝酒，我老黄张不开嘴呀！咱这事再咋说也不是规范的事吧？可你知道吗，这人头费是当扶贫指标分下去的……老弟，这我还能跟你说啥呢？是两个乡镇的领导求着我再找你争取点，就是再争取几个名额也行啊，其中一个领导就是蔡庄镇的……我谈干部，不是跟你老弟瞎扯呀，我是想让你相信，这钱不是肥我老黄的，也不是公司赚的……”

叶子农伸手示意黄主任不要再往下说了，说：“人头费每人再加一千。”

黄主任第四次一口喝干，酒杯一蹾，已经有些语无伦次了，说：“老弟，仗义！今天这酒我得……得喝……多喝出十几万块钱来，我老黄也是好……

好……好干部……其实你们这里的事我全知道……你给林雪红带……啊带个话，希望她渡过难关……将来想……回国内发展了，欢迎她来红……红川投资……”

叶子农见黄主任已经喝成这样了，起身去结账，让店里的两个服务员把黄主任小心翼翼搀下楼，扶到车后座，自己开车返回了红川。

4

叶子农把黄主任连人带车送回家，自己打出租车回到红川国际饭店，进了房间躺到沙发上休息了一会儿，整理了一下思路，找出那张在布达佩斯那个绰号叫“北京刀客”的沈彪给他写的电话号码，放到手边，然后拨通了布达佩斯林雪红的电话。

叶子农说：“红川这边交底了，条件比预期的要好。考察组的人选也定了，这事动起来很快的，你那边要尽快做好接待准备。有3个搭车出国的，都是核心圈里的少爷，我说给他们办到奥地利，这个不确定，德国、意大利也可以，看哪路方便了。”

林雪红说：“好的叶大哥，我知道了。”

叶子农说：“还有个事，我自己的，你先记个电话号码……嗯……对。这个人当时在布达佩斯，叫沈彪，沈阳的沈，彪悍的彪，绰号北京刀客，你打这个电话联系一下，看他还在不在布达佩斯，在的话想办法把这人弄到美国，这个钱单算，由我出。”

林雪红问：“是您朋友吗？”

叶子农说：“不是，一个愤青。有可能的话，就借着这一拨儿把他弄过去。”

林雪红说：“好的，我知道了。”

……

接着，他又给老九的房间打电话，先问：“九哥，吃了吗？”

老九说：“还没呢，时差没倒过来，不饿。”

叶子农说：“那正好啊，我也没吃呢，下来吃个饭吧。”

老九说：“你没去吃饭啊？”

叶子农说：“去了，吃了几口菜，主食还没来得及上桌黄主任就喝倒了。”

老九说："啊？这么不经喝？好的，我这就下去。"

红川国际饭店有中餐和西餐两个餐厅，在红川市属于高档酒店，特别是晚餐一般是要提前预订的，但是这会儿已经过了用餐的高峰时段，中餐厅也空出了几张桌子。叶子农在这里多次宴请过客人，对这里的菜品有些了解。两人选了一张小号桌子坐下，叶子农先征求了老九喜欢吃什么，老九自然是说吃什么都行，于是叶子农点了一些他认为不错的酒菜。

叶子农端起一杯酒说："九哥，你这么老远来，是个正常人都受不起呀，九哥这么做厚不厚道咱就不说了，既然来了，得，我给你接风。"

老九把端起的酒杯又放下了，说："那这酒不能喝了，怎么是你给我接风呢？咱不是刚说好的嘛，凡是吃的事统统归我打点，那现在算不算吃的事？算，就是我的。我说过，九哥没啥能耐，也就能撑点这碎银子的事。九哥啥人物？离用得着接风还早着呢。"

叶子农独自把手里的酒喝了，说："九哥，咱有话都实在说了。不管你为啥来，我不是高人，也没权势，我这儿没啥可惦记的东西。九哥不缺我这口吃的，可我除了吃不会别的表达，就是吃。我陪九哥好好吃两天，九哥就该忙啥忙啥吧。"

老九说："知道，知道。我来就是想跟你聊聊天，听你说说话。"

叶子农说："罗家的事你都看见了，就是我这张臭嘴一时没把住，惹了这么大麻烦，现在不正在擦屁股嘛。有啥可聊的？要是按罗家明的例子，你这是找死呢。"

老九笑着说："你别说，我还真有过一头撞墙的念头。"

叶子农思忖了片刻，说："过两天我得回柏林，也没时间陪你。"

老九大大咧咧地说："知道你忙，你放心吧，我一点都不耽误你。"

叶子农把该说的都说了，然后就不谈这个话题了，因为说多了没用，不管他说什么老九都不会当真，统统会被归到应酬、客套。

第十二章

1

戴梦岩拍完《红颜至尊》回到香港，人没休息，心也没休息。

10月初的北京已是秋高气爽，而香港天气却还依然很热，戴梦岩在北京穿的衣服到了香港都穿不上了，一趟航班又把她送回了夏天。由于常年在各地奔波，她对不同地区的气温差异早已经习惯，只是那种回家的放松会让她突然感到身心很累。

戴梦岩住在景色秀丽的浅水湾，别墅不是很大，在这片豪宅林立的地段里还算不上很好的房子，但也是依山傍水，寸土寸金，非寻常人家可及。别墅是庭院式的，高高的围墙隔离了外面的视线，一道电动大门连接着一条下山的柏油路，道路两边绿树掩映。室内装修秉承了香港人的审美，传统的中国风格融进了大量的欧美元素，简约而不单调。客厅、餐厨和书房的窗户都朝向大海，举目望去能让人坠入一种海天一色的虚幻。

此时，她正在家里等一位约请的打火机专卖店的老板。

门铃响了，从客厅的监视器屏幕上看到大门外停了两辆车，阿英带着两个男人在门口等着开门，其中一个中年男人正是打火机专卖店的老板，他身边还有一个小伙子手里提着一只皮箱，显然是跟班的伙计。阿英对着摄像头说：梦姐，赵先生来了。戴梦岩看没什么异常就摁下电钮开门，见面客套几句，大家在客厅落座。

赵老板一边打开箱子一边说："阿英小姐说要好的，我不知道您喜欢什么，就把几个压箱底的都带来了。"

箱子里有20多只打火机，赵老板戴上白色手套，把每只打火机逐一打开盒子摊开在大茶几上，品牌有美国ZIPPO，有法国都彭，有英国登喜路……

每只打火机除了精美的包装盒外都有防氧化的塑料袋封装。戴梦岩虽然看不懂，但也知道这些打火机都价格不菲，也正因为不懂，所以只能凭对外观的喜好挑选。

戴梦岩指着一只打火机说："看看这个。"

赵老板取出这只打火机，从各个角度让戴梦岩审视，介绍说："这是法国都彭，燃烧式火石气体打火机，纯银镶钻，全球限量500个，特制豪华机盒，售价6万。"

戴梦岩又指另一只问："这个呢？"

赵老板介绍："这个是ZIPPO，纯金全球限量，售价9万。"

戴梦岩的目光停留在一只块头很大的金色打火机上，问："这个是什么牌子？"

赵老板取出火机介绍说："这个叫纯金重型盔甲机，火石汽油式燃烧，没牌子，是著名火机设计大师威尔逊的私人作品，此款全球只此一只，具有唯一性，机壳、内胆全都是纯金手工打造，极致简洁，没有任何文字图案，重量是406克，有威尔逊先生的亲笔证书，有上家的购买收据，有香港万盛拍卖行的拍品证书，接受全球任何一家专业机构的鉴定。"

戴梦岩问："我可以拿一下吗？"

赵老板说："当然可以。"说着从箱子里取出一副崭新的手套递给戴梦岩。

戴梦岩戴上手套，刚拿起火机就惊讶道："好重啊！"

赵老板说："这是今年4月我在拍卖会拍到的，成交价17万，本来我是打算以后升值了再出手的，可最近周转有点问题，还是拿来了。"

戴梦岩问："这个你要多少？"

赵老板说："戴小姐要是喜欢就给20万吧，我确实资金遇到点麻烦，见利就走了，戴小姐也不要还价了。说实话，这火机再拍卖绝对不止这个价。"

戴梦岩考虑了一会儿，说："赵先生，这火机是大师的作品，这一款有唯一性，又经过公开拍卖，懂行的人应该能认出来。我想说的是，不管以后这只火机出现在什么地方，我不希望外界知道是我买的，原因我就不解释了。"

赵老板说："明白。这个请放心，没有合法程序我们是不会透露客户信息的。"

戴梦岩说："好，那就办手续吧，我需要你也开一张证书。"

赵老板开完收据，手写了一份金盔甲火机交易证书，盖上公司印章和个人签名，连同先前已有的证书、票据一并交给戴梦岩审阅。戴梦岩仔细看过之后没有问题，就去里屋从保险柜里拿来一本支票，填了一张20万港币的现金支票交给赵老板。

赵老板收好支票起身告辞，阿英出去送客。

戴梦岩把票据、证书、火机整理好放进盒子，再把盒子放进手袋，又查看了一下手袋里的机票，见阿英送客回来了，就说："准备一下，去公司。"

阿英问："要不要先给梁哥打个电话？"

戴梦岩说："不要，一打电话他就来了。"

通常情况下，不管是工作往来还是朋友往来，戴梦岩都会预先打个电话的，别人来访也要先打电话预约。阿英没有再问，去准备车了。阿英这个人是从来不多嘴的，不该问的一句不问，不该说的绝口不说，恪守职业戒律。

2

香港星际演艺经纪公司在九龙一幢高层写字楼里。

星际演艺是一家在香港和内地都很有影响的经纪公司，但是起初的发展并不顺利，由于经营业绩不佳，几位股东先后离开公司另谋发展，只剩下梁士乔一人苦撑，直到与戴梦岩签约才有了转机。戴梦岩向来与经纪公司合不来，这在演艺圈里早已不是什么秘密。她性格独立而倔强，屡屡与签约公司发生冲突，出道十几年里换了几次经纪人，与经纪公司打了两场官司。梁士乔博学、谦忍，没有大牌经纪公司那种江湖老大的做派和利益要求，从一开始就与戴梦岩订下了3个原则：一是协商一致的原则，双方均不得在违背对方意志或对方不知情的情况下做决定；二是违约不同损的原则，特指戴梦岩如对影视公司、广告商以及其他合作商罢演、违约，不但要承担与合作商的违约责任，还要承担经纪公司的经济损失；三是合约无时效的原则，给予了双方充分的合作与不合作的选择自由。尊重、理解、沟通奠定了双方的合作基础，经纪公司也从运作戴梦岩的演艺事务逐步扩展到戴梦岩的房产投资、房屋租赁等财务管理，星际演艺实际上已是一个专门管理戴梦岩演艺与财产的经纪公司，而星际演艺自身也获得了可观的经济利益和业界知名度。

阿英把车开到写字楼前的停车场，戴梦岩戴着大墨镜下车，两人进了写字楼，上了电梯戴梦岩才把墨镜摘下，很快就来到星际演艺经纪公司办公室。

会计阿秀在工作，一见戴梦岩忙起身相迎，热情招呼道："梦姐，你怎么来了？"

助理小江也在，从办公椅上站起来跟戴梦岩打招呼。

戴梦岩问："梁哥在吗？"

小江答道："在里面谈事呢，时间可不短了。"

正说着，经理办公室的门开了，梁士乔和一位客人满脸笑容走了出来。这位客人戴梦岩认识，是香港一位著名男歌星的经纪人。

戴梦岩握手寒暄道："你好！"

对方谦恭地说："哟，是梦姐！三弟要在上海搞个演唱会，我来请梦姐捧场啊！"三弟就是那位著名男歌星，与另两位男歌星并称"歌坛三杰"，因为在三杰中年龄最小，人缘也很好，所以在香港娱乐圈里都叫他三弟。

戴梦岩不知道梁士乔跟对方谈的结果，所以只能含糊地说："祝贺！祝贺！"

送走客人，梁士乔问戴梦岩："你怎么来了？有事？"梁士乔的"你怎么来了？"与阿秀的"你怎么来了？"虽是同问，但性质却是截然不同。

戴梦岩说："嗯，有点事。"

进到里屋经理办公室，戴梦岩在沙发上落座。

梁士乔关上门也坐下，责怪地说："你看你，打个电话我去一趟就是了。这儿有好几单事我都压着呢，就是不想打扰你，现在是需要你休息。"

戴梦岩说："我今天是私事，不是找梁总，是来找梁哥。"

梁士乔一笑说："哟，这话怎么听着心里发毛呢。"

戴梦岩说："梁哥，你怎么看叶子农这个人？"

梁士乔不解："怎么想起问这个？"

戴梦岩从手袋里拿出香港—柏林的机票和打火机盒子放到茶几上，说："我想和这个人接触一下，这火机就算个表示，刚买的，付过钱我就来了。"

梁士乔愣住了，愣了好久，拿起机票看了看，说："叶子农不在红川吗？"

戴梦岩说："不在，躲老九了。老九你知道吧，大高个儿，开饭店那个。"

梁士乔问："他去红川干什么？"

戴梦岩说："据林雪红说，老九的饭店不景气，去红川找叶子农了，叶子农好吃好喝招待了几天，就躲了，把老九晾在了红川，就是赶他走呢。老九不走，叶子农在红川还有一摊子事呢，老九知道他躲几天还得回来，就在红川等。”

梁士乔看着戴梦岩，看了有几秒钟，然后拿起盒子打开，端详了一番打火机，又看了看票据和证书，淡淡地说：“嗯，梦姐风范，也够诚意。”

戴梦岩说：“梁哥，你有看法就直说，不用这么艺术吧？我就是接触一下，我相信叶子农不是那种浮浅的人，我会让他承诺保密的，公司不会受影响。”

梁士乔平静地说：“放心吧，你没有机会让他承诺的，他不会接受你。梁哥再贪财，还不至于在这种事上给你挡道，况且也挡不住，这个你也可以放心。”

戴梦岩不屑地说：“你是说，他看不上我？”

梁士乔说：“这不是谁看不上谁，是鸡同鸭讲，不通。”

戴梦岩问：“怎么不通？”

梁士乔想了想，说：“比如这儿有一块黄金和一条鱼，让你和猫来选择。”

戴梦岩说：“那我肯定拿黄金，猫肯定把鱼叼走了。”

梁士乔说：“这就是打个比方，一个群类一个活法，相互价值无效。这种事不需要用脑子想的，你就是再给我多安个脑袋我也不会想到那儿去。”

戴梦岩说：“都说人在人情在，可罗家明已经不在了，这小子还是把事扛了。我以为这种人世上已经绝种了，没想到还有存活的。”

梁士乔起身从办公桌上一沓待签的合同里抽出一份协议递给戴梦岩，说：“这是布兰迪发来的传真，你签个字那边就打款。你既然来了，就看看吧。”

戴梦岩看了看，说：“债权转移？什么意思？”

梁士乔说：“他先来的电话，我也问了。他说他很尊敬叶先生，不希望再看到叶先生被戴小姐刁难，愿意替叶先生清偿抵押债务。”

戴梦岩说：“哼，讨巧人情。这不疼不痒的，不会就这点意思吧？”

梁士乔说：“那当然，这只是个示好的姿态，肯定有实质内容在后面。布兰迪是搞新闻综述的，吃的是政论这碗饭。叶子农是马克思主义理论研究专家，你再看看国际局势和叶子农的背景，随便瞅一眼都知道布兰迪想干什么。”

戴梦岩说：“那也得看叶子农吃不吃他那一套，我觉得不会。”

梁士乔说：“布兰迪不可能是个人行为，迪拉诺公司是不会让面子落地的角色，叶子农吃不吃那套这件事都不简单。演艺圈是最忌讳政治的，如果布兰迪这事成立，你这个时候接近叶子农，那就不是找没趣了，是找死。”

戴梦岩轻轻点了下头，问：“梁哥，那你说猫叼的鱼是什么价值？”

梁士乔说："这个不好单说某个人，只能说有这么一类人吧。孔子说：朝闻道，夕死可矣。什么意思呢？就是说早上明白了道，晚上死了都可以。这也是打个比方，大概就是这意思吧。娱乐圈是个名利场，有名才有利，没票房就得饿死。你从一踏入这个圈子一些东西就被注定了，你只能比名气、比身价，慢慢就成性了，由不得你自己。很多女明星要么豪门婚恋，要么独身，那不是偶然的，是她的心气和周围评价要求她只能那样。"

戴梦岩说："梁哥，我说句没大没小的话，你别介意。如果是你，你要我吗？"

梁士乔想都没想，说："不要。拿着烫手，扔了可惜，除了闹心没别的。但这还不是鸡同鸭讲，鸡同鸭讲是超出了利弊权衡，是相互价值根本无效。"

戴梦岩沉默了好久，说："梁哥的话我记住了，我会想的。机票是我自己订的，火机是我亲自买的，这一步迈出去是福是祸都是我自己的选择。"

梁士乔摇摇头，叹了一声："唉……"

第十三章

戴梦岩从香港起程，再从法兰克福转机抵达柏林。由于之前的那次债务会议入住过梅尔卡酒店，对这家酒店比较满意，这次来柏林就仍然住在这里了。办完入住手续时间已经是下午4点多了，戴梦岩叫了一辆出租车去诺伊瑟尔街。

这条街果然如梁士乔所描述，是一个平民阶层的社区，看不到一点繁华的迹象。戴梦岩并没有马上去摁5楼10号的门铃，而是站在楼下观望这幢楼，观望周围的环境。这时刚好走来一个男子摁密码开单元铁门，戴梦岩朝男子微笑了一下，指指楼上。那人看戴梦岩是个年轻女子，又衣着华贵，不像是坏人，就没太在意，戴梦岩跟在那人后面进了楼道，那人上到3楼开门进屋了，戴梦岩继续上5楼，轻轻敲了两下门。

门开了，叶子农开始还没反应过来，不知道是谁，等戴梦岩摘下茶色镜认出来了，也一下子愣住了，惊诧地说："怎么……是您？"

戴梦岩笑着说："是啊，刚巧有个人开门，我就跟进来了。"

叶子农说："那……请进，请进。"等戴梦岩都进屋了，他还探头往外看。

戴梦岩说："没人了，就我自己。"

叶子农不知戴梦岩的来意，关上门，客气地问："您这是……"

戴梦岩没有答话，像先前的布兰迪和老九一样进门先打量屋子。尽管梁士乔跟她描述过叶子农住所的简陋状况，但实际看到的情景与她脑子里的想象还是不太一样，比想象中的更狭小、更简陋、更脏乱。虽是白天，但房间里面还是开着灯，自然光线被厚厚的窗帘阻隔在外面，形成了一个封闭的空间，这让刚一进来的她需要一点时间适应里面的光线。房间里有一种日积月累的烟味，那烟味好像从房间里的每一件东西上散发出来。这套狭小杂乱的房子在她看来简直无处下脚，哪一个角落都找不到可以跟“舒服”两个字联系起来的东西。墙根的电视机开着，放着推倒柏林墙的德语纪录片……

叶子农见她这么认真地打量房子，就思忖：是不是她对红川劳务没信心，提前考虑卖房子的事了？于是谨慎地说：“红川还没结果呢，您现在就看房子……”

戴梦岩说：“我不是看房，是看上你了。”

叶子农谦卑地说：“哟，我能给您帮什么忙呢。”

戴梦岩说：“没听懂吗？那我再说一遍。我看上你了，就是男女的那种。”

叶子农没动声色，大脑里却呆住了，这是让他无论如何都想不到的，最多能想到的也不过就是帮个忙、共点事什么的，怎么可能会扯到男女的事上？他看着戴梦岩，看着这个拥有无数狂热影迷，集名气、美貌、财富于一身的女人，脑子迅速地疑问、判断，迅速地归整出一个最直接、最简单的应对，平静地说：“那还等什么？开始吧。”

戴梦岩从肩上拿下挎包放到旁边的小塑料凳子上，走到叶子农跟前说：“好啊，我来给你脱。上面就不用脱了吧，用不上。”说着，去解叶子农的皮带扣。

就在皮带扣将要解开的时候，叶子农突然拨开了戴梦岩的手，抓起茶几上的烟、打火机和一串钥匙，说了声：“真他妈疯子！”匆匆逃下楼去。

戴梦岩望着敞着一半的房门，听着叶子农急速下楼梯的声音，淡淡一笑。听着下楼的声音越来越远了，她走到窗前打开窗户探头往下看，只见叶子农出了大门，站在马路边的人行道上定神，然后点上一支烟，漫无目的地望着街上。她回客厅拿上挎包也下楼了，出门的时候犹豫了一下，她看见叶子农拿走了一串钥匙，但是为了保险起见还是没敢把门带死，而是虚掩上了，不注意就看不出有没有锁门。

叶子农听到单元的铁门响，回头看了一眼是戴梦岩，没理她。

戴梦岩走到叶子农面前，冷冷地说：“跟我来这套？早把你看透了！”

叶子农见戴梦岩是脸朝人行道的一个方向站着，自己赶紧挪到靠墙根的位置，对戴梦岩摆了摆手说：“您站这边，看我，脸冲墙。”

戴梦岩没明白怎么回事，问：“干什么？”

叶子农说：“你知道柏林有多少华人？全世界的华人没有不认识您这张

脸的吧?”

戴梦岩一副不在乎的神情，说：“我不怕，早习惯了。”

叶子农说：“我怕。”

戴梦岩站到脸朝墙的位置，说：“我既然来了，就一定是有准备的。你呢，也一定有你跑的道理。我给你个机会，你说实话，如果真的在理，我不难为你。”

叶子农说：“我总被人甩，怕了，经不起折腾了。”

戴梦岩嘲讽地说：“总被甩，为什么?”

叶子农说：“穷呗，人又邋遢，脏懒馋占全了。这不怪人家，我就是一只癞蛤蟆。”

戴梦岩说：“不老实！总被甩就总有女人，男人惯用的伎俩。那我告诉你，你那点流氓把戏到了我这就算到头了。”

叶子农不吭声了。

戴梦岩说：“不说？好，那你就在我这儿屈就吧，别说我没给过你机会。”

叶子农犹豫了片刻，说：“烫嘴。我怕你把聚光灯招来，剥夺了我的自由。”

戴梦岩问：“仅仅为自由？没有性格、学识这方面的原因吗?”

叶子农说：“不能说没有，但仅自由这一条，就足以让其他都无须关注了。”

戴梦岩狠狠瞪了他一眼，说：“太刻薄了！你就是这么尊重女士的?”

这时有个亚洲人模样的路人走过，边走边看戴梦岩，走过去了还在回头看。叶子农注意到了，就直勾勾地看那个人，直到那人移开了视线。戴梦岩也注意到了，先是把脸朝背对的方向转了一下，然后从领口抽出挂着的茶色镜戴上。

戴梦岩看那人走远了，说：“就算是普通朋友，你也不能把我晾在马路上吧?”

叶子农去摁密码开门，这种单元门锁跟香港很多住宅楼差不多，都是电子门锁，每户有一个密码。开了门，两个人上楼回到屋里，叶子农关了电视和录像机，去厨房烧水。

戴梦岩把挎包又放回凳子，也去厨房看看。这只能算是一个所谓的厨房，不是因为厨房的空间更狭小，而是里面根本没有锅碗瓢勺，也没有米面油盐，唯有冰箱和炉灶还能与厨房搭点边，这说明叶子农是从不在家做饭的，一年四季都在外面吃，炉灶的作用只是单一的烧开水。厨台上有只好大的白色搪瓷茶缸，茶缸已经很旧了，有几处掉瓷的疤痕，内壁的茶渍日积月累早已变成了黑色，茶缸上面还有“抓革命，促生产”的红字。戴梦岩在内地拍戏时见过这种茶缸，那是用来表现文化大革命时期的道具，没想到叶子农居然还在用着“文革”时期的产品，这让她觉得叶子农就像那个红色年代一样陌生而遥远。

叶子农从一只绿色的茶叶桶里取出一些花茶放入茶缸，然后打开水龙头，把两只玻璃茶杯象征性地涮了涮，就算洗过了，拿着两只茶杯和大茶缸去客厅，放到茶几上。

戴梦岩也走过来，再次打量了一下屋子，说：“你看看你这穷酸样儿。”

叶子农正在点烟，从嘴上拿开烟说：“谢谢。”

戴梦岩纳闷：“这你谢什么？”

叶子农坐下，说：“能让您获得优越感，这让我觉得我的穷酸也有了价值。”

戴梦岩惊叹地摇摇头，拿过一只凳子也坐下，说：“你真够恶毒的，我以为你是个什么东西呢，原来就是个痞子。”

叶子农说：“您看，我们穷人也得打起精神过日子不是？”

戴梦岩从挎包里拿出那只纯金打火机，没有显示打火机身份的包装盒和证书了，只是一只纯粹的打火机，轻放在茶几上，说：“没什么好买的，送你一只打火机。”

叶子农被打火机硕大的个头和金灿灿的质感给镇住了，尽管戴梦岩是小心轻放的，但打火机落下的声音还是让人感觉到了它的分量。他伸手去拿，火机差点脱手，完全不是平常习惯了的那种手感，太沉了。他小心地拿在手上，说：“好沉哪，是金的吧？”

戴梦岩说：“没见过金吗？”

叶子农说：“没见过这么大块的金。”

戴梦岩说：“那就见见吧。”

只要是思维还正常的人，不用想也能判断出这是一只有来历、有背景的天价火机。叶子农把打火机放回原处，说：“这我可受不起，谢谢，谢谢了，您请收回。”

戴梦岩说：“不喜欢就扔了吧，别看着烦心。”说着她拿起打火机去了厨房，洗碗池下有个垃圾桶，随手扔了进去。

叶子农赶紧跑过去，从垃圾桶里拿出打火机。打火机太沉了，愣把桶里的垃圾砸出了一个坑，机身也沾上些茶渍和茉莉花茶的碎末子。他先用纸巾小心擦干净机身表面，然后从卫生间里找出一件质地柔软的纯棉背心，小心翼翼又擦了一遍，回到客厅，又把打火机放回原处，说："那……那……那这样吧，我先替您收着，先替您收着。"

说话间水烧开了，从厨房传来水壶的蜂鸣声。叶子农去厨房关火，提着水壶过来，将滚开的水冲进已经放好茶叶的搪瓷茶缸，一股浓郁的茉莉花茶香气在房间里弥漫开来。

叶子农说："花茶你喝得惯吗？要喝不惯我下去给你买点饮料。"

戴梦岩说："喝得惯，就是杯子用不惯。"说着拿起玻璃杯到厨房仔细洗了一遍，回到客厅从挎包里拿出高级纸巾擦得干干净净，这才让叶子农倒茶。

喝了一口茶，戴梦岩从包里拿出两份文件和两本房产证，先把一份房产抵押文件和两本房产证放到叶子农面前，说："我用不着了，还给你。"

这个叶子农没有推辞，说："谢谢你的信任，谢谢！"

戴梦岩注意到，叶子农这次没有用"您"而是用了"你"，也没有推辞，这让她感到这个人对能接受的和不能接受的是有分寸的，因为房产抵押的债权行使在她手里，即使抵押文件在她手里也不妨碍她放弃权利，这种情况下叶子农即便推辞也是无效的，也是对她的信任不尊重。她又递上另一份文件，说："这是布兰迪给梁总的传真，你看看吧。"

传真的内容不长，意思也很简单。叶子农看了看，又把传真还给戴梦岩。

戴梦岩说："我没理他，但是也得告诉你呀，布兰迪就是想通过梁哥让你知道的，我也别辜负了人家。布兰迪是做政论节目的，美国媒体一向对中国说三道四，别沾这个人。你和罗家明不一样，会有麻烦的。"

叶子农说："活着就有麻烦，能躲就躲，躲不了就受着。"

戴梦岩说："不说那些了，晚上吃什么？"

叶子农问："你住哪儿？"

戴梦岩说："梅尔卡酒店。"

叶子农说："那我打个电话要两份外卖，吃完饭我送你回酒店。"

戴梦岩说："不行，你要请我吃饭，去饭店。"

叶子农说："别到公共场所，让人认出来对你我都不好。"

戴梦岩坚持道："不行，你一定要请我吃饭。就算是朋友嘛，凭什么老九到了红川你请他好吃好喝，到了我这儿就得吃盒饭？"

叶子农想了一会儿，问："喜欢吃日本菜吗？"

戴梦岩说："还可以吧。"

于是叶子农开始做出门的准备，先是看烟盒，见烟不多了，就去拿了一个整盒的，然后拿上钱、车钥匙，最后拿着纯金打火机犯难了，搁哪儿都觉得不保险。

戴梦岩说："这火机是给你用的，不是让你添病的。"

叶子农说："用它？那就不是怕丢火机了，是该怕丢命了。"

出了门，实际天已经黑了，街灯都亮了起来。

戴梦岩和叶子农一起走到那辆白色大众轿车跟前，陈旧汽车仍然是非常干净，戴梦岩拍了一下车身笑着说："哟，你的车可比你的家干净多了。"

因为布兰迪也说过同样的话，叶子农笑了，也同样说："出了门就要服从公共规则。"

戴梦岩对车的感觉太了解了，一上车就感到了空间不够，减震不好，座椅不舒适，就连关车门的声音都不一样，是"啪"，而不是"砰"。汽车发动后明显能感觉到车身颤动，发动机噪音也更直接。她扣上安全带，说："我要让你过上好日子。"

叶子农笑笑，说："托您的福，我正在过好日子。"

戴梦岩说："这算什么好日子？"

叶子农开动车，笑着说："这是我的好日子。您有您的好日子，您过您的。"

汽车行驶了十几分钟来到一家日本餐馆，这一带是日本侨民比较聚集的社区，来这里就餐的大多是日本人，对叶子农来说重要的是这里有单间。餐馆门头写着斗大的日本字，门口两侧挂着日式灯笼。店面装修得精致、幽雅，里面放着融合了蓝调元素的日本音乐。单间不是很大，也不是席地而坐的那种，而是做工考究的木桌和漂亮的木凳，木墙顶部排列着暗藏式的小射灯，光线柔和、舒适，也非常安静，是个聊天、小聚的好地方。

叶子农要了一个单间，点了几个熟悉的菜，给戴梦岩要的是米饭，给自己要了一碗日本切面，还有一些饮料，两人边吃边聊。

戴梦岩说："我见过男人把白衬衣穿成黑色的，没见过把黑衬衣穿成白色的，今天在你洗手间见到了，你真了不起。"

叶子农说："有时候想不起来送洗，没衣服换了就找件脏得轻点的穿。"

戴梦岩说："你要自由，我给你。只要外界不知道，你就有自由。我不能肯定咱们就一定合适，看清楚这个需要时间，你也要给我时间，但是在我没有特赦你之前，不许你有其他女人，否则我会召开新闻发布会，任意说你和我的关系，你知道八卦新闻会怎么炒作，也就别跟我要什么自由了。我说得出来就干得出来，信不信由你。”

叶子农说：“我信。”

这时面条端上来了，清汤见底，上面铺着青菜、肉片、小鱼，热气腾腾。叶子农吃得波澜壮阔，发出“吸溜吸溜”的声音，全然不顾斯文。

戴梦岩皱皱眉头，说：“真的不雅，你就不能绅士点吗？”

叶子农放下筷子，擦擦汗，又擦擦嘴，说：“你得允许一部分人先高雅起来，一部分人后高雅起来，一部分人怎么也高雅不起来。”

戴梦岩无奈地一笑，说：“我提三个要求，你要答应。”

叶子农说：“那要先听听看了。”

戴梦岩说：“第一，不许用让我恨你的方式赶我走，比如羞辱、虐待，到头来还落个你是为我好，我不要这样，你想赶我就直接说出来。第二，不许从你嘴里说出来赶我走，你要想赶我就高明点，别让我察觉，你这么有脑子，不缺这点智慧。第三，不许跟我用心计，我肯定是被你卖了还帮你数钱，你这种头脑的人要跟女人用心计，那就太欺负人了。”

叶子农说：“嗯，回头我查查字典。”

戴梦岩不解：“查字典干什么？”

叶子农说：“看看还有没有我可用的词了。”

第十四章

1

1991年10月27日，星期天。在灯火通明的红川机场候机厅里，叶子农、黄主任和红川对外经济服务公司的几名干部送最后一批劳务输出人员登机离境，选择的国际航班仍然是红川经停汉城、莫斯科至布达佩斯这条航线，仍然由莫尔和徐红带队。

叶子农和黄主任远远地站在一边看着“劳务人员”一个个通过关口，叶子农一直担心的不是债务期限，而是匈牙利的局势。出国热一直在升温，匈牙利是最大跳板，华人大量涌入布达佩斯很快会造成社会问题，两国政府都不会置之不理。一旦中匈互免签证协议有变，将会对这个计划造成致命冲击。此时此刻，叶子农一直悬着的心稍稍放松了一点。

黄主任说：“老弟，不是我赶你，此地不宜久留。”

叶子农问：“有麻烦了？”

黄主任说：“有人举报了，说这笔劳务输出是特大偷渡，公安局已经立案了，外经委的意思是查查也好，有个结论以后不扯皮了，不然老留个辫子。按照国家现行规定，对外劳务输出不允许跨省、跨系统派遣，过路劳务确实是属于不规范动作，户口迁移只是变通了一下政策。这个由外经委来应付，应该不会有太大问题。”

叶子农说：“建立社会主义市场经济的法律体系，这得有个过程，这个过程就是让各种矛盾反映出来。红川的案子怎么定性不是单纯的法律问题，法律滞后只是一个方面，更多的是观念问题，从疑罪从有到疑罪从无，从以阶级斗争为纲到以经济建设为中心，观念不一样判断就不一样，肯定会有碰撞。”

黄主任说：“没事，至少没大事。”

叶子农说："本质还是有中匈互免签证条约，没了这个就没了这事的法律基础。"

……

他们一直在机场等着，直到这架航班起飞。

2

红川过路劳务自1991年9月7日开始实施，至10月27日结束，历时51天。

叶子农和老九于10月28日下午飞抵北京，出了机场他们上了一辆出租车，叶子农告诉司机去郁金宫饭店。从红川到北京，从首都机场到郁金宫饭店，叶子农睡了一路，因为在等布达佩斯的电话期间他睡不着，看了一夜的电视，直到接到林雪红的电话告诉他最后一批出国人员顺利到达布达佩斯，他的心才算落地。

老九不知道郁金宫饭店，也不知道叶子农为什么会选择这家饭店，他连问都没问，他已经不关心这些了。他订的是29日去纽约的机票，叶子农订的是30日去法兰克福的机票，两人在北京可以接触的时间也就20多个小时了。经过了红川一个月的尴尬与坚持，他并没有得到他所期望的东西，他对来红川的初衷已经无望了。他对叶子农有嗔，有恼，也有内心的凄凉，只是他尽量不挂在脸上。他就是这样的人，无论怎样都得大面上过得去，即使要撕破脸皮了，也得握着手保持表面的温和。

到了郁金宫饭店，两人走到大厅的总服务台，叶子农早早就拿出一沓美元预备着，这就告诉老九了，住宿费是由叶子农来付的。

叶子农问："有单人间吗？"

服务员回答："有。"

叶子农说："要一个单人间。"然后对老九说，"九哥，护照。"

老九没动，而是问："你呢？"

叶子农说："到了北京我就到家了，我住家里。"

老九说："等一下。到那边，我有话说。"

距离总服务台20多米有几个沙发和小茶几，是供客人临时休息的地方。老九拎着行李先几步过来坐下，叶子农也跟了过来。

老九说："兄弟，做太绝了吧?"

叶子农说："这不是到北京了嘛，我是东家，你得让我尽点意思。"

老九说："你是打发小鬼儿呢，一直是，小鬼儿难缠嘛。"说着他拿出一个信封推到叶子农面前，接着说，"本来我想临走给你的，你这么逼我，就别等到明天了。我来红川没少让你破费，你为赶我走还回了一趟柏林，这点钱就都有了。"

叶子农说："九哥，先住下，回头再骂我行吗?"

老九非常失望地摇摇头，说："是我给你添麻烦了，该不着让你破费。再处下去还是给你添麻烦，就到这儿吧。我给兄弟道个歉，九哥这次来对不住了。"

叶子农笑笑，说："九哥，你就是砍头剁脑袋，也得给人家个说道儿吧。"

老九说："罗家明拿50万买一句话，人家那是有悟性，一句就行了，买得起呀。就我这笨脑子，千句万句都不一定能点透呢，还傻咧咧就来了，是我自己拎不清。"

叶子农沉默了片刻，说："九哥，这我得为罗家明说句话了。那50万是我许的，可罗兄从没认可过，那不是一单合伙生意，他就没指望给我的钱还能拿回来。他对我有质疑和求证的成分，让我舰着脸子说也有陌路知己和同质相惜的成分。我按我承诺的给他没错，他按他的为人拒绝也没错，但是你那样揣度罗兄就错了，这里不存在谁拿50万买了一句话。我跟他陌路来陌路去，还谈不上朋友，如果罗兄不是那种心性的人，罗家的事我是不会管的，起码不会这么管。人都有好恶，我的好恶就看重这点东西。"

老九脸一红说："对不起，是我想歪了。"接着又说，"可你也真干得出来呀，愣跟我耗了一个月没蹦一个正经字儿，幸亏劳务输出结束了，不然我签证都到期了。这都客客气气一个月了，你受得了吗？你这么打发小鬼儿，还让不让人要点脸了?"

叶子农并没有急于回答，而是点了一支烟，等老九情绪稳定点了，说："九哥，我就说两条，如果九哥觉得不在理儿，随你怎么骂我。"

老九说："好，你说。"

叶子农平静地说："咱先不说真相，先说人之常情。九哥，咱将心比心想想，谁愿意多事啊？你要是跟罗家明一样，那我就甭混了，就为我这张臭嘴擦屁股吧。"

老九说："怎么会呢？"

叶子农说："怎么不会呢？罗家明栽的跟头是呈因果存在的，谁具备了那种条件谁都离栽跟头不远了，因果还能虚了吗？这事搁你，你是愿意多一事还是少一事？"

老九说："那当然多一事不如少一事。"

叶子农说："这不得了嘛。咱再说这事的真相，真相是啥呢？你是来找高人的，是来讨高招儿的。九哥，这个事实咱承不承认？"

老九点点头说："承认。"

叶子农说："你来的第一天我就跟你说，我不是高人，没有高招儿，你不信哪。我拿不出你想要的东西，有的话我早给你了。"

老九说："你没给罗家明吗？那见路不走算什么？"

叶子农说："见路不走是提醒他，甭琢磨什么高人、高招儿，是让他做老实人、办老实事的，是让他实事求是的，可他还是奔高人高招儿去了，这一奔可就瞎了。罗家明就是这样死的，你要往那儿奔，你也死。"

老九说："我觉得你这次劳务输出就是高招儿。"

叶子农说："那是条件的可能。条件的可能是什么？就是实事求是。你来干吗呢？你是来找秘籍、法宝的，是要放之四海而皆准的，是要点石成金的，你这不是难为我嘛，咱要有那点石成金的本事，那咱还不把天下的劳苦大众都点成大财主？"

老九沉思了好久，说："这话你咋不早说呢？"

叶子农说："见路不走这句话不是你来红川才知道的吧？实事求是这话还用我说？耳朵都听出茧子了，锥子都扎不出血了。"

老九似懂非懂，说："那……是我错了？"

叶子农说："甭管谁对谁错，先住下，行不？"

老九再次拿起信封说："兄弟，别让九哥太难做了，收着。"

叶子农说："九哥高兴，那我就收着。"

老九说："我脸皮够厚的了，也不在乎再厚点了。你看我明天就走了，你又没妻小，那咱住家里说话多方便哪。"

叶子农笑了笑，说："住不下呀，真的住不下，还不如柏林那间呢。一会儿我带九哥去认认门儿，看我是不是成心赶你呢。"

老九拎起行李说："那你在这儿等着，我去办手续。"

老九办完住宿手续直接把行李寄存了，两人叫了一辆出租车去叶子农的家。

郁金宫饭店离叶子农家不远，也就是五六分钟的车程，这就是叶子农选择这家饭店的原因。车子从大街拐进一条胡同，胡同里没有任何高层建筑，清一色的平房，密密麻麻，七连八拐，以大杂院居多。从胡同口往里，几乎每个临街房都是小餐馆，一家挨着一家，已经临近晚饭的时间了，家家餐馆都开始忙碌，显得十分嘈杂。出租车在一个院子门口停下，老九跟着叶子农走进这座院子。院子里有人在自家的自来水池洗衣服，也有人家在做饭，锅铲翻菜的声音都能听见……叶子农一路走过，偶尔碰见熟人打个招呼。老九生在纽约，虽然在电视里也知道一些北京风情，但是从没有真实体验过这样的场景，那种地道的京腔京味打起招呼格外显得亲热，让人觉得心里暖融融的。

叶子农的房子又低又小，在两间瓦房的夹缝中，木制房门上的褐色油漆已经脱落得所剩无几，房门的右侧是一扇小窗户，几乎看不到本色了。叶子农开门进去，打开灯，老九立刻理解了叶子农说过的那句话：住不下呀，真的住不下。房子只有一间屋，最多也不过10平方米，一张单人床，一张桌子，一个书柜，除此屋里再没什么大件了，也放不下了。屋子没有后窗，通风不好，有一股潮湿的气味。如果说叶子农在柏林的房子让老九意外的话，那么眼前的这间房子就是让老九不可理解了，甚至感到辛酸。

叶子农费了好大劲才把门口的自来水龙头拧开，放出来的全是带有红铁锈的脏水，他拧开水龙头就不管了，让脏水顺着池子往外流，然后把一张方形折叠桌搬出来展开，又拿出两个马扎、脸盆、毛巾。这时候自来水已经变清了，他先把折叠桌和马扎擦干净，让老九先有个地方坐，再优先清洗电热壶，烧上水，这才去屋里擦床擦桌子。

老九跟进屋，问：“你怎么会住这里？”

叶子农说：“六八年，路线斗争，我就流落街头没窝了。这小屋以前不是房子，是人家搭的做饭棚子，我花一百块钱买的，找了几个农民垒了间房子。”

老九说：“六八年，那时候你还在上中学吧，就这么有能耐了？”

叶子农不好意思地笑笑，说：“那时候我是团伙老大呀，打群架基本就是工作，身边除了亡命徒就是贼，那时候我比我爹还有钱呢。”

九哥说：“后来不是都落实政策了吗？”

叶子农说：“过去的事，不提它了。”

老九说："你这窝真该挪挪了，起码得有个卫生间吧，多不方便哪。"

叶子农擦完床板，从密封塑料袋里往外掏被褥和枕头，说："这儿要拆迁了，原住户可以在原地优惠买房子，这个地段多好哇，咱等。"

一壶水很快就烧开了，叶子农到院门口的小卖铺买了包花茶，在大茶缸里泡上茶，又洗了两只不带把手的白瓷杯，这就给老九安置住了，自己继续干活，用毛巾反复擦干净门前的铁丝，把已经铺上的被褥和床单又搭出来晾晒。

老九过来帮忙，说："这都快天黑了，你还晒啥呀。"

叶子农说："樟脑球的味儿太大了，散散味儿。"

叶子农搭完被褥，洗洗手，坐下，把自己的那杯茶一口喝完了，然后全身放松地点上一支烟，长长地抽了一口烟，长长地舒了一口气。

老九说："累了吧？"

叶子农摇摇头，说："后怕，踏踏实实到家了才觉得浑身发软。我一直提着心哪，中匈互免签证条约随时可能作废，老天还算照顾我呀。"

老九说："既然是条件的可能，你还怕啥？"

叶子农说："是可能，不是一定，总有咱想不到和不可控的，不然咱还是人吗？"

老九说："我这人笨哪，不敢有啥贪心，最大的心愿也就是开好个餐馆。"

叶子农笑笑，没有搭话。

老九说："赶上我爹我是不想了，我这辈子能挣到500万，是美元，我就知足了，起码没把我爹的家业败掉。"

叶子农笑笑，还是没有搭话。

老九说："咋不说话？笑话我？"

叶子农说："没有没有，我不知道该说啥，听你说。"

老九说："你怕得罪人。但是在我这儿你放心，九哥再笨好赖话还听得出。"

叶子农就问："想管不管用？"

老九说："当然管用，有志者事竟成嘛。"

叶子农弹弹烟灰，笑着说："那你小家子气了。既然管用嘛，干吗不多想点？要我就多想点，想500亿，一万亿。"

老九愣住了，想了想说："那……就是不管用了。"

叶子农说："你连想都没想过，怎么可能去做呢？想只管想的用，每个条件只管它这个条件的用，不管别的用。如果你面对的不是正确，你跑一辈子也没用，老天不会因为众生心诚就把有志者都成全了。条件的可能是啥？就是让你想可想之想，能可能之能。你想了条件不可能的，一分钱也是贪心。只要是条件可能的，多少都正常。”

老九给叶子农倒上一杯茶，说：“子农，你给说说这个见路不走吧。”

这时的夜幕已经落下，多数人家都亮起了灯。叶子农看看天色说：“先吃饭吧，饭桌上也不耽误说话。地方我早想好了，你来趟北京，怎么也得请你吃顿烤鸭。”

老九指了指桌子说：“这儿多自在呀，门口都是饭馆，还费那事干啥？你等着。”说着他站起身，也不管叶子农同不同意就大步往外走去。

叶子农也不争执，由着老九出去了。

老九出了院子朝胡同口的方向走，一路全是小餐馆，他看见一家挂着“杨记手擀面”招牌的餐馆里顾客不少，这个餐馆离大杂院不远，最多也就40米的距离。老九想都没想就进去了，他是做面的，对手擀面有一种特殊的兴趣，只要有吃手擀面的机会他都要尝尝。

小店老板迎上来招呼：“来啦，您请坐，想吃点什么？”

老九没坐，问：“有啥拿手的？”

老板回答：“腰片、爆肚、熘肝尖是小店的招牌菜，主食手擀面，汤吃干拌随您。小店的几个凉菜也不错，您可以荤素搭配着。”

老九说：“好，就要这些。面要干拌的，两碗，再来几瓶啤酒。管不管送啊？就前面那个院子，进去往右看见一张矮桌子。”

老板笑着说：“院儿里的？怎么瞧着不大面熟哇？得嘞，这就给您送去。”

老九指着吧台上凉菜说：“就现在，先来几个凉菜，我带手也拿点东西。”

……

由于院子里的路灯比较远，光线不是很好，叶子农就把桌子往门口拉了一点，能借点屋里的灯光，然后往大茶缸里续上开水，又往电热壶里添上凉水，这时就见老九回来了，手里提着几瓶啤酒，后面跟着餐馆服务员，托着满满一托盘的碟、筷和凉菜。

凉菜摆上桌，服务员问老九：“待会儿下面吗？”

老九说：“现在就下，我不喜欢空腹喝酒。”然后问叶子农，“你呢？”

叶子农说：“我随便，一块儿下了。”

老九对服务员说："都下了。"

服务员走了，叶子农给老九换了杯热茶，问："哪家的？"

老九坐下说："手擀面那家，有啥吃啥呗。不管他了。咱还说那个见路不走，我是真不懂啊，你就直接说实事求是不就行了，为啥非弄个见路不走呢，神神道道的。"

叶子农说："觉得神道不怕，只要不是吹气儿显灵的，咱就好絮叨。"

老九说："反正我觉得挺神道的，好像故意打机锋。"

叶子农说："实事求是是个很大的概念，很原则，很宽泛，只是你听多了，不觉得它神道了，不觉得神道并不表示你就真懂了，更不表示你就能操作了，就像好多人在说实事求是的时候，其实实事求是根本不关他的事，他那样说只是想表示他是明白人。见路不走是'见路非路，即见因果'的意思，跟'见相非相，即见如来'是一个道理。见路不走是实事求是的执行和具体，更具提示性，更容易理解和操作。"

老九愣神了半天，说："子农，我蒙了。啥叫路啊？我咋突然觉得我连啥叫路都不知道了。啥叫'见相非相，即见如来'啊？如来是啥呀？咱为啥要见它呀？"

叶子农说："啥叫路呢？成功者的经验、方法叫路。路管不管用？管用，不管用早没人走了，它管借鉴、模仿、参照的用。但是我们说它有漏，不究竟，因为成功者的经验是他那个条件的可能，你不可能完全复制他的条件，完全复制了，也就不是你的人生了。见路不走就是提示你，不要拘于经验、教条，要走因果，只有因果是究竟的，是无漏的。那咱说是人就会有错，但你至少有了这种意识，比起唯经验唯教条就少出点错。啥叫命运呢？除了不可抗拒的外力之外，剩下的不就是多出点错与少出点错的区别嘛。"

叶子农喝口茶，接着给老九解释名词，说："如来是啥呢？这得从因果律说起。什么条件产生什么结果，这是规律，这个规律是怎么来的呢？不知道，因为说来就已经错了，有来必有去嘛，而因果律无所从来，也无所从去，人们就用如来这词来表述这种性质。'见相非相，即见如来'的意思通俗点说就是透过现象看本质，这里的如来当真相讲，往大里说就是了悟得道的意思。"

老九问："那得道算不算迷信哪？"

叶子农说："迷信的和科学的都用得道这个词，那就看你的甄别能力了。

毛泽东就是得道的，你看看他的矛盾论和实践论就知道中国革命为啥能成功了。毛泽东和邓小平都是见路不走的，都是不拘经验教条该咋办就咋办的。”

老九点了点头，又问：“那人家做出国，你也做出国，这算不算走路呢？”

叶子农说：“见路不走不是让你跟别人一样的，也不是让你跟别人不一样的，它不以一样不一样为判断，它是让你立足自身的条件，以自身的条件可能为判断。”

老九说：“子农，我不是抬杠啊。罗家明的悟性可不低呀，他咋没用好呢？”

叶子农说：“因为他是要做高人的，甭管啥道理先别妨碍他做高人再说，这时候甭管啥道理都会被歧读，只要你还有颗做高人的心，你就会这样，由不得你自己。这时候见路不走就不再是实事求是了，而是我要跟你不一样，我得是高人的、高招儿的，这就背离了条件的可能。罗家明的判断能力是不足以判断苏联政局的，他的资金能力也不足以支持他做那样的赌局，但是他放大了他愿意放大的，缩小了他愿意缩小的，不栽跟头还等啥？”

老九连连点头，拉长了声音感叹道：“有道理，有道理呀。可是……谁不想透过现象看本质啊，可它透不过去呀。子农，你要大大低估我的悟性，九哥不是个一点就透的人，你要啰嗦地说。你能不能给我举个例子，让我直接点理解见路不走？”

叶子农想了想，说：“比如这次劳务输出……”

老九立刻打断说：“别说劳务输出，这个法律呀、国际形势呀……太复杂。你说个我能懂的，最好跟吃有关系的，我比较熟悉。”

这时餐馆服务员把三个热菜和两碗手擀面送来了，手擀面让老九受到了启发，那是他再熟悉不过的吃的了。

老九等服务员走了，用筷子挑了一下面条说：“你就拿这面条打比方吧，我说手擀面就是比机器面好吃，这算不算路？”

叶子农端起面条吃了几口，说：“我给你擀一个，你看好吃不好吃。”

老九说：“你这不是抬杠嘛。”

叶子农说：“这不是抬杠，你不能说我的手就不是手。说手擀面比机器面好吃，是由经验归纳出的教条，不为错，也很管用，用来判断面条很方便，但是我们说它有漏。实相是什么呢？是软硬度，是薄厚宽窄，是给面团做功的方式和方向，是面的结构……总之只要你满足了好吃的面条所要求的那些条件，不管你是用机器的方式还是用人工的方式，它都出那个结果，这取决于你需要哪种方式，如果你是大规模的连锁店，机器方式的产量、成本和质量的稳定性就有优势。如果你的思维被束缚在手擀面比机器面好吃的教条里，你这个好吃的面条要想实现大的市场系数就很困难。”

老九有种如梦初醒的感觉，倒了一杯啤酒一饮而尽，说：“我好像有点明白这个见路不走了，就是你不能跟着经验、教条瞎跑，也不能跟着形式走，只看因果、本质，只按它的条件可能去说，至于跟别人一样不一样的不用去考虑，也许是一样的，也许是不一样的。”

叶子农说：“人是最愿意走捷径的，比如谁谁的成功之路，他以为别人成功了，他照搬过来也会成功，那就危险了。唯经验、唯教条，这东西害人呢。甭管是谁的经验教条，一碗面条你去唯唯还没啥，可要放到一个国家、一个民族，那后果就不得了了。”

老九说：“一碗面条也不能唯，唯了我咋办？哎呀……这么多年我算是白活了！”

叶子农说：“也不能这么说，你还得了一颗年轻的心呢。”

老九怔了一下，惊叹道：“我的娘耶，这骂人可真够绝的。”

叶子农懊悔地掌了一下嘴，赶紧道歉：“九哥，对不起，对不起，你看我这德性，稍不留神就又臭嘴了……真不是成心骂人的，是跟九哥一熟就没大没小了。”

老九说：“你还是赖点吧，你一正经我咋就这么别扭呢。”

老九知道，从这一刻起他们的关系开始有了变化，他不再是纯粹的客人了。

第十五章

1991年11月4日，布兰迪继9月初来柏林之后再次来到这个城市。柏林刚经历过一股寒流，气温很低，冷风飕飕地刮着，大街上的人们都用厚实的衣服把自己包裹起来，女人们围起了围巾，穿上了长筒靴，时隔两个月这里已经是冬季了。

出了机场，布兰迪乘出租车顺利来到诺伊瑟尔街，摁门铃前他下意识地看了看表，时间是下午3点20分。对讲器仍然传出叶子农的德语问话，当他报出自己是布兰迪时，铁门随即“咔嗒”一声打开了，叶子农很礼貌地站在门口迎客人进屋。因为来过一次，布兰迪知道叶子农家的情况，所以穿着鞋就直接走进了客厅。

叶子农关上门，指着那只破旧的木凳子说：“请坐。这么快咱们就又见面了。”那只凳子虽然破旧，但毕竟是木制的，在这间屋里就算是上座了。

布兰迪坐下说：“是啊，又见面了。”

叶子农从那摞塑料凳子掰下一个在布兰迪对面坐下，问：“从纽约来？”

布兰迪说：“是的，专门来找你的。”

叶子农说：“怎么不先来个电话，我好去机场接你。”

布兰迪说：“你刚从红川回来，不想太早打扰你。没关系的，这样很好。”

叶子农说：“债务转移的事我知道了，非常感谢。咱们不客套了，什么事？”

布兰迪说：“好的，我喜欢这样。”然后从公文包拿出一份《意向书》，接着说：“都在这上面了，你自己看吧，我就不多做介绍了。”

这是一份大型政论片《共产主义运动一百年》的合作意向书，意向书里详细说明了该片的意图、市场、制作流程，布兰迪作为总负责人聘请叶子农担任总编辑和撰稿人，明确约定了叶子农酬金的数额和条件，包括叶子农去纽约的签证、食宿和工作条件。

叶子农看完后把《意向书》递给布兰迪，说：“这活儿我干不了。”

布兰迪没有接，而是说：“先别这么肯定，请再仔细看一遍酬金。”

叶子农说：“钱是不少，可我拿不了。”

布兰迪说：“完成这个片子你就能拿，你是这个问题的专家，我相信你的能力，重要的是要有新思维、新史观。”

叶子农说：“以新旧划分，昨天都是错的，今天都是对的，那还分什么对错？好好过日子就行了，反正每天都是对的。”

布兰迪一怔，说：“谁敢标榜自己是真理呢？只能说新。我的意思，是要有不一样的思维和不一样的视角。”

叶子农说：“真相只有一个，假象无穷多，你‘不一样’得过来吗？”

布兰迪又是一怔，但仍然没有不悦，说：“其实争取到这个机会很不容易，广播公司一开始并不支持，是在迪拉诺总部的干预下批准立项的。你孤身一人，没有家人受到政治牵连的顾虑，你是将军的儿子，你因为不理解父母的信仰而研究马克思主义，你的家庭不幸和你的个人经历使你的身份具有特殊性，这使你的观点更容易被接受。”

叶子农放下《意向书》，说：“跟恩仇扯上关系的真理，你敢信吗？”

布兰迪说：“你是个人才，但是你缺少一个舞台。迪拉诺是有国际影响的广播公司，你知道这部片子的成功将意味着什么，这个舞台能让你一夜成名，而我作为这个片子的主要负责人，这也将是我个人的一个成就。”

叶子农说：“出了名就得交出自由，这个账我算得过来。”

布兰迪不解，问：“出了名怎么就交出自由了？”

叶子农说：“名人有示范效应，得活在楷模里。我这么懒散，那还不得折磨死啊。”

布兰迪沉默了一会儿，说：“我跟梁先生联系过，意图你都知道了。我想说，我是来握手的，不是来找个敌人战斗的。”

叶子农也沉默了，思索了片刻，站起身说：“你等我一会儿。”

叶子农换上鞋，拿上钥匙下楼了。楼下是诺伊瑟尔街，这个时间街上的行人很少，显得有些冷清。叶子农进了一家小型超市，超市的营业面积100多平方米，主要经营各种食品和一些日用杂货，顾客大都是附近几条街的居民，价格比大超市要便宜许多。店主是一个来自波兰的面目和善的中年男人，胖胖的脸上总是挂着开心的笑容，因为叶子农经常来这里买东西，是熟客了，所以他一见叶子农进来便笑着用德语打招呼。

叶子农也笑着回应了一句“你好”，直接走到食品区的一排货架上寻找，马上就找到了他要找的东西——各种豆子。货架上整齐地陈列着一包包黄豆、绿豆、红豆、黑豆，都分大小两种包装，大的500克，小的390克，价钱4马克到6马克不等，这些豆子的产地大多来自中国台湾，也有些东南亚国家的产品。

叶子农分别拿了小包装的黄豆、红豆和绿豆各一袋，拿着三包豆子来到收款台，店主扫描过价格后拿出一只购物纸袋把豆子装进去。叶子农从衣袋里取出现金递过去，他来这里买东西很少用信用卡，这种小店最欢迎现金结账，营业额不入账能漏掉一些税款，店家会委婉地提示你付现金，为了鼓励顾客使用现金也会给一些优惠，比如免去销售税之类。

买了三包豆子回到房间，叶子农把茶几上的东西往一边推了推，腾出一块空地，然后拿起一只玻璃杯，从包里各抓了一把黄豆、红豆和绿豆放进杯子，摇晃了十几下，看混合均匀了就“哗”的一声倒在茶几上，用手铺平。

布兰迪不解，看着这堆混合均匀的豆子问：“什么意思?”

叶子农说：“给你找个活儿干，你就看这堆豆子吧，看同颜色的能连出什么字母，混色的能连出什么字母。你先看着，我去弄点喝的。”

布兰迪知道叶子农的严谨，不会是故弄玄虚，这堆豆子一定与要谈的主题有关，既然豆子已经买来了，摊开了，不管是什么寓意都要看看。

叶子农把剩下的豆子拎到厨房随手找个地方放下，按下电热壶开关烧水。厨台上放着那个很大的老式白色搪瓷茶缸，他拿起茶缸看了看，从墙上挂着的一排炊具中取下一个不锈钢网的小笊篱，摇了几下茶缸倒出剩茶，把小笊篱滤出的茶叶倒进垃圾桶，用自来水冲洗了一下，把笊篱挂回墙上，然后从一只绿色的茶叶筒里取出一些花茶放入茶缸。

做完了这些他忽然想到了什么，匆匆又下楼了，经过客厅的时候见布兰迪正认真地看那堆豆子，那神情像是在破解一个谜。

叶子农再次来到超市，这次买了一兜子罐装饮料，有可口可乐、果汁、矿泉水等好几个品种，回到房间把一兜子饮料放在茶几上，说：“不知道你喜欢喝什么，多买了几样，你喜欢喝什么就喝什么。据说美国人喝什么都放冰块，我这儿没冰，你将就着喝吧。”

布兰迪说了声“谢谢”，继续看那堆豆子。

叶子农在厨房等了几分钟，水烧开了，他沏了一大缸子滚烫的茶。

布兰迪闻到了茉莉花茶的香气，看看大茶缸，看看那兜饮料，又看看叶子农，问道：“中国的茶？”

叶子农解释说：“我喜欢喝热的。”

布兰迪拿起刚才摇豆子的那个杯子到厨房，用自来水涮了涮，回来放到茶缸旁边说：“我也来杯热的。”

叶子农笑笑，给布兰迪倒上一杯热茶，问：“你连出了多少字母？”

布兰迪喝了一口茶说：“所有的，而且如果密度够大，可以连出任何文字和图形，不管是单色的还是混色的，都可以。”

叶子农说：“而且不管你连出什么，都是真实的、有根据的。”

布兰迪说：“是的，但是这能说明什么呢？”

叶子农用手指沿那堆豆子画了一个圈，说：“这是个‘场’的世界，有多少立场就有多少观点、主义。众生是立场的、利益的、好恶的，众生只相信自己愿意相信的东西，出离立场的观点在立场的圈里是没地方立足的，因为没有‘场’可以让你立。望河楼吃饭你知道我的观点，于共产主义‘邪恶说’我是狡辩，于‘神圣说’我是歪曲，怎么都不招人待见，没人待见就没市场。这片子正如你《意向书》里所说，东欧民众需要心理支持，东欧当局推行变革政策需要反省历史和理论支持，西欧需要胜利者的感受。其实你还漏掉了一块，还有美国，美国不仅要正义和胜利的光芒，还有领袖感。不管你是什么新思维、新史观，这部片子满足不了这些条件，你是赚不到钱的。”

布兰迪说：“是的。”

叶子农接着说：“昨天人们相信共产主义，不是因为马克思主义是真理，是相信了一个许诺。今天不信了也不是因为它不是真理，是没得到预期的实惠。众生不管你真不真理，他们只需要许诺、兑现。半个世纪的烙印，共产主义一词已经被烙成了一个空洞的符号，连共产党的领袖都说，贫穷不是社会主义。现在你跟东欧的人民说，你们解体的那个不一定是真正意义的社会主义，再跟欧盟的人民说，你们组合的那个也不一定不是社会主义。你这不是存心跟人民找别扭嘛，用北京的流行话说，这叫找抽呢。”

布兰迪不解地问：“什么叫抽？”

叶子农说："就是打耳光，抽嘴巴。"

布兰迪笑了笑。

叶子农说："你是要赚钱的，你的立论就一定要找有利于你赚钱的论据，至于100多年来共产主义运动的真相究竟是什么，其实根本不关你的事。我呢，是个看客，不是找真理树观点的，是看到什么是什么，马克思主义对错也不关我的事。你知道我不愿意跟人讨论这些问题，更别说弄个片子长篇大论了。你既是来握手的，就不该给朋友出难题。这也不是律师诉讼，拿了谁的钱就能挪挪屁股为谁说话。"

布兰迪说："东欧解体的那个阵营是不是社会主义不由你我说了算，得由东欧人民乃至世界人民说了算。东欧阵营解体体现了东欧人民的意志，这个还是问题吗？坦率地说我对政治不感兴趣，也不了解你的观点的具体内容，因为这个不重要，重要的是欧洲人民认为它是什么，重要的是你的思辨能力，市场需要什么，我就认为是人民需要什么。如果东欧阵营不是真正的社会主义，那中国就也不是社会主义，那是不是说整个欧洲的人民都错了，中国人民和中国共产党也都错了，就你是对的？"

叶子农嘴角闪过一个无奈的笑，摇摇头，沉默了许久之后淡淡说了一句："但凡还愿意睁眼看一下的人，有谁还能否认中国在一天天变好吗？"

布兰迪说："中国经济确实发展很快，中国威胁论的声音也在升温。"

叶子农说："中国和苏联，你拿哪个去证明社会主义？如果你认为改革开放的中国已经不是社会主义了，而美国和中共认为它是社会主义，那又是谁错了呢？"

布兰迪语塞了，一时不知如何作答。

叶子农说："你就是刀架脖子我也不能说我的看法是对的，只能是以我的认识能力所能认识的。我没去影响谁，怎么错都是我自己揣着，不妨碍别人。现在是你要让我输出你的价值观，我只是不想说违心的话，我们谁都不是道德楷模，可人的那点诚实总还得要吧。"

布兰迪不知是坐累了还是情绪的问题，起身在房间里踱了几步，活动了一下身体之后又坐回原处，点上一支烟深吸了一口，说："其实，你直接说'人民'会更诚实一些，不必惹不起人民就拿'众生'这个词修饰，你让我觉得你这是精英主义的藐视人民。"

叶子农说："惹不起人民，众生就惹得起了？众生泛指一切生命，在认识范畴里特指迷界群体，是一个与‘觉者’相对应的词。用‘人民’，你把人民里的觉者往哪儿搁？官员就一定是觉者吗？平民就一定无明吗？学术讲实事求是，不讲爱憎。”

布兰迪说：“那你就是觉者了？”

叶子农说：“觉者与众生是社会研究对象的泛指，既有你觉的就必有你惑的，明白了这个不一定明白那个，人人都有所觉有所不觉，不做具体指。”

布兰迪沉默了一下说：“你连自己的对错都不介意，我就不知道该怎么跟你谈了。如果一个人不能证明自己的观点正确，却还要坚持，这也是实事求是的学术精神吗？”

叶子农说：“不是坚持，是没有意义。这种讨论是必须要从定义概念开始的，否则你理解的社会主义是公有制，我理解的社会主义是社会化经济，一个名称两样东西，永远论不出个所以然。这题目仅定义概念就少不了一通争论，推理论证又是一通长篇大论，如果你驳不倒我你不能让我违心吧？如果你驳倒了我说明你的认识比我透彻，你还需要我吗？无论什么结论结果都是一样的，明知地里没土豆你还刨这个坑吗？”

布兰迪点点头，看着那堆豆子说：“是的，不管连出什么都是真实的、有根据的。出离立场的观点，无非是指公正、客观，但是哪个立场不认为自己是公正、客观的呢？那就不会有结论了，最多就是立场之间的交换看法。”

叶子农说：“所以，有那工夫还不如找个餐馆我请你吃大餐呢。”

布兰迪说：“按你这个说法，这世上就没真理了。”

叶子农到卫生间摘下挂在墙上的镜子，回来将镜子竖在豆子旁边，说：“它就是，它照到什么是什么，它没立场，没好恶。其实‘客观’也是一‘场’，也未必是真相，客观只表示没有利害关系，不表示没有好恶，也不表示有如实观照的能力。”

布兰迪质问道：“凭什么你就是镜子，别人就是立场？”

叶子农把镜子放到一边，说：“只要是人就不可能是镜子，因果律是镜子，辨别、证明的逻辑和实践是镜子。其实真理也不‘是’，‘是’的就不叫真理了，叫定律。出离立场不一定是真理，但一定是不被立场接受的，没受众就没钱赚，这就是硬道理。这种秃头上的虱子明摆的事，瞄一眼心里有个数就行了。”

布兰迪又沉默了一会儿，终于收起了《意向书》，淡淡地说：“你那么喜欢吃吗?"

叶子农笑着说:"我就知道吃,没别的。"

布兰迪笑笑,说:"好吧,那我们就去吃。现在时间还早,总不能就这样坐着一句话不说吧?还是这个话题,我们不为什么了,就像老朋友闲聊一样说说话,可以吗?"

叶子农说:"你这就是为刨坑而刨坑了。"

布兰迪说:"我诚意而来,至少要知道我握了一只什么手。"

叶子农拿起镜子去卫生间,把镜子挂回原来的位置,回到客厅将茶几上的豆子推到一边腾出一片地方,这样茶缸、烟缸、茶杯就摆放得从容了,不像刚才见缝插针那样无序。做完了这些他也点上一支烟,说:"你要愿意,那就刨吧。"

房间里的气氛悄然发生着变化,已经不再那么生硬了。

布兰迪喝了一口茶,说:"本来我不想这么早跟你讨论敏感问题,虽然我不是这个问题的专家,但是提点质疑还是可以的。只是……你毕竟持中国护照,讨论敏感问题不可避免会涉及中国的制度和现实。我想,这无论如何都不是一个中国人愿意面对的窘境。"

叶子农笑了,说:"你不是说了嘛,我孤身在外,又没有家人受牵连的顾虑,共产党能把我怎么样?我对共产主义的怀疑不是从红领巾开始的,是从骂共产党开始的,因为我娘死了,我爹也死了,我成了狗崽子,那种街头挨饿的滋味你试一下就知道能激发出什么了。但是,一部《共产主义运动史》不是我拿一块个人伤疤就能覆盖的。中国有什么不能谈的?不就是专制、暴政这些词嘛,说理就行,我不赞成闭着眼睛骂街。"

布兰迪说:"是的,我也不赞成骂街。那你就先回答我这个问题,如果可以违心,你能论证共产主义的失败吗?"

叶子农说:"如果共产主义是神话天堂,不用违心它也是荒谬的。马克思不是神,不是思想探索的终结者,人类就是批判地认识前人的东西才得以进步,凭什么到了马克思这儿就批不得了呢?比如公有制,没了私的公有制还怎么公呢?你这个公往哪儿待着呢?矛和盾是本一的事物,有谁还能扔了一个揣着一个?比如阶级斗争,如果人类历史都是阶级斗争的历史,那就否定了阶级斗争之外的一切社会矛盾,怎么可能呢?大锅饭一样让工人队伍里有怨言,宫廷里的权力之争一样杀得你死我活,每个元素都对历史演化产生着影响……”

布兰迪一笑说：“嗯，这就是我想要的思路。”

叶子农说：“什么叫批判？就是有甄别的有判断的意见。你要求的路子是批判吗？是只批不判，一判就没钱赚了。你说：是不是欧洲人民和中国人民都错了，就你是对的？人民是无关对错的，人民不受问责，不属于对错的判断。人民的利益更没有对错的判断，只属于可能程度的判断。人民知道社会主义这个名称与人民知道社会主义的本质不是一回事，人类对社会规律的认识是复杂的渐进过程，不是谁一刀下去分成对错两半就算完事了。探索社会规律马克思不是唯一的，马克思的认识方法也不是唯一的，马克思是站在他那个时代条件下可能的认识，用神或终结者的要求去评价马克思，可以肯定不是科学态度。马克思的话不是句句是真理，《共产党宣言》就一再修正，100多年的实践也在不断认识和修正，评价马克思主义如果不去关注它最核心的东西，而是以直取文字的方式去评价，那就只能是不同立场的各取所需，马克思主义是什么已经不重要了，重要的是各自的立场需要什么。”

布兰迪说：“这算不算文字游戏呢？”

叶子农说：“如果不讲逻辑了，那剩下的就只能是文字游戏。”

布兰迪说：“那你认为什么是共产主义？”

叶子农说：“不用每句话前面都加个‘我认为’吧，我还有可能不是我认为吗？”

布兰迪说：“不必。”

叶子农说：“一句话，世界经济有机一体就是人类共产，阐述这个演化原理的理论就是共产主义。共产主义一词从一开始就被赋予了拯救、许诺的色彩，人们出于美好的愿望把共产主义神化了。共产主义不是消灭穷人、富人，不是天堂，不是物质和道德指标，是经济学的概念，是经济形态的描述，它既是经济规律的产物，就一定不是人可以奋斗来的，也就不可能是哪个阶级获得解放的理论武器。最通俗的理解，地球东边经济危机，地球西边碗里就少了一块肉，这就是共产主义。”

布兰迪思索了片刻，说：“如果按这个说法，那现在就是共产主义了，一次石油危机就足以让全世界的碗里少了一块肉。”

叶子农说：“碗里少了一块肉，经济结构就会调整，有所淘汰，有所催生。碗里连饭粒都没有的就会闹事，只要我挨饿你就别想活踏实了，社会就会朝更稳定的结构整合。共产其实是一个很平常的词，可以是几个人合伙的共产，可以是企业联合、兼并的共产，可以是地域与地域或国家与国家合作的共产。地域性的社会化经济，你可以叫它社会主义。发展到全球结构的人类大经济，就是全球经济高度依存、高度一体化，这种经济形态给它起个名字就叫共产主义。人类各个角落的经济会因不同条件呈现不同形态，但不管什么形态，其本质都是朝着社会化和全球化的方向演化，它不管你什么政党、主义，那是经济规律，是由生产力发展要求决定的，是人类趋利的本能。”

布兰迪说：“社会化经济就是市场经济，只是叫法不同。如果地域性的市场经济都可以叫社会主义，那市场经济国家都是社会主义了？”

叶子农没有直接回答布兰迪的问题，而是问：“人是什么？”

布兰迪说：“趋利避害。”

叶子农说：“人是我要比你强的，我要比你尊贵、富有，比你荣耀……归根到底是我得比你强，比你强了才踏实，这就是人的原动力。所以，尊重、关爱才成了道德，而能众生平等的就不是人了，是佛，是基督。资本的本性是逐利，而把货币、技术、信息……包括青春美色和健壮体格等一切可用之用都转化为资本的，是人。市场经济是丛林法则，当社会矛盾演化到谁都过不踏实的时候，生存秩序和生产力要求就会催生与之相适应的新规则，就是以国家意志对市场经济和社会分配有所干预、有所调控的社会机制。教条的社会主义以为消灭了资本就没事了，其实关资本什么事，丛林法则的原动力是人，遏制了人的原动力，经济就没活力，苏联解体和中国改革都是作为果存在的，无需论证。社会化经济就是不‘唯’的经济，不唯资本形式和结构，不唯所有制形式，不唯资本意志，不唯市场经济……资本是有规律的，运用资本规律协调社会关系，不断解放生产力，人民安居乐业过日子，这就是社会化经济，就是马克思没有我们在140多年后看得清楚的社会主义。人们出于各自的好恶可以不叫它社会主义，人类不能被一堆名词困住了，不必为一堆名词吵得脸红脖子粗，其实那只是一堆符号，注重本质的就不会在意它叫什么。”

布兰迪说：“世界经济日益趋向一体化，这是事实。我们不必在意那个发展方向究竟该叫什么名字了，共产党可以叫它资本主义高度发达的废墟，西方政治可以叫它自由世界，我们暂且就叫它共产主义。既然那不是谁一奋斗就能得来的，并且苏共70多年的奋斗历史已经证明了这一点，那么共产主义理想还有价值吗？共产党还有存在的法理吗？苏共和中共都是靠共产主义许诺夺取政权的，那是不是欺骗了人民？失去存在法理的中共政权如果只能靠国家机器来维持，这是不是专制、暴政呢？”

叶子农说：“如果只把共产主义运动看成是共产党为了夺取政权，那就狭隘了，一党之利没这么大能量，最本质的是社会矛盾已经激化到需要变革的程度了。人类出一个马克思是偶然的，社会矛盾是必然的，《共产党宣言》本身就是社会矛盾的产物，没有马克思主义会有这个主义、那个主义，没有共产党也会有这个党、那个党，都是要爆发的。美国的社会矛盾没有激化到那个程度，那些主义就没起作用，如果真有那么管用，那纽约、巴黎到处飘扬的就该是共产主义旗帜。我不敢昧着历史说共产党欺骗了人民，共产党确实建立了人类历史上几乎接近平等极限的社会。今天我们可以坐在这里说，按教条雕塑的社会模式谁来吹口气也不显灵，捆绑出来的全民经济背离了价值规律，气血不通就没活力。但是人类对真理的认识是有过程的，如果我们不是站在对立双方的立场，我们就不能不承认那是一次空前规模的人类追求美好社会的实践，仅我个人，我愿意称它为伟大的实践。”

布兰迪说：“这话听起来很像共产党。”

叶子农说：“如果是因果真相的，我是不是共产党又有什么关系？”

布兰迪说：“对不起。你继续。”

叶子农说：“有谁能给我举个例子，哪个国家政权不是靠国家机器维持的？我们把国家机器这个词换成武力吧，这样更赤裸一些。如果政权是可以单靠武力维持的，历史就不会有王朝变迁，就不会有苏联这种军事强国的解体。不管你是什么政党、什么主义，只要是违背基本国情的国策，就没有不被淘汰的。我不知道你对中国历史了解多少，儒家文化是中国植根最深、影响最大、渗透时间最长的文化，之所以有这么强的生命力自有它的道理，因为它适应皇权制度和小农经济的生产力要求，但是到了工业革命和资本经济时代，它已经无力承载现代工业文明了。美国是移民国家，各种价值观汇集，不存在根深蒂固的一统文化，所以很难理解一种文化的根深蒂固对一个民族意味着什么，中国只能站在这块文化土壤迈进工业文明。如果儒家文化管用，是解放生产力的，谁敢欺负这么一个大国？历史的事实是，在这个主义那个主义之间，中国的国情选择了马克思主义，这不是因为共产党比谁会打仗，是社会基础，正如美国的社会基础决定了美国的社会形态。”

布兰迪说："我不了解中国历史，也不能说了解中国文化，但历史的事实不一定是历史的必然。我不否认美国也有很多社会问题，但是我认为美国的民主制度是迄今人类可以做到的最先进的制度。什么是马克思主义最核心的东西？中国为什么不能选择民主？如果马克思主义没有价值了，那么中共的存在法理是什么？"

叶子农说："这会儿我真想加入个什么党先避避嫌再回答你的问题，不然你又该说我是共产党了。你这个问题，谁来如实回答谁都是共产党。"

布兰迪问："为什么？"

叶子农说："中共从二一年成立到四九年执政，历经28年，什么样的偶然或运气可以让你连碰28年？这世上还存在没有因的果吗？中国的经济与发达国家相比确实有很大差距，但是四九年之前的呆账坏账能不能都划到中共的账上？如果不能，那你是在指责中共呢？还是在指责中国的传统文化和历史？这会儿你就不怕惹着人民了？"

布兰迪说："我丝毫没有针对中国人民的意思。"

叶子农说："在我看来，马克思的资本规律说可能不是最重要的，最重要的是马克思主义的认识观，辨别、证明的认识观。也许是我太笨了，我看来看去就只看出了一句话：实事求是。以辨别、证明的认识观实事求是认识事物，这就是我认为的马克思主义。"

布兰迪说："美国也讲实事求是，依你的逻辑，美国也是马克思主义了？"

叶子农说："务实与实事求是能不能画等号？咱就算愣画等号，佛法讲如实观照，翻译过来也是实事求是，那佛法与马克思主义又该谁是谁呢？基督教的神，道教的道，佛教的如来，马克思主义的客观规律，刨到根其实都是一样东西，规律，又该谁是谁呢？不同价值体系的共性有着不同的外延，因不同用，做不同方向延伸。或许美国移民汇集的文化比中国一统的儒家文化更具有实事求是的含量，或者说更接近实事求是，但是能不能据此就冠以'实事求是的文化'？可能还不够质量，务实与实事求是毕竟还有距离。"

布兰迪说："实事求是也是由人来操作的，谁来认定这个实事求是？"

叶子农说："人民。你不行，人民就请你下去，这就不是真理了，是定律。"

布兰迪沉思了一会儿，说："假定实事求是就是马克思主义的核心价值，但是实事求是就可以取代民主吗？你不认为民主是效率更高和历史成本更低的实事求是吗？"

叶子农说："解释民主的版本很多，你能不能先把概念定义了，什么是民主？要定义就来点一竿子到底的，别弄个带皮的玉米还得再剥半天。"

布兰迪说："体现人民意志的制度就是民主。"

叶子农说："还是个带皮的。意志就一定是利益的体现吗？那开店就只有开张的没有关门的，没有谁开店是为了倒闭赔钱。"

布兰迪想了想，说："标志性的还是美国的选举制度。"

叶子农说："我能不能这样理解，美国式的民主就是数人头？"

布兰迪说："不是简单的数人头，民主的内涵是尊重。"

叶子农说："既然标志性的还是美国的选举制度，那你告诉我，哪届总统不是数人头数出来的？又有哪届总统是尊重出来的？国家政权这种事还可以AA制或自助餐吗？不管是简单地数还是复杂地数，还能不是数人头吗？"

布兰迪说："你愿意理解成数人头，我尊重你的理解。"

叶子农说："你别尊重，你就告诉我哪届总统不是数人头数出来的就行了。希特勒认为犹太人是应该灭绝的，你也尊重吗？"

布兰迪说："好，就算是数人头。"

叶子农说："罗斯福和希特勒，你拿哪个去证明数人头的历史成本呢？是不是也捎带着说说越南战争这个数人头的历史成本呢？"

布兰迪沉默，没有回答。

叶子农喝了一口水，说："民主不是先挖渠还是先放水的非此即彼，不是为民主而民主的事于道，民主是社会经济、文化发展的产物，不是谁想不要就可以不要了。不同的社会条件决定了不同的民主形式，没什么放之四海而皆准的法宝。中国文化2000多年了，那是植根在一个民族骨子里的东西，你说换就换了？中国人民不可以按照自己的方式生活吗？一定要生活在西方人的价值观里吗？人，文化，是有思维方向和思维半径的，数人头不是什么条件下都能适用的，也未必是最好的解决社会问题的方式，美国不能把中国的文化土壤搬过去试试美国式的民主，中国也不能把美国的文化土壤搬来试试中国的人民代表大会的民主。中国人民的根本利益是民族团结、领土完整和经济发展？还是美国式的民主？过去中国要把红旗插遍全世界，也不管人家需不需要红旗，那是事于道了。美国到处输出它的民主与过去中国要把红旗插遍全世界，我看不出来有什么质的不同，同样是事于道。中国有错就改了，美国是不是也该有错就改呢？你喜欢吃大米，就拿把稻子到处撒，也不管人家的土质、温度合不合适，你是真关心人家呢？还是价值观的好恶使然呢？中国选择马克思主义，在我看来就是因为马克思主义的认识观，见路不走，不唯经验、教条，讲实事求是。”

布兰迪说：“我现在很想请你诚实地回答一句，你是不是共产党？”

叶子农说：“当事物作为‘果’存在的时候，必然有它的‘因’，说出这个因的叫解释因果。如果解释中国的因果就叫共产党，那换个话题，我来解释美国民主的因果，我是不是就是共和党呢？你家的水田种稻子，我家的耕地种麦子，你告诉我谁错了？”

布兰迪非常遗憾地摇摇头，叹息了一句：“你是我见过的最有头脑的傻瓜。”

第十六章

1

11月10日，星期天，方迪前一天熬夜写论文，睡得很晚，今天又没课，赖在床上迟迟不肯起来，其实早就醒了。到了9点多很不情愿地起来了，洗漱、化妆，一杯白开水和一片面包就当早餐了，然后伏在案子上继续写论文，可怎么写都不在状态，脑子里空白一片，好像论文是一个遥远的根本与自己无关的事，堆砌词汇都找不到头绪……

她烦躁地把笔往案子上一摔，打开录音机，脱去毛衣只穿了件黑色紧身内衣，就在她那块专用属地上跳舞排遣烦躁。她跳的就是那段在纽约华人中秋晚会上表演的舞蹈，连音乐都是一样的，节奏强劲，舞姿狂野……跳着跳着，她隐约感觉有人敲门，开始没在意，但是敲门声加重了，她关掉录音机，果然有人敲门。

她一开门，门外突然就冒出一个整齐的、又大又尖的混合女声："哈！"

方迪被吓了一跳，一看惊呆了，原来是三个高中的同班同学，太不可思议了！她知道何文婷在日本留学，嫁给了一个在日本大学任教的华人教授。孙瑶是职业模特，经常给一些企业做产品代言。张娟大学毕业后在北京一家外企工作，还是一个部门的负责人。

方迪惊讶地说："天哪……这是真的吗？"

孙瑶边进屋边说："别激动，别激动，礼物收好了，谢就免了，见外。"

方迪关上门说："礼物在哪儿呢？"

孙瑶说："嘿，你个小蹄子，刚才没给你个惊喜吗？"

几个女人随意找地方坐下，椅子、床上坐满了，方迪就站着。

何文婷打量着方迪，说："奶奶的，迪子是越来越不像话了，这丰胸肥乳小蛮腰，你说都是女人，上帝咋就不公平呢？我受刺激了，我要丰！”

孙瑶说：“我也受刺激了，我也要丰！”

方迪说：“得了吧你，再丰就成篮球了。”

张娟说：“迪子可不是天使，绝对害人精，哪个男人找她算倒霉了。”

孙瑶说：“那是，再强壮都没用，半年就瘦成一把干柴。”

大家哈哈一笑。

方迪抹了一下额头上的汗，笑笑问：“怎么回事？从哪儿冒出来的？”

何文婷说：“我那书呆子被加州理工学院挖走了，我就跟来了。娟儿他们公司派她到总部进行管理流程培训，来纽约两个多月了，不知道怎么跟你联系……”

张娟说：“哎，哎，你甭替我美化，我是不好意思。小的就是一打工仔，逛街都得溜边儿走，姐儿几个就数姐们儿混得惨了。”

方迪说：“嘿……您这高级白领都溜墙根儿走，俺毕了业还敢不敢出去混了？”

张娟说：“孙瑶陪她老公来美国商务考察，这不都赶巧了嘛，姐儿几个难得一聚，就差你了。孙瑶傍了个温州大款，有钱，除了有钱也就不剩啥了。”

……

几个女人叽叽喳喳聊了一会儿，方迪看时间差不多了，带她们去吃中午饭。

下楼，孙瑶一看方迪的破车，笑道：“我的妈耶，今天出门没看黄历啊！”

方迪就当没听见，可那辆破车偏偏还不争气，车子打不着火。

方迪说：“娟儿，下去踹一脚。”

张娟问：“踹哪儿？”

方迪说：“发动机边上。”

张娟下去“咣”地踹一脚，车就发动着了。

孙瑶说：“这破车，也没哪个男人来怜香惜玉，瞎了狗眼！”

方迪说：“凉车有时候这样，跑热就没事了。”

方迪带她们去了老九面王餐馆，大餐厅里有几桌客人，还有几张台子空闲着。几个人在一张餐桌刚落座，服务员就来了，这个女服务生认识方迪，点头一笑。

孙瑶说：“今天这个显摆机会谁都别跟我抢，可着劲点贵的。”

方迪说：“放心，以后给你机会。姐儿几个来找我，今儿再惨烈小女也得撑着。”

酒水和几个冷盘先上来，何文婷和孙瑶都拿出相机照相，你跟我，我跟她，合影时还请来服务员为她们拍照，折腾了半天才吃上这顿饭，大家兴致都很高。

席间，孙瑶说：“迪子，你还记得咱班的莎莎和眼镜吗?”

方迪说：“他俩是死对头。”

张娟笑笑说：“你猜怎么着？人家俩成一对儿了，可把我逗死了!”

孙瑶说：“那俩活宝，眼镜能从性扯到民主，莎莎能从民主扯到性，哈哈哈……”

方迪见何文婷刚喝几口酒脸就红了，说：“文婷，不能喝就别喝了。”

何文婷说：“哎，婷同学的酒量是越来越不行了，老了。我的生活终于变成了我妈希望的那样，就差生个孩子喂奶换尿布了。”

张娟说：“哈哈，一说你妈怎么跟控诉地主恶霸似的。”

孙瑶说：“我忙，我一天到晚忙，我没事找事也得忙，我他妈命贱，我就喜欢忙得快窒息那种压力，那才是女强人，哈哈哈……”

张娟说：“我，要吐了。”

何文婷说：“我，已经吐了。”

孙瑶说：“吐吧，吐吧，不在嫉妒中崛起，就在嫉妒中倒塌，哈哈哈……”

方迪说：“哎，姐儿几个，吃完饭干吗去?”

何文婷说：“逛街呀，让我们装嫩去。”

孙瑶说：“还要买衣服，老娘要血洗纽约!”

张娟问：“迪子，毕业了怎么打算，留在纽约吗？现在国内到处都是出国热。”

方迪说：“现在中国发展那么好，全世界都跑中国捞机会，我干吗要留在纽约？我敢说中国要照现在的路子走下去，早晚中国的绿卡也得成香饽饽。”

何文婷说：“我觉得中国有戏，早晚有天看丫谁都是孙子辈儿的。”

孙瑶说：“那是！到那时，中国人说得最多的一句话就是：平身!”

张娟说：“对对！还有：看茶……拉个长音儿，这表示我们还是礼仪之邦，是吧。”

几个女人笑得前仰后合，合不拢嘴。

这顿饭很丰盛，还剩了一大桌没吃完。方迪看大家已经吃好了，为了避免争着付钱，就起身去吧台结账，但大家还是追过来了，争着付钱。

孙瑶一拍吧台，对着方迪呵斥道："孙瑶在此，谁敢造次？你个小蹄子，今天你要敢付账，我就把你的艳舞照片撒到大栅栏去！"

不料，吧台的台湾女领班说："你们谁都不用付了，老板有交代，这桌免单。"

三个人一起看方迪，孙瑶说："嘿……姐们儿行啊！"

2

第二天下午，方迪放学后去老九面王餐馆补交昨天的餐费。她向吧台解释了昨天为了避免争执而没有坚持当时付账，也为迟付餐费表示歉意。

女领班说："老板交代这桌免单，你去跟老板说吧。"

方迪问："九哥在吗？"

女领班说："在。"她打了一个电话，然后说，"三号厨房，你去吧。"

方迪这些年每到假期都在这里打工，对后厨的情况太熟悉了，她只知道餐馆有中餐和西餐两间大厨房，从来不知道还有个三号厨房。来到后厨，也确实没看到三号厨房，但是中餐工作间的面积和布局都发生了变化，变小了，被一道类似屏风的假墙隔离出了一段，原来的中餐工作间是两端各一个门，现在变成了一道门，隔离出来的就该是三号厨房。

方迪走过去敲门，老九在里面说："是方迪吧？请进。"

方迪一进屋看呆了，这哪里还是一间厨房，简直就是一个实验室，除了正常厨房里该有的炉灶、器皿、材料，更醒目的则是天平、大小电子秤、大小量杯……办公室的电脑和电话都搬过来了，这显然是产品研发的性质，老九一身大厨行头，正坐在桌前往电脑里的表格填写数据，旁边放着笔和笔记本，写的都是中文繁体字。

方迪惊讶道："九哥，你这是干吗呢？"

老九抬头一笑算是打招呼了，回应说："革命呗。"

方迪说："革命？革……革自己？"

老九低着头说："不革自己革谁？咱还能革顾客的命吗？呵呵。"

方迪站在桌子旁边，说："九哥，昨天来了几个老同学，难得一聚……"

老九仍然低头填数据，打断方迪的话，说："我知道昨天你是给九哥捧场的，可谁开店也不能靠这个，你这是寒碜九哥呢。调查报告省了那么多钱，一顿饭的事就别提了。"

方迪说："九哥，你要这么堵我，这店我以后还怎么来呀？"

老九放下笔，说："你不来我也要去找你，你是学管理的，九哥有事要请教你。你要不忙就坐会儿，我也不付你咨询费了。拿个椅子，先坐。"

方迪在老九对面坐下，说："九哥是商界前辈，可不敢说请教，我只有学习的份儿。"

老九问："你现在最想什么？"

方迪说："最想把毕业论文写好。"

老九问："想管用吗？"

方迪回答："当然管用，不然怎么去做呢？"

老九说："那你小家子气了，既然管用，为啥不多想点？想博士，干脆当校长。"

方迪被这个"为啥不多想点？"给问住了，一时不知如何回答。

老九说："那我再问你，论物质生活，是咱过得好还是秦始皇过得好？"

方迪说："当然是咱过得好了。"

老九又问："那你比秦始皇幸福吗？"

方迪说："那能比吗？人家是君临天下，万众之上。"

老九说："那看来物质条件还不是最重要的，最重要的是我得比别人强才幸福。"

方迪又愣住了。

老九说："再问个问题，是手擀面好吃还是机器面好吃？"

方迪说："九哥，我不敢回答了。"

老九说："为啥？怕答错了没面子？也就是说只要把错的藏好就没事了？"

方迪说："那当然是手擀面好吃，口感不死，有麦香。"

老九一指面板说："那你擀一个给我看看。"

方迪说："我哪儿行啊？擀面那么讲究。"

老九说："那就是说手和机器都是形式，那些'讲究'的条件才是本质，不管是手还是机器，只要符合了那些'讲究'的条件，就都可以做出好面。机器不受情绪影响，不会因为薪水多少给你做手脚，也不会请假、跳槽，质量还会比手工面更精确、更稳定。要按见相非相的说，这就是见到如来了，就是实相，对吧？”

方迪愣了好半天，吃惊地说：“九哥，你你……你是九哥吗？我不是幻觉吧？”

老九说：“九哥哪有这道行？刚学的，背课文。我在红川耗了整整一个月，叶子农的嘴是真难撬啊，可他到底没耗过我，还是让我给他撬开了。”

方迪说：“九哥，你这哪是请教啊，是考试。我得承认，我全答错了，零分。”

老九说：“我还没请教呢，这只是给请教做准备。我有个想法，说大点叫餐馆改革方案吧，这两天我准备整理个书面材料，可能会写得很啰嗦。我知道你对九哥的印象，九哥能整出来个啥呀？值得浪费时间吗？但是我想跟你说，九哥也在学习、进步，我希望你能认真帮九哥看看。这方案走的是‘见路不走’的思路，就是没模式、没套路。你是学管理的，我想请你从正规管理的角度给看看，从另一面挑挑毛病，提点意见。”

方迪说：“这么大的事，你还是找专业机构咨询吧，我不行。”

老九说：“找过，别说专业咨询了，就连算命和看风水的都找了，没用啊，人家就是来掏你钱的，怎么能掏走钱怎么说，要管用我还革哪门子命啊。你是学管理专业的，对餐馆的情况也了解，你不会黑九哥，你就帮我看看，咨询费我也不给了，咱就两清了。”

方迪想了一下，问：“九哥，你那个方案确实需要我看吗？”

老九肯定地点点头说：“确实。”

方迪说：“那你给吧台打个电话，我先把餐费付了，付了我就敢帮你看。”

老九不解，问：“那为啥呢？”

方迪说：“我仅仅是看看，提个意见，决不是咨询的性质，那太吓人了，我担不起。”

老九想了想，说：“没关系，你愿意付就付吧，日子还长着呢。”说着起身走到放电话的位置，拿起电话拨号，说：“阿美，方小姐马上过去，你把昨天那桌餐费给她结了。”

方迪起身说：“谢谢九哥！”

老九说：“那这两天我整理材料，整理好跟你联系。”

方迪说：“好的，那九哥你忙，我走了。”

方迪到吧台结账，付过餐费就开车回去了。

3

出了老九面王餐馆，天已经黑了，大街亮起了灯火，餐馆也陆续上客人了。外面不知什么时候开始下起了小雨，丝丝缕缕，给深秋的寒冷注入了一股清润的气息。

方迪没有直接回住处，而是先去了离住处不远的那家台湾粥棚，她还没吃晚饭，这家粥棚是她经常光顾的地方，经济实惠。她在街边停好车，进粥棚找了个位子坐下，要了一碗香菇粥和四个小包子，心不在焉地吃晚饭。

她隐约察觉到帮老九看方案的事没有那么简单，觉得自己的处理草率了，却又一时理不清头绪。老九要革自己的命了……老九提了三个问题她都答错了……从老九嘴里居然能听到诸如“见路不走”、“见相非相”、“如来”、“实相”这些听上去很高深的词。老九的变化是让她吃惊的，而这种变化就来自他在红川耗了一个月，虽然餐馆改革方案是老九的，但是方案的方向、原理、思想……是叶子农的，她调查过这个人，以叶子农的头脑、阅历……她突然意识到，老九的方案她是不能“看”的，看了，就是一个笑话。

吃过饭，她上车准备回住处，手扶着钥匙却迟迟不发动车，索性放弃了，望着挡风玻璃凝神，越想越觉得这事不简单。叶子农不管是利用双轨制敛财还是布达佩斯劳务，这两次商业运作都是成功的。见路不走谈何容易，总要先见到路才有资格选择走不走，而更多的人通常面临的情况是连路都没见到，更别说见路不走了。老九的方案显然是以叶子农的认识能力为后盾的，那么成功的几率也就不能纯粹以老九的能力衡量了。如果老九的方案是老九面王从亏损到盈利的转折，是老九从失败到成功的转折，那么……这么现成的案例，这么好的机会，如果把“见路不走”作为论文选题，在老九餐馆实习，理论、实践都有了。

方迪的思路渐渐清晰了：决不能等老九把餐馆方案材料整理出来，这个方案她是万万不能“看”的，一“看”就没有自知之明了，最恰当的方式就是跟老九“聊天”，了解这个方案的核心内容，可行，就争取在方案的实施过程里实习；不可行，就是聊聊天，这件事就算过去了，既低调，又保留了视情况而选择。

她从包里找出电话号码本，下车走到就近的一个公用电话亭，投币给老九打电话，电话接通后她说："我是方迪。九哥，有时间吗？"

老九说："有时间，你说。"

方迪说："我想约九哥出来聊聊天，可以吗？"

老九说："那来店里吧，边吃边聊。"

方迪说："我刚吃过饭，我请九哥喝咖啡吧，去蓝星咖啡馆，我这就过去。"

老九停顿了一下，问："有事吗？"

方迪说："没有，就是闲聊天。"

老九说："好的，那我在咖啡馆等你。"

挂上电话，方迪开车去咖啡馆。

蓝星咖啡馆就在老九面王餐馆的斜对面，不到200米的距离。这是一家大众咖啡馆，门面不是很大，装修古典，门口停着几辆轿车。方迪停好车进到咖啡馆，看见老九坐在一张靠墙的桌子边等她，桌上放着一杯咖啡。

方迪坐下，笑笑说："我犯错误了，纠正纠正，请九哥喝咖啡。"

服务员过来，方迪要了一杯咖啡和几碟小点心。

老九说："你一说聊天我就知道准有事，说吧。"

方迪说："九哥，你说这两天整理个书面材料，这说明餐馆方案已经很成熟了，那咱们就聊聊吧，就是闲聊天。看，我是不敢的，我还知道自己是谁。"

老九说："不至于吧？太夸张了，谦虚得都让人受不了了。"

方迪笑笑，说："是做作，肉麻。其实我也想过，假如我是九哥，我会怎么办？说实话我想不出办法。我混文凭是为找工作，没有老板的视野和思维。学校教的主要是一些成功企业的经验和案例，领会多少在自己，我要脑子够用就不会为论文发愁了。我实话实说，九哥别生气啊。餐馆改革方案是你的，但是方案的原理和思想可不是你的，你只是体现这些原理和思想，去实践见路不走的理念。叶子农是什么人？是可以让罗家明放弃50万去求一句话的人，是可以让你在红川耗上一个月去撬开他嘴的人。九哥，我去审查这样的方案，我还知不知道自己是谁了？你不觉得这是个笑话吗？"

老九说："我没想那么多，我就是想请你从正规管理的角度给看看。"

服务员把一杯咖啡和几碟小点心送来了。

方迪喝了一口咖啡，说："我对九哥的变化挺吃惊的，对这个方案也很感兴趣，这对我是一个学习的机会，我想请九哥聊聊。"

老九从衣服口袋里拿出一个不大的笔记本，说："我把笔记带来了，记得很乱，我说话也啰嗦，咱们聊到哪儿算哪儿，闲聊。"

方迪点点头说："嗯。"

老九翻笔记本，找到其中一页，念道："人最难做到的是实事求是，妄念、贪念、杂念一大堆，就算想实事求是，你也不知道怎样实事求是。见路不走是实事求是的通俗版，是提醒你不要唯经验、教条，要走因果、走条件的可能。见路不走是让你解放思想，不要怕跟别人不一样，因为很多人一看到跟别人不一样就觉得不正常了，心里不踏实。也不要怕跟别人一样，因为也有很多人是生怕跟别人一样显不出自己高了。见路不走是解决实事求是的可操作性问题，实事求是的态度、观念、思想，是一切正确认识和决策的基础。"

方迪感叹道："说得太好了！如果方向错了，手伸得再长，也摸不到正确。"

老九说："如果把一碗成功的面……不单是好吃啊，是成功……用'X面'表示，那这碗X面要求的第一个条件就是祛除妄念，有个求实求是的心态。我检讨自己，在态度上就错了。我追求豪华、高档，不是产品需要，不是为顾客，也不是餐馆有社会背景，是为显示自己是成功人士，是为自己有身份、有面子。一碗面本来就是大众化的东西，你开餐馆都不为顾客了，都成满足你虚荣心的工具了，那不死还等啥呀？"

方迪说："就是啊，好多想吃面的人不敢进来，如果我只为吃碗面，我也不敢来，那还是面馆吗？就是打着面馆招牌卖炒菜的。有钱的人进来，山珍海味都吃饱吃足了，你的面再好也不好了。没钱的人，不点菜谁敢进来？人家谁舍得为吃一碗面点一桌大菜？"

老九又翻笔记本，找到一页，念道："不往左看，不往右看，只看市场、顾客，只看你自己条件的因果。不以新旧论，不以跟别人一样不一样论，只以有效论，有效与否是唯一的取舍标准。凡左顾右盼的，大多是不清楚内在因果的，学个形，漏其神，很危险。人家的成功有人家的条件，人家的条件不是你可以悉数复制的，精髓不是学来的，是悟出来的，人家的内在因果不是你从外表看一眼就能具备了。"

方迪点点头说："嗯，还是强调见路不走，要立足自己的条件。"

老九又找了一页，再念："奢华之所以奢华，是因为大众不可及。如取规模效应，则必须大众可及，普天下的规模效应无不安住于规模消费集群，这是规模效应的因果律。"

老九找一页又念："降低成本不是缺斤短两，不是让员工死去活来超负荷工作，而是不缘起降低成本命题的根本理念，从本体设计和机制设置就不允许缘起降低成本问题。"

方迪说："不缘起？这种成本管理……太……太苛刻了吧？"

老九说："你未必能做到，但是你有了努力方向，有了这种成本管理意识。"

方迪说："对。但是有了原理，怎么操作呢？"

老九说："是啊，我也是这么问的。子农就问我，如果一个人肯下功夫，花个一年半载做出一碗好吃的面，难吗？"

方迪说："不难，只要肯下功夫就行，这不是门槛很高的事。"

老九说："好，这个条件我有了，一勺卤，一口汤，一把面，还有几盘家传菜，这是我看家的手艺。但是，这碗X面所要求的味道、口感、温度……要一年四季都一样，要每个分店都一样，不允许一茬厨师一个味道，这就难了。过去是一日为师终生为父，收徒拜师要讲堂口的，味道一脉相承，分店都由徒弟打理。现在不兴拜师了，都是烹饪学校，半年就是大厨，今天来明天走，厨师一茬一茬地换，看家的饭菜做着做着就变味儿了，最后连老板都搞不清自己是卖啥的，人家来你这儿吃啥要碰运气，这不就是瞎胡闹嘛。"

方迪联想到老九谈到的手擀面与机器面，联想到厨房里的天平、量杯、表格……突然觉得明白了点什么，惊讶道："九哥，你的餐馆要消灭厨师，像麦当劳模式？"

老九翻开笔记找到一页，念道："顾客和无关痛痒的人都可以认为像麦当劳模式，但唯独你不可以，你要这样认为就有危险，就有可能不自觉套用模式，而你的条件是不可能与麦当劳的条件完全一样的，你不能在意相似或不相似，你只考虑条件与目的的有效。"

方迪说："这一不留神见路就走了，真做到见路不走也不容易呀。"

老九笑笑，说："是不需要厨师，不是消灭厨师。这要搁以前我就想不通，一个餐馆没厨师那还叫啥餐馆？现在就想通了，该没厨师的就没厨师，这就是见路不走。我要请人设计一套机器，从杠子压面到切面，完全模拟手擀面，试验出一套完整的操作流程。炒菜也是这个道理，在廉价地段建一个半成品车间，厨房没有厨师了，只需要培训熟练操作工，不需要你的厨艺，不需要你懂原理，更不需要你创新，那些统统不关你的事，你只需要严格遵守操作流程。餐馆地处繁华地段，寸土寸金，要把半成品生产腾出的面积给餐厅。没有厨师和擀面师，成本降了一大块。半成品迁到廉价地段，成本又降了一大块。饭菜质量稳定了，价格降低了，出菜速度快了……当然其他方面也有好多考虑。”

方迪问：“为一个餐馆建一个生产基地，还要运输配送，这成本也不低吧？”

老九停顿了一下，放缓了节奏，说：“根据我这个店的规模，还是比有厨师和占用黄金地价的成本低，但这还不是它的真正价值。真正的价值是，这个生产基地的设计功能可以让我的手艺乘以最大市场系数，供应一个城市的加盟连锁店。子农说得对，不是开餐馆，是设置一个赚钱机制，或者叫能量源，谁来找你谁发财，你就把社会资源调动起来了。这一点还是像麦当劳，研究出一个产品马上覆盖全世界。我没那本事，我做好一个北京行不行？做好中国的市场行不行？中国是面食大国，哪块地打粮食我奔哪儿去。”

方迪这才明白，原来老九的思路已经不仅是纽约这个餐馆了，而是要干更大的。老九的财力、技术是没有问题的，叶子农的学识也是没有问题的，如果老九在实施方案的过程中能持续得到叶子农的支持，老九干成这个事情是非常有可能的。这是一个极好而又难得的实习机会，方迪心里已经果断做出了决定。

方迪有感而发地说：“九哥，那我觉得你那块牌子也该换换，面王还是想显示你比别人强嘛，体现不出你实事求是的态度。九哥在红川耗了一个月，然后就一直参悟，终于把一碗面的禅机给参透了，如果是我，我就把牌子换成老九禅面。”

老九念叨了一句“老九禅面”，想了一下，突然兴奋地说：“这个名字好啊，你是怎么想出来的？你……你……你这样，你开个价吧，这名字我买了，从现在起你不能和任何人提这四个字了，直到我注册下来，纽约、北京都要注册。”

方迪说：“看九哥说哪儿去了，我也就是随口一说，我还怕九哥听了不高兴呢，可不敢再说别的。听九哥聊了这么多，我倒是有了点想法，还希望九哥能帮忙呢。”

老九说："只要是我能帮上的，都没问题。"

方迪说："我觉得我的论文有选题了，就叫'见路不走'。我想来九哥这儿实习，这次不是刷碗端盘子，是给九哥的方案实施打下手，这次是奔论文来的。"

老九说："人家都是找大公司实习，你能在九哥这小店屈尊，那没啥说的。"

方迪说："谢谢九哥，那我就向学校递申请了。"

第十七章

1991年11月12日，由乔治率领的美国迪拉诺公司商务代表团访问巴西归来，奥布莱恩和公司其他几位高管人员前去肯尼迪机场迎接。在亲切的寒暄问候中众人出了大厅，由高级轿车排成的车队一字长龙驶离机场。乔治总裁坐在第三辆车里，他特意让奥布莱恩与自己同坐一辆车，便于路上说话。

乔治说："这次你该去的，阿蒂亚诺是个谈判老手，挖陷阱不露痕迹的，迈克尔啃这样的骨头还有些吃力，迈克尔谈下来说他掉了3颗牙齿。"

奥布莱恩说："我这身体一阵好一阵坏的，不听使唤了。"

乔治说："在巴西利亚碰到辛格将军了，猜他说你什么？"

奥布莱恩说："想不出来。"

乔治说："他说你年轻的时候差点把命丢在圣保罗。"

奥布莱恩笑笑说："这老家伙，40年前的事他还记得。那时候年轻啊，圣保罗的姑娘火辣辣的，回来的时候连船票钱都没了。"

乔治笑了，忽然问："布兰迪那事有消息吗？"

奥布莱恩说："他来过一个电话，说没谈成。"

乔治感觉有些诧异，问："为什么？"

奥布莱恩答道："布兰迪说谈不下去，一张嘴就错。"

乔治一怔，说："哦？有这种事？"

奥布莱恩说："他是这么说的。"

乔治问："你怎么答复？"

奥布莱恩也怔了一下，说："没谈成，我以为这事就过去了。"

乔治思索着说："一张嘴就错……你怎么看？"

奥布莱恩说："我没看。我是总裁顾问，只看总裁需要我看的。"

乔治说："那你现在就看看吧。"

奥布莱恩说："我现在看到的是，你在意了。"

乔治说："布兰迪是资深编审，不能说没学识……这个有点意思。让布兰迪写一份详细的见面情况，我先看一下，你也看一下。"

奥布莱恩说："好的。"

乔治说："讲理就好办。嗯……一张嘴就错？"

第十八章

拍戏、访谈、广告、发布会……穿梭于香港与内地城市之间……戴梦岩的生活依旧是那些仿佛永远不变的内容。趁有几天休息的时间，她第二次去看叶子农。这次她是从北京先到了巴黎，再从巴黎去的柏林，避免让周围的人察觉她去柏林。

摁门铃的时候，叶子农知道是戴梦岩后只“哦”了一声，等戴梦岩上楼后，叶子农开门上前迎了几步，接过戴梦岩的旅行包说：“这么快又来了，真辛苦你了。”

戴梦岩进屋说：“你怕我来才觉得快，我没觉得。”

叶子农关上门说：“你坐，我去烧水。”

戴梦岩坐下说：“先别烧呢，把包给我，里面有喝的。”

叶子农把旅行包递给戴梦岩。

戴梦岩一边从包里拿东西一边说：“给你带了几瓶咖啡，顺便买了几个杯子。我看你不吃甜食，这样身体会缺糖的，要搭配点甜饮。衬衣多买了几件，勤换着点，别让人家洗衣店为难，穿那么脏你好意思让人家洗吗?”

叶子农解释说：“加钱了，加钱了。”

戴梦岩说：“加钱也不可以，自己那么脏你好意思吗?”

咖啡是速溶的，很精致的小瓶，每瓶只有80克。杯子是白色的，也很小，也就是百十毫升的容量。这些东西一看就是精致生活的物品，哪里是叶子农这种人的习性，叶子农看着这些东西自嘲地说：“哟，我不会变成资产阶级吧?”

戴梦岩说：“哎哟，你小声点吧，也不怕人家资产阶级听见了笑话你。本来我想给你买咖啡豆的，你这么懒会磨吗？我怕咖啡机都发霉了你也不会洗。还是速溶的简单，冲上开水就能喝，起码你还知道去涮涮杯子吧。这是两件睡衣，质量很好的，穿上去很舒服。”

叶子农看着睡衣就笑了，更是自嘲地说：“我穿它？你可别让我去糟蹋生活。我是野生植物，一弄成盆景就不知道该怎么活了。”

戴梦岩又从旅行包里拿出一本厚厚的剧本，说：“还有这个，这剧本我看了一半也没看出作者是什么意思，实在是看不下去了，你抽空帮我看看。”

叶子农没接剧本，而是问：“你看了一半都没看清楚，这个你看清楚了没有？”

戴梦岩一愣，没明白什么意思，想了一下才明白，说：“这个看清楚了。”

叶子农说：“这不得了嘛。”

戴梦岩问：“什么得了？”

叶子农说：“您这挣钱的都看不下去，您还指望掏钱买票的人能看下去吗？”

戴梦岩一听也是这个理，只好把本子又放进旅行包。

叶子农看了看一堆东西，说：“这慢慢也熟了，也不能老那么客气呀，这次咱们得好好说说了。你阅历浅，好多事你看不明白……”

戴梦岩打断了他的话，说：“我说过了，给我点时间。你别自我感觉太好了，我没那么容易让你上手的，你也没那么容易脱身的。”

叶子农说：“哪敢上手哇，我说过我就是只癞蛤蟆，抬头看看都是对天鹅的亵渎，可癞蛤蟆也有自己的习性，你给它弄天上它活不下去呀，我得挽救你，也得挽救我自己。”

戴梦岩说：“你这人怎么这样啊？我从北京到巴黎，再从巴黎绕到这儿，我屁股都坐疼了你知道吗，你见面就跟我说这个？”

叶子农停顿了片刻，只得说：“我去烧水。你要不嫌臭脚丫子味就到床上歇会儿。”

叶子农把一堆新衣服和旅行包归置到一个不碍事的角落，把咖啡、糖、咖啡勺和杯子都拿到厨房，涮了涮水壶的沉淀物就烧水了，趁烧水这空当洗杯子，不是洗他的玻璃茶杯，而是戴梦岩拿来的陶瓷咖啡杯，还专门找了一条新毛巾擦杯子。正在擦杯子，忽然听见里屋响起一声沉闷的声音，像是人的身体倒在床上。他以为是戴梦岩倒床上休息了，没在意，但是一会儿又有“咕咚”的倒下声，他赶快过来看是怎么回事。

戴梦岩确实在床上，但是没休息，而是把被子和枕头都摞在一起，在床边摞出一个类似打仗的掩体，那只扫床的长把刷子就当是枪了，她伏在掩体上拿着扫床刷做射击状，然后再做突然中弹状倒下。她旁边放着另外一个剧本，显然是在设计人物动作。

叶子农见是这个情况，放心了，说："你不歇会儿？"

戴梦岩说："这戏马上就开拍了，抗日的，阵容很大。我没演过军人，这次演一个国民党部队的女军官，拿到本子又有点晚，挺紧张的。"

叶子农说："那你忙，我不打扰了。"

戴梦岩说："别走啊，这场戏我设计了5个方案，你帮我看看。"

叶子农说："我哪儿懂这个。"

戴梦岩说："我先给你说说戏，我是师部女军官，你是警卫营长，师部转移的时候跟日军遭遇了，战斗非常惨烈，女军官在战壕里用机枪扫射敌人，突然中弹牺牲了，你失去了心爱的姑娘，愤怒了，接过机枪疯狂射击，把敌人都消灭了。"

叶子农说："那我也太不是东西了吧？"

戴梦岩不解，问："怎么了？"

叶子农说："我要是早点愤怒，姑娘不就不用死了嘛。"

戴梦岩说："姑娘不死你愤怒什么？"

叶子农惊诧地干张嘴说不出话，傻愣了半天才说："我的天哪，那亡国的仇恨都不算什么了？如果这不是一场民族解放战争，您为一个姑娘就能杀那么多无关的人？"

刚才看剧本被挡了，现在排戏又被数落，戴梦岩很不高兴，说："这是剧情需要，剧本就是这么写的。你这人怎么这么不上道啊，你能不能偶尔也吐颗象牙？"

叶子农说："这太难为狗了，狗能做到的极限就是闭上嘴，什么牙都不吐。"虽然戴梦岩的语言有些过分，但是叶子农并没有在意，笑了笑回厨房了。

就在叶子农等水烧开准备冲咖啡的时候，门铃响了。

叶子农放下水壶，走到门口拿起话筒用德语问："谁呀？"

对方用英语回答："是叶子农先生吗？我是普林斯，是美国迪拉诺公司总裁乔治先生的特派代表，专程从纽约来找您。"

叶子农摁了一下开门键，挂上话筒，快速把戴梦岩的旅行包、挎包、茶色镜和那堆新衣服收拾到卧室，不悦地嘟囔了一句："都他妈挺有身份的，都他妈不打招呼就来。"

戴梦岩还在床上，说："预约就没的见了，你早跑了。"

听着上楼的脚步越来越近了，叶子农说："你回避一下。"说着关上卧室的门。

这时普林斯已经敲门了。叶子农开门迎客，用英语说："请进。"

普林斯40多岁，中等身材，戴着眼镜，穿一套挺括的浅色西服，发型、着装收拾得一丝不苟，浑身上下找不到一点不得体的地方。他对叶子农简陋的房间没有表现出任何的意外或不适应，显然对叶子农的情况已经非常了解。他那身挺括的西服本应属于宽大的沙发来接待的，真的不适合那只矮小的塑料凳子，而普林斯还是若无其事地坐下了。

普林斯从公文包里取出一份英文信函递上，说："作为总裁先生的特派代表，我荣幸地通知您，乔治先生以迪拉诺公司总裁及他个人的名义诚挚邀请您来纽约做私人访问，这是总裁先生亲笔签字的邀请信。"

叶子农接过邀请信来看。

普林斯等叶子农看完了，说："来之前我拜访过布兰迪，也请教过中国问题专家，您知道这是正常工作程序。布兰迪告诉我，您的回答会是三个非常，非常荣幸，非常感谢，非常抱歉。他说您是个自由懒散的人，不喜欢多事。"

叶子农把邀请信还给普林斯，说："布兰迪抬举我了，我这种小蚂蚁敢用这三个非常就是笑话。咱都别端着客套了，有什么是什么。总裁的餐桌不是我能凑的地方，踮着脚尖夹菜我得累死。我这人嘴臭，也没教养，到哪儿都不招人待见，我不自在，人家也不自在。我就想在这个小窝里爬来爬去过我的日子，不招事不惹麻烦，简简单单的。我说的都是实实在在掏心窝子的话，这事就过去了，让您受累了。您要是肯赏光呢，晚上我请您吃顿饭，一顿饭真的不成敬意，可我对客人的尊敬方式就是吃饭。"

普林斯说："被您拒绝，对总裁先生至少不是一件体面的事，但是对于您，拒绝一个有声望的人就完全不同了，不管您是有意的还是无意的。"

普林斯显然对叶子农的"实实在在"和"掏心窝子"并不在意。

叶子农说："小人物难当啊，一沾上大人物就怎么都不是了，您体谅点吧。"

普林斯说："中国人的含蓄我懂，我明天就回去，过段时间再来。我们有充分的时间表达诚意，两次不行三次，三次不行四次。乔治先生非常欣赏有见解的人，中国历史上有三顾茅庐的典故，我相信总裁三请先生也将是一段佳话。"

普林斯用"三顾茅庐"告诉叶子农，你将被一次一次架到高处，直到你的自知之明让你挺不住。谁都不能否认这是诚意，而谁都知道这几乎是最文明的绑架。叶子农有些愠怒，克制了片刻还是骂了一句："你真他妈……专业。"最后一刻他还是把"混蛋"改了。

普林斯的态度始终和蔼可亲，像交往很久的老朋友，他微笑着说："是混蛋。您想骂就骂出来吧，我能理解。"

叶子农想了一下，拿起烟盒抽出一支烟点上，说："您别两次三次了，我去。你把签证手续留下，到了纽约我跟你联系。我自己安排食宿，所有的费用我自己出，我就待在旅馆里等接见，见完了我就走。"

普林斯说："这个我无权答复您，我需要请示。总裁作为邀请人，是要对您在纽约期间的行为和安全承担责任的。您是总裁邀请的客人，不是一般商务访问，坦率地说接待您的规格不取决于您，是要符合总裁邀请的规格。"

叶子农说："总裁什么规格那是他的事，您不让我两脚着地我是不干的，给你弄根绳子吊起来你干吗？如果连这点尊重都没有，那就不要谈了。"

普林斯想了想，说："我明天给您答复。"他把办理签证需要的文件放到茶几上，有些歉意地解释道："您知道，我不是信使，不是来回传个话就可以了事的，我也不希望在我的工作里有让人失望的记录，这对我个人很重要。"

叶子农问："那晚饭您还赏不赏光了？"

普林斯起身说："我就不打扰了，非常感谢您的合作！"

普林斯与叶子农握握手，告辞了。

戴梦岩等普林斯的脚步远了，从卧室里出来问："布兰迪来过？找你干什么？"

叶子农把签证资料收到电脑桌上，说："他想搞个片子，谈不拢，走了。"

戴梦岩说："可这个人又来了。这人怎么这样？人家不愿意就算了嘛，绑架呢！"她在指责普林斯的时候，完全忽略了她对叶子农也是这样的。人大多都是这样的，即使是同样的错误，在指责别人的时候通常是不包括自己的。

叶子农说："这是他的工作，给你搁那位置你也那样。"说着他去了厨房，那壶水的温度已经不能冲咖啡了，他再把水烧开一次。

戴梦岩跟到厨房问："会有麻烦吗？"

叶子农说："难说。当下是雅兴，之后还会不会是雅兴呢？你不能预设人家恶意，人家也不会是为了不愉快去邀请你，可不管谈什么，落笔总得在片子上，不然瞎折腾什么？如果真推到了必须不愉快的死角，那就只能不愉快了。"

戴梦岩问："什么片子呀？"

叶子农说："政论片，跟你说你也不懂。"

戴梦岩停了片刻，说："别烧水了，心里挺烦的，出去走走吧。你陪我逛街去，累了找个咖啡馆坐坐，晚上就在外面吃了。"

叶子农说："别呀，让人认出来不好。"

戴梦岩伸手把火关了，说："没事，戴上眼镜认不出来的，我有经验。你总不能一直把我关屋里吧，不让女人逛街那就跟要她的命一样。"

叶子农说："逛街……逛什么呢？我就对吃的熟悉。"

戴梦岩说："看衣服。你只管开车，我知道该进什么店。"

于是，两人准备了一下出发了。

叶子农因为喜欢吃，平时没事就出去找美食，虽然对时装店不了解，但是对柏林的大街小巷还是熟悉的，驱车直奔繁华的商业区。汽车在马路上行驶，不管是两边的街景还是徐徐的凉风都让戴梦岩的心情清爽了许多，脸上的笑容也灿烂了。

戴梦岩说："人家都是怕规格低了没面子，你怎么自己往下掉啊？"

叶子农说："那种规格受不得，一坐一屁股臊，妈妈呀，真把自己当高人了。乔治和迪拉诺都是有影响的符号，有多大动静招多大风，一招风我这小日子还混不混了？"

戴梦岩说："那你就干脆不去嘛。"

叶子农说："三顾茅庐，真给你顾个几次你受得了吗？"

戴梦岩说："我受得了，我经常要让人家顾几次，顾少了还掉价呢。"

叶子农笑笑说："那你是有价。俺没价呀，咋掉？"

戴梦岩说："知道吗，我一看见你就着急。你这人怎么这么没志向啊？要是人人都像你这样，那世界都成什么样子了？"

叶子农说："那世界就大同了，也就没这样那样了。"

进入一条繁华大街，叶子农放慢了车速，两边的高档店铺太多了，让人目不暇接。戴梦岩在生活中是很少进大商场的，主要是在世界知名品牌的专营店购物，对这类专营店的品牌标识和风格非常熟悉。她发现了一家高档时装店，叶子农在这家店门口停下车。

下了车，将要进店的时候，戴梦岩特意停下脚步说："你今天是陪我出来逛街的，说话要注意点啊，一定要让我高高兴兴的。"

叶子农说："知道了，我我……我不说话。"

这家时装店营业面积很大，装修豪华，里面的顾客却不是很多，而这些为数不多的顾客几乎都是珠光宝气的女性。叶子农陪在戴梦岩身边，戴梦岩停下他也停下，戴梦岩移步他也移步，但就是不敢说话，不论戴梦岩怎么评价衣服他都不发表意见。

这样的沉闷让戴梦岩有些不悦，说："那你也不能一句话不说呀。"

叶子农说："我怕臭嘴惹你不高兴。"

戴梦岩说："拣好听的说你会不会？"

叶子农说："那当然会。"

于是戴梦岩继续看衣服，扯起一件女装的袖子说："这件不错。"

叶子农就赶忙附和着说："嗯，不错。"

戴梦岩又仔细看看，说："做工还不是很精致。"

叶子农说："嗯，不精致。"

戴梦岩往后退了几步，说："颜色还过得去。"

叶子农也往后退了几步，说："嗯，颜色还凑合。"

戴梦岩火了，说："拜托，你认真点好吗？用心，不要用嘴。"

叶子农问："说实话吗？"

戴梦岩说："当然了。"

于是戴梦岩再继续看衣服，看到一件女休闲装，说："这件挺洋气的。"

叶子农说："你土吗？"

戴梦岩一愣，问："什么意思？"

叶子农说："不土你洋什么？"

戴梦岩愤愤地看了他一眼，往前走，又看上一件衣服，说："哇，真的很富贵。"

叶子农说："你穷吗？"

戴梦岩这次狠狠地瞪了他一眼，然后摸着衣服说："还特别显得年轻。"

叶子农说："你老吗？"

戴梦岩这次是真急了，压低了声音却是愤怒地说："你什么意思？你想逼死我啊？我故意这么说的，看你还能说什么？"

叶子农说："因缺有需，无论是时尚的、年轻的、尊贵的，都是卖给需要它的人。问题是你需要吗？你老吗？穷吗？"

戴梦岩说："要是这样，那我以后还怎么买衣服啊？"

叶子农说："因缺有需呀，看你缺什么了，所以服装才会有那么多风格。"

戴梦岩突然有种如梦初醒的感觉，但嘴上却还在说："你可气死我了！"

叶子农觉得自己很无辜，无奈地说："不吭声不行，顺着说不行，说实话还不行，那你给我指条生路吧。"

戴梦岩心情好多了，说："你见路不走，指了也没用。"

叶子农说："难怪世上有那么多歪经，多好的经也架不住你这种念法。"

戴梦岩说："管它好经歪经，能挣到钱就是好经。"

叶子农说："这都串哪儿去了？范畴、逻辑根本不搭边的事，这您都能纵横驰骋？"

戴梦岩哈哈一笑说："慢慢见识去吧，女人的东西你要学习的还很多。"

叶子农也笑了，说："有人说佛不是圆寂的，是被气死的，我现在有点信了。他老人家大慈悲呀，惦记天下众生，不会像我等凡夫这么得过且过。"

第十九章

1

1991年12月10日傍晚，叶子农飞抵纽约。

老九和普林斯都各自提前来到肯尼迪国际机场，只是他们之间互不相识，直到叶子农走出海关他们才从不同方向迎过去。叶子农穿着宽松、加厚的土黄色越野夹克，胳膊上搭着一件浅色短风衣，右手拎着一个不大的黑色旅行包，见老九和普林斯迎过来，赶忙把旅行包换到左手，腾出右手上去握手，用英语先给普林斯介绍老九，再给老九介绍普林斯。随普林斯同来接机的还有一个人，经普林斯介绍，此人是迪拉诺公司接待处的负责人。

寒暄过后，普林斯问："叶先生住哪里？"

叶子农说："九哥安排的，哪个旅馆我还不清楚。"

老九接过叶子农的旅行包后一直站在一边，此时回答："住我家里，都安排好了。"

这个安排让叶子农感到诧异，但在这种场合也不便多说。

普林斯说："您可以出来走走，但无论有什么安排都请事先通知我们，您是总裁先生的客人，我们要对您在纽约期间的活动负责。"

叶子农说："说好的，没有任何活动，我会一直待在朋友家里等接见。"

老九赶紧补充一句："吃饭时间在我饭店里。"说着递上一张名片，解释道："上面的两个电话一个家里的，一个是店里的，您随时都可以跟他联系。"

普林斯收起名片，说："叶先生，总裁的事务很多，我现在还无法给您一个准确的接见时间，但是总裁有个要求我必须在此时的第一时间告知您。我们知道您的英语很好，但是为了保证接见时语言理解的准确、一致，总裁请您带一个熟悉美国英语的华人翻译，就是公证翻译的性质。如果您不方便，我们可以替您找一个华人翻译。”

老九说：“这个简单，交给我去办吧。”

普林斯说：“那好，我们走吧。叶先生，请您上我的车。”

叶子农说：“九哥一个人开车，我路上给他做个伴儿吧。”

普林斯说：“也好，我跟在后面。我需要把您安全送到，这是必须的。”

四人出了大厅去停车场，两辆车一前一后就上路了。

路上，叶子农问：“九哥，咋给俺弄家里了？”

老九说：“你来纽约要不住我这儿，你就算把我得罪了。”

叶子农说：“太打扰了。”

老九说：“没有，你不来我也是一个人。孩子一直是岳母带着，在芝加哥上学，岳父去世以后媳妇就过去了，在那边老的小的都照顾了。”

叶子农停了一会儿，说：“我是真不愿意出门，大家生活习性不一样，都不自在。像红川那些日子，一本正经的快憋死我了。”

老九笑笑说：“你那算啥？红川快憋死的是我呀！我人生地不熟，整天干耗着，走吧不甘心，留吧真难为情，有好几次我都快坚持不住了，那可不是一两天哪，是一个月呀，你想想，那一个月我多难熬啊，那么歹毒的事你都能干得出来。”

叶子农笑笑。

老九问：“你既来了，要不要去看看罗家明？”

叶子农说：“没有任何活动是作为条件提出来的，是任何。”

老九说：“罗家的餐馆保住了，债务全部还清了，林雪红是真感激你。几个侨领对你也是很佩服的，一下办出那么多人。你要是不见个面，人家会觉得你看不起人。”

叶子农说：“扯上政治的事啥结果还难说呢，还是别往一块儿凑的好，他们怎么看我总比让人家引火烧身强。”

老九说：“我以为布兰迪会来呢。”然后摇摇头又说，“看不懂这里面的事。”

叶子农说：“你不该揽翻译这事，他们认为需要就让他们找去，关咱啥事？”

老九说：“我这不是想给你帮忙嘛，这还帮错了。”

……

老九的家在曼哈顿区南部，临近西高速公路，是一幢20多年的老房子，房前有一小片草坪，与左邻右舍的房子大体相同。两辆汽车在老九的房前停下，普林斯下车打量了一下这幢三层楼的老房子，对这个住处没有提出异议。

老九对普林斯说："子农住二楼，都准备好了。大家都还没吃晚饭，是不是进屋先歇息一下，等子农安顿好了大家去我店里一起吃个饭？"

普林斯说："不打扰了，叶先生满意就好，我们就告辞了。"

叶子农与普林斯握握手，目送普林斯的车开走了。

老九开门进屋，开灯，首先进入叶子农眼帘的是客厅的那盏硕大的顶灯，把客厅照得温暖明亮。客厅有60多平方米，靠主门的左侧是室内楼梯，客厅的中央被宽大的牛皮沙发和茶桌所占据，四周的墙上挂着一些老照片，有老九父母的，也有老九与妻子、孩子的，从家具的风格到装修的风格，都无不渗透着厚重、传统和实用的理念。

换过鞋，老九带叶子农上了二楼，打开其中的一个房间，介绍说："这卧室靠里，是带卫生间的，以前是我父亲专门给朋友留宿预备的，很久不用了，我找人收拾了一下，把该换的都换了，这屋里的东西基本都是新的。那头是阳台，想透风就出去透透风。"

卧室里整洁一新，乳白色的床单，浅蓝色方格被罩，红棕色木质地板，半球形白色玻璃吊灯，床头柜上是一盏橘黄色灯罩的台灯，台灯旁边放着一个精致的白色陶瓷烟缸……这间卧室的格调与这套房子的整体风格还是有区别的，温暖中蕴涵着沉静的气息。

叶子农说："太干净了，这让俺咋好意思往床上拧啊。"

老九说："随便拧，跟你在家里一样。你先歇着，我烧水去。"

等老九下楼了，叶子农去卫生间方便了一下，洗洗手，打开阳台的门看了一下，他想抽支烟，刚才在老九的车里没好意思抽，在别人家里就更不便了，于是他拿上台灯旁边的烟缸躲到阳台上去抽烟，这样烟雾就飘散到室外了。

老九再上来时见卧室的门开着，却不见了人，就叫了一声："子农。"

叶子农在阳台听到了，说："在这儿呢。"说着拧灭烟头回到卧室。

老九一看叶子农手里的烟缸就明白了，说："这烟缸是特意给你准备的，客厅里也放了一个。家里就我一个人，让你住家里就是想让你比住酒店自在点，你要在我这儿还讲公共规则，那我这是忙活啥呢？"

叶子农说："九哥，俺野惯了，你这么周到俺招架不住啊。"

老九说："行啦！喝水去，喝点水咱去吃饭。"

客厅的茶桌不是茶几，也不是矮方桌，是专门用来喝茶的茶桌，有些年头了。茶桌上的盖碗、紫砂壶、茶杯、茶桶……摆了一片，电热壶是那种叫随手泡的款式。老九烫了两只玻璃杯，一只杯子投毛尖，一只杯子投花茶，冲了两杯茶。

叶子农说："这茶盘可有年头了。"

老九说："这是我父亲留下的，家父是河南人，随国民党到了台湾，老头一辈子就喝两种茶，一种是信阳毛尖，一种台湾梨山茶，有感情了，我也受了影响。"

叶子农喝了一口茶，说："纽约也有卖花茶的?"

老九说："有啊，不过不是北京茶庄熏的，是福建的。"

叶子农说："挺香的。"

老九说："子农，咱都实话实说。你难得来一趟，我也难得有这机会，看见哪儿不对的你就说，你要真拿九哥当朋友就别揣着当没看见。"

叶子农说："九哥，你这是黑死人不偿命呢。把人往真理化身上推，跟打翻在地再踏上一只脚没啥两样。"

老九说："我是怕你跟我公共规则，我还是习惯你赖赖的那样，你一绅士我就不知道你是谁了，咱兄弟也远了。"

叶子农笑笑说："九哥，你太抬举俺了，咱有那立地成佛的道行吗？你要说明天穿套西装吧，这成。你要说明天你变成绅士吧，那还不得难为死我。"

老九高兴了。

……

喝了几口茶，老九带叶子农去店里吃晚饭。

夜晚的纽约很美，这座大都市并没有因为夜幕而沉静下来，无论是高楼还是街道，到处都在灯火的映照下，如梦如幻。叶子农到了纽约后还没有恢复方向感，此时也不知道车往什么方向开，只是惬意地抽着烟，惬意地观赏一路的夜景。

到了"老九面王"饭店门口，叶子农下车后本能地打量了一下饭店外观，目光立刻停留在门头上的两行铜字上：千金一勺卤，万贯一口汤。看了一会儿，赞许地说："九哥，这两句话不得了啊，把一碗面的这点事给琢磨透了。"

老九略有尴尬地说："嘿嘿，不是我的，是俺爹的。"

此时饭店早已过了晚饭的高峰期，餐厅里只有一些零零散散的顾客。服务员们也不是很忙碌，见到老九都恭敬地打声招呼。老九对吧台的服务员交代了几句什么，然后带叶子农直接去了小厨房，小厨房里依然是一片原料量化与菜品试验的场景，所不同的是冰柜旁边多了一张餐桌，餐桌上的台布和餐具与餐厅里的完全一样，显然是专门为叶子农准备的。

老九进门就换衣服，系上围裙，戴上厨师帽，一边说："我要让你尝尝最正宗的慕容家传面，面条是我亲自擀的，汤也是我亲自熬的，都是去机场之前刚刚准备的。"

叶子农说："哟，那我太荣幸了，也就是说平常顾客吃的都不是正宗的。"

老九说："所以俺闹革命了嘛，使劲革革俺自己的命。"

服务员送来啤酒和小菜，放下就离开了。

老九给叶子农倒上一杯啤酒，说："你先喝着，我去把汤热上。"

叶子农点上一支烟，抽着烟，喝着啤酒，看着老九开了两个灶，一个热汤卤，一个烧下面的清水。这时他才注意到，这间厨房里竟摆着好几个台卡，餐桌、冰柜、操作台……随处可见，台卡上夹的都不是菜谱，都是"宁静致远"四个字。

老九见叶子农正拿着一个台卡看，就坐过来问："我这是轰炸式教育，咋样？"

叶子农笑笑，说："这个，你得问山里的老太太。"

老九问："啥意思？"

叶子农说："人家宁静一辈子了，你看她致远了没有，她要没有，您就甭惦记了。"

老九说："宁静说的是心，是平静的心。"

叶子农说："平静的心作为果存在是有条件的，取决于你的觉悟和认识，不是从天上掉下来的，由不得你可选可控。真宁静了，就真了无明了，也就没什么致远致近了。"

老九懵懂地说："这……可是名言哪。"

叶子农说："所以才有依法不依人一说嘛，句句是真理的那还是人吗？"

老九说："那我咋办呢？"

叶子农说："晕！你不知道的名言多了，你还不过日子了？踏踏实实过你的日子，有啥问题解决啥问题，做好当下条件可能的事，甭想什么致远致近。你还有可能不活在条件的可能里吗？不可能。人还缺出人头地的心吗？摁都摁不住啊，能少点妄想就不错了。”

老九说：“有啥问题解决啥问题，做好当下的事，我觉得你这思想很美国啊。”

叶子农说：“哎哟，您不能啥好事都往美国脸上贴吧？”

老九说：“咋叫贴呢？美国人真是这思想。”

叶子农说：“佛家有这思想的时候，美国离建国还有1800年呢，咋成美国思想了？”

老九说：“你对美国有成见。”

叶子农说：“成不成见都得讲事实吧？”

老九语塞地冒了一句：“美国主张自由经济，反对贸易保护。”

叶子农说：“这话说得早了点，等美国处在竞争劣势的时候再说吧。你是美国人，可也不能为了贴金而贴金，连常识都不讲了。”

老九说：“一个自由经济还要啥常识？”

叶子农不想回答了，可不回答又不合适，无奈地说：“哥耶，美国是主张美国的国家利益的，处在竞争优势的时候他们是主张自由贸易的，到了竞争劣势的时候就不主张了，甚至反对自由贸易了，这个是由美国的国家利益决定的，由不得他们自己。当贸易保护能捞到好处的时候，你觉得美国会为了一个概念去牺牲国家利益？你信吗？”

老九说：“那倒是。”

叶子农说：“九哥厚道，人家说个啥都信。”

老九自嘲地说：“嘿嘿，我有一颗年轻的心嘛。”

叶子农说：“九哥，俺都道过歉了呀。”

说话间水就烧开了，汤锅也冒出了热气。老九顾不上说话了，关上汤锅，从托盘里取出一把擀面条投进煮面锅，稍微搅动了一下，控制好火候，然后就拿出一只碗配汤底。配汤底一点也不复杂，就是适量盐、少许香油和香葱花三样东西。配好冲汤，捞进面条，放上几片汤锅里的牛肉，再放上少许红油辣椒，这碗最正宗的慕容家传面就做成了。

叶子农好像根本没把这碗面当回事，抓起筷子就吃，没有闻闻、品品之类的程序，稀里哗啦只管吃面。老九不看也不问，自顾干自己的活儿，收拾炊具。叶子农吃完面，走到窗前打开窗户，就在窗口静静地站着，呼吸着窗外的空气。过了一分多钟，他点上一支烟还在窗口站着，直到该弹烟灰了才关上窗回到餐桌。

老九这才开口，坐过来说："子农，你真是个会吃的。"

叶子农问："咋讲?"

老九说："饭菜不能品，傻吃傻喝最见真章，一品就分心，再品就不知道是啥了。饭菜好吃不难，难在耐吃，吃完遇室外空气不腥、不腻，没有怪味，不留口。"

叶子农说："这碗面要生意不好，真是该革革人的命了。"

老九嘿嘿一笑说："这不正在革嘛。我就是想趁你这次来谈谈我的想法，你不来我就去柏林，反正你得帮我瞅瞅。只要方向对了，操作我有信心。了解我的人都知道，我是生活归生活，干事归干事，在投资经营上，我从来都是一分钱掰成八瓣花。"

叶子农说："要是能掰成十六瓣就更好了。"

老九说："你看你，这不就是节约的意思嘛。"

叶子农说："没浪费你节约什么？你有这种想法就已经离白扔钱不远了。"

老九不明白，问："为啥?"

叶子农抽一口烟，说："一分钱能花出一分钱的有效，你已经不是人了，是神，这表示你没有错误。但是，只要你还是个人，怎么可能不出错呢？一分钱能花出八成的有效，就是我们常说的高人。六成的有效，就是可以接受和允许存在的。一分钱掰成八瓣花，那得是多大的贪心哪，您还有可能如实观照事物吗？无效，您再省也是扔。"

老九停了片刻，说："乔治还是忙点吧，好让你在这儿多住几天。"

2

叶子农等了两天，第三天下午等到了乔治总裁接见的通知，通知是由普林斯以电话形式传达的，接见地点安排在乔治总裁办公室，时间定在晚上7点。这个时间似乎暗示，如果接见的结果满意、气氛融洽，总裁是有可能与客人共进晚餐的。叶子农婉言谢绝了普林斯来老九家接他的要求，让普林斯把地址告诉老九，约定在迪拉诺总部大楼门口会合。

傍晚，老九开车送叶子农去迪拉诺总部，路上拐了一个弯，先去接翻译。老九找的翻译是方迪，他认为方迪最合适，人可靠，不多嘴，有气质，也有一定的政治、哲学知识，她在美国大学已经6年了，英语能力完全可以胜任翻译。

此时方迪已经在住处的路边等候了，汽车在身边停下，她看到副驾驶的位置有人，没等老九下车就拉开后车门坐进去了，这样就避免了过于形式的寒暄、介绍。

方迪上车后礼貌地跟叶子农打了一句招呼："叶先生，你好！"

老九对叶子农说："这就是方小姐。"

叶子农转过头也礼貌地回应道："你好！"

迪拉诺总部大楼门前亮着几盏大灯，停车场静悄悄的，绝大多数员工都下班了，空荡的停车场只有十几辆车零零散散停在那里，两个保安穿着大衣在大楼门口值勤。普林斯和接待处的那位负责人已经先一步到了，坐在车里等候。

老九的车到达总部大楼是6点45分，离接见时间还有15分钟。与普林斯会合后大家简短寒暄了几句，由普林斯带领大家进入大楼。来到三楼总裁办公室的候客厅，普林斯让叶子农三人坐在厅里稍候，然后与接待处的那位负责人一同去了总裁办公室。

片刻，普林斯回来说："总裁请你们过去，请吧。"

当普林斯"请"的手势也做给老九的时候，老九说："我就不去了，我在这里等着。"

普林斯说："总裁说没关系的，请吧。"

于是，老九也跟着去了。

总裁办公室里有四个人，乔治和奥布莱恩站在靠近办公桌的位置，秘书和接待处的负责人站在靠近沙发的位置。经普林斯介绍，乔治分别与叶子农、老九、方迪一一握手。女秘书请叶子农和方迪坐到主沙发位置的一侧，乔治和奥布莱恩则坐在对面的另一侧，这样乔治与叶子农就能面对面地说话，而普林斯、老九等人都坐在旁边陪同的位置。

乔治说："纽约是一座伟大的城市，为什么不可以多看看呢？"

叶子农说："能得到您的邀请我已经很荣幸了，不敢搭车图别的方便。"

乔治笑了笑，问道："讲理吗？"

叶子农回答："讲。"

乔治点点头，说："很好，我尊敬讲理的人。我一向认为，跟明白人讲话是不需要长篇大论的，只需要阐明核心和原理，就不难做出清楚的判断，而真理推演到最基础的原理，一定是最简单的。"

叶子农静静地听，不说话。

乔治问："你不同意这个观点吗？"

叶子农憨憨地一笑说："这是一个只有明白人才有资格同意的问题，普通人回答这个很冒险，一同意就被划成是明白人了，而实际操作起来可能就不是明白人的那回事了。"

乔治愉快地笑了，说："那就让我们来看看，你是普通人还是明白人？"

乔治起身走到办公桌前，从抽屉里拿出两摞美元、一份文件和一支签字笔，他让秘书把美元拿到茶几上，自己拿着文件和签字笔坐回沙发，将钱和文件分别推到叶子农面前。

乔治说："这边是20万美元，这边是《共产主义运动一百年》的合作意向书。我出两个命题，你来回答。如果你驳倒命题，你拿上钱就可以走了。如果你不能驳倒命题，那就可能推导出你应该在合同上签字。当然你没有驳倒也可以不签，那就表明你不讲理了，我不评价不讲理的人。如果你听明白了我的意思，请你给我一个肯定的表示。"

叶子农说："听明白了。这个规则排除了各抒己见，怎么看着像决斗呢？"

乔治微笑着说："如果你看着像决斗，那就当是决斗好了。"

叶子农不知道说什么好了。

乔治又问道："你承认这位小姐翻译的文字具有公证翻译的效力吗？"

叶子农回答："承认。"

于是乔治对方迪说："请到这边。"

乔治到办公桌前坐下，请方迪坐到办公桌对面。他拿出两张纸，分别在每张纸上写了一个命题，然后把纸和笔交给方迪翻译成中文。

方迪接过两张纸一看，每张纸都是短短的一行字，两个命题都很简单，简单到几乎是人人皆知的常识。第一个命题是：真理都是相对的，没有绝对的。方迪本能的想法就是：这个命题是真理，是驳不倒的。第二个命题是：唯有变是不变的。方迪觉得这更是真理了，根本没有可能驳倒。方迪暗自断定，叶子农除了签字没有别的选择。

方迪翻译完毕，交还给乔治，然后站到一边。

乔治看了看，把两个命题的纸背面朝上扣放在刚才方迪写字位置的桌子边沿，然后对叶子农说："叶先生，你可以过来看题了。"

叶子农走到桌边，先问了一句："您确定我答完命题就能走吗？"

乔治回答："确定，如果你能驳倒的话。"

叶子农说："请帮我找个袋子，我先把钱装起来。"

乔治心里暗自一惊，相信在场的所有人心里都会一惊，因为叶子农并没有看题，而乔治出什么命题则有无穷的可能，这就意味着无论乔治出什么命题都将可能被驳倒。

乔治平静地吩咐秘书："去找个袋子。"

女秘书出了办公室，很快就回来了，找来一个类似包装服装的纸袋子，将20万美元现钞装进去，放到叶子农面前的办公桌上。

叶子农拿起第一个命题看，英文和中文的意思一致，都是一句：真理都是相对的，没有绝对的。他放下，没有回答，又拿起第二个命题看：唯有变是不变的。他立刻明白了，第一个命题的漏洞是故意的，是设置了一个逻辑陷阱和思维导向，第二个命题才是真正的基础原理设置，意在推导出立场逻辑，进而推导出立场观点。

叶子农拿着命题只说了一句话："您这个'唯有变是不变的'还变不变了？"

乔治沉默了许久，说了一句话："你走吧。"

叶子农说了声："谢谢！"放下命题，提上一袋子钱转身走了。

老九和方迪见状也跟着告辞，普林斯和接待处的负责人则跟在后面送客。

乔治点上一支雪茄烟，走到办公桌另一边身子倚靠在桌沿，静静地望着房门。女秘书站在旁边默不作声，奥布莱恩走到乔治身边，拿起两个命题看了看。

乔治自嘲地一笑，说："这下好了，还没张嘴就错了。"

奥布莱恩说："我不认为他是在赌博。"

乔治说："当然。命题在我脑子里，没有告诉过任何人，赌博他是没有机会的。这倒让我相信了，他真的不是立场的，他是不违心的。"

奥布莱恩说："你该让他把那个'解'说出来。"

乔治摇摇头，说："不，我要自己想。"

奥布莱恩说："如果不是赌博，这个人就太不懂礼貌了。"

……

普林斯送叶子农到楼下，客客气气在停车场道别。

老九开着车一直沉默，过了好久说了一句："我觉得……这事还没完。"

叶子农没接这个话茬。

停了一会儿，老九又说："子农，不是我说你，你今天有点过强了，就算你再有水平也该给乔治留点面子，先答题后拿钱结果是一样的嘛，何必给人弄得下不来台呢。"

叶子农淡淡地说："咱就是只小蚂蚁，还不知道多一事不如少一事？"

老九说："就是啊，那你是咋了？"

叶子农落下一点车窗，点上一支烟长长地抽了一口，平静地说："先拿钱是必然，后拿钱是碰运气。马克思主义的对错是由逻辑和实践说了算的，由得了谁靠碰运气决定？中国人民选择的道路正不正确是作为果存在的，由得了谁靠掷色子决定？"

老九一听，这才有点理解，说："哟，这里面还有这么多说道呢。"

又沉寂了一会儿，老九说："乔治栽了这么大面子，你觉得这事能完吗？不定还有什么事呢。我觉得你还是回北京住一段吧，躲躲。"

叶子农说："咱要有不当，咱给人家道歉去，躲啥？躲是往人家头上泼脏水，人家待咱不薄，至少到目前为止没啥不当，咱凭啥？就算是决斗吧，你开一枪跑了，人家不追你，要不要脸那是咱自己的事。"

老九说："这事不是变化的嘛，防人之心不可无啊。"

叶子农说："我做了想做的，就受我该受的。"

第二十章

1

实习期，方迪回到了北京。还有半年她就毕业了，纽约至北京往返一趟费用不低，如果不是特别需要一般是不会这样安排的，但她还是回来了。

谁都不会想到，方迪在一个似乎不该回来的时间回来，竟是为了定做一套机器：一台模拟手工杠子压面机，一台模拟手工擀面机，一台模拟手工切面机。一到北京，她就天天奔波于各个机械制造厂，虽然一家也没谈成，却也了解到了一些情况。

老同学好久没见面了，一起吃顿饭成了联络感情必不可少的程序。这天晚上，在孙瑶和董丽的召集下8个女同学在董丽工作的酒楼聚餐，酒楼是国营老字号，刚刚装修过的环境大气雅致，18个包房各具特色，非常适合高规格的宴请。大家围坐一桌，每个人的脸上都洋溢着灿烂的微笑，气氛格外热烈。

董丽举起一杯酒做开场白，说："迪子回来了，章小兰出嫁了，翟英生娃了，张洁高升主管了，都是高兴的事，孙瑶给我打电话说大家聚聚。我呢，请不起，就张罗张罗，买单的事就归孙瑶了，谁让她是富婆呢。来，大家先干一杯！"

喝过碰杯酒，大家开吃，边吃边聊。

翟英感慨地说："时间真快啊，昨天还是小姑娘，转眼就成少妇了。"

章小兰说："可不是嘛。"

张洁问："孙瑶最近忙啥呢？"

孙瑶说："给迪子当狗腿子呢，天天往机械厂跑，腿儿都跑细了。"

张洁说："迪子回来几天了都不联系，不像话。"

方迪说："白天跑事，晚上相亲，太忙了。"

孙瑶说："就是，我作证。今晚是同学聚会，迪子请假了，明天补上，相两场。今天下午我去接她，亲眼看见她跟她妈交涉。"

张娟说："天天相，那得相多少啊？"

方迪说："这都是早就在我妈那儿挂号的，攒了两年的单子，其实我就是个关系学的牺牲品。我妈磨不开面子，那我就相呗，权当为老人家分忧解难了。"

张洁说："哼，哼，这就叫得了便宜还卖乖。"

方迪笑笑说："又没当真，得什么便宜啊？俺信缘分，不信媒妁之言，俺等。"

张洁说："哎哟，那不浪费了？再相亲你带上我呀，姐给你打扫战场。"

张娟像小学生举手发言一样举了一下手，说："姐，我也要分战利品。"

大家哈哈一阵大笑。

章小兰问："你往机械厂跑啥呢？"

方迪说："孙瑶没说清楚，是机械制造之类的厂，是很多厂。"

章小兰说："赵志强他爸是红光机械厂的总工程师，这方面的事找他呀。"

孙瑶说："找了，没用。你就造一两台机器，不够人家塞牙缝的，根本不搭理你。你就是拿图纸加工也不行，零件太琐碎，够不上批量，说白了就是大炮打蚊子。"

翟英说："方迪有路子，可以走走上层路线嘛。"

孙瑶说："嘁，那就更是大炮打蚊子。人家机械厂的人说了，就你那点活儿，路边儿找个车床加工铺子都给你干了。迪子准备调整思路，从明天起专找车床加工作坊。"

张娟说："要是这样，我有个远房表哥倒是开车床加工铺的，在环城路上，平时也没什么来往，就是逢到过年来家里看看我父母。"

方迪说："好啊，那我先谢谢啦，明天你带我们去。"

张娟说："明天不行，我得先联系，看这边是干什么活儿，那边能不能干？得八字有一撇了你们再过去。这是给迪子帮忙，得慎重点，别巴结不成还惹了一身臊。"

方迪说："我招你惹你了？"

张娟笑笑说："你看，实话不中听，可俺还就会说实话。"

孙瑶说："你抓紧点，趁我现在有空能开车陪迪子跑跑。北京这么大，这开车跑了几天都累得不轻，她要打的一家一家跑就更不方便了。”

张娟说：“明白，我抓紧办。”

方迪说：“先吃饭吧，回头再跟娟儿细说。大家聚会，别让我搅得跑题了。”

董丽说：“不会，同学聚会就是为了联络感情，没个帮衬还叫啥感情？”

2

一辆黑色轿车在北京的一条环城路上疾驶，公路两边的大片田野还残留着白雪，窗外天寒地冻，车内却是暖融融的，孙瑶驾车，方迪坐在副驾驶，张娟坐在后面，一路有说有笑朝张娟表哥的车床加工作坊驶去。

车子在路边的一座院子门前停下，在院子外面就能听见里面传出的机器声音，院子的大门关着，只开了一扇小门，院门右侧挂了一块牌子：卫东车床加工。方迪三人下车，张娟领着她们走进院子，院子里堆放着一些钢管、角铁等材料和一堆堆加工后的废料，几个红砖砌成的圆形小花坛里种着一丛丛细长的竹子。来到加工车间，车间里摆着几台车床、铣床和线切割机等机器设备，每台机器旁都有工人在干活，噪音很大。

张娟冲着一个穿工作服棉衣的人大声喊：“东哥。”

被叫“东哥”的人不到四十岁，留着平头，胖胖的，一副憨厚朴实的面相，正全神贯注地加工一个小零件，见张娟她们来了，停掉机器，说：“来了？”

张娟介绍说：“这就是我表哥，雷卫东。这是我同学，方迪和孙瑶。”

方迪寒暄道：“东哥！”上前握手。

雷卫东伸开双手说：“不了，我手上全是油。到办公室吧，那屋暖和点。”

办公室是紧邻院门的一间房子，里面有些杂乱，靠墙并排放着两个文件柜，两张办公桌面对面地放着，上面东一摞纸西一个茶杯和电话等东西零零散散地摆满了桌子，两张单人沙发中间有一个木制小茶几，显然是招待客人的。房间里比外面暖和多了，一只煤球炉上面正烧着热水，支得老高的烟囱伸向屋外。

雷卫东把客人带进办公室，说了声：“你们坐，我先去洗洗手。”然后走到墙角的自来水龙头，从水池旁边抓了一把用碱面和锯末掺在一起的东西洗手。

张娟让方迪和孙瑶坐沙发，自己从办公桌旁搬来两把椅子。孙瑶坚持也坐椅子，好把另一个沙发位置空出来，方便雷卫东与方迪面对面谈事情。

茶几上也堆满了东西，除了一只塞满烟头污秽不堪的大烟缸和一张不知是从什么画报上撕下来的打火机彩页，剩下的全是不锈钢打火机的零件，大部分都是半成品毛坯，只有两只像是加工好的，因为机身已经抛光了，明晃晃闪着不锈钢材质的光亮。

方迪拿起一只打火机，沉甸甸的，手感滑润，只是冬天太冷了，冰得厉害。她推开严丝合缝的上盖，听到一声柔和的钢响，手感舒服极了。打了一下火石，居然着了，是一只完全能用的打火机。于是问："东哥，这打火机是你做的？"

雷卫东点点头回答："嗯。"然后坚持让孙瑶女士坐沙发，自己坐硬椅子。

方迪说："手感真好啊，卖吗？"

雷卫东说："有个炉灶公司在我这儿加工炉头，合作好几年了，关系都不错，非让我照图上的样子帮他做一批打火机，促销用的，五套炉灶配一只打火机赠品，不卖的。娟子说你们是好朋友，方小姐要是喜欢就送你一个。"

孙瑶看着彩页上的文字说明，说："哟，这打火机是纯金的呀，值几十万呢。"

雷卫东说："这火机老有名了，很多模仿的，铜的银的不锈钢的，啥材料的都有。"

此时的方迪不会知道，这只仅存在于画报和传说中的经典打火机，其实正是戴梦岩送给叶子农的那只纯金打火机。

方迪说："那我要两个，两个就得买了。"

孙瑶说："我也要。"

方迪说："那就更得买了，不然成打劫了。我要三个，我送孙瑶一个。"

雷卫东笑笑说："三个俺也送得起呀，呵呵。"

方迪说："火机的事先放放，先谈机器的事吧。"

雷卫东说："娟子都跟我说了，你是想用机器的方法达到手工杠子面的效果，机器要做两套，送人一套，自己留一套。"

方迪说："对。"

雷卫东说："有两个问题我得跟你说说，一是你没必要做三台机器，模拟手工擀面机和模拟手工切面机是没必要的。手擀面比机器面好吃，就在揉面上，揉不到劲不好吃，面软了也不好吃。杠子面又硬又上劲，那当然好吃了。杠子压面机和切面刀是关键，手工擀面和磙子压面不能说没区别，但影响不大的，你把现有面条机的刀头改装了，把直角挤压式切面改成刀片切面，效果与手工切面理论上是一样的，甚至比手工切面还好。这样的话，你只需要做一台杠子压面机和几把不同宽度的切面刀就可以了。”

方迪惊讶地说：“东哥对面条这么在行啊。”

雷卫东腼腆地一笑说：“媳妇就是压面条的，干五六年了，在海淀区一个菜市场旁边租的房子，孩子在那边上学。有时候我去市里，媳妇也给我做擀面条吃，只要面饧好了，手擀和磙子压区别不大的，这都吃过多少次了，不是理论上的。”

方迪明白了，难怪雷卫东对面条有些了解。

雷卫东说：“这二呢，杠子压面机你没必要一下子做两台，你也不是现在就用的，可以先做一台，看看，不可能一下子都合适的，得有个改进的过程。”

少开发两台机器于成本意味着什么，这个账不用算就知道，方迪说：“谢谢东哥，太谢谢了，这样成本一下子就下来了，不行还可以再改进嘛。”

张娟也说：“就是，就是。”

雷卫东说：“那这两个问题你都同意了？”

方迪说：“同意。”

雷卫东说：“那咱谈条件吧，说实话杠子压面机不复杂，就是上下运动嘛，用凸轮原理和曲轴原理都可以达到上下运动的目的，有点经验的师傅都能造出来。但是这活儿你别说大厂不接了，如果是客户来做这个，我也不接，你就做一台两台，我得设计、琢磨，配件得一个一个加工，要多了你不值当的，要少了我不够麻烦的，造价五六千块不得了了，一台新车床才几万，就那么个东西我要你几万也下不去手。”

方迪点点头，等着雷卫东开条件。

雷卫东说：“我是个掏力干活的，不会兜圈子，咱就开门见山吧。一台杠子压面机和三把切面刀，一万，没多要你的。切面刀利用市场现有的刀片，一片十几块钱，三把切面刀要用260多片，光这一项就3000多，你可以算去。”

孙瑶迫不及待地说：“一万当然可以啦。”

雷卫东说："我还没说完呢，除了一万，你出钱帮我注册三个商标，名字你想，我没那个脑子。三个商标一个餐馆类的，一个机器制造类的，一个面条类的。你开餐馆总是要注册商标的嘛，带手的事。但是，商标持有人不是我的名字，是张娟。你别以为我跟娟子是商量好的，没有，我撒谎我是孙子，你们也别冤枉了娟子。"

张娟的脸色已经非常不悦了，质问："东哥，你这是什么意思呀？"

方迪说："娟儿，听东哥把话说完。"

雷卫东说："我接这活儿有几个原因，娟子是我表妹，亲戚的忙我得帮。你那美国朋友的想法不错，说不定是面条的又一次革命呢，因为现在的机器面没有手擀面好吃，做成了你嫂子的面条房也能用，还有人出钱搞试验，我觉得成。万一这机器有市场呢，我就是个掏力干活的，不懂商务，形象、口才都不灵，我拿着商标一点用都没有，我做不起来。娟子是搞商务的，她懂，万一值得她干呢？她要干就用得着我，不值得干也不损失啥。"

方迪说："理解。"

雷卫东说："我就这点要求，你考虑考虑，同意咱就签个合同。"

方迪说："东哥肯做我已经非常感激了，还提了那么好的建议，省了一大块成本，东哥的条件我全接受。机器的造价也许一万不够，所以不局限一万，以好用和耐用为准，最后算总账，还有那三个打火机，也都算到总账里。"

雷卫东说："那，就这么定了？"

方迪说："定了。"

第二十一章

1

自从乔治总裁接见过叶子农之后，那个场面像刻在奥布莱恩脑子里让他挥之不去，他陷入了一种情绪里，心情不是一般的不好，是很不好。他是总裁的高级顾问，高级顾问是什么角色？就是高级智囊。作为总裁最信任的人，这让他感到失职，也感到羞辱。乔治对布兰迪去柏林的结果都在意了，怎么可能对这个结果不在意呢？只是不说罢了，毕竟这不是一件让人愉快的事。

终于，这种情绪演化成了一个决定：他要做点什么。

这天，他在办公室里把布兰迪写的《去柏林与叶子农见面的情况》重新看了一遍，叶子农让布兰迪看豆子的情形引起了他的注意，他反复看这一段，布兰迪写道：他问我连出了多少字母，我说所有的。他说不管你连出什么都是有根据的，都是真实的。他把这堆豆子画了一个圈，说这是一个“场”的世界，有多少立场就会有多少观点。他说众生是立场的、利益的、好恶的，众生只相信自己愿意相信的东西。他说出离立场的观点在立场的圈子里是无法立足的，因为没有“场”可以让你立……

奥布莱恩似乎有所触动，他想了一会儿，拿上车钥匙下楼了，他要去买豆子。这一带是商务区，附近没有针对居民生活的超市，需要开车到居民住宅集中的地段或闹市区。很快他找到了一家超市，在停车场找了个空位停好车。

这是一座大型的超市，空间开阔而有序，购物环境舒适，顾客很多，上上下下的电梯将几层营业区连在一起。奥布莱恩站在入口处四处观望着，一时不知该去什么地方找自己需要的东西，因为平日的生活都是家人操持，所以他对购物这样的事情并不熟悉。

一个身穿超市制服、胸前佩戴胸卡的工作人员注意到了奥布莱恩的神情，马上走过来礼貌地问："先生，需要帮忙吗？"

奥布莱恩说："我需要买一些豆子，各种颜色的豆子。"

工作人员明白了，说："您需要的东西在食品区，请跟我来。"

奥布莱恩跟随工作人员来到食品区，看到了一排货架上整齐摆放着各种豆子，大小包装的都有。他按布兰迪的描述同样是绿豆、红豆和黄豆各买了一小包，然后匆匆回去了。

回到办公室，他也用水杯摇豆子，摇均匀了倒在办公桌上，静静地看这堆豆子。起初他是坐在椅子上看，后来又站起身换着角度看，一边看一边沉思，偶尔还会抽上一支烟。同样是看豆子，叶子农看的是：出离立场的观点在"场"的圈里无"场"可立。既然奥布莱恩已经知道了，他为什么还要看呢？他要看的是什么呢？

奥布莱恩是在延续叶子农的思维，而这种延续有他自己的特定目的。他认同关于"众生是立场的、利益的、好恶的，众生只相信自己愿意相信的东西"这个认识，他也认同"出离立场的观点在'场'的圈里无'场'可立"这个观点。假定可以把这些认识或观点作为原理来使用，那么基于这个原理，如果面对一个"出离立场"的事物，众生有多少立场和好恶就也应该有多少视角和解释，也就应该有多少反感和排斥。

1000万美元是什么概念？在奥布莱恩看来这是一个能把绅士变成魔鬼的的价码，况且叶子农还不是绅士。如果这个价码对他不起作用，那就说明一定还有比这个价码对他更重要的东西。那是什么呢？自由！那么什么是叶子农的自由呢？就是你不在公众视野里，没有公众评价，没有公众要求，没人知道也没人在意你是谁。

一条思路正在他脑海里游荡，由远到近，由朦胧到清晰。

他拿出电话号码本，查到一个叫"鲍尔森"的电话，鲍尔森是他的朋友，曾在美国中央情报局一起工作过11年，是位亚洲问题专家，对中国的历史、文化非常了解。

拨通电话，奥布莱恩说："是鲍尔森吗？你好！"

电话那头的鲍尔森说："噢，是奥布莱恩，你好！你好！"

奥布莱恩说："你是中国问题专家，向你请教个问题。"

鲍尔森说："你说。"

奥布莱恩说："中国的'老百姓'这个称呼可不可以这样理解，就是对军人和官员以外的普通民众的通俗叫法，就是平民的意思。"

鲍尔森说："是的，是这个意思，很准确。"

奥布莱恩说："哦，那我就知道了。打扰你了，谢谢！"

挂了电话，他接着又往公司公共关系部打了一个电话，接电话的是一个女士。

奥布莱恩说："请帮我查一下，迪拉诺公司有史以来都对哪些社会团体有过3次以上的大额捐助，是3次以上的，大额。把这些名单统计出来，打印一份马上送来。"

女士回答："好的，请您稍等。"

放下电话，他把桌上的豆子收起来，从笔筒里拿出一支铅笔在纸上停顿，显然是想写点什么，想了想写下一行字：这个人只要一不是老百姓，就算完了。

刚刚写下这行字，他马上把这张纸塞进旁边的碎纸机里销毁了。

奥布莱恩索要的捐助资料都在公共关系部的计算机里，只需输入相关指令就可按指定分类调取，这份打印好的资料很快就送来了，共有4页纸，迪拉诺公司自1951年至今捐助过3次以上的社会团体名单都在上面了，涉及宗教、政治、教育、慈善、公益等领域，对捐助的时间、金额、经办人、程序都有记录。

粗略看了一遍，他把目光停留在一个政治组织的名字上：NRG世界民主联盟。这是一个国际性组织，资料显示，迪拉诺公司在40年里曾11次资助过该组织，平均4年就有一次捐助，捐助总额超过6000万美元，其中最近的一次捐助就发生在3个月之前，也就是今年8月，捐助额度是1000万美元。在对NRG世界民主联盟的11次捐助中，时机大多与美国大选或重大国际事件有关，例如今年8月正是莫斯科政局严重动荡时期，这从一个侧面反映了迪拉诺公司的政治表态与经济利益的关系。

奥布莱恩对NRG世界民主联盟是比较了解的，他在美国中央情报局工作的几十年里与该联盟的历届时任首脑都曾有过接触。NRG世界民主联盟在联合国非政府组织的年度大会上连续多次提出针对中国的人权提案，被中国政府斥为反华人权提案。中国政府视NRG世界民主联盟为反华政治势力，也屡次挫败该联盟针对中国的人权提案。

奥布莱恩用铅笔在“NRG世界民主联盟”这个名字后面打了一个问号，考虑了一会儿又在问号上打了一个叉，随后把这4页纸也塞进碎纸机销毁了。NRG联盟的条件符合奥布莱恩对规定角色的需要：1. NRG联盟与中国政府之间高度敌对、敏感和不信任。2. 在可以帮忙的范围内，NRG联盟不可以拒绝他。

长时间的连续思考让他感到脑子很疲劳，甚至有些头痛，思维也变得迟缓了。毕竟是在脑子里推演，各种条件与各种因果关系纷纷杂杂搅在一起，想着这个就漏掉了那个。他把这种现象归咎为自己老了，脑子不好使了。这让他想到了多米诺骨牌，用骨牌做沙盘推演形象直观，条件设置不会混淆，比较容易把各种因果梳理清晰。

于是他再次下楼，再次去了买豆子的那家超市。这次他直接去了导购服务台，询问买多米诺骨牌和不干胶贴纸在什么地方，导购小姐告诉他多米诺骨牌在儿童玩具区，不干胶标签贴纸在文具区，并且详细告诉他物品所在的楼层、方位。多米诺骨牌的种类很多，他挑了一种高级纯木的买了一盒，因为服务员说这种木质的声音好听。不干胶标签贴纸他选的是可以写字的那种，每片贴纸的尺寸比骨牌小一点。

奥布莱恩回到总部大楼的时候正值公司下班时间，大家都往外走，他往里去。进了办公室他先在桌上摆了20多张骨牌，骨牌约6厘米高、4厘米宽、1厘米厚，比国际比赛常用的骨牌尺寸大一些，原木色的，黑里透红，手感很滑润。他轻轻推倒第一张，后面的“哗啦啦”都倒了，声音果然好听，这让他很愉快。

他在不干胶贴纸上写了一个“NRG公告，叶担任德国NRG高层职务”的标签，揭下贴到一张骨牌上。

他分析：叶子农来自革命家庭，是将军的儿子，是马克思主义理论研究专家，这样身份的人如果被公告担任反华组织的高层职务，无疑会有对中国不利的政治影响，北京方面一定不会坐视不理。因为在国家利益可能受到损害这个问题上，不管你是美国的、中国的、法国的，任何国家的反应都一样。那么北京方面会做出什么反应呢？最直接、最有效、也是最稳妥的方法就是以布达佩斯劳务涉嫌特大偷渡刑事传唤叶子农，然后静观事态发展，无论叶子农是否回国应讯，也无论出现什么变数，都保留较大的进退余地。

于是奥布莱恩又在不干胶贴纸上写了一个“涉嫌特大偷渡——刑事传唤”

的标签，揭下来贴了第二张骨牌。

如果将刑事传唤看做是一个节点，那么节点后面的变化就复杂了。叶子农可以选择回国应讯，也可以就势加入NRG联盟，也可以选择被迪拉诺公司接受。回国应讯可能被限制出境或定罪，也可能公开揭露所谓“真相”。拒不回国应讯可能会被德国政府出于外交压力驱逐出境，也可能被NRG联盟调动职务进入纽约总部……每个选择里都有变数，每一个变数又会引发一连串的变数，都会带来不一样的后果。

无论有多少变数，有一条是不可改变了：叶子农再想过“没人在意你是谁”的日子是不可能了，他将成为“知名”人物，必须选择，必须表态。既然出离立场的观点在场的圈里无场可立，那么奥布莱恩要做的，就是将叶子农一把扔进“场”的圈子。

之后他又写了第三张：NRG联盟道歉。第四张：北京方面的表态。第五张：媒体猜测版本。第六张：被德国移民局驱逐出境。第七张：迪拉诺公司提供帮助……奥布莱恩一共贴了30多张骨牌，推断了3种可能的结果，其中他最希望看到的是叶子农屈服了，从NRG世界民主联盟过渡到迪拉诺公司。他把30多张骨牌按因果关系和不同走向依次码好，轻轻推倒写着“NRG公告，叶担任德国NRG高层职务”的第一张，后面的骨牌从点到面哗啦啦倒了一片，声音因为贴纸比刚才沉闷了点，但依然不失清脆，还是那么好听。一张，只需小小的一张，就启动了一条社会能量的因果链。

奥布莱恩拿起第一张骨牌看了看，心里自嘲了一句：原来如此简单！

2

凯勒，NRG世界民主联盟主席，52岁，美国人。

NRG世界民主联盟创建于1941年，由3个分别来自苏联、德国、奥地利的反战人士在纽约发起成立，NRG是这3个发起人名字的第一个英文字母的组合，以区别其他名称相近的社会团体。NRG联盟发展很快，对世界反法西斯运动起到了积极作用。第二次世界大战结束以后美苏进入冷战时期，NRG联盟也随之出现分化，苏联、南斯拉夫、保加利亚、捷克斯洛伐克、波兰、民主德国等国家退出NRG联盟，更名“NRG世界民主联合大会”，总部设在莫斯科。NRG世界民主联盟的分支机构遍布很多国家，哪个分部就以哪个国家的名字做前缀，比如设在德国的分部，就叫“德国NRG世界民主联盟”。NRG联盟有自己的报纸和广播电视，主张民主、自由，在国际社会有一定影响。

凯勒原定周末去纽约北郊钓鱼，他在哈德逊河岸边有一幢老房子，平时住在曼哈顿，一有时间他就独自去老房子钓鱼，与其说他喜欢独自钓鱼，不如说他喜欢一个人思考。接到奥布莱恩约谈的电话之后，考虑到奥布莱恩提出的“私人谈话”的要求，凯勒把这次谈话安排在周末，地点就在他北郊的老房子。假期在老房子会客，这在凯勒是不多见的，这不仅因为奥布莱恩是特殊人物，也是因为奥布莱恩的迪拉诺公司背景。其实他们两人并不熟悉，只是相互知道对方而已。迪拉诺公司与NRG联盟虽有接触，甚至刚刚发生在几个月前的大额资金捐助，但是这些都属于迪拉诺公司的职能事务，而奥布莱恩只对具有决策性和方向性的重大事项对总裁一人提出意见，不像在中央情报局时与政治组织经常接触。

星期六上午，奥布莱恩如约驶往纽约北郊，凯勒在约定的路口迎接，车子拐进路口没多远就到了那幢老房子。今天的天气很好，阳光透过红彤彤的树叶斑斑点点洒落在草地上，寒冷的气温也明显升高了几度。一幢还不能称之为别墅的老房子竖立在一片树丛中，房前几十米就是缓缓流淌的哈德逊河，河水在阳光照射下泛着幽幽的金光。

房子里暖融融的，墙上的电子温度计显示是21℃，暖气管里发出轻微的流水声。这里的房子很分散，没有集中供暖设施，都是各家各户自己供暖。凯勒请客人落座，然后从厨房端来两杯咖啡，这场谈话就从这里开始了。

凯勒客气地问：“我能帮您做什么呢?”

奥布莱恩打开公文包，拿出所有与叶子农有关的材料递给凯勒，说：“你先把这些材料看看，内容不是很多，一会儿就看完了。我去钓鱼，你看完了我们再谈。”

凯勒说：“好的，你稍等。”凯勒拿来一堆渔具，钓竿、抄网、水桶、折叠凳子一应俱全，还有钓鱼帽子、手套和一件加厚的半大风衣，说：“你就在门口钓吧，别走太远，这个季节不容易钓到鱼了。”

奥布莱恩问：“有炭吗?”

凯勒说：“有，什么都有。”

奥布莱恩笑笑说：“那你就等着吃烤鱼吧，钓鱼我可是老手。”

奥布莱恩全副武装去了河边，凯勒留在屋里看资料。

奥布莱恩选了一处向阳背风的水域下了3支钓竿，然后点上一支烟悠然地等鱼上钩。钓了一个多小时，他还真钓上来了两条鱼。

凯勒拎着一个折叠凳走过来，笑着问："钓到了吗？"

奥布莱恩得意地说："两条。"

凯勒看了看水桶里的鱼说："太小，不够吃的。"

奥布莱恩的心思不在钓鱼上，站起身说："看完了？那我们回屋里谈吧。"

凯勒放下凳子说："在这里谈不是很好吗？你看，多好的天气。再钓一会儿，运气好的话就可以吃烤鱼了。"

奥布莱恩又坐回去，问："看完材料什么感觉？"

凯勒说："是个人才。"

奥布莱恩把乔治接见叶子农的经过大致讲了一遍。

凯勒听完后沉思了一会儿，说："还没出题叶子农就已经断定乔治错了，也就是说凡是以推导叶子农应该签字的任何出题都是错的。这个……我要想想。"

奥布莱恩说："他完全可以先看题后拿钱的，但是他没有，这对乔治很不礼貌。"

凯勒说："乔治的开价已经很高了，这种人的思维也不是谁能轻易说服谁的，只能是各自观点的存在。我想，我帮不了你什么。"

奥布莱恩说："我想知道，分部主席对所辖机构的人事任免都有哪些权力？"

凯勒回答："对副主席以下的部长、干事可以直接任免，报送总部备案。"

奥布莱恩点了点头说："干事小了点，部长合适。"

凯勒问："你指谁？叶子农吗？"

奥布莱恩说："我有个故事希望你有兴趣听听。"

凯勒说："不必客气，你说。"

奥布莱恩说："有一天，凯勒在一个偶然的场合遇见了奥布莱恩，可能是个酒会，也可能是个生日聚会，一切都是偶然的。奥布莱恩在闲聊时提到了一个叫叶子农的人，说那是个人才。凯勒很感兴趣，就向奥布莱恩索要这个人的资料，发现果然是个人才，德国分部就去考察、争取，答应给他一个部长职位，请他考虑。但这时出了一点瑕疵，分部以为叶子农一定会愿意投身民主事业，就随其他人事任免一起报请总部备案了，认为只是个补办手续的问题。纽约总部不知道任命程序有瑕疵，随即当普通新闻登报了。中共也随即做出反应，以布达佩斯劳务涉嫌特大偷渡对叶子农发出刑事传唤。纽约总部调查事件真相需要时间，叶子农在这期间有可能回国应讯，NRG联盟在叶子农抵达北京之前公开发表致歉声明，说明事件真相，对德国分部的工作瑕疵提出批评，对叶子农先生表示道歉。”

凯勒问：“完了？”

奥布莱恩说：“完了，就这些。我认为这对NRG联盟不构成太大损失，网罗人才是很正常的事，只是工作上有一点瑕疵。我指的这是真相，而事实上外界是不会这么看的，会有很多解释的版本，真瑕疵也会被读成美丽的花朵。”

凯勒问：“这样做的目的是什么呢？”

奥布莱恩说：“我也给他出道题，看看这道题他怎么答。”

凯勒说：“不明白，这算什么题呢？”

奥布莱恩随手捡了一根干树枝，在地上画了一个圆圈，在圆圈的边上画了一条线，用树枝比划着说：“这是一个界，过了这个界就是立场的圈子。我同意叶子农的观点，众生是立场的、利益的、好恶的，众生只相信自己愿意相信的东西，出离立场的观点在立场的圈里是没地方立足的。这个事件将把他推到立场的圈里，让他必须出名，必须表态。当名利对他不起作用的时候，说明一定还有比名利对他更重要的东西，就是自由。不同的人，价值观是不一样的，没人在意，就是他的自由。他很明白，众生的口水天生就是用来淹死人的。那就让我们看看吧，那时候支配他的是真理？还是迪拉诺给他准备的自由？”

凯勒在思考，什么也没说。

奥布莱恩说：“叶子农喜欢用‘众生’这个词，我也喜欢这个词。发明这个词的人真了不起，他把人民、民众这些惹不起的称呼全过滤掉了，用觉者和众生来划分。”

凯勒考虑了一会儿，问：“我该怎么理解现在的谈话呢？是迪拉诺公司？还是乔治总裁的意思？或者是你个人？该怎么理解迪拉诺给叶子农准备的自由呢？”

奥布莱恩说：“这个人的脑子是够使的，只要NRG联盟一跟他接触，他就知道后面要发生什么了。美国与中国的国情是不一样的，中国人的风俗、观念是他们在那块土地上生活了几千年积淀出来的，几乎是一统文化。美国是移民国家，只有两百年历史，纽约更是一座移民大都会，各种肤色、信仰汇集一起，同样是公众人物，它的包容性要比古老的中国宽容得多。再者，政论片会让他在美国受欢迎，刑事传唤会让他在中国受非议。叶子农最明智的选择，就是根本不让任命部长的事件发生，他知道谁要跟他交朋友。至于你怎么理解现在的谈话，这取决于将来的结果，如果是乐观的结果，现在就是公司行为，否则就是我个人擅自倚仗公司背景的不当行为。仅我个人，我是没资格以这样的事由来找你的。”

凯勒说：“也就是说，乔治不知道。”

奥布莱恩说：“接见叶子农这件事对于乔治已经过去了，这是总裁的分寸。我拿了总裁顾问的薪水，就要尽总裁顾问的职责，这是我的分寸。”

说话间水面上的鱼漂动了。凯勒非常娴熟地提起钓竿，钓上来一条一斤多重的鱼，但是并没有喜悦，只是把鱼放进了桶里，显然谈话内容对他的心情有影响。

奥布莱恩见凯勒已经没有钓鱼的兴致了，就说：“收吧，去弄点吃的。”

凯勒意识到了自己的情绪不对，马上调整状态，笑着说：“好的，该吃饭了。”

两人收了渔具回到屋子，奥布莱恩洗鱼，凯勒则去准备木炭、炉子、调料，在院子里生起火来，气氛逐渐变得轻松，不像刚才那么肃然了。鱼显然是不够吃的，凯勒还准备了一些火腿肠、面包片之类的熟食，都堆在一张圆桌上。凯勒把鱼烤上，去屋里拿来一瓶红酒和两个杯子，两人就站在烤炉旁边一边烤鱼一边喝酒。

凯勒问：“你肯定北京方面一定会采取刑事传唤的方式吗？”

奥布莱恩说：“不能肯定，也许会先找他谈话，但不恰当。如果我是处置这个事件的中共官员，我一定会选择刑事传唤。”

凯勒问：“为什么？”

奥布莱恩说：“红川警方立案在先，有没有政治事件都要查的，急办缓办是由警力和个案情况决定的，并无不当。根据假想有利的原则，假想叶子农是自愿加入比假想他不知情要有利，如果先找他谈话，一旦谈话无效，再刑事传唤就有政治迫害之嫌了。传唤本来就是由他自己的行为造成的，况且传唤不是逮捕，更不是定罪，只要到案说明事实就可以了，警方还能因此获得对他采取限制出境的选择余地。如果他拒不回国应讯，那他就得一直背着涉嫌犯罪的名声，也就昭示NRG联盟任命的是涉嫌特大偷渡案的犯罪嫌疑人，就降低了该事件的政治公信力，在这个基础上再通过外交途径争取引渡，是最稳妥的程序。”

凯勒说：“如果他真有犯罪，NRG联盟居然任命一个刑事罪犯任部长，国际社会将会怎么评价？虽然中德没有签订引渡条约，但北京方面通过外交途径引渡是完全可能的……总之会有很多种可能，你知道，NRG联盟是不愿意给分部所在国找麻烦的。”

奥布莱恩说：“柏林当局不必引渡，也不必立即驱逐，只要不再给他签证就行了，谈不上麻烦。要说找麻烦，NRG联盟在各国设立分部本身就是给所在国找麻烦，你要扩大政治影响，甚至能左右一部分选票，怎么会没麻烦呢？至于叶子农有没有罪，从布兰迪提供的资料上看他是无罪的，如果他不回国应讯也最多就是个悬案，但这些都不重要，只要NRG联盟发表个道歉声明就完事了，是道歉？还是营救？在政治问题上，人们已经习惯了‘没那么简单’的固化思维。相信吧，民众是有无限想象力的，你会看到很多版本，比如营救说、政治蓄谋说、价码太低说……中共说中共的，你们说你们的，民众说民众的，各说其说。众生是什么？是起哄的、群动的，是羊。牧师是干什么的？是放羊的。宗教有宗教的牧师，政治有政治的牧师，牧师不管你是绵羊还是山羊，也不管你是站在上帝的右边还是左边。”

凯勒看着奥布莱恩的眼睛，沉静地说：“奥布莱恩，你让我觉得可怕。”

奥布莱恩说：“我不可怕，我只是遵守群居社会的规则。”

凯勒说：“你蔑视民主，你让我有一种被胁迫的感觉。你把政治当牌打了，确切地说你把我们联盟当牌打了。”

奥布莱恩说：“我要纠正一下，我是来求助的，你可以拒绝，只要你不告诉别人，就不会有任何人知道我跟你谈过什么，丝毫不影响你与乔治或迪拉诺与NRG联盟的交往。我对主义没兴趣，什么主义能让美国人赚钱就上什么主义。政治是什么？政治就是你打算让一部分人举左手还是举右手，所以别跟我谈民主。什么时候你牙疼了，不是由牙医而是由投票来决定你拔哪颗牙，那时候我们再来谈民主。”

凯勒沉默了好久，说：“你这么费心思，可也许这个人已经失踪了，他应该想到这事可能还没完，可以先回中国找个地方躲起来，不必非要留在柏林。”

奥布莱恩说："1. 那就不是他了。2. 那他也就不过如此了，也就不值得为这种货色费心思了。其实我理解他，那不是讲不讲礼貌的问题，是他认为的那个真理让他没选择。但我还是想让他知道，要懂礼貌。"

凯勒无语了。

第二十二章

寒假过后开课的第一天，方迪还没有完全进入状态，下午在小礼堂听了一场由一位日本教授主讲的二战之后日本经济的发展，4点多就下课了，她没回住处，带着预先准备好的资料开车去了老九面王餐馆。寒假虽然过去了，但冬天还没过去，天空飘着零星的雪花，车子隔一会儿就要开一下雨刮，路面湿漉漉的打滑，车速很慢。

到了餐馆，方迪远远看见老九和几个人站在餐馆门口说着什么，时而还对着门头指指点点做一些手势，显然是在商量装修门面的事。老九看见方迪的车了，招了招手，跟其中一人交代了几句，就朝车子走去。

方迪下车，拎着一只包，寒暄道："九哥。"

老九笑着说："寒假以为你会来呢，给你找了一堆活儿，结果没人了，一打听才知道你回国了，也不打个招呼，早知道还能托你办点事呢。"

方迪歉意地说："那会儿我还没准备好，不知道怎么跟九哥谈。这两天学校忙，今天刚开课，这不刚下课就来了嘛。九哥要是不忙，我有点事想说说。"

老九说："那到办公室吧。"

来到办公室，方迪看到没了电脑和电话的办公桌显得空荡荡的，她在桌子的侧面拉过一把椅子坐下，从包里拿出一张电脑打印好的纸递给老九。

老九接过问："这是什么？"

方迪说："这是我对老九禅面的认识，算一个小总结吧，也是给论文准备素材，九哥先看看有什么问题，不对的地方给指点一下。"

文字内容占了不到两张A4纸，老九认真地看，全部内容是——

市场竞争的一般规律就是质量、价格，就这么简单。

老九禅面作为一个符号、一个标识，从观念上说就是“见路不走”的思想认识，悟到了无所住的真相，祛除妄念，不唯经验、教条，走因果，走条件的可能。从实践上说就是悟到了如何把一碗手擀面以更有竞争优势的成本无损复制而可能乘以最大市场系数。

手擀面为什么比机器面好吃？因为机器面是死的，手擀面是活的。当然内行人会有更专业的解释，而本质还是面质死与活的问题。很多餐馆不缺乏做出一碗好面的手艺，但是稳定一碗面的质量就困难了，和面、杠子压面、擀面、切面对体力和技术都有要求，生意小了养不住擀面师，生意大了擀面师忙不过来，擀面师的情绪、身体状态等人为因素对面条质量都有影响，擀面师的更换、流动对面条质量更有影响，而对于顾客，只要他有一次吃得不满意就足以否定你，并且口口相传，不会因为你解释原因就给你机会。

如果有一台机器能完全模拟杠子压面、擀面、切面，制定出一套精确的操作流程，降低体力和技术门槛，那么任何一个普通人只要按照规程操作，就都可以做出合格的面条，餐馆就能从对擀面师的依赖解脱出来，转化为只需要普通操作工而不是技师，解决了质量稳定的问题和产量可无限大的问题，降低了工资成本，为低成本无损复制准备了基础条件。

所谓无损复制，就是指没有任何质量损失的产品复制。在一碗手擀面的质量里，汤和卤又是一个重要条件，决定着味、色、形。任意选材可以把汤卤做得很好，但没有意义，汤卤的原材料选择必须具有普遍性和四季性，必须是通用材料，才有可能做到无损复制。汤卤的无损复制与面条是同样的道理，不允许有厨师，不允许厨师的风格和其他人为因素对汤卤的同一性有影响，只允许有普通操作工，并且工资成本又降低了一块。

菜品的无损复制同理，餐馆的厨房只是对半成品按照操作流程再加工，不允许有个性手艺和理解，不需要厨师的技术、悟性，只需要准确地重复机械性操作。菜品的确定是由决策层的综合判断和试验决定的，调整、改进是决策层的职能，是核心技术和核心机密，餐馆和连锁店只是核心技术实现最大市场系数的系统和工具。

为了保证半成品供应的同一性、半成品生产的专业性，为了最大限度简化厨房工序、减少厨房场地、扩大营业面积、降低经营成本，为了加盟连锁的可操作性，同时也是在一定程度上有利于商业保密，半成品生产与餐馆要完全隔离，互不发生有机性协作，半成品生产要建立在合适距离和运输路线的廉价地段，内部独立核算，商品化许可对象供应，由公司统一管理，既是半成品生产基地，也是新产品开发基地，产品开发由决策层保密操作。

不允许有擀面师、汤卤师和厨师，半成品生产基地与餐馆分离，这些不仅仅是为了降低成本，也不仅仅是无损复制的需要，当理念是你的，品牌是你的，核心技术是你的，决策权是你的，生产、经营体系是你的，你就更容易能够形成一个拳头、一个意志，更容易在竞争中获得一点优势，而这点“优势”体现在市场就是钱，就是人家逐利加盟你的原动力。

关于加盟店，不设置加盟费和品牌使用费，不靠那个挣钱，是以可复制、无风险、能让加盟者稳稳赚到钱而扩张市场，靠调动市场资源，靠与众多加盟者一起挣钱，体现在半成品供应价格上，分为有限数量的保本供应价与无限数量的分账供应价。虽然让加盟者无市场风险，但对加盟者的综合条件有要求，获得加盟的机会很困难。这个“老九禅面”的设计从最根本上说并不是靠自己的一个店赚钱，是设计一个利益链调动市场资源，从这些资源产生的爆炸性扩张中获得利益。

老九禅面是什么？不是新鲜理论，不是什么高招，是根据条件和创造条件，是找到竞争优势的原理，老老实实遵循市场规律。如果你比洋快餐更快、更好、更符合中国国情，价格更有优势，你没有失败的道理。

老九看完，赞许地说：“好，好，就是这个意思。”

方迪说：“这次回北京我找到个车床师傅，人家答应给做模拟手擀面机，我来之前已经做出来个雏形了，据雷师傅说技术上没什么难度，只是个时间问题。”

老九吃惊地说：“哟，你都已经行动了，该打个招呼啊，做机器要花钱的。”

方迪没接“钱”的话题，继续自己的思路，说：“我把北京比较知名的面馆情况大体摸了摸，做了一个调查表，也许九哥有用。”说着，她拿出调查表交给老九。

老九看了一下，说：“有用，这个当然有用。”

方迪说：“我还有几个月就毕业了，马上面临就业问题。直截了当吧，如果老九禅面这项目在北京扎摊子，我希望能争取到跟九哥合作的机会，是合作，不是打工。”

老九惊讶地半天说不出话，沉默了许久才不解地问了一句：“为啥?”

方迪平静地回答：“来钱快。”

老九问：“就这?”

方迪说：“天！这还不够吗?”

老九说：“九哥实心眼，不说玩笑话的。”

方迪说：“我也实心眼，也不说玩笑话的。”

老九说：“你不是想去电视台当节目主持人吗?”

方迪说：“就算能当上，现在我也选择老九禅面，那个能小康，这个能发财。北京至少能开20个连锁店，如果能在中国10个大城市都开连锁店，我就是富翁。我相信老九禅面能做到，而且不需要很长时间，干几年就够我活一辈子了。”

老九说：“那不一样，这又回到了秦始皇的那个问题。”

方迪说：“正是那个问题我才好像明白了点什么，我干吗非要从比谁强里找快乐呢？又干吗非要从比谁差里找折磨呢？我现在才知道清静有多奢侈，除了有饭吃还得有平常心，那就先解决吃饭问题呗，平常心留着以后再说。”

老九说：“那……就算合作，怎么合作呢?”

方迪说：“在北京开公司，股份平分，出资各一半，九哥负责全局和产品开发，我负责日常管理和市场扩张。公司以滚动形式发展，不得以资本能力压迫一方。”

老九问：“你能出资多少?”

方迪说：“国家对留学生回国创业有扶持政策，加上杂七杂八的关系，我能报到200万贷款这个数，再多就不敢了。”

老九又问：“我要是不同意呢?”

方迪说："那我就自己单干了，钱少有钱少的干法。模拟手工压面机定型以后，我送给九哥一台，略表歉意，毕竟见路不走和老九禅面的理念是从九哥这里学来的，一种被认为正确的观念一旦印到脑子里，不是谁拿块砂纸就能打磨掉的，我只能表示歉意。我的实习申请已经报上去两个月了，正常情况下应该快批下来了，如果不能合作，我来餐馆实习显然就不合时宜了，我会跟导师解释做个调整。"

老九想了一会儿，说："给我点时间，好吗?"

方迪说："那当然。"

第二十三章

夜晚，柏林的天空飘起了小雪，整座城市没什么风，细小轻柔的碎雪在夜空里就这样悠然地飘落，路面和树枝都落上了一层薄薄的雪，让人觉得清新和惬意。

叶子农去一家韩国餐馆吃石锅拌饭了，吃完饭回家，汽车开到路边的车位停下，看见前边停着的车里下来一个人，朝他这边走来。他没在意，却发现这人在他车边站下了，等着他开门下车，显然是冲着他来的。他拔掉车钥匙，下车，下意识地看了看，这个人穿着一件黑色皮衣，敞怀，身材清瘦，40多岁的样子。

这人讲德语，说："叶先生，我是沃尔斯，等您好长时间了。"

叶子农一听这人直呼他的姓，有些疑惑，说："我不认识您。有事吗？"

沃尔斯说："我是德国NRG世界民主联盟常务副主席，我想和您谈谈。"

常务副主席通常就是第一副主席的意思，是仅次于主席的第二把手。叶子农多少知道一点NRG世界民主联盟这个组织，德国NRG世界民主联盟常务副主席的职位在政治圈子也是有身份的角色，怎么会在马路边长时间地等一个一文不名的平常人呢？而他们又是怎么知道自己的呢？他心里隐隐地联想到了纽约，那场在乔治办公室的不愉快。

叶子农问："谈什么？"

沃尔斯说："就是谈谈，不会占您很长时间。"

叶子农把车钥匙放进口袋，点上一支烟说："那就谈吧。"

沃尔斯说："您不介意的话，可以去我办公室谈，也可以去您家里。"

叶子农身边不到10米的地方就有一家咖啡馆，于是说："就这家咖啡馆吧。"

沃尔斯说："可以。"

这是一家名叫"格林威尔"的咖啡馆，老板是利比里亚人，格林威尔是利比里亚的一个海岸城市。咖啡馆不大，装饰也很简单，甚至可以说是简陋，来这里光顾的客人基本都是附近的穷人，因为这里是贫民区，居住的大多是东欧和非洲移民过来的穷人。进了咖啡馆，沃尔斯选了一张最角落的桌子，拐角的两侧都靠墙，周围也没顾客，零零散散的几个顾客都坐在临街靠窗的位置，便于观看窗外的雪景。叶子农不喜欢甜食，平时极少喝咖啡，算不上这里的熟客。两人坐下，要了两杯咖啡。

沃尔斯说："您在纽约见过奥布莱恩先生，他是总裁高级顾问，退休前是美国中央情报局的情报分析专家。凯勒先生是NRG世界民主联盟主席，跟奥布莱恩先生是朋友。在一次酒会上，奥布莱恩跟人聊天提到了您，说您是难得的人才，也聊了几句您的故事，当时凯勒和其他人都在场。能被奥布莱恩称为人才是不容易的，而您的专长也正是NRG联盟所需要的人才，凯勒主席注意到了这些。我们花了一点时间了解您，对您的评价是肯定的。"

时间、地点、人物、故事缘由……都有了，一切都是偶然的、不经意的，一切都经得起事实查证而无可厚非。当叶子农这个名字与NRG联盟联系在一起的时候，甚至叶辉将军的儿子成为NRG联盟骨干的时候，他就被推进政治旋涡了，各种猜疑、评论、非议……会一并而来，他的平静的、自由自在的生活，从此就没了。

他心里闪过了一句话：这招儿真他妈够阴的！

叶子农平静地注视着沃尔斯，脑子里在判断：沃尔斯只是个前台执行者，不该他知道的他是不会知道的，这个角色不可能完全了解内幕，即使他个人对这事有疑问，也只能心存疑问地执行下去，因为没有人可以给他一个解。跟这个人是不能较真的，也说不着，如果接受这是纽约那场不愉快的延续，就不要为难这个必经程序的执行者。

叶子农平淡地说："明白了，您这是代表组织对我考察。"

沃尔斯笑笑，说："我能向您提几个问题吗？"

叶子农说："您请。"

沃尔斯说："您对民主是怎么看的？我想听听您的见解。"

叶子农说："我只见了，没解。民主有那么多说法，尺子一大堆，该拿哪把量呢？各自量能量出一堆真理，相互量能量出一堆伪命题，也就无所谓对错了，都各自揣着吧。这又不是货币兑换，有个汇率还能换算换算。”

沃尔斯说：“看来您不想谈这个话题。”

叶子农说：“没个定义，怎么解呢？解什么呢？”

沃尔斯说：“民主就是权利平等的思想。”

叶子农说：“不管您这个主是主仆还是主次，总之是主了。既然都主了，咱就别说什么平等了，已经没地儿搁了。好，这算是抠字眼，那您这个权是什么权呢？是发言权？还是决定权？都发言听谁的？都决定听谁的？说来说去还是数人头。简单的数人头与不是简单的数人头，有什么质的不同吗？数人头就是民主吗？”

沃尔斯说：“我给您一个假定权，假定由您来定义民主，您会怎么定义？”

叶子农说：“您给我个假定权我也不敢定义，没这个能力。以前我还有点看法，后来就越看越糊涂了，已经不知道什么是民主了。”

沃尔斯说：“您以前怎么看？”

叶子农说：“以前我认为民主是家天下历史条件的产物，是主仆的思维，民天下之后的民主是一个头上安头的伪命题，真正的民主是不缘起民主命题的民主，主仆关系与人民的根本利益所能允许的公民基本权利是两码事。凡是国家所有权属于人民的，就是民主。凡是人民的意志体现了人民的根本利益的，就是好民主。”

沃尔斯思索了片刻，说：“我想请您解释一下您所说的家天下和民天下。”

叶子农说：“过去国家是皇帝他们家的，叫家天下，皇为主，民为仆，人民都是皇帝的子民。民主不是谁给谁发福利，是生产力的发展要求挣脱皇权制度束缚的历史必然，是利益要求，是根本利益的转移。如果民主是民天下取代家天下，那么家天下的消亡既是民天下的实现，同时也是民天下历史诉求的消亡。”

沃尔斯说：“党天下，官天下，民还是仆，就不需要民主了吗？”

叶子农说：“这也是一个伪命题，不仅是主仆的思维，而且是斗争的思维。民天下基础上的管理方法不属于民不民主的判断，属于科不科学、有不有效的判断，不是一个范畴的问题。授权在人民，人民是给自己的利益选择执行者，不是给自己选择天敌。”

沃尔斯以一个考察者的姿态沉思了一会儿，说：“嗯，这也是一种观点。”他平静地喝了一小口咖啡，又说，“再一个问题，您对NRG民主联盟是怎么看的?”

叶子农说:“我对贵联盟了解不多,仅我接触到的资料,NRG联盟对世界反法西斯战争的胜利作出过自己的贡献,赢得了国际社会的赞誉。但是战后贵联盟的某些做法就不那么容易评价了,至少我个人不是很赞成。”

沃尔斯说:“您是指针对中国的人权提案吗?”

叶子农说:“包括这个,不特指跟中国有关的。民主就是一服再好的药,您也得卖给对症的人,您不能不管人家有病没病,也不管人家得的是什么病,逢人都开这服药。如果贵联盟是以售药为己任,那基本就是个野郎中了。”

沃尔斯问:“什么是野郎中?”

叶子农说:“就是不靠谱的医生。”

沃尔斯明白了野郎中的意思,说:“民主是人类的理想。”

叶子农说:“有很多人前脚揣上民主,后脚就去烧香磕头了,就去做礼拜了,他还是要给自己再找个主,就像英国保留了王室,日本保留了天皇,人民需要,国情需要,尊重人民的传统、感情,正视各国的民族、地理和发展水平,这才像个民主。用自己的民主去否定别人的民主,这本身就不民主,都一刀切了还谈什么民主?您是为您的民主的,人民是为过好日子的,您的需要有没有可能取代社会发展条件的需要?不可能嘛,什么民主能让人民过好日子,人民才需要什么民主。社会已经发展到不是皇权与子民的非此即彼了,已经发展到科学管理的时代了,如果还拿皇权与子民的思维去揣度科学的、尊重人性的管理,那就不是民主了,就是扣帽子、打棍子,就是跟人民过不去了。”

沃尔斯一直做着认真倾听的神态,偶尔点下头表示同意,偶尔微笑一下表示尊重,等叶子农讲完了,他脸上呈现出满意的表情,说:“不能否认两大阵营对联盟有影响,但联盟致力于推动民主进步的宗旨是不会改变的。联盟需要多元的声音,特别是需要像您这样有见解的人士,而这个伟大的事业也会成就您最有意义的人生。我可以向您透露一点,我们拟定请您担任德国NRG联盟政治部长。你知道,联盟虽然是国际组织,但各国分部的高层职位一般还是由所在国的人担任,只有少数特例,而您就是少数特例之一。”

叶子农说:“我连民主是什么都不知道,不可能去民主联盟混事。”

沃尔斯说:“您的不知道是知道得太多的不知道,不是不知道的不知道。您不必马上做出答复,请您平静地考虑一段时间,我们相信您最终会做出正确的决定，我们也会进一步表达更能让您信服的诚意。”

沃尔斯的话表面都是官话，却暗隐含意。“您不必马上答复”，就是不承认叶子农拒绝加入NRG联盟的事实。“您最终会做出正确的决定”，就是他们将把叶子农加入NRG联盟当做事实来认定。“进一步表达诚意”，就是包括各种可能的方式。

叶子农说：“不用再表达了，程序走得差不多就行了。我恭恭敬敬说了那么多您根本不感兴趣的话，已经很配合了，剩下的直接来吧。”

叶子农的话也很明白，就是告诉沃尔斯：你只是个前台执行者，幕后的事我跟你是说不着的。我没有为难你，配合你走了这个过场，是个意思就行了。

沃尔斯脸上掠过一丝不易被人察觉的尴尬，友善地微笑了一下，说：“我下面的话将不会出现在记录里。我不想知道您之前发生了什么，但是我得说，您很绅士。”

第二十四章

1

纽约圣尼耶尔大学商学院的一间教室里，一位中年教授在讲企业成本管理，讲的是美国一家纺织企业向中东国家出口布匹的案例。方迪坐在后排听课，不时做着笔记。

教授讲道："不同的产品质量构成不同的生产成本，而产品的质量要求与产品的功能和使用目的有直接关系。例如这家纺织厂，在与中东某国签订合同之后开始生产白布，并不知道这些白布在中东是干什么用的，只是按照合同要求的质量生产。后来他们派人去那个国家做调查，发现这些白布原来是按穆斯林习俗裹尸用的，并不需要很高的质量，于是马上调整原料和工艺，大幅度降低了成本。就这个成本调整行为，哪位同学谈谈看法?"

有十几个学生举手，方迪也举手申请发言。

教授指着前排一名男生说："请这位同学先说。"

这位男生起立说："我认为厂家的做法是错误的，合同要求的质量与用户的使用目的是两个不关联的法律关系，厂家的做法虽能短期获利，但毁掉的是信誉。"

另一位女生被允许起立发言，说道："我认为厂家的做法混淆了合同要求质量与设计用途质量的关系，是投机行为。"

又有一位学生发言……

……

下课后，学生们鱼贯出了教室。

方迪和一个女生说笑着出了楼梯口，向学院大门走，这时一个从办公楼方向疾步走过来的男生朝方迪喊了一声："方迪!"在学校里，不管你是来自哪个国家的师生，大家都是用英语交流的，除非你是与来自本国的人交流用本国语言。这是一个台湾男生，跟方迪是同一届的学生，也将要毕业了，讲一口台湾口音的普通话。

台湾男生走到近前，用台湾口音的普通话说：“方迪，弗兰克教授让你去他办公室。”

女生用英语说：“我先走了。”

方迪对女生点点头，然后对台湾男生说：“好的，谢谢！我这就过去。”

台湾男生问：“你论文准备得怎么样了?”

方迪不好意思地说：“不怎么样。你呢?”

台湾男生说：“我的论文大纲通过了，导师同意我的论文构思。”

方迪说：“我的论文选题两次都没通过，让导师失望了。”

台湾男生说：“加油，你行的!”

方迪说：“谢谢!”

……

方迪来到学院办公楼，在走廊里看到弗兰克教授在他办公室门口正与另一位教授谈论着什么，看见她来了就做了一个让她稍等的手势，方迪就站在与教授五六米的距离等候。弗兰克教授是方迪的指导老师，将近60岁的年纪，头发花白，戴着一副眼镜。

弗兰克教授与另一位教授谈完了，然后招呼方迪说：“进来吧，到办公室。”

方迪跟着弗兰克教授进了办公室，站在办公桌旁边。

弗兰克教授从抽屉里拿出一个信封交给方迪，说：“你的实习申请准许了，这是刚收到的工作许可证，你准备一下可以实习了。”

方迪接过信封，抽出工作实习许可证看了一下，说：“谢谢导师!”

弗兰克教授说：“你这次的论文选题还是有新意的，希望你努力。”

方迪说：“我会的。”

弗兰克教授说：“好了，你可以回去准备了。”

……

方迪离开办公楼，走到校外的停车场开上车，回几公里以外的住处。路过一家面包店的时候，她下车进去买了两个切片面包。

她有些心神不定，这些天老九一直没有电话，合作的事情不明朗，在老九面王公司实习也就无法确定，如果不能合作，那么她在老九的公司里实习显然是不恰当的，这就需要重新选择实习公司，重新向学校提交申请，这从各方面说都是她不愿意看到的。但是她对老九接受合作一点没有信心，她已经做好了一切重来的心理准备。

2

回到宿舍，方迪做的第一件事就是给老九打电话。

拨通电话后，方迪说："九哥吗？我是方迪。"

老九在电话里说："我也正想晚点给你打电话呢，你今天下课挺早啊。"

方迪说："我的工作许可拿到了，我想跟九哥谈谈，看你什么时候有时间。"

老九说："我也需要跟你谈谈，晚上我请你吃饭吧，7点钟在威茨堡饭店见面，我提前订好位子。这么多年了九哥也没请你吃过饭，你也快毕业了，给九哥个机会。"

方迪心里"咯噔"一沉，却仍然和悦地说："好啊，那让九哥破费了。"

威茨堡饭店与老九面王在同一条街上，是纽约一家著名的豪华饭店，出入饭店的大多是明星富豪，不是普通收入阶层可以轻易涉足的。方迪经常路过这家饭店，却从来没有刻意多看过一眼，那是一个跟她没有关系的世界，她无须留意。老九选择这种场合请客无非是要强调一种礼貌，委婉而体面地拒绝合作，她若拒绝宴请，大家就都难堪了。

重新选择实习公司，重新向学校提交申请，这已经是无可避免了，这无论如何也不是一件能让学校和导师愉快的事。她情绪很低落，看看表离7点钟还有两个多小时，不知道该怎么打发这段时间。她到床上躺了一会儿，又烦躁地坐起，心总是静不下来……终于还是决定动用她的"法宝"对付烦恼，她的法宝就是跳舞，就是让自己出一身汗。

于是她脱下毛衣，打开音乐，跳舞。跳舞作为一种宣泄情绪的方式，是有用的。随着强劲的节奏，她渐渐融入在音乐里……但是就像上次一样，居然又有人敲门了。

她关掉音乐开门，呈现在眼前的情形居然让她比上次更意外、更吃惊，就像有上帝刻意安排的一样：一个30多岁、西装革履、似曾眼熟的男人站在门口。

方迪问："您是……"

男人说："我叫谭瑞华，在你家见过面的。"

方迪想不起来，问："什么时候？"

谭瑞华说："你放寒假，嗯……就是……啊……相亲。"

方迪说："我妈安排的相亲多了，我知道是哪个呀？"

谭瑞华拿出护照和身份证一起递给方迪，解释说："杨姨带我去的，杨部长啊……想起来了？我是深圳的，深圳瑞华电子集团。"

方迪看了看护照和身份证，想起了一点，说："哦……你是瑞华电子的董事长。"

谭瑞华连连点头说："对对。"

方迪把证件还给谭瑞华，说："进来把。"她没有把门关上，留了半尺多宽。

谭瑞华进屋后四处打量，像是领导来视察。

方迪拉过一把椅子说："坐吧。你是怎么找到这儿的？"

谭瑞华说："杨姨给我的地址，哦，是经过你母亲同意的。公司在美国有业务，但是我不常来的，一般都是业务经理过来。"

这话说得很艺术，其潜台词就是：我是专程来看你的。

方迪倒了一杯开水放到椅子旁边的装裱台上，说："您喝水。"

谭瑞华继续打量房间，说："这地方条件太差了，管理也不行，门卫只看看证件，连通报一下都没有，没得到本人同意就允许访客进入，这是不安全的。"

方迪说："这里的房租便宜，不能要求太高了。"

谭瑞华说："房间也太小了，这样不行的。我朋友的孩子也在美国留学，完全不是这样子的，必须要有个好的学习环境。"

方迪落了下汗，穿上毛衣，平和地说："请别拿富翁的条件要求我们穷学生，我现在有工打，有书读，还能有个独立空间，我觉得这已经很好了。"

谭瑞华说："我来了，情况就不一样了，一切我来安排。"然后拿出一张现金支票放到方迪坐的床边，接着说，"这点钱你先用着，以后不允许你苦自己。"

方迪已经很不悦了，但是仍然克制着，说："谭先生，打工、生存，是我需要学习的一部分，这跟我的家庭条件没多大关系。我相信您是很优秀的男人，至少事业有成，但这种事情是要看缘分的，请恕我冒昧，我对您没那种感觉。”

谭瑞华说：“没关系，你对哪种人有感觉？你告诉我，我会变成那种人。”

方迪说：“谭总，大家都不是少男少女，说这话就没意思了。”

谭瑞华说：“请相信，我是认真的。”

方迪说：“如果您想变成哪种人就能变成哪种人，那您这样说话就不厚道了，您会变成皇帝，三宫六院都忙不过来，一个小小的方迪何足挂齿？小女子也怕满门抄斩，也得紧忙着给皇上脱呢，没准生个太子混个皇太后什么的也说不定。”

谭瑞华皱了一下眉头，说：“你说话就不能有女人味一点吗？”

方迪说：“我刚才在跳舞，干吗？发骚呢，练女人的基本功。我学习烧菜、做饭，也是练女人的基本功，都是为了伺候我爷们儿，养肥他，掏干他，怎么能说没女人味呢？我需要的是能让我仰视的男人，我就是这种贱骨头的女人，没办法。”

谭瑞华怎么也没想到气质非凡的方迪居然能说出这种粗话，非常惊讶和尴尬。

方迪说：“我没想对您不礼貌，但是您太过分了。在您没得到授权之前，请不要以权利人的身份跟任何女人讲话。我那样说话只是想让您知道，让人不愉快的话我也会说。”

谭瑞华满眼困惑：自己一番好意，怎么就把方迪激怒了呢？

3

晚上7点，方迪来到威茨堡饭店。

威茨堡饭店的外表装修奢华，墙砖与灯饰都是昂贵的顶级材料，就连停车场的地砖和护栏都非常考究，硕大的门头灯火辉煌，门前停的都是各式豪华轿车。方迪的车从侧口开进停车场，被管理员引导着停在远离大门的一处角落，她远远就看见老九已经在门口等候了。

方迪走过去叫了一声：“九哥。”

老九热情地说："位子已经订好了，进去吧。"

餐厅里从扶手到墙雕，从餐具到吊灯，到处都是金碧辉煌，像是走进了宫殿。服务生恭敬地引导老九和方迪来到预订的餐位，另一名服务小姐马上就过来问候，递上菜单。老九显然对这里并不陌生，也没征求方迪的意见，点了一些酒水和饭菜。

老九微笑着说："不介意的话，我想问你几个问题。"

方迪说："没关系，你问吧。"

老九问："你挣了钱想干啥呀？"

方迪说："买房子买车，嫁个爷们儿过日子呗。"

老九说："我是问你有啥远大理想。"

方迪说："没有，我觉得这就够远大了。"

老九又问："你为啥要拿两个学位？怎么想的？"

方迪说："多个文凭吓唬人呗。"

老九说："就这么简单？"

方迪说："当时进央视没机会，地方台又不想去。我上学都成油子了，正是在状态的时候拿学位不怎么费劲，多个文凭以后的路子也宽一点，当时就这么想的。"

酒水、饭菜陆续上来了，并不是美国本土的美食，而是各国的名菜，有法国的、意大利的、日本的，老九要的菜里还有一个中国名菜，鲁菜葱烧海参。但是不管什么菜，吃法都是西式的，餐刀、餐叉加汤勺。方迪该吃的吃，该喝的喝，像没事人一样。

这顿饭吃到过半了，老九从西装口袋里拿出一份文件给方迪，说："合作的事，我提了几个条件，打印出来了，没多少字，你看看。"

这是一张横向对折的A4打印纸，方迪展开一看，字是繁体中文的，用的应该是台湾或香港的文字软件，内容也不多，大概意思是——

一、同意合作。

二、同意各半股份。

三、老九禅面的中国公司不受方迪出资能力的限制，需要多少投多少。方迪的出资部分由老九借给方迪，无息，借期5年，从逐年分红中按适度比例偿还。

四、方迪必须向老九借得不少于30万美元的专项消费借款，专项用于方迪在北京买一套高档住房和高档轿车，无息，借期5年，从逐年分红中按适度比例偿还。

五、方迪所持股份不得以任何方式向第三方全部或部分转让，只能按原始出资额由老九收回股份，不计算原始股份的增值和品牌的增值。

六、如果方迪在两项借款没有从逐年分红中完全偿还之前提出退出公司，方迪的出资借款和专项消费借款则按20%的年息和5年借期计算利息。

老九的条件既表达了合作诚意，也表达了对于方迪从事餐馆行业的决心有疑虑，丝毫没有拒绝与方迪合作的意思，方迪对老九这次宴请的用意判断错了。

方迪不解地问："九哥，那你这顿饭……不是拒绝我呀？"

老九一愣，说："你想哪儿去了？你这样的人才肯屈尊跟九哥合作，我敢信吗？你要真下决心了就敢接受这条件，否则这顿饭就是九哥给你道个歉，对不起了。"

这个转折太陡然了，完全出乎方迪的意料，她笑了，说："我以为九哥是拿这顿饭打发我呢，这么好的条件我到哪儿找去？九哥太抬举我了，我还白赚了一顿大餐。"

老九说："那你就起草个合作协议吧，签了，就当真了。"

方迪说："好的，这两天我就把协议写出来。"

老九说："不管你是实习还是合作，都需要你到北京打前站。如果签了协议，你就尽快回北京吧，把车和房子买了，盯着压面机，注册商标，筹建生产基地。"

方迪说："好的。"

老九停顿了一会儿，说："还有个事，我想听听你的意见。"

方迪问："什么事？"

老九说："依你看，控制市场风险什么最重要？"

方迪说："当然是判断最重要，你首先得能看到风险，否则无从防范。"

老九问："咋判断呢？我要早知道老九面王是错的，我还能傻到花钱买错吗?”

方迪说：“判断是一种能力，是认识事物的能力。就像咱们好多人，我能跑，但是我不知道该往哪儿跑。能跑是一种能力，知道该往哪儿跑更是一种能力，咱们好多人都是跑了半天跑错了，白跑。人家知道方向的人不用跑，慢慢悠悠散步都会比咱们先到达。”

老九说：“如果你我的意见不一致，又都认为自己对，那公司该按谁的方向跑呢?”

方迪无法回答，语塞了。

老九说：“子农说过，要依法不依人，要如法。话是没错，可我总觉得，要是咱不知道该咋如法的时候，依个明白人就比依咱自己要好点，这也是如法。在你没提合作之前我就在想啊，拿出来20%的股份给子农，不需要他出资、管理，叫帮看股。他可以不接受，但是咱表达了诚意，真有咱判断不了的事了，他总得帮咱看看吧。”

方迪这才听明白老九的意思，笑着说：“现在我认为，没有九哥的餐饮业，将是少了一份光辉的餐饮业，用马克思主义指导我们赚钱将是战无不胜的!”

老九也笑了，说：“那就是你同意了?”

方迪说：“我尊重九哥的意见。”

老九说：“那就写到协议里，你我各40%，子农20%，这样决策就有了保障。这事等第一次分红的时候再告诉他，他接不接受都没关系，起码咱的诚意表达了。”

方迪说：“九哥，你在红川耗这一个月，太正确了!”

第二十五章

1

上海下起了小雨雪，干冷的空气融进了一股清新的湿润。上海丽宫国际会议酒店，一个有关军事安全问题的国际学术研讨会正在这里举行，包括东道主中国以及美国、英国、法国等11个国家的代表参加会议，加上联合国以及国际非政府组织派出的观察员，参加会议的人数有200多人，酒店周围加强了警戒，出入酒店的大部分都是各国记者。

张志诚不是军人，也不是军事专家，是国家安全部下属机构的一个办公室主任，作为中国代表成员出席会议。

上午的会议开到临近中午12点，各国的与会人员陆续离开会场，大部分代表都是先回各自房间，准备到餐厅进午餐。张志诚跟十几个中国代表一起出来，一起乘电梯上楼，出了电梯拐进走廊时，他发现周秘书站在他的房间门口，显然是在等他。

张志诚40多岁，方脸，中等身材，乌黑的头发里夹杂着少许白发，眉宇之间透着一股沉稳的精干。他走近了门口，说："不是说了午饭不等我了吗？"

周秘书说："北京来个电话，有情况。"

张志诚开门进屋，先去了趟洗手间，出来问："什么事？"

周秘书说："纽约《NRG世界民主联盟周刊》登了一条消息，侨居柏林的叶子农被任命为德国NRG世界民主联盟政治部部长，NRG联盟是老冤家了，这个事件有政治影响，上面指示要关注一下，由您负责经办。"

张志诚问："叶子农是什么人？"

周秘书说："是已故叶辉将军的儿子。"

张志诚明白了，点点头，然后拿上厚外套和羊毛围巾说："下去说吧，上海局的车子在下面等着呢。”

刚一出门，迎面碰上几个正要去餐厅的中国代表。酒店里的温度非常适宜，如果不到外面是不需要厚外套和围巾的，一看就是外出的装束。参加会议的中国小组有规定，会议期间不得擅自离队，有事须提前请假，经组长同意后方可离队。

一个海军军官随口打招呼：“出去啊？”

另一个陆军少将跟张志诚很熟，笑着说：“嘿，想擅自离队咋地？”

张志诚笑道：“哪里，哪里，特批的。”

旁边一位老将军是组长，说：“志诚是上海局出来的，准他吃顿娘家饭吧。”

……

下楼的一路上都是人来人往的，不能谈工作。张志诚也趁着下楼这段时间在脑子里思考怎么安排北京的工作，他对这个叫“叶子农”的人一无所知，但是对叶辉将军的大名还是有所耳闻的，在战争题材的影视剧里也时常能看到这位已故将军的名字。

外面小雨夹着雪粒还在下，上海国家安全局的车子已经停在酒店门口了。车里的人看见张志诚走来就下车迎上去，张志诚对他说了几句什么，那人又回到车里，张志诚这才到酒店大厅一处无人的地方跟周秘书交代工作。

张志诚说：“你给秦处长回个电话，一、这是急茬急办的事，要快。二、先从外围摸摸情况，渠道要可靠，不要贸然靠近，看清点脉络了再说，别情况不明就弄出一堆动静，一旦有哪儿不合适的不好收拾。三、找几个政工专家候选，如果没有特殊情况，正常的处置是选个合适的人以合适的方式找他谈谈，晓之以理，做了我们该做的就行了。娘要真想嫁人，谁也拦不住。这个工作要做在前头，要先有个准备。”

周秘书说：“明白，我马上去办。”

张志诚说：“跟老秦说，后天下午开个碰头会。”

周秘书提醒道：“研讨会后天上午结束，会后还有活动和欢送晚宴。”

张志诚说：“活动和晚宴我都不参加了，研讨会一结束我就回北京。”

周秘书说：“好的，机票的事我去办。”

张志诚交代完工作，出去坐上车走了。

2

上海的军事安全问题国际学术研讨会刚一结束，张志诚就马上赶回了北京。

北京的气温比上海低了许多，冷冽的北风刮在脸上像针刺一般，灰蒙蒙的天空飞扬着零星细碎的雪花。前来接机的秦处长、焦干事和张志诚的司机、保卫4个人在大厅等候，一见张志诚和周秘书出来了，大家迎上去。

秦处长也是40多岁，面相比张志诚显得老些，已经有不少白头发。焦干事则是30出头的年纪，方正的脸上戴着一副眼镜，精干而不失稳重。司机和保卫的年龄更年轻些，虽然他们都穿着便衣，但从举止和眼神中不难看出都有一种受过训练的军人素质。

张志诚说："干吗来这么多人?"

张志诚的司机说："秦处长安排的。"

秦处长说："咱们和小焦坐一辆车，周秘书跟他们坐一辆车。"

出了大厅，张志诚上车后笑着说："形式主义。"

秦处长问："咋啦?"

张志诚说："我一说急茬，你连路上这点时间都不放过。"

秦处长笑了，说："看，主观臆断了不是？碰头嘛，在哪儿碰不是碰？遇上堵车，你有个事聊着时间还好过点。"

焦干事开动车，解释道："主任，这您可误会秦处了。根据掌握的情况，秦处估计您会去趟刑侦局，怕您时间不够，去晚了人家就下班了。"

张志诚敏感地问："是叶子农吗?"

秦处长说："是，叶子农涉嫌特大偷渡犯罪，红川警方几个月前就立案了。我们从北京机场的出入境管理记录查到，叶子农在近几个月有两次入境记录，每次都是去红川，前后在红川待了近两个月，做了一笔利用劳务输出变相移民的生意，被人举报了。叶子农生活圈子很小，几乎没什么朋友，可这案子涉及不少人。"

秦处长说着，把调查材料递给张志诚。调查材料分别来自红川公安局、公安部出入境管理局、中国驻德国大使馆、中国驻纽约总领事馆、叶子农户籍所在地派出所、陕西延秀叶子农下乡所在地村委会、黄埔政法大学、六祖佛学院……调查材料里其中有一份就是方迪调查叶子农的文件，是原件传真过来的。

张志诚看材料这段时间车里的人谁都没有说话，汽车一直往市区行驶。大约过了20多分钟，张志诚有详有略地大致看了一遍材料。

秦处长拿出一个小记事本，翻开看着说："柏林这条线是截止到德国华侨联合商会轮值主席钱静辉，纽约这条线是截止到纽约华商会主席许亚夫，红川这条线是截止到红川公安局刑侦处，北京是截止到叶子农户口所在的居委会。调查全部局限在外围，对纽约的林雪红、慕容久、方迪、徐红、沈彪，红川的黄书宁、余其伟，还有演艺圈的戴梦岩、梁士乔，这些近期跟叶子农有关联的人都没去碰。"

张志诚说："这小子胆儿够大的，一次弄出去一百多人。还有那个方迪，敢仗着方将军的影响利用行政资源搞调查，也不怕给她爹捅娄子。"

秦处长说："除了慕容久，纽约那边没人知道调查报告是方迪搞的，我们也是根据线索从北京这边查出来的。我是这么看的，纽约那边，华商会提供的情况我认为是可信的，而且也得到了其他渠道信息的印证。慕容久没有任何政治背景，与叶子农接触纯粹是出于面馆生意的考虑，而方迪仅仅是给慕容久帮忙，与叶子农更没有关系，这条线可以排除。戴梦岩与林雪红是一条线，也可以排除。那么剩下的就是布兰迪这条线，据许亚夫说，布兰迪在柏林就注意叶子农了，对方迪的调查报告也很有兴趣，很可能跟布兰迪有关系，至少也有间接的关系。如果这个也排除，那就只能说明叶子农与NRG联盟是蓄意已久的。"

张志诚说："蓄意已久……不像。这人怎么看都不像个政客。"

焦干事说："那布兰迪的可能就更大了，他在离开柏林前特意拜访过叶子农，而方迪的调查报告则起到了决定性作用。"

张志诚摇摇头说："方迪的调查报告并没什么新东西，只是起到了证实的作用。"

秦处长说："政工专家找到两个，一个是驻德使馆的政务参赞，一个是中德人民友好协会驻德办事处副秘书长，都在柏林，但是找叶子农谈话实际上已经不现实了。我把各路汇总的情况梳理了一遍，我认为焦点是在叶子农涉嫌特大偷渡犯罪上。"

车子进入市区后开始出现堵车，走走停停。正如秦处长所说，有个事聊着时间确实好过了许多，不会觉得那么烦躁了。

秦处长说："红川警方在叶子农的问题上大致有3种可能，一是证据不足，撤案；二是证据充分，发出拘捕令；三是事实不清楚，传唤叶子农到案说明。问题是这是一个被搁置的案子，不立案不行，立了案又查不下去，你不知道他什么时候又查了。在这种情况下去找叶子农谈话，显然是极不恰当的。谈得好，是不是就可以不查他涉嫌犯罪了？不是嘛，一样要查，谈好谈不好都要查。那我们最怕什么呢？最怕的是你前脚去谈了，警方后脚传唤，你不能干预红川警方办案，可这事它确实又有联系，也就是说谈好谈不好你都是政治迫害，你浑身是嘴都说不清，政治影响会比'部长事件'更严重。"

这会儿正堵车，焦干事转过身子说："红川的案子被搁置，不能排除有地方利益保护的成分，但不是主要原因，事实上当事干部是希望查的，有个结论就不留辫子了。红川警方也很为难，是为经济保驾护航？还是漠视犯罪？吃不准了。劳务输出是个新事物，法律确实没有禁止户口迁移的条款，可这事又确实不符合常规，这摸着石头过河，不知道该咋摸了。跨国劳务不是红川一家的问题，红川警方是想拖一拖，看看结果，看看政策走势。"

秦处长说："我认为有必要跟红川警方协调一下，要传唤就传唤，要撤案就撤案，实在吃不准也可以向最高检最高法寻求司法解释。其实没那么严重，也没那么复杂，只要是刑法没有禁止的，你是定不了罪的，这一点他们个个心里都清楚，只是有人举报，警方就得受理，不能没这个过程。这案子不能再拖了，再拖就挡道儿了。"

车子又开了，但是车速很慢。焦干事说："先谈后传，很容易被社会误解，也肯定会被反华势力渲染成政治迫害。"

秦处长说："以现在的情况，警方选择刑事传唤最为恰当，不说有罪没罪，只是传他到案说明情况。如果叶子农拒不回国应讯，那是抗法，必要时可以通过外交途径引渡。如果他回国应讯，那就有罪定罪，没罪就谈，也可以采取限制出境。"

焦干事说："传唤先于谈话，顺序合理。刑事传唤至少说明NRG联盟任命的是涉嫌特大偷渡案的犯罪嫌疑人，对降低负面政治影响有利无害。"

汽车一会儿遇到堵车，一会儿遇到红灯，时走时停。张志诚一边听，一边思考，就这样过了好久。在离机关办公楼只有几公里的时候，他说："前面找个地方停车，小焦跟他们一起回去，老秦跟我去刑侦局。”

焦干事回答：“明白。”

秦处长说：“好，我开车。”

焦干事开车下了主干道，拐进一条不宽的小街，找个空当停下车，跟在后面的车见状也停下了。秦处长走到后面的车前跟周秘书说了几句，然后回来坐到驾驶座位。张志诚也从后座下车了，坐到了前面副驾驶的位置。于是，两辆车分别按各自的路线开走了。

秦处长把着方向盘笑道：“咋样，这不算形式主义吧？”

张志诚笑笑，然后困惑地说：“这个叶子农……我怎么觉得那么蹊跷呢？怎么一点征兆都没有就突然发生了呢？太突然了。”

秦处长说：“这一点我也想过，可NRG联盟的公告总是事实吧。因为慕容久在红川跟叶子农待了一个月，我想过从方迪这里作为切入点了解点情况，可慕容久这种人根本不关心政治，叶子农真有政治上的动作也决不会让慕容久知道，他们之间也没这个基础。”

张志诚说：“我看了这段，刑法将来会增加骗取出境证件罪，但现在还没增加，只要劳务输出是事实，不管你当面对质还是出卖，都没法律问题。这小子虽然挺赖，但他还是有分寸的。还有个疑点，如果他有心政治，会不会为罗家的事去冒涉嫌犯罪的风险？拿几个钱表示一下就行了嘛，既安全又体面。”

秦处长说：“传他一下。他敢不敢回来，也许就是鉴别真伪的分界线。”

第二十六章

1

叶子农在有心无心地看书。

说有心，因为看书、思考就是他的生活方式，是生活，就像抽烟喝茶一样平常，与工作无关，与生存、事业、成就……统统无关，没有任何功利的成分，仅仅是生活方式。生活中有人嗜烟，有人嗜酒，有人嗜棋……而他则嗜好认识社会结构的因果真相。他从一开始的要弄清楚父母的信仰是什么，逐渐由惯性到习性，逐渐演变成一种生活方式。他活在自己的世界里，没有尊卑贵贱，只有查不完的资料，解不完的题。

说无心，因为他与沃尔斯见面已经过去一个多星期了，从时间推算他觉得就在这几天该发生点什么了，一定会的。他在等，等那个每个下一秒都有可能响起的门铃声，这使他看书时总是不能完全集中精力，总要分出一条神经留意门铃，这很烦人，让人难得清静。叶子农清静惯了，不是那种生活在繁杂事务中的人，喜欢有事说事、没事待着，不喜欢总被个事牵扯着，不管是福是祸，早点了了该干什么干什么了。

窗外冰天雪地，而叶子农的卧室里却温暖如春，床上摆满了书。

叶子农很少在书桌上看书，习惯搬个小凳子坐在床边看书，因为书桌的面积太小，不够他铺张的。他每次看书都是从一本书开始，然后查资料、查词典，床上的书就在不知不觉中越摆越多，特别是工具书，有哲学、逻辑学、政治学、经济学，甚至有医学、人口学，而这些工具书又分中文版、英文版、德文版，通常为了弄清一个概念就要花费很大精力，不但要分析和比较各种版本的解释，更要出离字面去理解概念的本质。

床沿放着一个笔记本，笔记本上贴着一大一小两个标签，左上角的小标签写着“人性与社会”，是这个笔记本的类别。中间的大标签上有三行字，第一行是：人性与人的社会性的区别。第二行是：人性在经济规律中的作用。第三行是：人性与制度设置原理的关系。这三行字是“人性与社会”这个大类别下的关注重点，即研究方向。

将近傍晚的时候，叶子农看书看累了，眼睛酸胀，就去喝茶休息一下，也就在这时那个让他一直留意的门铃终于响了。

叶子农拿起话筒用德语问：“谁呀？”

来人却讲的是普通话：“请问是叶子农吗？”

叶子农回答：“是。”

来人说：“我们是中国大使馆的，请你下来一下好吗？带上护照。”

叶子农说：“稍等。”

叶子农穿上棉衣带上护照下楼，楼下门口站着两个中国大使馆的工作人员，其中一个出示了使馆人员的工作证件，也看了叶子农的证件。

确认身份后，这位使馆工作人员拿出一张传真件，说：“我们受中国警方委托，向你送达红川公安局的刑事传唤书，传唤书的传真件经中国大使馆认证，与传唤书原件具有同等法律效力，请你自接到刑事传唤书15日内回国接受警方讯问，你听明白了吗？”

叶子农说：“听明白了。”

使馆人员递上笔和刑事传唤书，说：“请你签收。”

叶子农签收之后，这位使馆工作人员又拿出一张便条，说：“这上面有3个电话，如果你确定了回国航班希望你能事先通报一下，便于联系。”

叶子农接过电话便条说：“可以。”

两个中国大使馆的工作人员走后，叶子农回到屋里，继续喝茶。

叶子农在想：这个刑事传唤可能是独立的，也可能是跟“部长事件”有关联的。赶在这个时间点上，做有联系的观想不为过分。也许那个“进一步表达诚意”已经发生了，只是由于渠道关系他还不知道。但本质上，两者有没有关联都不影响最终的结果。

就在这时，门铃又响了。

叶子农的门铃平时是很少响的，除了送洗衣服、订外卖、订机票之类的，他几乎不与人接触。是德国NRG民主联盟的人吗？如果刑事传唤与“部长事件”有关联，那就肯定不是NRG联盟的人，因为如果NRG联盟公布了叶子农就任德国NRG联盟政治部部长，是不会事先通知他的，也不会事后告知，只要不见面、不明确，就可以当同意理解。只要一分钟不澄清，这一分钟就可以被当做“推定当事人同意”来使用。

叶子农再次拿起话筒用德语问：“谁呀？”

来人讲的仍然是普通话：“我，戴梦岩。”

叶子农一下子就紧张了，这是他没想到的，也是在这个敏感时间他不愿意看到的。他丝毫没有犹豫，以命令的口吻说：“赶快离开这里，马上。记得那个日本拉面馆吗？到面馆要个单间等我，见了面再解释，注意身后有没有记者跟踪。”

戴梦岩显然有点蒙，迟疑了一下说：“我记不得那家餐厅了。”

叶子农说：“打车到圣保罗大教堂，那是个地标建筑，往东500米就看到了。”

戴梦岩说：“知道了。”

叶子农放下话筒，到窗前往外面观察了一会儿，至少以他普通人的观察能力没发现有什么异常。他很清楚，如果刑事传唤与“部长事件”已经成为有关联的新闻出现了，他就一定已经是被媒体关注的新闻人物了。如果没有记者跟踪，就说明刑事传唤或“部长事件”还没成为新闻出现，或者刑事传唤根本就是孤立事件，不会上新闻……到了这种时候，他已经无所谓怕不怕记者了，他是怕给戴梦岩惹上麻烦。

他穿上棉衣，带上烟和打火机就出去了，开车往日本拉面馆相反的方向走，七拐八拐绕了好大个圈子，一路都在留意后面有没有跟踪。跟踪与反跟踪是一项很专业的技能，叶子农自然不懂，只是凭直觉和电影里看来的那点东西防范一下。大约转了十几分钟，直到他确信没有记者跟踪了，他才驶向那家日本拉面馆。

到了餐馆停好车，他进去问了一下服务员，来到戴梦岩所在的那个单间，餐桌上摆着几个小菜和酒水，戴梦岩的大衣搭在旁边椅子上。

戴梦岩等叶子农脱了棉衣坐下，问：“出什么事了？”

叶子农习惯地点上一支烟，把刑事传唤书递给戴梦岩。

戴梦岩看完刑事传唤书，说：“到底还是出事了……你打算怎么办？”

叶子农说：“打算什么，公民还可以不遵守法律吗？”

戴梦岩回答：“不可以。”

叶子农说："这不得了。"

戴梦岩问："我能做点什么？"

叶子农说："回去，好好拍电影，好好过日子，待在适合你待的圈子里。"

戴梦岩停了片刻，说："当然，婊子无情，戏子无义嘛。你真够恶毒的。"

叶子农说："狠话可以说，说完了还得照讲理的办。"

戴梦岩说："什么理？"

叶子农说："沾上我你就完蛋了，就这理。仅这一条就能把人压死，你也要考虑别人的感受，受不起的，搁谁身上都受不起。"

戴梦岩说："绕了个圈子，还是戏子无义，剩下点高尚全归你了。"

叶子农说："看清了我的嘴脸，那就更没的说了，回去吧。"

戴梦岩说："哎哟，还来个我不下地狱谁下地狱，说你高尚你还神圣起来了。我再笨也没笨到选这种时候离开你，你失落去吧，不管花多少钱我也要把你捞出来。"

叶子农说："那你是害我呢。没罪你捞什么？你一捞倒是佐证我有罪了。"

戴梦岩问："那我怎么沾上你就完蛋了？"

叶子农说："传唤也许只是个引子，你很快就会看到这种情况：这边骂我是汉奸，那边骂我是叛徒，还有败类、软骨头之类的。这时候不管咱们是什么关系，都不能完蛋了一个再搭进去一个，那不是够意思，是殉葬。"

戴梦岩愣住了，拿起传唤书又看了看，问："你是说……这个传唤有政治背景？"

叶子农说："无所谓了，有没有都不影响那个结果。"

戴梦岩说："你有事瞒着我。"

叶子农说："瞒你干吗？一锅粥，说清楚挺麻烦的，你知道有那个结果就行了。"

戴梦岩说："我必须知道。你要让我走，怎么也得让我走个明白吧。"

叶子农只得把事情原委简单叙述了一遍。

知道了事情原委，戴梦岩沉默了好久，惊异地自语道："这是谁这么有脑子，想出来这么歹毒的招儿？"

叶子农说："不是一般人，起码不是商人的思维。"

戴梦岩说："我也纳闷呢，你没有新闻价值，传唤这点事还不至于让媒体感兴趣。"

叶子农说："如果有政治背景，就有新闻价值了，小心点不多。"

戴梦岩说："你总不能就这么等死吧？"

叶子农说："那都是人家设计好的，知道你最要命的是什么，就是让你完蛋呢。事实上我也确实是完蛋了，果不受修改，现在老天爷来了都没用，你就甭操心了。"

戴梦岩问："什么是你最要命的？"

叶子农说："当然是我想过的日子。谁都一样，只是每个人想过的日子不一样。"

戴梦岩问："你想过什么日子？"

叶子农说："就是以前的日子，像一粒沙子，没人在意你，没人评价你，没有谁对不起谁了，谁吃亏占便宜了，没有恩怨是非……总之，没人在意你的存在。"

戴梦岩说："这样的日子，你觉得可能吗？"

叶子农说："过去的条件可能，现在的条件不可能。"

戴梦岩想了一下，说："我觉得，你现在还有办法。第一，把钱退给乔治。第二，把真相说出来。你就算完蛋了，也不能再背个汉奸让人骂。"

叶子农喝了口啤酒，点上一支烟，说："不愿意跟你说这些就在这儿，说事简单，说清里面的关系就不简单了，可说完还是那个结果。"

戴梦岩不悦地说："我知道你嫌我笨，你多照顾点吧。"

叶子农说："第一，退钱是侮辱乔治先生，这种事我干不出来。第二，那个结果是完全可以预见和避免的，先答题后拿钱可以，回国躲起来也可以，想避免不用等到今天。我放任结果发生，然后再去揭露所谓的真相，我算什么东西？第三，布兰迪谋求合作和乔治想尽点雅兴，这都正常。人家对我没有不当，也可以说不薄，我也确实对乔治没有尽到礼貌，那就只能道理的事情道理办，人情的事情人情办，一码是一码。一刀也罢，一脚也罢，乔治授意也罢，不知情也罢，都不重要了。我受了这一下，不歉疚谁了，心里干净了。第四，民主错了吗？没有。当民主跟这个事件融在一起的时候，你所谓的揭露真相在民众看来就等同于反对民主，这是人家早给你设计好的。第五，真相的证据在设计者心里，他不开口就没有所谓的真相。关于这一点，设计的人也早给你算到了。你所谓的真相只能叫猜想，以公布猜想去贬损他人是不会让你变清白的，只能让你更卑鄙。"

戴梦岩听完以后再一次沉默了好久，说：“你这么有脑子，我不能说你傻，可你真让我觉得好傻。做人要学会妥协的，该低头的时候就得低头，谁能说一辈子不当孙子呢？”

叶子农说：“我就没抬过头，我到这世上就是来当孙子的。从心里说我尊敬美国，尊敬美国精神，可这不表示中国人民的正确选择就可以不受尊重。当个人的事跟国家的大政基石沾上边儿了，就不能孙子了。”

戴梦岩一口气把一杯啤酒全喝光了，说：“好吧，我滚蛋，你自己在这儿高尚吧。我明天订机票，顺便把你的机票也订了，订好让他们给你送来，我就直接回香港了。”

叶子农说：“票我自己订，就不麻烦你了。打火机我怕你扔了没敢带来，就先在我这儿寄存着，等过了这阵子再处理。”

戴梦岩冷冷地说：“不用这么赶尽杀绝吧？我不记得我说过爱上你，非要绝到见面低头走过去吗？你不舍得买头等舱的，但是头等舱人少，你一路好好休息，攒点精力，我也就能做这点事了。一个大男人的，你也给别人点机会，让别人脸上也过得去。”

叶子农迟疑了片刻，说：“那就……谢谢了。”

2

1992年1月26日柏林时间下午3点，叶子农一出门就被记者包围了，不知从哪里一下子冒出来20多个记者，仿佛是从天上掉下来的一样。一片话筒，一片黑压压的镜头，一张张迅速翕动的嘴巴……瞬间就把他淹没了。

有问：请问您是什么时候加入NRG民主联盟的？

有问：请问您收到警方传唤了吗？

有问：请问您作为联盟政治部长，又是中国人，您是怎么看待对华人权提案的？

有问：请问您打算回国应讯吗？

……

叶子农是要打车去柏林泰格尔机场的，他要先到法兰克福，再乘晚上9点的航班从法兰克福飞往北京。尽管他知道他躲不开媒体了，也早有心理准备，但是当这一幕真的发生的时候，他还是从心底里反感、排斥。提问者大多用汉语，也有用英语和德语的，提的问题也大多集中在NRG联盟和刑事传唤。叶子农走到路边拦截出租车，一言不发，不管是方便回答的还是不方便回答的，一律不予回答。

路上来了一辆出租车，车是拦下了，但是他却上不去车，七八个记者堵在前面连车门都打不开，出租车司机等了一会儿，等得不耐烦了，开车走了。叶子农冲着出租车喊了两声想让车停下，这时身后被人群拥挤了一下，身体突然就失去了重心，脚下一滑摔倒了，幸亏路面都冻住了，衣服还算没弄太脏。

叶子农虽然马上被人扶起来了，但还是火了，说："靠！动粗啊？"

一个记者忙说："没有，没有，刚才挤了一下，不是故意的。"

叶子农被记者围在圈里出不去，又不能这样耗下去，给逼急了，拿出两张机票向记者们示意，说："各位，我要赶飞机，请行个方便，拜托！"

记者对着两张机票一通狂拍，根本没有让路的意思。叶子农只好来野蛮的了，撞开一道缝冲了出去，沿人行道疾走，试图甩开记者。记者则穷追不舍，一边追逐一边提问。

一个男记者用不太标准的普通话问："您是说您现在是去中国吗？"

叶子农边走边没好气地说："是回。靠，回和去搞不清楚。"

又一个记者问："您是去接受传讯吗？"

叶子农说："正在去，被你们阻拦了。请不要妨碍我遵守法律。"

一个女记者问："请问您认为自己有罪吗？"

叶子农说："我认为管屁用？得法律认为。"

一个欧洲记者用英语质问说："法律也是由人操作的。"

叶子农用英语说："那你就好好奋斗吧，等你当了上帝就取缔法律。"

一个高大的欧洲男记者问："请问您对民主有什么看法？"

叶子农说："你他妈走开不妨碍我了，就是民主。"

那个女记者又问："您很喜欢说话带脏字吗？"

叶子农说："等你也这样被围堵了再来问我。"

……

他又拦住了一辆出租车，这次他有经验了，一直做手势让车子缓行，直到拉开车门的那一刻车子才完全停下，迅速钻进车里，逃走了。

3

叶子农傍晚到了法兰克福，一出机场又被另一群记者围住了，显然这些记者是事先得到消息的。叶子农烦得连骂人的心情都没了，一句话都懒得说，任凭记者追逐着。他去了一家高级饭店，饭店的保安把记者挡在了外面，这顿饭他慢条斯理吃了一个小时，看看时间差不多了，付过账返回法兰克福机场，办理登机手续。

叶子农持的是头等舱机票，还没登机就先感受了头等舱机票的规格，头等舱候机室从装修到设施都十分精致，有舒适的沙发，有免费的饮料和小食品，有漂亮小姐周到的服务，就连登机也享有优先权。叶子农没坐过头等舱，登机之后才见识了一回，头等舱与商务舱是分开的，隔着一道门，座椅宽大舒适，座椅周围的空间也宽敞许多。

头等舱里空荡荡的，连同他在内只有3个乘客，散坐在各自的座位上。他是非常惧怕长途旅行的，他的办法就是睡觉，这是他长期以来养成的在任何长途交通工具上的习惯，只要一上座位就条件反射地想睡觉。此时飞机还没有起飞，他系好安全带闭目养神，不时听到有空姐走动，还有空姐接待迟到的乘客，这些都不影响他休息。

忽然，他感觉到有人碰了一下他的胳膊，触碰的用力和方式明显是刻意的，这显然不是空乘人员的所为。他睁眼一看，愣住了，竟是戴梦岩。

戴梦岩就站在他旁边，笑着，手里还拎着一只挎包。这个在影视作品里屡见不鲜的一幕竟在他眼前真真地发生了，他怎么也不能去想戴梦岩对自己说过的话竟可以不算数，他这才明白戴梦岩坚持为他买机票的真实意图。

叶子农说："有点恍惚，分不清是电影还是噩梦了。"

戴梦岩坐下，以反讥的口吻说："比噩梦还糟啦，是噩梦成真。"

叶子农说："坐一边去，当是偶然撞上的，还来得及。"

戴梦岩说："除非飞机掉下去把我摔到那边了。"

……

飞机启动了，缓缓滑行，起飞。头等舱里总共只有4个乘客，两个欧洲人，男性，一个看报纸，一个低头吃小点心。漂亮的德国空姐隔一会儿就走过来，问问有什么需要。戴梦岩把叶子农前面的座椅转了180度，与叶子农面对面地坐着，给自己要了一杯咖啡。

戴梦岩说："你一下飞机就会被闪光灯包围，也不多我那点影响了。"

叶子农质问道："你怎么可以说话不算数呢？"

戴梦岩做了个无辜状，说："没办法，利益太大了，是你告诉我的呀。"

叶子农说："我告诉你什么了？"

戴梦岩说："你说受不起的，是个人都承受不了。"

叶子农说："是啊。"

戴梦岩说："这么好的行情，不放高利贷还等什么？"

叶子农愠怒而又无奈，不知说什么了。

戴梦岩喝了口咖啡，沉默了一会儿，有意让气氛缓和一下，然后说："现在情况已经清楚了，NRG民主联盟周刊登出了各国分部人事变动的公告，其中有你，你是德国分部政治部部长。在北京的一个官方记者招待会上，有记者问到这件事，官方回答说，红川警方早在去年10月就已经立案了，已经对你发出了刑事传唤，说记者的猜想纯属巧合。这是香港和内地的卫视国际频道公开播出的新闻，不是什么秘密了。"

叶子农"哦"了一声表示知道了，他心里清楚，这样的新闻是必然要发生的。

戴梦岩说："如果有政治背景，那定罪的几率就高了，梁哥也是这么认为的，政治的事谁说得清呢。我跟梁哥说了，不管花多少钱也要把你捞出来。梁哥朋友多，有路子，什么台面都能应付，我对梁哥办事一向有信心。"

叶子农说："我说过，你一捞反倒佐证我有罪了，你这是害我呢。这事已经和政治搅在一起了，即便我真有罪，你有钱也花不出去，清官不吃这套，贪官不敢吃这口，你说你瞎折腾什么？够意思也不是这种够法。"

戴梦岩说："那不管。你归我了，就要由我负责，我要你是安全的。"

叶子农无奈了，真的是无奈了，倒靠在座椅上，沉默了好久，自嘲地说："我一直以为我是兵，碰到你我才知道，原来我是秀才。"

戴梦岩说："你直接说跟我有理讲不清就可以了，不用拐着弯儿骂人。"

叶子农仍然是半躺着，半答话半自语地说："我哪还有心思骂人哪，我是怕你这高利贷连本都收不回来。跟我在一起，你会乏味到窒息的。"

戴梦岩说："那就等到乏味那天再说吧。"

这时空姐走过来，又问有什么需要。

叶子农坐起来说：“水，来杯水。”

戴梦岩插话说：“香槟。”

漂亮的德国空姐不知该听谁的好了。

戴梦岩又重复了一句：“香槟。”

空姐看看叶子农。

叶子农就摆了一下手说：“那就香槟吧。”

一杯香槟酒送来，叶子农喝了几口，嗓子润了，心里的窝火也舒缓了许多。

戴梦岩把一张字条交给叶子农，说：“梁哥已经在北京订好了房间，这是我和梁哥的房间号和电话，1205是你的房间。不管有什么情况，我会一直守着电话等你消息。”

叶子农把字条放进上衣口袋。

戴梦岩说：“你不该去纽约的。梁哥早就说过，你会得罪人的。”

叶子农说：“这就叫一生二，二生三，三生一大堆，然后再管它叫命运。”

戴梦岩问：“你心里真的一点不觉得委屈?”

叶子农说：“没人逼你，委屈什么?”

停了一会儿，叶子农自语地说：“祖国，人民，一说这些词儿就挺虚的，太远。我他妈运气不好，愣就蹦出个真的让我赶上了，那咋办？兜着呗。”

第二十七章

1

叶子农乘坐的班机于北京时间15点40分在首都机场平稳降落。

戴梦岩随着旅客往外走，她远远就看见了大批记者聚集在通道出口，这时她突然挽住了叶子农的胳膊，像一对情侣，引起了记者阵里一片骚动，甚至有人惊呼。这是戴梦岩接触叶子农以来最具有宣示性的动作了，叶子农不习惯这样，胳膊下意识地躲了一下，被戴梦岩的两只手牢牢控制了，戴梦岩小声说："我就是要让他们看到，省得他们瞎猜。"

叶子农一出来就被警察保护了起来，在记者和人群中围出了一小片空地。大厅里迎来送往的人很多，其中不乏戴梦岩的影迷，当他们发现自己的偶像竟出现在眼前时，女声的尖叫与照相机咔嚓咔嚓的拍照声响成一片，闪光灯晃得人睁不开眼睛，更多的年轻人像潮水一样涌过来，而每个记者都想挤到前面提问，现场喧闹而混乱。

担任戴梦岩安全防护的是梁士乔雇用的北京天鼎保安公司的6个保镖，专门负责戴梦岩从首都机场到入住酒店这一区间的人身安全，这6个保镖个个体格强悍，统一着装，他们贴在警察外围，随时准备应对突发情况，保护戴梦岩的安全。一次活动请6个保镖，这在戴梦岩的雇用保镖记录里是不常有的，说明梁士乔对今天的情况有充分的估计。

一名警察手持喊话器不停地在喊："请大家往后站，不要妨碍执行公务……请大家遵守公共秩序……请大家散开……请大家注意安全……"

喊话器是电声的，声音大，中高音突出，把记者的提问和人群的喊声都压住了，只见许多人在张嘴，却谁也听不清谁在说什么。

一个中年警察走近叶子农，说："我是红川公安局的，昨天你跟我们联系过。”

叶子农说：“是的，我跟你们走。”

十几名警察在记者阵与人群中开出一条路，把叶子农带走了。

警察走后，刚破开的一个口子就被人群瞬间合拢了，戴梦岩、梁士乔、保镖被记者和影迷团团围住。镜头、闪光灯、话筒、提问、尖叫……戴梦岩对这些早已习以为常了，对工作人员和保镖的护卫也习以为常了，她仿佛永远不会失态，永远是星光闪耀的，而梁士乔和保镖却是绷紧了神经，奋力护卫着戴梦岩离开机场。

……

戴梦岩被保镖护卫着坐进一辆宝马特保专用车，梁士乔坐在前面一辆开路车里，戴梦岩的后面还有一辆车断后，三辆车驶离机场，而后面依然有记者的车在追逐。

到了北京宝丽庄园大酒店，保镖一直把戴梦岩护送到入住的套房，完成了这次路途安全保镖的任务。宝丽庄园是五星级酒店，戴梦岩住在酒店6楼，梁士乔与戴梦岩的房间隔了几个房号，也在6楼。送走天鼎保安公司的保镖，梁士乔来到戴梦岩套房的客厅。

梁士乔坐下，说：“能找的人都找了，没人敢蹚这潭浑水。”

戴梦岩沉默了好久，说：“是啊，清官不吃这套，贪官不吃这口。”

梁士乔说：“有个情况，就在5个小时前，正在日本访问的德国NRG民主联盟主席在记者会上发表道歉声明，向叶子农公开表示道歉，说叶子农被宣布为部长的时候，叶子农本人是不知道的，德国NRG联盟在工作程序上有瑕疵，认为只是补办个手续的问题，却忽略了这种认为是单方面的，并不能真实代表叶子农的意志，德国联盟在手续不完整的情况下就把任免名单上报纽约总部，这对叶子农先生是不尊重的。也就是说，叶子农还在飞机途中德国NRG联盟发表了道歉声明。一会儿你看电视吧，好多新闻频道都有播。”

戴梦岩想了片刻，说：“子农不知道这个情况，也许道歉声明对子农是有利的。”

梁士乔说：“北京方面的新闻频道只做了报道，没有评论。香港新闻频道有评论，认为德国NRG联盟选择这个时间是有用意的，一般会认为这是对叶先生的营救。”

戴梦岩说：“黑完了人家再来做好人，政治这东西太阴险了。”

梁士乔说："你是艺人，玩不起政治的。"

戴梦岩说："今天来的全是保镖，北京有那么多朋友，一个都没来吗？"

梁士乔说："我没联系他们。这种惹麻烦的事，还是留点余地大家以后好见面。"梁士乔说完站起身要告辞，说，"你先休息吧，回头找个时间我想跟你谈谈。"

戴梦岩说："早晚要谈的，就现在谈吧。"

于是梁士乔重新坐下，说："你说过的，你只是跟他接触一下，这还叫接触吗？"

戴梦岩说："以前是，从这次日本餐馆以后就不是了。"

梁士乔说："我在你身上有利益。"

戴梦岩说："我知道，包括所有跟我签约的公司。我也知道从现在起我就算被演艺圈抛弃了，广告、片约、演出……都没了，从此我什么都不是了，我都知道。"

梁士乔说："这些统统可以不计，没有问题，那是你的权利。我想让你明白，不是因为你损失了什么，也不是因为我和那些签约公司损失了什么，是你们之间根本没有可能。用句老百姓最通俗的话说，按你的标准他攀不上你，按他的标准你攀不上他，就这么简单。你和他都适用一句话：攀不上的。"

戴梦岩说："攀什么？我直接抓手里，由得了他吗？其实我到现在都说不清楚，我到底看上了他什么？有种，有担当……太多了。我呢，钱有了，名也有了，我还缺什么？不就缺个靠得住的男人嘛。看看演艺圈，有几个女明星是有好下场的？独身、自杀、被抛弃，真正能过上好日子的还剩几个？我是女人，我有女人的考虑，这次在日本餐馆里我意识到，如果我错过了这次，我就再也没机会了。"

梁士乔说："问题是，抓住了这次，你同样没机会。我怎么都没看出来你是爱他，你是占有。叶子农是可以被谁占有的人吗？你自己信吗？"

戴梦岩沉默了好久，说："让我放手，我做不到。其实我心里什么都明白，但是我想试试。也许有天我想通了，我就给他放生了。"

梁士乔说："我没指望说服你，我只说我该说的。等你冷静了，再想想。如果你改主意现在还来得及，至于怎么挽回影响，我来策划。"

梁士乔说完起身走了。

2

红川公安局专案组的3名警官在北京警方的协助下，将叶子农带到一个预先安排好的询问地点，北京公安局下属侦查机关的一间审讯室。

审讯室有20多平方米，装有录音、录像设备，审讯台的地面比周围略高一点，对受审专用椅形成了一个俯视的角度。受审者的坐椅是固定在地上的，而椅子上又有固定受审者的特殊器具。叶子农小时候常因打架斗殴进出派出所，没见过这么正规的办案场所，完全不是一张三斗桌两把折叠椅的那个场景。

房间里只有叶子农和红川公安局的3个警官，叶子农一看，不用说，那把受审椅就该是他的位置了，他就走过去坐下。

那位在机场跟他说话的警官从审讯台里侧拉过一把高靠背的椅子，放到受审专用椅前面离审讯台一米的位置，说："不急嘛，先坐这里。"

于是叶子农就坐到警官指定的位置。

3位红川警官在审讯台坐定，负责笔录的警官说："叶子农，这位是红川公安局刑侦处的沈处长，这位是刑侦大队的黄队长，由我担任书记员。现在我们就你涉嫌组织非法越境的案子依法对你进行讯问，你要如实回答问题，明白吗？"

叶子农说："明白。"

沈处长说："除了笔录，这里还有录音、录像，如果你的话可能对你不利，你可以想好了再回答问题。"

这是一个貌似告知被讯问者权利的逻辑陷阱，或者叫讯问技巧。如果你是有罪或是需要隐瞒真相，你才存在"有利、不利"的判断，才需要"想"。如果你回答"明白"，至少间接说明你可能是有罪的。

叶子农说："谢谢。我那点事全是日头之下干的，人证、物证一大堆，甭管有利没利都改变不了事实，没啥可需要想的。"

沈处长说："那就说说吧。"

叶子农说："涉嫌嘛，就是你们有疑，疑什么就问什么。"

沈处长并没有直接问叶子农涉嫌组织非法越境的案子，而是问："你下乡到陕北，对那里的油田很熟吧？”

叶子农说：“也不算很熟，村子离油田百十公里呢，又是山路。”

沈处长说：“你弄了几把破扳手就开汽车修理厂了，利用价格双轨制和油田的内部结算制度，用内部支票套购国家紧缺物资，以高于调拨价几倍的价格转手向黑市倒卖，一年卷走200多万，走的时候连厂子都不要了，有这事吧？”

叶子农说：“乡镇企业找米下锅，怎么能叫黑市呢？一黑市就不叫双轨制了。我给油田修车拿不到钱，只能拿内部支票提实物换钱，内部支票提实物就是调拨价，实物卖给乡镇企业就是市场价，这是双轨制向市场经济过渡的阵痛，我只能适应。”

沈处长说：“好一个只能适应，你也真好意思说出口啊。这个不说你有前科，姑且就算你只能适应，那说说红川劳务输出是怎么回事吧。”

叶子农回答：“就是劳务输出那回事。”

沈处长问：“你的工厂在哪儿？你的劳工都在干什么？你在红川订设备，可最后连一颗螺丝也没运走。”

叶子农回答：“劳工违约跑了，说明违约金收少了，不足以起到遏制违约的作用，所以工厂开不下去了，投资失败了。”

沈处长说：“以你的身份，你觉得这么说话有意思吗？”

叶子农回答：“在您告诉我之前，我还真不知道自己有身份。”

沈处长说：“你在布达佩斯建什么厂不是由匈牙利的市场决定的，是由中国哪个城市适合组织劳务输出决定的。你为什么选择红川呢？其中一个原因就是红川有国际机场，航班直接出境，不受异地海关检查，出境有保障，可以最大限度利用地方保护主义。”

叶子农说：“所以叫涉嫌嘛，所以柏林会议专门讨论了这个问题，所以要把投资骗局的误解纠正到法律意义的投资成败上来。我告诉他们怎么做是有法律风险的，告诉大家违法的事不能做，要遵守法律，有不妥吗？”

沈处长质问：“不违法你规避什么？”

叶子农说：“同理，不守法我还需要规避吗？您先看看那旮旯有法吗？我守了一个假定的法，守法守到这程度，您告诉我还能怎么守？”

沈处长沉默了片刻，似乎不经意地问了一句：“你可以不回来的，为什么回来了？”

这是一个含而不露的双关语，其指向已经涉及“部长事件”了，如果叶子农有急于政治方面的说明，可能会在“你可以不回来的”这句话上面留意。

叶子农并没有就此把线索延伸到政治，仍然是就事论事，说：“这话好像在说，你可以不守法的，为什么守法了？”

这时一直没说话的黄队长严厉地插了一句：“叶子农，你别太自信了。”

叶子农说：“这您可抬举我了，我哪敢信自己呀，我信法律。咱中国是个劳动力资源大国，就业压力将是一个长期的社会问题，在法律允许的范围内，对于有条件出去谋生的就放他们出去，出路一个是一个，这才叫为人民服务。”

沈处长用手势示意黄队长不要插话，然后平静地说：“你是将军的儿子，你父母都是忠诚的共产党员，希望你继承他们的遗志，做个有益于人民的人。”

叶子农说：“幸亏我有个正义之爹，不然还指不定继承个啥呢。真理靠血缘帮衬，没准儿哪天就面目全非了。”

……

3

张志诚在监控室里通过屏幕看红川警方讯问叶子农的过程，监控室里有十几个人，除了技术人员外，还有几位北京市公安局和该分局的领导。

秘书走到张志诚身边，小声说：“问过了，录像资料都准备好了。”

张志诚看了看表，对身旁的秦处长说：“这儿也差不多了，让沈处长掌握点时间。我先回去，20分钟后把叶子农接到我办公室。”

秦处长回答：“明白。”

张志诚跟几位公安局的领导寒暄告辞，几位领导一直送张志诚到门外，司机早已在车里待命了，张志诚和秘书坐进车里，汽车驶离公安局。

张志诚所在的机构位于一条安静的大街上，大门有武装警察守卫，只有符合规定的车辆和人员才可进入。这条大街很宽，却几乎没什么商店，大多是行政机构和社会团体，附近也没有高层建筑，人们习惯地用“行政区”来形容这类地方。

汽车进入大门，绕过花坛，开到纵深处的一幢很普通的三层办公楼。张志诚下车走进办公楼，到了二楼自己的办公室，拿出钥匙正要开门，一位技术科的工作人员手里拿着一盘录像带疾步走了过来，把录像带交给张志诚。

工作人员说："主任，这是您要的新闻录像。带子已经倒好了，直接播放。"

张志诚接过录像带，对秘书说："我这儿没事了，有事我叫你。"

秘书和那位工作人员各回自己的办公室了。

张志诚进屋关上门，尽管刚才工作人员已经说了录像带可以直接播放，他还是装进录像机打开电视检查了一遍，看到了所需要的新闻图像，又把带子倒回原位，这才关了机器到办公桌前坐下，倚在靠背上静思，等着叶子农到来。

过了20多分钟，有人敲门，张志诚说："进来。"

秦处长和焦干事推门进来，秦处长说："主任，人接来了。"

张志诚起身说："请。"

秦处长对门外的叶子农说："叶先生，请进。"

张志诚礼貌地上前迎了几步，却并没有握手的意思，而是伸手对叶子农示意了一下沙发的位置，客气而平和地说："请坐。"

叶子农就在沙发上坐下。

秦处长和焦干事把叶子农交给张志诚后就退出办公室，关上门。

张志诚从饮水机接了一杯热水放到叶子农面前，面对面坐下，微笑着说："刚才沈处长的讯问我在场，问你为什么回来了和继承遗志这两个问题，是我请沈处长代问的，想看看你对这两个问题的反应。如果有什么失当，我向你表示歉意。"

叶子农说："没什么失当，需要问就问呗。"

张志诚说："我也想说说你，你对红川警方的态度有失当。你是有犯罪嫌疑的人，不能指望警方像贵宾一样款待你。咱要是连这点担当都没有，还出来混什么呀？"

叶子农不紧不慢地说："同理呀，真有罪的人还允许他百般抵赖，况且我没罪，您不能指望一个有坐牢危险的人跟警察还同志加兄弟吧。"

张志诚笑笑，说："你看，给你把椅子，你非往下出溜坐马扎。"

叶子农说："我本来就是个坐马扎的，没敢出来混呢，一直老实巴交过日子。"

张志诚把茶几上的烟缸往叶子农的跟前移了一下，说："你可以抽烟的。"

叶子农说："谢谢。"就果真拿出烟点上一支。

张志诚说："我是经过授权，代表国家机构跟你谈话的。谈话是要有基础的，咱们先来确定一下谈话的基础。咱们人哪，你可以把主义、信仰都抛到一边，但是你不能把你的国家和人民的根本利益抛到一边，如果把这个都抛到一边了，再漂亮的口号都是他妈扯淡。如果你同意这个观点，尊重宪法要求的公民义务，我们就有谈话的基础。"

叶子农说："同意。"

张志诚说："有了这个基础，咱们就好谈。你能回来，作为一个中国公民说明你是遵守国家法律的，对此我们表示肯定和欢迎。NRG联盟在国际场合多次提出反华议案，至少在当前阶段是一个具有反华标志的组织，你作为中国公民被该组织宣布出任政治部长，其负面影响不言而喻，我们需要了解情况，表达我们的关注。你可以有自己的政治选择，但只要你还是中华人民共和国的公民，只要你还承认你的祖国，我们对你就有提醒、劝诫的义务。即便你不回来，我们也会去柏林找你谈，总是要谈的。"

叶子农沉静了片刻，抽了口烟说："不管什么原因吧，总之是我给国家添麻烦了，因为我这点破事耗用了国家行政资源，我很抱歉。"

张志诚说："态度很重要，事实更重要。"

叶子农说："我现在宣布：您是上帝了。您全能一个给我看看？"

这话就是说：我被宣布了，我就是了吗？

张志诚问："NRG联盟不是一个可以随便的组织，为什么要这样做呢？"

叶子农说："吸纳人才，壮大队伍呗，只是看走眼了。"

张志诚说："这不是一个能让人信服的说辞，如果你讲的是桌面上的东西，我需要了解抽屉里的干货。"

叶子农说："没凭没据的东西拿到桌面上站不住，也不地道，抽屉里的东西只能塞到抽屉里，能拿到桌面的也就不用抽屉了。"

张志诚说："你应该清楚，如果你符合限制出境的条件，你将被依法限制出境。这不是威胁、恐吓，是法律。我希望你能对自己负责，把事情说清楚。"

叶子农把烟头摁到烟缸里熄灭，说："那就限制出境呗。如果按疑罪从有的思维，特大偷渡够判重刑了。该我受的我就受，不想受我就不回来了。"

张志诚停顿了一下，平静地说："真这么有种吗？"

叶子农说："这跟种不种的有啥关系？没种的人就不配有祖国了？"

张志诚起身去电视机旁边拿来两个遥控器，然后坐回原来的位置，用遥控器打开电视和录像机，摁下录像机播放键，说："请你看看这个。"

电视里出现了这样的场景：正在日本东京访问的德国NRG世界民主联盟主席举行记者招待会，现场有100多名来自世界各地的记者。

一名日本记者被指允许提问，这名记者接过麦克风提问，然后由主席台一侧的翻译人员翻译成英语，提问大意是：主席先生，贵联盟不久前宣布侨居柏林的叶子农先生出任德国分部的政治部长，接着就出现了中国警方以涉嫌特大偷渡罪刑事传唤叶子农，请问您是怎么看待这件事情的？您认为这两者有关系吗？

德国NRG联盟主席是用英语回答的，他说：德国分部与叶子农先生有过接触，这个我是知道的，我们也非常欣赏叶先生的才干。我出访以后得知了后续的情况，据我了解，经办人员认为对叶子农的任命只是个补办手续的问题，在没有叶子农本人签字的情况下就随其他人事任免一起报请总部备案，坦率地说以前也有过这样的先例。纽约总部不清楚任命程序有瑕疵，随即当普通新闻登报了。纽约总部对德国分部的工作瑕疵已经提出了批评，责成我部说明真相，向叶子农先生诚恳道歉。借此机会，我代表德国NRG民主联盟及我本人向叶子农先生真诚表示道歉，并为德国分部的工作瑕疵向公众表示道歉。至于你提到中国警方对叶子农的刑事传唤与部长事件有没有联系，我不了解情况，不便回答。

张志诚关上电视和录像机，说："如果这是设计好的，是你心里已经有数的，你觉得你的这点有种还值几个大子儿？"

叶子农说："这不关乎种不种的，剧本就是这么写的，包括了主席先生的道歉和让您这么认为，也包括了让我装爷装孙子都不是。"

张志诚说："戴梦岩四处托关系，开出天价要捞你，这也是剧本里写的吗？"

叶子农笑笑，说："您跟梦姐较什么真呀，她识字儿吗？"

张志诚说："NRG联盟吃饱撑了的？"

叶子农说："这您得问NRG联盟了。"

张志诚说："你这个态度，怎么解决问题呢？"

叶子农说："我人五人六了，一圈儿人都成了婊子，这么划算的事我干不出来，那得缺几辈子的德才能修成啊，我还没修炼到能这么不要脸。”

张志诚说：“如果你真是无辜的，我会对报告做技术处理，不会让你为难的。”

叶子农说：“这里是国家机构，您是行使国家权力的官员，我作为公民在这种地方说话是不可以说完不认账的，不用谁来做技术处理，这是一个公民对国家的尊重。”

张志诚沉思了片刻，起身走到办公桌拿起电话，摁了一个号码，说：“我出去，把车钥匙送过来，我自己开。不要保卫，不许任何人跟着。”

放下电话，他掏了下上衣口袋看看有多少钱，然后对叶子农说：“跟我走。”

叶子农跟着张志诚出了办公室，楼道里很安静，大多数工作人员都已经下班了。走到楼梯口时，正碰上来送车钥匙的秘书和司机，张志诚接过钥匙也没说话就下楼了，秘书和司机跟到楼下汽车旁，眼看着张志诚开车带叶子农走了。

夜幕已经徐徐降临了，张志诚一出大门就打开了车灯，一路向繁华区行驶。叶子农放下点车窗，点上一支烟，也不问要把他带到哪里。

几分钟后，张志诚平静地问：“想吃点什么？”

叶子农问：“吃的啥饭呢，有说道吗？”

张志诚说：“我请客，实打实我个人掏腰包，绝对不入招待费。”

叶子农说：“哦，那就吃烤鸭。”

张志诚说：“你倒真不客气。”

叶子农说：“下顿饭在哪儿吃还不知道呢，那还不逮住一顿是一顿。”

张志诚说：“不是我抠门，这个点儿吃烤鸭肯定没单间了，大厅里人多眼杂，还是别太招眼了。你再挑个地方，你挑的地方你放心，别说我事先装录音了。”

叶子农说：“那就找个快倒闭的饭馆，清静。”

他们沿街寻找，找到了一家门头气派却异常萧条的饭馆，门口贴着转让的告示，大厅里空空荡荡，服务员们个个都闲得无所事事。他们要了一个包间，随便点了几个菜。

张志诚给叶子农倒了一杯啤酒，说：“这里不是国家机关，我也不是官员，纯粹是私人聊天。咱先订个规则，就是说了不算、说完就可以不认账的规则。再加上没凭没据，这说完就可以不认账就算搞扎实了。”

叶子农说："你私自把人带出去，万一出点差错你说得清吗？怕是你兜不住吧？"

张志诚说："你知道这个呀？知道你还黑我？"

叶子农说："没黑你，你可以公事公办嘛。"

张志诚说："是孙子我不会放过你，是爷们儿我不会委屈你，不会因为你有不便之隐就不管你死活。国家把我搁这位置不是让我吃干饭的，想不吃干饭就得有点担当。我先把我心里想的告诉你，我今天也有点来气了，我心说：小子，爷今天也犯一回二，我撑着你！我倒要看看你能圆乎个啥人模狗样。"

叶子农说："没啥说的，那我就圆乎圆乎。"

叶子农从柏林债权人会议到布兰迪来访，从普林斯送邀请函到与乔治总裁见面，从沃尔斯所谓的面试到红川警方传唤……原原本本将事情叙述了一遍，其间除了服务员进来上菜稍有停顿，几乎全是张志诚在听叶子农叙述。

听完叙述，张志诚沉默了很久，问："你还没看题，怎么就断定乔治错了？"

叶子农反问："现在让你否定中国以马克思主义为理论基础，你需要判断吗？"

张志诚说："你不能要求每个党员干部都能弄通马克思主义，这不现实。我就基于一个简单的判断，如果别的都行了，中国也就不需要十月革命一声炮响送来马克思主义了。我和更多的人一样，我们靠信仰，相信只有社会主义能够救中国，能够发展中国。"

叶子农说："那得先声明，可不是俺对您不恭不敬，这个问题它较真不是，凡是懂的不用问，凡是问的说了也未必懂，越不懂越会觉得说的人装神弄鬼。"

张志诚点点头说："嗯，你说。"

叶子农说："凡是能推导出我该签那份合同的原理设置，就必然是有漏的。或者说凡是能推导出错误结论的原理设置，就不可能是究竟的。甭管他的具体设置是什么，都必然是有漏的，只是这么漏与那么漏的区别。乔治设置的相对与绝对的命题，是边见有二，他自己都知道是错的，这个错是个逻辑陷阱，是引导我去承认变与不变的那个命题，只是乔治不知道变与不变的命题虽去二归一了，但也只是出离了边见有二的境界，去二仍着一，并不妨碍一仍有漏，不空嘛。乔治如果出离到了去二不着一，他一定不会叫我去纽约。"

张志诚又沉默了很久，说：“很哲学，这个我一时还不明白，以后慢慢学习。但是整个事件的真伪，我怎么相信你呢？”

叶子农说：“我没要求你相信。”

张志诚说：“回答我的问题。”

叶子农说：“干吗呀？非逼我说难听的话。”

张志诚说：“你哪句话好听了？”

叶子农说：“那您就不用相信了，改行吧，您那脑子不适合干这个。”

张志诚脸上终于露出了一丝笑意，起身说：“请稍等，我去打个电话。”

张志诚的车停在饭店门口，他走出去打开车门，坐进车里关上门，拿起车载电话拨了一个号码，接电话的是秦处长。

张志诚说：“老秦，记位置……枫树林大街……大富豪酒店……马上布置保卫，人到了就送他回去……回哪儿还不知道，待会儿问他……嗯，不能出任何差错……嗯。”

回到包间，张志诚坐下说：“我叫保卫了，现在这个状态太冒险，约谈期间任何一点小差错都可能会被国内外别有用心的人政治利用，那可就是真的政治事件了。”

叶子农说：“那还保卫啥，回吧？你该给我搁哪儿搁哪儿。”

张志诚说：“再聊会儿，人到了送你回去。你回哪儿？”

叶子农把戴梦岩给他的字条拿出来，递给张志诚。

张志诚看了一下，说：“我先收着，待会儿还给你，可以吗？”

叶子农说：“可以。”

张志诚收起字条，此刻才稍显放松了一点，他给自己倒了小半杯啤酒，说：“我准备了一堆爱国道理，没用上，我很欣慰。就为这个，我得喝一个。”

张志诚所谓的喝一个，不过是象征性地抿了一口，然后把杯子一蹾，说：“敢情跟政治没关系，就是奥布莱恩打了一张政治牌。他妈多大点事啊，至于下这么重的手，册呐！”

“册呐”是上海骂人的话，张志诚一生气就顺嘴溜出了一句。

叶子农说：“我对总裁礼数不周是事实，奥布莱恩在其位司其职也不为错，扯平了大家都踏实了。我不认为那是总裁的授意，我相信乔治先生不至于就这点气度，这么不经意的绝杀也绝非商人的手笔。这事不能被放大了，怕的就是被民众泛政治化，屁大点事都能给你上升到中美关系或民族大义，这咱哪儿担得住啊。”

张志诚说：“外界会怎么解读？没准儿连悔过书都能给你杜撰出来，这种事到什么时候都是真相不敌想象。如果你需要，可以给你安排个电视访谈，消除点负面影响。”

叶子农说：“我一只蚂蚁无需证，奥布莱恩的存在不可明，证明啥呢？不擦还好，一擦就成真了，连个问号都不是了。这种事就是人有亡斧者，只要这哥们儿找不到斧子，你怎么都是贼。可在这件事里，能让你不是贼的那把斧子是什么呢？就是你得受了，你不受就渡不过去。奥布莱恩是把人给琢磨透了，单从实事求是上说，也算挺马克思主义了。”

张志诚说：“你受了，戴小姐也会连带受影响。”

叶子农说：“梦姐就是个添乱的，那是女人的特权哪，可再特权也得受因果不是？”

张志诚停顿了一会儿，说：“你呀，懒散收敛点，是能为人民做点事儿的。”

叶子农笑笑说：“就我这德行去为人民服务，早被人民揍扁了。”

……

实际上就在张志诚下楼打电话的时候，这场约谈就已经结束了。两人的谈话已经不再拘于特定的话题。过了不久，他们听到了敲门声。

张志诚一听敲门的节奏就知道是秦处长到了，说：“进来。”

秦处长和焦干事进来，秦处长说：“都布置好了。”

张志诚问：“来了几个人？”

秦处长回答：“两辆车，八个人。”

张志诚把上面有戴梦岩联系方式的字条递给秦处长，说：“带叶先生先下去，给戴小姐打个电话，说我们这就送叶先生回酒店，过会儿请她出来接一下。”

秦处长回答：“明白。”然后对叶子农说，“叶先生，请。”

叶子农跟着秦处长下楼了。

张志诚从口袋里拿出笔和一个不大的电话本，在上面写了自己的名字、工作单位电话和地址，撕下来装好，下楼到吧台结账去了。出了饭馆，看见3辆车都停在门口，除了叶子农之外，其他人都在不同的位置站着。

司机拉开车门请张志诚上车，张志诚说：“我自己开，请叶先生坐我的车。”

叶子农已经坐进一辆车里了，又被叫出来，坐进张志诚的车里副驾驶的位置。3辆车上路了，张志诚的车被护在两辆车的中间，车速不是很快。

车里的气氛很放松，张志诚嘴角挂着淡淡的微笑，说："我看过你的情况资料，有两个问题一直不太明白，能解释一下吗？"

叶子农说："您说。"

张志诚问："你研究马克思主义，怎么去上佛学院了？"

叶子农说："困在境里出不来了，串门儿找个解，其实跟乔治犯的是一个毛病。佛家讲无所住，不讲唯的，那就应该有它不唯不住的道理。"

张志诚问："找到了吗？"

叶子农说："就俩字：出离。一年学了一个字儿，嘿嘿。"

张志诚点点头，又问："给你父母落实政策的时候，你把补偿款和房子全替父母当党费交了，以你当时24岁的年龄还不能算思想很成熟，你在那么艰苦的地方下乡了8年，眼看就要过上好日子了，你哪儿来的那么高的觉悟？真是觉悟高吗？"

叶子农一笑说："那咱还是人吗？直接戳块牌子叫圣人得了。那时候愤青，对共产党有怨气，不想沾你们了。父母有他们的信仰，落实政策也是他们的，我不拿他们的好处，也不继承他们的遗志，当时就这么想的。"

张志诚停了一会儿，说："我是个领工资吃饭的，你要是不嫌我清汤寡水，我很愿意能有你这么个朋友，能赏个脸不？"张志诚说着将手伸了过去。

叶子农说："捧这么高，还摔死人不偿命，您这没比奥布莱恩厚道到哪儿去。"

张志诚笑了笑，说："那咱就不赏脸了。我是信仰的，你是研究的，咱坐的都马克思主义的马扎。这个行不？"张志诚再次把手伸了过去。

叶子农也伸出了手，跟张志诚的手握在一起。

……

宝丽庄园大酒店的位置不是很远，说话间就到了。虽然已经是夜晚，酒店围栏外面仍然聚集着不少娱乐媒体和时事媒体的记者，有中国记者，也有外国记者。几个保安人员在停车场的大门守着，禁止记者进入拍照。娱乐媒体的记者蹲守的目标自然是戴梦岩，而时政媒体的记者则试图通过戴梦岩这条线索获取叶子农的消息。

戴梦岩接到秦处长的电话后提前到酒店楼下等候，这时候她身边已经没有保镖了，只有梁士乔站在她身旁，也有一些酒店的客人远远站在一边观望。

3辆车开到酒店楼下，秦处长等人先下车，对张志诚的车形成了保卫的态势。蹲守在酒店围栏外的记者终于有了收获，闪光灯亮成一片。

车里，叶子农问："下车吗?"

张志诚说："等一等。"然后用手敲了两下车玻璃。

秦处长走过来。

张志诚落下一点车窗，说："把字条给我。"

秦处长把字条递过去。

张志诚接过字条，关上车窗，将字条还给叶子农，沉默了片刻，说："有句话电影里已经说烂了，可到了该说的时候还得说，你不是孤单的，你身后有祖国。"

叶子农说："可别这么说，是我给国家添麻烦了。"

张志诚拿出在饭店里写的字条交给叶子农，说："你要真有我这个朋友，在外面有什么难处别硬扛着，言语一声，也许能帮上点忙呢。"

叶子农收起字条说："谢谢!"

张志诚说："红川的案子还没结，我不便表态，就在这儿握个手吧，保重!"

叶子农与张志诚再一次将手握在了一起。

张志诚坐在车里，看着叶子农下车后被戴梦岩拥抱了一下，又与梁士乔握了握手，看着他们三人进了酒店。他知道叶子农什么都清楚，不需要他提醒或建议什么。他望着叶子农渐渐消失的背影，心里游离着一种担心。

第二十八章

1

乔治难得有闲心看报纸，今天没会客、没会议，案头也没有急需处理的文件，他悠闲地自己到候客室信手拿了几张报纸，候客室的报纸是用来给等待接见的客人打发时间的，他拿了报纸回到办公室，悠闲地坐在办公桌前看报。

但是，一篇有关叶子农的新闻综述搅乱了乔治的好心情。这篇新闻综述篇幅很长，占了整整一个版面。文章转载了大量新闻图片，从叶子农被公布出任德国NRG联盟政治部长到叶子农被中国警方刑事传唤，从叶子农在柏林被记者围堵到叶子农在北京被警方带走。

关于叶子农回国应讯，关于德国NRG联盟主席道歉，关于叶子农被国家安全官员送回酒店……叶子农与NRG世界民主联盟的“部长事件”扑朔迷离，媒体猜测版本不一，有先同意后反悔说，有政治蓄谋说，有价码太低说，有迫于刑事遣返说，有懦夫悔过说，有道歉营救说……每种说法都罗列了自己根据，都有一套自己的推理，而不管哪种猜测，都已经使叶子农的平静生活成为不可能，“平静”被一种力量打碎了。

看完，乔治沉思了片刻，拿起电话对秘书说：“请奥布莱恩来一下。”

几分钟后奥布莱恩来了，走到办公桌近前。

乔治把报纸递给奥布莱恩，问：“这是怎么回事？”

奥布莱恩看了看报纸，说：“年轻人不懂事，需要有人告诉他要懂礼貌。”

乔治说：“我是刚知道的。你呢？布兰迪呢？”

奥布莱恩说：“我不用知道，布兰迪知道了又能怎么样？”

乔治不满地叹了一口气，停了一会儿说：“如果我们是需要别人礼貌的，那么我们的产业也将是需要礼貌的角色，而主角是不需要额外关照的。”

奥布莱恩没吭声，对这个问题报以沉默。

乔治说：“要道歉，这是必须的。”

奥布莱恩说：“当然，这也是一种力量。”

乔治想解释这不是力量，也不是道德，但突然就没了解释的兴趣，说：“好了，这件事我来处理，你去忙吧。”

奥布莱恩放下报纸，转身走了。

乔治再次拿起电话对秘书说：“尽快跟布兰迪联系上，请他来一趟，马上。”

2

傍晚，正值晚饭高峰时间，布兰迪驱车来到“老九面王”餐馆，停好车被服务生迎候着走进餐厅，餐馆生意不景气，餐厅里只有不多的几桌客人。布兰迪边走边巡视，希望一进餐厅就看到老九的身影，而老九却并不在餐厅。

布兰迪选了一张桌子坐下，看了看菜谱，对服务员说：“把你们老板叫来，九哥。”

女服务员像是非洲的留学生，操一口不太流利的英语说：“老板在里面忙呢，您有什么要求可以跟我说吗？也许我可以帮助您。”

布兰迪说：“请叫你们老板来。”

女服务员只好说：“好的，请您稍等。”

女服务员到吧台跟领班说了几句，领班拿起电话。

老九来到餐厅，一看是布兰迪，惊讶道：“哟，怎么是你呀！”

两人礼貌地握握手。

老九在布兰迪对面坐下，说：“你可是稀客，想吃点什么？我请客。”

布兰迪问：“叶先生的事你都知道了？”

老九说：“报纸电视都有看，知道。”

布兰迪说：“奥布莱恩想表达点什么，搞过头了。考虑到我跟你们有些交往，总裁让我来处理这事，一是向叶先生表示道歉，二是希望还能有补救或补偿的机会。”

老九说：“那你找子农啊，找我没用。”

布兰迪说："打电话的方式不够诚意，不恰当的接触可能会引来媒体更多的猜疑。扩大事态或激化、复杂事态，对大家都不好。"

老九问："让我带话？"

布兰迪点了一下头说："是的。你背景简单，媒体在你身上没有文章可做。总裁接见叶先生你是在场的，事实上你也是当事人。最重要的是，我相信你的人品。知道你忙，不会让你白辛苦的，经费我已经带来了，如果签证不顺利我们也可以提供帮助。"

老九想了一下，说："既然你说到这儿了，那我也就说了。知道子农出事了，我就想去看看他，签证已经办好了，可总有顾虑。子农你接触过，他这人是有事说事，没事歇着，什么事都来实在的，不是那种问个好的路子。我也帮不上他什么忙，就扛一张嘴过去是不是显得好假呢？我也怕这种时候去看他，会不会是给他添麻烦呢？"

布兰迪说："欧洲国家不会欢迎一个被他们认为是反对民主的外国人，一些极端组织和个人对叶先生甚至构成生命威胁。中国民众也不会欢迎一个被他们认为是汉奸、懦夫或叛徒的同胞，他们最憎恶这个，那么叶先生的处境就不难想象。美国是移民国家，对多元文化的包容性要好得多。如果叶先生需要帮助而错过了时机，那不是很遗憾吗？"

老九说："这两天我要去趟北京，看看生产基地的筹建情况，去柏林的事我得跟合作人商量一下，她给乔治和子农当过公证翻译，要按在场说她也算当事人。我在北京开店，老板去柏林看一个汉奸、懦夫或叛徒这样的朋友，对北京的生意会不会有影响？我得征求一下合作人的意见，起码得跟人家打个招呼吧。"

布兰迪说："我们希望你是作为特使的身份受我们特别委托去见叶先生。"

老九说："我见到子农，一定把你的意思带到，这个没问题。我不做特使，不搅和这里面的事，顺便捎个话的事也不用谈钱，当了特使拿了钱，就不是我去看子农了。"

布兰迪沉默了片刻，说："好像……只能这样了。那就拜托了，谢谢！"

第二十九章

戴梦岩与叶子农出现在首都机场的一幕宣示了她与这个男人的关系，而这个男人曾是国际反华组织NRG民主联盟登报公示的德国分部政治部部长，汉奸婆的帽子就自然落在了她的头上，“汉奸婆”成了她演艺生涯的转折点，而这个转折的标志性事件是正月十五在北京天安体育场举办的元宵节大型文艺晚会，人们对梦姐的失望和鄙视在那一刻爆发了。

正月十五晚上8点整，座无虚席的北京天安体育场灯光暗下，元宵节晚会在一曲节奏感强劲的小提琴齐奏中拉开了序幕，3位著名歌手演唱之后，主持人报出了戴梦岩的名字和她将要演唱的歌曲，主持人的话音刚落，伴奏音乐就响起，戴梦岩走上舞台。戴梦岩不是专业歌手，却曾多次在大型文艺晚会上有过演唱或当嘉宾主持，都是一些不便推辞的朋友或社会关系邀她去捧场的，她的影迷太多了，她的名字就是上座率，以至于她唱得是不是真好已经不重要了，只要能看见她的身影、听到她的声音，就足够了。

然而这一次，一切都变了。

伴奏音乐与观众的骚动几乎是同时出现的，不知是谁怒吼了一声：汉奸婆，下去！这声怒吼像导火索一样引发了更多的人高喊：汉奸婆，下去！转眼间就汇成了数不清的愤怒人群的集体呐喊，虽然也有一部分观众在喊：梦姐，加油！梦姐，我们永远支持你！但是这个声音抵不住成千上万人的集体呐喊，连同伴奏音乐一起被淹没了。

戴梦岩站在麦克风前没来得及说一句话，饮料瓶、各种水果和其他杂物就雨点般地朝她砸来，而挺梦姐的一方与轰梦姐的一方也开始对骂，随时都有可能激化成一场殴斗，负责晚会安全的警察和保安立刻冲向观众区维持秩序，舞台这边梁士乔、阿英、小江和晚会主办方等六七个人也急忙迅速将戴梦岩护送到后台，骚动的现场笼罩着一股恶性事件的前兆。

阿英陪着戴梦岩到更衣室换下演出服，穿上便装出来，见晚会主办方负责人张总、晚会安保负责人赵总和梁士乔等人都聚在更衣室门口。

戴梦岩歉意地对张总说："张总，对不起。"

张总说："人没伤着就好，赵总和梁哥的意见是马上护送你离开这里。"

赵总说："场内几万人，没进场的也有几千人，一旦局面失控后果就是恶性的。"

赵总的话音未落，他的对讲机就传来呼叫，他急忙问："什么情况?"

对讲机里说："5号出入口停车场发生群殴，有人受伤。戴梦岩的专车被砸了，后挡风玻璃和两侧车窗全部砸碎，120急救车正在赶来，武警已基本控制局面。"

天安体育场5号出入口是贵宾出入口，主办方为戴梦岩提供的专车就停在那里。

赵总问："交通情况怎么样?"

对讲机里说："门口这段马路堵塞严重，交警正在疏导交通。"

张总拿出车钥匙递给梁士乔，说："让梦岩坐我的车吧。"

戴梦岩说："不了，我就坐那辆，少砸一辆吧。"

梁士乔也没接钥匙，说："出去看看情况再说。"

几个人簇拥着来到5号出入口，这里聚集了大量人群，警察、武警、保安已经完全控制了现场，戴梦岩等人一出大门就被警方迎上了。

赵总对警方负责人说："现在需要送戴小姐回酒店。"

警方负责人说："好的，请戴小姐坐我们的车，我派两辆警车护送。"

警方负责人很快安排两辆警车和几名警察，戴梦岩和阿英坐进警车里，在交警的协助下从堵塞的马路辟出一条路。在这个过程中人群里仍不断有人在喊：汉奸婆，滚蛋！也仍不断有人在喊：梦姐，挺住！当载着戴梦岩的警车开走时，人群中发出了"哦……哦……"的胜利哄笑和尖叫，戴梦岩就这样离开了晚会现场。

警车开到戴梦岩入住的酒店，在酒店大门口停下。

几名警察下车，一位警察对戴梦岩说："戴小姐，请多保重，我们就回去了。"

戴梦岩说："谢谢。"

警车刚走，小江开着那辆被砸得不成样子的专车也到了，就在戴梦岩身边停下，梁士乔裹着一件保安棉大衣从车里出来，小江也穿着同样的棉大衣。

戴梦岩关切地问："冻着了吧?"

梁士乔脱掉棉大衣放进车里，拿出自己的文件包，对小江说："停好车别忘了把大衣拿上去，要还的。"然后对戴梦岩说，"还好，不算很冷，赵总把保安的大衣扒了。"

戴梦岩对阿英说："去餐厅订个包间，中餐西餐都可以，我和梁哥单独吃顿饭。订一张明天去巴黎的机票，要白天落地的。"

阿英说："知道了，那我去办了。"说完就进了酒店。

小江停好车，抱着两件棉大衣过来说："梦姐，上去吧，外面冷。"

梁士乔摆摆手让小江先走了。

戴梦岩走到被砸的车前仔细查看，这辆高级轿车已经被砸得伤痕累累，挡风玻璃和车窗完全失去了挡风功能，车里到处是碎玻璃。这是一个符号、一个标志，让她深深地刻在了记忆里。她突然觉得自己很渺小，因为操纵这一切的竟是远在纽约的一只老人的手，而她与怒骂她的观众都只是这个老人要教训一下叶子农的连带效应，她与观众连个角色都不是。

梁士乔等戴梦岩看了一会儿，平静地说："你在等这个结果。"

戴梦岩说："我不能确定一定是这个结果，没结果我不知道该怎么办。"

梁士乔说："这下简单了。"

戴梦岩说："走吧，我回房间准备一下，一会儿我们去餐厅。"

梁士乔点点头说："好的。"

戴梦岩回到酒店房间，坐在沙发上休息了片刻，重新化妆，换了一套衣服。这时阿英办完事回来了，告诉她餐厅包间订好了，机票也订了。戴梦岩往梁士乔的房间打个电话，然后就出去了，出门前叮嘱阿英：带小江找个地方吃饭。

戴梦岩出门，梁士乔腋下夹个黑色公文包已经在电梯口等她了，下到一楼，去了中餐预订的包间。这个包间比普通饭店的包间大了很多，每一个角落都彰显着奢华。

服务员问梁士乔："先生您几位?"

戴梦岩说："不用管几位，包桌。"

服务员问："请问什么规格的？"

戴梦岩说："不用管规格，厨师什么拿手做什么。"

服务员说："明白。"然后退下。

茶水很快就上来了，接着是啤酒、红酒和几个开胃小菜。

女服务员要给客人倒酒，被戴梦岩制止了，说："你下去吧，我们有话说。"

服务员就退下了。

戴梦岩亲自倒了两杯酒，端起一杯恭恭敬敬放到梁士乔面前，然后端起自己那杯，两手扶着杯子恭恭敬敬对着梁士乔，诚挚地说："梁哥，我脾气不好，又不懂事，承蒙梁哥不跟我一般见识，咱们合作了那么多年，梁哥也没少受气，我能有今天真的很感激梁哥。今天我敬梁哥一杯，以前我有什么做得不上路也请梁哥原谅了。"

戴梦岩说完，恭恭敬敬地把这杯酒喝了。

梁士乔没动酒杯，笑笑说："梦岩，这就给梁哥踢了？"

戴梦岩说："梁哥，梦姐的时代结束了。"

梁士乔说："那是你的判断。"

戴梦岩凄然一笑说："演员嘛，总有谢幕的一天，只是我没想到会走得这么难看。我没用了，如果梁哥拒绝我什么，我不会怪你的，我懂。"

"如果梁哥拒绝我什么"这句话就已经告诉梁士乔，她将有事向他求助。

梁士乔仍旧一笑说："你都懂了，那梁哥吃什么？如果梦姐可以用时代这个词，那不是结束，是刚刚开始。梁哥这些年鞍前马后，自问没怠慢过梦姐，你不能一抬脚就踢了。叶先生没被抓，情况就逆转了，只要叶先生不是汉奸，你就不是汉奸婆，只要你不是汉奸婆你就倒不了。不管外界怎么猜测，真相终究是真相，等你重返圈子的那一天，你今天这点委屈可就值老钱了。你这杯酒太贵，梁哥喝不起，我还指望跟你发财呢。"

戴梦岩说："这种时候还往好处想，你敢，我不敢。"

梁士乔说："不回香港是对的，否则看你的人会把门槛踩破，至于是看朋友还是看笑话就难说了，也没必要去分了。"

这时服务员上来几道菜，戴梦岩和梁士乔都没心思动筷子。

戴梦岩沉静了好一会儿，说："子农在柏林有危险。"

梁士乔点点头。

戴梦岩说："我担心子农的安全，自己也想要点脸。不管是汉奸婆还是爱国婆，都知道我是婆了，现在我不是婆才是最大的笑话。”

梁士乔没说话，而是从公文包里拿出一份文件放到戴梦岩面前。

这是一份服装商标转让合同的复印件，该商标在香港、英国、法国都有注册，合同条款已经拟好了，转让金额是260万港币。

梁士乔说：“不能说商标不值钱，也不能说商标值这个钱，值不值要看你需要那份签证的程度了，而且不能保证叶先生到了巴黎之后不被驱逐。”

戴梦岩非常意外，下意识地问：“有把握吗？”

梁士乔说：“联盟道歉，中共放人，然后联盟和中共都保持沉默，营救说、汉奸说、共产主义分子说，哪一说都无从求证，这就是上家肯接这单的原因，如果按营救说叶先生就是联盟的人，既然这个理解能挣钱，那法国人当然就按这个理解了，理解错了再纠正，驱逐就是了。只要不是很烫手，钱不是完全没用的。”

戴梦岩说：“你早就想好了。”

梁士乔说：“于交情于利益我都要想，你就当我舍不得你这棵摇钱树吧。”

戴梦岩看着那份复印的合同，感激地说：“梁哥，谢谢。”

梁士乔笑笑说：“梁哥够意思不是这次办成的，而是上次没办成的，上次为了捞叶先生就差给人磕头了。我不是非要拆散你们才痛快，我倒真希望是我看错了，你跟叶先生的关系总比你嫁到豪门退出演艺圈符合我的利益。”

戴梦岩说：“你觉得子农会去巴黎吗？”

梁士乔说：“以叶先生的为人，只要签证不是问题就没有问题。况且，去是结果，不去也是结果。我最担心的，是叶先生到了巴黎的安全。”

戴梦岩点点头，说：“我懂，只要子农在巴黎出事，我就是祸水。”

第三十章

方迪提前20分钟来到首都国际机场，一直等到接上老九。

老九一见面笑着寒暄说："等久了吧。"

方迪说："没有。来，我帮你拿行李。"说着要去接老九的行李。行李只是一个不大的旅行包，应该只是一些随身用品，并不是很沉。

老九拎包的手本能地退避了一下，说："不用不用，我自已来。"

出了航站楼，方迪把车开过来，老九没有直接上车，而是打量了一下车子，这是一辆黑色皇冠3.0轿车，崭新的，还没挂车牌，挡风玻璃上贴着临时牌照。当老九要上车时，方迪马上去拉开后车门，好像是在伺候老九上车。

老九诧异了一下，说："我坐前面，说话方便。"说着自己拉开车门上去。

方迪发动车，驶离机场。

老九问："为啥让俺坐后面？对九哥不放心？"

方迪淡淡一笑说："九哥想哪儿去了，我是觉得后座是领导位置。"

老九说："哟，这可不像你呀。"

方迪问："先送九哥去酒店休息？"

老九说："先去看你买的房子，看看你下了多大决心，然后再看别的。"

方迪说："那就不顺路了，看完房子还得折回去，看完机器、场地还得再折回来，多了个往返。"

老九说："哦，那就按顺路的。"

一路上气氛有些沉闷，老九不问话，方迪就默默开车，问话也是问一句答一句。老九察觉到了方迪的情绪异常，也不便多问，就不说话了。方迪把音乐打开，缓解一点由于两人都不说话造成的不自在，就这样一路沉闷着到了雷师傅的机床加工作坊。

汽车开进院里，雷师傅见有人来了就出来招呼。

下了车，方迪客气地介绍道："雷师傅，这是我们领导，从美国来的，刚下飞机，来看看面条机的情况。"

雷师傅热情地与老九握手，说："好，好，我带你们去看。"

进了大车间，有3个工人正在各自的车床前干活，其他的车床都没开。模拟手擀面条机的整体框架已经出来了，连动轴和受力板还没装。

老九围着机器看了看，问："什么时候能转起来？"

雷师傅说："下个月就能转起来，但那只是传动部分，离能用还需要点时间。"

老九问："有困难吗？"

雷师傅说："没困难，就是个工夫。现在用的是报废卡车的曲轴，等定型了以后就改用定做的曲轴箱了，有了曲轴箱其他都简单。"

老九拍着机器说："我的事就指望它了。"

雷师傅说："放心吧，保证你能用。要这么简单的东西都做不成，会被人笑死的。"

方迪说："雷哥，商标申请注册了，我报了'老雷家'、'雷哥'、'雷师傅'、'雷府'四个商标，看哪一个能通过初审，你再等等。"

雷师傅说："不急不急，让你费心了。"

老九说："这次来时间仓促，下次来我请雷师傅出来坐坐。"

雷师傅说："不用，不用，方小姐跟我表妹是老同学，都不是外人。"

老九跟雷师傅聊了几分钟，话到了，礼数也到了，就说："雷师傅也挺忙的，我们就不打扰了，那就多辛苦您了，拜托！"

雷师傅客气地说："我这里条件太差，也没啥可招待的，那我就不留你们了。"

一番客套之后，方迪和老九离开机床加工作坊，继续沿北外环向西行驶。

快到预选的生产基地厂址的时候，方迪说："九哥，前面路南那个大门就到了。"

老九等车子接近大门了，说："先不进去，停路边，我看看大的卫生环境。"

于是方迪把车停在路边，而且是路的北边，与大门还隔着一条马路。两人下车，老九举目四望，观察这一带大的卫生环境，毕竟是食品生产基地，如果大的卫生环境不好，那就不是一家企业之力可以解决的问题，而卫生问题对于食品生产企业是关乎生死存亡的。老九看过之后，对这里的环境没有提出异议，或者说还是满意的。

方迪拿出一张北京市交通地图铺在引擎盖上，一边比画一边解释："我们现在的位置在这里，前面有个主干道的路口，往南5公里就是准备租店面的区域，我买的房子也选在了这个位置，先方便管理母店了再说。将来的连锁店选址我认为不必向市中心过于纵深，避免挤成一疙瘩窝里斗，既要考虑人口密度也要考虑半成品的运输路线，尽量选择从外环切入的路线，尽量避免在市中心拥堵的地段穿梭。"

老九点点头，说："走，进去看看。"

两人上车，方迪在公路上把车调了个头，在大门口停下。院子大门紧锁，门头上"星晨电子科技有限公司"的招牌还在。

方迪下车拿出钥匙打开门锁，一边介绍说："这儿原来是一家生产便携收音机的小型乡镇企业，其实就是把外面加工和采购的配件拿回来组装，市场不认这个牌子，关了。这是区武装部的熟人介绍的，院子是村委会的。"

走进院子，老九里里外外看了一遍，院子是长方形的，北侧靠公路是一排平房，依次往西数是传达室、厂长办公室、财务室和3间宿舍共6间房子。西侧是两间大点的房子，牌子上写着材料库、成品库。南侧是两间更大的房子，牌子上写着组装车间、包装车间。

老九看完，站在院子中间环视着说："不错，不错，组装车间改成生产车间，装12个大灶没问题，包装车间改成面条房，材料库和成品库全改成冷库。"

方迪说："九哥要是满意，那我就签了。"

老九问："能签几年？"

方迪说："最长15年，这是村委会的态度。村主任说了，要不了15年这里就可能变成繁华区了，也许五六年这里就拆迁了。"

老九说："那就签15年。"

方迪说："好。"

老九指着那排平房说："有些能办的事就先办了，像床、铺盖、桌椅、电话。灶具和冷柜你不懂，下次我来办。"

方迪说："明白。"

看过生产基地选址，方迪开车从主干道的路口左拐往南行驶，走了不到两公里，路西透过围墙看到一片别墅区，一幢幢排列整齐的独立别墅宣示着一个阶层的领地，再往前就到了别墅区的东大门，门头宽阔豪华，写着“北丽别墅”四个金字。

方迪在大门旁边停下车，说：“如果生产场地确定了，再如果母店的位置确定了，我考察了母店与生产基地之间的住宅区，可能这个地方最适合九哥安营扎寨了。”

老九说：“我是来创业的，对本地风俗也不了解，住这样的房子影响好不好啊？”

方迪说：“以中国的发展势头，特别是北京，别的赔不赔钱我不敢说，就买房子我能肯定不会赔钱，而且能挣钱。九哥是外商啊，九哥的行套也是员工信心的一部分。”

老九说：“先看看母店位置再说吧。”

于是方迪继续往南行驶，走了十几分钟进入繁华区，路口多了，红绿灯也多，到处都是店铺，到处都是车辆、行人，所有国际大都市该有的这里都有了。方迪驶进一条东西走向的商业街，在路北一家名叫“阿林粤菜馆”的餐馆门前停下车。

方迪说：“店面谈了3家，我最倾向这家。这是北京市招商办的朋友给介绍的，这家是国营店，承包期到4月20号，3月31号之前必须定下来，否则就视为放弃。5月1号可以交房，承租3年以下的免谈，承租3年以上的免一个月房租，算给装修时间，装修不管什么规格都不抵扣房租。现在没到营业时间，晚饭可以进去看看。”

老九问：“你为什么倾向这家？”

方迪回答：“因为地段、面积、租金、交通都合适，这么说吧，如果不是很硬的关系是拿不到的，而且你是外资，引进外资是有政绩的。如果我能决定，我宁肯调整生产基地也不放弃这个店面。现在我感觉全世界的商家都往北京挤，找一家合适的店面太难了。”

老九说：“你了解北京的情况，派你来就是相信你。”

方迪说：“我认为尤其这个母店应该争取签到15年。”

老九说：“我没意见，你放手去办。”

看过机器、生产基地、北丽别墅、母店选址，剩下的就该看方迪的房子了。方迪也没再多说什么，继续开车往前走，不远就是丁字路口，汽车左转上了另一条主干道，行驶了一段距离又拐进一条街道，车子进入一个名叫“天街新村”新建小区，在一幢楼前停下。

方迪说：“九哥，到了。”

楼道入口有铁门，需要输入密码才能打开电子门锁。老九在方迪开门时环顾了一下这个小区，应该算一个很小的小区，四幢楼围成了一个长方形，中间是一片花园，像一座被放大了的四合院，每幢楼前都停着几辆中高档轿车，这里的住户构成也可见一斑。

老九跟着方迪上到三楼，一进屋就闻到了一股新房装修特有的气味，全都是新的。方迪没有准备男式软拖鞋，老九也就不用换鞋了，大号的棉皮鞋踩到木地板上咣咣作响，光洁的地板上一步一个脚印。客厅有20多平方米，空空荡荡，只有一张茶几、一组沙发和一个饮水机，茶几、沙发和饮水机上的标签还没来得及拿掉。

方迪说：“九哥先坐，我去拿茶具。”

老九坐下，只把旅行包放旁边，尽管房间有暖气也没脱棉衣，显然没打算久留。

方迪从厨房搬来几个大小不一的包装箱，在茶几旁边拆箱，原来是一套功夫茶具，有竹制茶盘、随手泡、杯子、盖碗、接水桶，完整一套。

老九说：“不用忙了，我就是来看看房子，看看你下了多大决心，看一眼就走。”

方迪说：“那怎么行，九哥到我这儿连口水都没喝上，那我还混不混了？”

老九说：“我还不知道呢，你也喜欢功夫茶。”

方迪说：“哪儿呀，我喝白开水，又省钱又美容。这是专门给九哥准备的，接到你电话我就赶快去买了，领导来视察得有水喝呀。”

老九说：“从一见面我就看你不大对劲，也不好问。”

方迪说：“有压力呗，所以要小心、谨慎，千万别有什么闪失。我这协议也签了，钱也借了，房子车子也都买了，已经是华山一条路了。”

老九问：“你反悔了？”

方迪摇摇头，说：“其实我对九哥是没用的，咱们认识6年了，没见你有什么变化，可你到红川一个月就改变了，像换了一个人，红川那一个月才是对你有用的。”

老九困惑地说："我越听越糊涂了，咱有话敞开了说行不？"

方迪做出一个勉强的微笑，说："这还听不出来？我就是告诉九哥，我都明白，知道该怎么做，我这是向九哥表忠心呢。"

老九有点急了，站起来说："你这是咋了？九哥咋惹着你了？"

方迪迟疑了许久，沉静地说："我没想到九哥先来北京，我以为你会先去柏林呢。"

老九想了一想，突然明白，说："你是说我看子农有麻烦了，不，是没用了，就一脚踢开了。你看到我这样对待朋友，你害怕了。"

方迪说："兔死狐悲嘛，谁能保证自己没点闪失呢？时时刻刻都得保持对人有用，这对任何一个人都有难度吧？某一刻没用了怎么办？换作你不紧张吗？"

老九惊愕地说："天！你把九哥当成啥人了？"

方迪说："再往功利点说，咱这摊子马上就要真金白银往里扔了，叶先生那脑子不是咱们能修炼出来的，以后真有事了怎么张嘴？"

老九愣了片刻，突然心里踏实了，也不急了，坐下，从上衣口袋里拿出护照，翻到有德国签证的那一页，展开放到茶几上，往前一推说："你自己看吧。"

方迪腾出手，拿起护照看。

老九说："你想想子农的事是哪天见报的，看看签证日期，申请签证需要多长时间你是了解的，你自己算算。"

方迪一看，笑了，尴尬而又高兴地说："哟，九哥，那是我错了，大错特错了！我也就纳闷呢，九哥不是那种人哪。"

老九释然地说："本来我还对你有顾虑，这下我也放心了。"

方迪放下护照，问："怎么会对我有顾虑呢？"

老九说："有人骂他是汉奸，如果我去看他被记者拍到了，那就是汉奸的朋友在北京开餐馆，会不会对生意有影响？影响生意的事你会同意吗？"

方迪坐到一侧的单人沙发上，问："叶子农是汉奸吗？"

老九说："不是。"

方迪说："那咱也按最自利的说，真相总会清楚的，我相信不会很长时间，国家不会让一个爱国的人总受委屈，也不会让一个爱国的女明星就这样断送了艺术生命，而咱的餐馆也不是马上就开业的，也需要时间。即便你被记者拍到了，即便餐馆一时受影响，等将来真相大白了，你九哥就是另一个形象，餐馆的受益一定会大于一时受损。”

老九说：“这个我可没想过，也想不到那儿去。”

方迪笑笑，说：“屋里有暖气，你先把棉衣脱了。我这就把茶具洗出来，好好给九哥敬杯茶，这回不是巴结领导，是给九哥赔不是。”

老九脱下棉衣放到一边，过去给方迪帮忙，把茶盘、导水管和水桶装好，把随手泡电热壶的底座通上电。方迪到厨房洗好电热壶、杯子、盖碗，拿出铁观音茶，又用一只新水壶从饮水机上接了大半壶纯净水。一切准备就绪，就可以烧水泡茶了。

泡茶自然是老九的事，在等烧水的工夫，老九说：“来之前，布兰迪找过我。”

老九三言两语把布兰迪来找他的情况大致讲了一下。

方迪听完，说：“这个表态只有态度意义，没有实际意义。九哥是了解叶先生的，你觉得他会去求助美国人吗？”

老九说：“不会。那我也是美国人。”

方迪说：“你是持美国籍的中国人。”

老九笑了笑，说：“其实这也是我的一个顾虑，子农这人啥事都讲来真的，我又真帮不上他啥忙，就扛一张嘴过去也没实际意义，假不假呀？”

方迪说：“你去看朋友，这就是真的。你没拿布兰迪的钱，这也是真的。”

这时水烧开了，老九娴熟地泡茶、洗茶、再泡、打沫，一道盖碗倒出两杯茶，用茶杯夹子分别将两杯茶放进茶托。

方迪双手拿起茶托，举着这杯茶敬给老九，说：“九哥，我错了，给你赔不是。”

老九挥挥手说：“哎哟，行了，你折腾啥呀！”

方迪嘿嘿一笑说：“那九哥原谅我了？”

老九再次挥挥手说：“啥原谅不原谅的？喝你的茶吧！”

于是，之前的沉闷就在老九的挥手之间烟消云散了。

方迪喝了一口茶，沉静了片刻，说：“九哥，可能我受家庭环境的影响，对有些事会比较敏感，要是有什么话说得不合适，九哥别介意啊。”

老九说：“哟，你用这方式开头，估计这事小不了。没关系，你说。”

方迪说：“叶先生研究马克思主义这么多年，应该有不少笔记之类的东西，以他现在的处境，你觉得这些东西放在他身边安全吗？”

老九想了一会儿，说：“你这一说还真是个事呢，可我跟他提这事……十有八九会碰个钉子，他这人吧……咋说呢，好像啥都不在乎。”

方迪说：“他不在乎，你作为他的朋友也不在乎吗？其实谁都看得出来，叶子农的处境是有危险的，万一他有不测……我不该说这个……古今中外，好多事当时都不算个事，可以后就成了说不清的事。文稿、笔记是最能说明这个人的证据。”

老九也显得紧张起来，说：“你越说我越觉得这事严重了。”

方迪说：“这些东西和他的人一样，随时都有可能遇到不测。你左右不了他这个人，但是把他最重要的东西转移出来是能办到的，既然他不在乎，那东西放在柏林与放在北京是一样的嘛。你能把人带回来最好，房产委托律师、侨会、使馆都可以处理。如果人带不回来，至少也得把笔记带回来，带上东西直接飞北京，不能带到美国。”

老九看着方迪许久，说：“这些事你考虑很久了吧？”

方迪笑了笑，说：“九哥这么器重我，那我还不得好好表现哪。”

老九说：“到底是那种家庭出来的，考虑问题是不一样啊。”

方迪马上转移了话题，问：“九哥，房子你都看了，你看我这决心够不够啊？”

老九说：“这房子也就百十平方，说不上雄心壮志，还行吧。”

方迪说：“我觉得已经很过分了，开40万的车，住这么大的房子，不得了呢。钱只花了一半，还有一半存银行吃利息了，也不能为花钱而花钱哪，起到制约的目的就行了。”

老九说：“这次来看了看，很好，一看就是动真格的了。”

方迪说：“九哥，我什么事有过假的？再说从签字借钱的那一刻就动真格的了，怎么现在还存在动真格的问题？”

老九说：“谭瑞华来找过我，了解你的情况。如果谭董事长要承担你的违约责任，是完全有能力的。”

方迪明白了，问：“他怎么找到你的？”

老九说：“没问。”

方迪说：“虽然我不是军人，但骨子里流的是军人的血，没有言而无信那一说。”

老九问："商标的事有消息吗?"

方迪回答："已经申请了，初审需要点时间，在等。"

老九说："我那边再有一个月操作流程和量化数据就差不多了，既然店面和生产基地已经定了，那就按你的建议买套房子吧，去生产基地也方便。"

方迪说："九哥的车先不买呢，外资有优惠，等注册了公司看免税额多少再说。"

老九说："你理解见路不走，知道咱要咋挣钱的原理，除了灶具、冷柜这些比较技术的东西，其他的你都放手干。"

方迪点点头，说："我听九哥的。"

老九看着房子说："看样子还没住人呢。"

方迪说："就这两天吧，抽空把冰箱塞满就行了，得吃饭哪。"

老九问："你家人怎么看这事?"

方迪说："他们只知道我实习，我说我给九哥的纽约公司当实习总经理呢，这也是事实呀，其他他们不知道，我想等摊子正式铺开了再跟他们谈。"

老九说："这可不是小事，要早谈。"

老九并没有察觉方迪自从谈完了叶子农的事就不着痕迹地转移了话题，不知不觉谈起了筹建公司的事。

第三十一章

梁士乔带着一位姓潘的香港律师匆匆飞抵巴黎，一出机场就直接去见戴梦岩。

出租车在梅里斯坦街17号公寓停下，梁士乔和律师分别向门卫出示身份证件，门卫打电话与3楼5号户主戴梦岩核实后准许他们进入。戴梦岩已经在门口迎候了，见面后几句简短的寒暄，3人在客厅落座。客厅依然是以前的样子，空荡荡的，只有一张长长的西式餐桌和十几把椅子，3人就坐在餐桌的一端。

潘律师拿出一份合同和笔一起递给戴梦岩，说："合同是梁先生与对方商定的，我不能回答您任何问题，我的职责只是见证合同上是您的亲笔签字。"

这是一份服装商标的转让合同，该商标在香港、英国、法国都有注册。买一个无从估价的商标，这就是付款方式了，合同上的金额就是为叶子农办理法国入境签证的价码。戴梦岩接过合同看了看，内容、金额与梁士乔之前在电话里通报的一致，于是她在一式三份的合同上分别签上自己的名字。

潘律师看了一下三份签名，取出一份递给戴梦岩，说："我需要打个电话。"

戴梦岩说："您请。"

潘律师拨通了香港电话，只说了两个字："签了。"说完就放下电话。

梁士乔说："梦岩要求这事快办，我就不留你了。"

潘律师说："我现在就去机场，赶最快的班机回香港，一刻也不耽搁。"

梁士乔只把潘律师送到门口，看着潘律师下楼了，关上门。

戴梦岩问："你刚下飞机，要休息吗？"

梁士乔说："不要。"

戴梦岩说："好，我给雷蒙诺公司打电话。"

戴梦岩拿起电话，拨通了一个号码，说："是埃弗拉先生吗？我是戴梦岩，我的经纪人到了巴黎，想和你们谈谈……如果可以的话，最好是现在……嗯，好的。"

戴梦岩放下电话说："一小时后在埃弗拉的办公室见面。"

……

戴梦岩驱车十几分钟来到一座办公大楼，在停车场停好车两人进入大楼，乘电梯上到6层在东侧走廊看到了雷蒙诺安保公司的牌子，沿走廊有5间雷蒙诺公司的办公室，根据不同业务范围分为几个部门，每间办公室的标牌都由法、英两种文字书写。雷蒙诺公司是巴黎的老牌保安公司，公司大部分员工都是特种部队的退役军人。

戴梦岩用英语介绍说："这位是埃弗拉先生，这位是我的经纪人梁士乔先生。"

埃弗拉与梁士乔握手互用英语问好，3人围着办公桌坐下。

埃弗拉50多岁，举止沉稳，拿起戴梦岩提供的材料说："戴小姐，我们把您提供的情况和要求归纳了一下，主要有三点：一、当事人到了巴黎以后基本不出居所，只有特别需要的时候才偶尔外出，护卫重点集中在当事人的居所安全。二、不能干扰当事人在居所的正常生活。三、对当事人的保护要隐秘，不能公开。"

戴梦岩点点头。

埃弗拉从手里的材料抽出一张某家房产公司的售房广告，说："这是您提供的计划要买的房子，我们实地勘察了这幢房子，如果按您的要求，既不能在室外设明岗也不能在室内布置人手，还要达到有效保护当事人的目的，我只能遗憾地告诉您，这是不可能的。您可以到任何专业机构咨询，以这幢房子的结构和周边环境，没有人可以做到。"

戴梦岩说："我只是和房产公司接触了一下，能不能买要由安全评估决定。"

埃弗拉说："如果戴小姐不坚持独立式建筑，在房屋面积、私人花园、郊外景色等方面可以做些妥协，或许公寓式建筑比独立别墅更适合当事人的情况。"

戴梦岩说："公寓管理公司的安保级别与专业保镖公司是不一样的。"

埃弗拉说："公寓安保大致分为两大类，一类是由物业管理公司自行招用保安员，一类是由物业管理公司委托保安公司执行安保。前者安保级别一般，管理费不高，适用绝大多数普通公寓。后者安保级别很高，管理费也高，适用个别高级公寓。如果戴小姐可以考虑这类公寓，当事人的居所安全是完全有保证的，有效利用公寓的公共安保资源，既达到了隐秘保护的目的，又节省了一大笔保镖费。当事人偶尔外出的安全可以单独处理，一事一谈，根据每次外出的具体情况制订临时护卫方案。在这里我有必要说明一下，外出护卫只能做到尽可能隐秘，但要完全不被人知是不可能的，至少行家一眼就能看出来。如果当事人不想被人看到身边有保镖，最好的办法就是尽量减少外出。"

梁士乔问："您说的那种公寓怎么去找呢？"

埃弗拉说："据我所知，由我们公司负责安全的派拉姆公寓就有3套这样的房子，其他公寓也有。当然我不是卖房子的，你们需要和房产公司联系，我只能提供一些情况。不管你们选择雷蒙诺还是其他保安公司，当事人的居所安全和外出安全最好是同一家公司，便于信息沟通和协调行动，效率高，保密性更好。"

戴梦岩问："可以介绍一下派拉姆公寓的房子吗？"

埃弗拉说："派拉姆公寓地处巴黎繁华区，被称为堡垒式公寓，抗震、防爆、安保设施都是一流的，从大门、电梯、走廊到住户，有多重身份识别系统和紧急隔离装置，住户之外的每个角落都有24小时监控。如果委托人和公司签有协议，未经委托人的允许没有人可以接近当事人，就是说即使当事人允许也是无效的，我们只对委托人负责。公寓现在有3套房子在出售，其中A座4楼的一套可能更适合当事人，房子有300多平方米，防弹门窗都是经过二次改造的，邻近建筑能够对房间形成有效射击点的位置最短距离也有500米，可以这样说，只要当事人在房子里就是绝对安全的。"

戴梦岩问："原来的房主是什么人？"

埃弗拉回答："抱歉，在房产管理公司没有向您透露相关信息之前，我不能回答涉及客户私密信息的问题，我只能这样回答您，派拉姆公寓从一落成就由公寓管理公司委托雷蒙诺公司负责保安，这套房子住的都是有身份的人，从没发生过火灾、凶杀、盗窃，如果用人来形容就是没有任何不良记录。派拉姆公寓是地标建筑，您可以先去看看公寓的建筑风格和地理环境，如果有意向您可以和房产管理公司联系，他们会安排您看房子。"

戴梦岩说："我还真不知道那个地方，麻烦您给写地址好吗？"

埃弗拉写了一个地址交给戴梦岩。

戴梦岩起身告辞，说："谢谢埃弗拉先生，我们看过公寓再跟您联系。"

离开雷蒙诺安保公司，戴梦岩和梁士乔按照地址去了派拉姆公寓，先是开车在公寓周围有道路通行的地方察看了一遍，然后停下车步行走到大门一侧，透过栏杆观望。

派拉姆公寓坐落在一条繁华大道上，白色基调集现代与传统于一身，整体建筑设计简约而富有品位，几乎看不到纯装饰性的刻意营造，每个细节都是基于实用的自然之美。公寓前面正对大街，只是与大街之间还隔着一片花园广场，在这个黄金地段尤其显得奢华。公寓附近聚集了许多顶级品牌的奢侈品店，从饭店、酒吧到时装、美容，应有尽有。公寓大门有几个保安，花园广场和每个楼座入口也有保安。

戴梦岩望着公寓说："看来独立式建筑是不可行的，房子周围整天站几个保镖，子农肯定不干。只要这里的安全确实可靠，我觉得埃弗拉的建议可以考虑。"

梁士乔点点头说："地段不错，将来不愁出手。"

戴梦岩看了一眼梁士乔，显然对"将来不愁出手"不大爱听，好像房子还没买就已经为她和叶子农分手做准备了。

梁士乔说："这房子总要卖的，叶先生是什么人你了解，就算你得手了他也不会跟你住这种地方。"

戴梦岩不吭声了。

梁士乔问："你跟叶先生联系了吗？"

戴梦岩说："没有，要等签证和房子定下以后才能联系。"

梁士乔笑笑说："那和绑架还差多少？"

戴梦岩说："签证是诚意，房子也是诚意，怎么能说是绑架呢。"

梁士乔说："仓促买房，难免有考虑不周。我的意见，不在这上面纠缠。我说过，叶先生没被抓，情况就逆转了。只要叶先生的安全不出问题，一套房子怎么赔赚都是赢。"

戴梦岩说："我就没想过输赢。"

梁士乔说："今天时间不够了，明天吧，明天联系看房。"

戴梦岩说："那我送你去酒店。"

看过派拉姆公寓和周围的环境，时间已是下午5点多了，戴梦岩送梁士乔去酒店办理住宿手续。这家酒店离戴梦岩的住处不远，梁士乔已经多次入住了，很熟悉。

到了酒店，梁士乔在总服务台办理住宿，戴梦岩就坐在大厅休息区的沙发上等着。

一会儿，梁士乔走过来坐下，把房卡和包放到小茶几上说："办好了。"

戴梦岩问："晚上想吃什么？"

梁士乔说："随便吃点什么，早点休息，这几天事多着呢。"

戴梦岩说："你把阿英的薪水结了，再给个红包，替我多说点感谢的话。"

梁士乔说："你需要有人照顾。"

戴梦岩说："子农能把黑衬衣穿成白的，我现在是要照顾人，不是被人照顾。"

梁士乔说："好吧。"

戴梦岩从包里拿出一份文件，说："你下次来不定什么时候呢，这个你收着。"

梁士乔接过一看，竟是一份遗嘱，大概内容是：如果戴梦岩遭遇不测，戴梦岩的遗产分成3个等份，父母、慈善机构和叶子农各分一份，委托梁士乔受理，支付梁士乔10%的受理费。遗嘱除了戴梦岩的亲笔，还在每个重要表述上面加盖了指纹，真实无疑。

梁士乔并不感到意外，平静地问了一句："就算你死了，你觉得叶先生会接受吗？"

戴梦岩回答："不会。"

梁士乔说："那还有意思吗？"

戴梦岩说："我要让人知道，在我活着的时候叶子农是我的。"

梁士乔微微点点头，这才明白了戴梦岩的用心。

戴梦岩说："除非我真的死了，这文件不能让任何人知道，传出去我就成了笑话，真以为自己是个人物了。"

梁士乔说："巴黎是国际大都会，看看报纸就知道各种极端势力有多少，谁也不敢说叶先生来巴黎没有危险。如果袭击目标不成，转而迁怒你不是没有可能。"

戴梦岩一笑说："在和平年代还有机会为正义而死，梦姐就成传奇了。"

第三十二章

中午，叶子农在柏林一家意大利餐馆吃饭，已经没有记者尾随了。

回到柏林已经半个多月了，刚回来的几天总是一出门就会被蹲守的记者包围，叶子农也就纳闷了，这么冷的天他们是怎么坚持的？叶子农既没有刻意躲避，也没有刻意纠缠，而是像平常一样生活，该待在屋里就待在屋里，该出去吃饭就出去吃饭。对于记者的追堵，他的对策是沉默，任凭记者使尽招数就是一句话不说。就这样一天、两天、三天……记者总榨不出有新闻价值的东西，渐渐蹲守的记者就少了，再后来就没有了。如果说刚出事的那几天他还不适应的话，那么现在他已经逐渐适应了，毕竟他对这一切有足够的心理准备。

餐馆不大，顾客却不少，不到100平方米的餐厅里还显得有些嘈杂。叶子农要了一盘意大利面，独自在一张餐桌吃饭。叶子农不知道，旁边桌子的一个欧洲男子一直在看他，想必是从电视新闻的记忆中认出了叶子农。这个男子和女朋友吃过饭要走时，就在经过叶子农身边的这一刻，男子突然站住了，把刚擦过嘴的一团纸巾故意扔进叶子农的盘子里，然后鄙夷与挑衅地瞪着叶子农，等着叶子农的反应。

叶子农抬头看了一眼，平静地用手把那团纸巾拿开，继续吃饭。

男子带着女朋友扬长而去，临走还用英语而不是德语扔了一句："垃圾！"

吃完饭，叶子农开车回家。

由于记者都撤走了，诺伊瑟尔街叶子农租住的那栋楼附近又恢复了以前的常态，楼前的路两边没有那么多车了，也没有人围观了。叶子农开车快到往常的停车位时，忽然看到路边人行道上站着一个眼熟的身影，再近一点看清楚了，那人竟是老九。

叶子农下车后既没跟老九握手也没寒暄，而是责怪地说："哎哟，九哥，你也不看看这都啥时候了，你这个时候来不是没事找事嘛！"

老九笑着说："啥时候？我想看朋友就来了，不用偷偷摸摸。"

叶子农问："还没吃饭吧？"

老九说："我没心情吃。你呢？"

叶子农说："我刚吃过。"

老九说："电话没人接，想着你就是吃饭去了。"

叶子农说："那先找个地方吃饭吧。"

老九说："我找你有事，这会儿真没心情吃饭。"

叶子农说："那也得吃饭哪。咱别在这儿傻站着，别一会儿再把记者招来了。"

老九说："上楼吧，先说事。"

叶子农只得带着老九上楼了。

屋里还是原先那个老样子，没有比以前更脏乱，也没有比以前变干净，至少从屋里的状态还看不出最近的事件对叶子农的生活有多大影响。老九进屋放下旅行包脱了棉衣，看大茶缸里有剩茶根，就拿起茶缸去厨房倒掉，这时叶子农正在厨房准备烧水，怕老九不熟悉倒剩茶的程序，就接过来用专门的小笊篱把茶叶滤出，这样就不会造成水道堵塞了。

叶子农边干活儿边问："啥事这么当紧？"

老九说："先说点杂事吧，布兰迪找过我，林雪红也找过我。"

老九把布兰迪找他的情况简单说了一下。

叶子农听完，说："你转告布兰迪：一、谢谢。二、这事过去了。"

老九说："布兰迪从新闻一出来就应该知道怎么回事了，可他一直没吱声，直到乔治干预了他才有反应，他是揣着明白装糊涂。"

叶子农说："布兰迪不清楚内幕，顶多有点怀疑。如果是总部策划的，他汇报上去有意义吗？如果跟总部没关系，他上报这个表示什么意思呢？就算我需要他帮忙，我跟布兰迪啥关系？还远没到两肋插刀吧，咱凭啥要求人家。"

老九说："这么一说也是。再就是林雪红托我问问，看能不能来看看你，她说如果不是因为她的事你也落不到这种地步，她挺过意不去的。"

叶子农说："你转告她：别这么抬举自己，她没这么大能量。"

老九一怔，说："这太伤人了吧？"

叶子农说："哦，那就让她一直内疚着，这咱心里就踏实了？"

老九想了一下，说："嗯，嗯，我明白了。"

叶子农干完碎活儿，从冰箱里拿出一个袋装的小面包和两个白球形的奶油巧克力，用餐刀把面包切成两瓣，将两个奶油巧克力塞进去，压扁，递给老九，说："先垫两口。"

老九咬了一口，满意地说："你可真会吃啊。"

叶子农说："巧克力是戴梦岩送的，我哪儿会买这种东西。"

老九笑笑，说："俺想说又不敢说呢，行啊你，给梦姐弄到手了。"

叶子农说："嘿，咱再不自量，也没昏头到敢打梦姐的主意。这回是梦姐走眼了，愣把一块土坷垃看成巧克力，啥眼神啊。咱是豪门宴上的土包子，甭凑，凑到一块都别扭。"

老九嘿嘿一笑。

老九几口就把小面包吃完了，洗洗手，两人到了客厅。这次叶子农不让老九坐那只塑料凳子了，而是把木凳子让给老九。

叶子农问："啥当紧的事？"

老九说："你还问我？你不知道你现在有危险吗？咱一竿子戳到底吧，我是来盯你回北京的，你不走我就在这儿跟你耗着，红川我已经耗过一次了，也不稀罕了。"

叶子农说："九哥，你这么惦记兄弟，我也不知道该说啥了，说谢太轻薄……可你真不该这个时候来，特别是你要在北京做生意，你跟个汉奸扯在一起能有啥好果子？九哥也别嫌我说话难听，我这儿的事真不是你能操心的。"

老九说："我想等你光鲜了沾你光，这中不？我知道你不是孬种，可俗话说好汉不吃眼前亏，我这不是来了嘛，咱有个台阶就下来，没人说你胆小鬼。"

叶子农笑了，说："九哥，咱不是好汉，不管是眼前的亏还是将来的亏，只要是该咱吃的亏咱都吃，咱就是做胆小鬼也得做个童叟无欺的不是？不用谁给顺个梯子。"

老九说："不是好汉，也不在乎孬种胆小鬼，那就更没啥了，赶快离开这里。"

叶子农说："也不赶快，也不赶慢，平常就行。居留快到期了，正常的话当局是不会再给延续了，到那时候我就滚蛋呗。”

老九不解地问：“那你在这儿耗啥呢？跟谁耗呢？你不知道你有危险吗？你这么好使的脑子咋这点事看不明白呢？”

叶子农不说话了，点上一支烟静静地抽烟，想着什么。

老九着急，催促道：“说话呀。”

这时厨房里的水烧开了，传来蜂鸣的声音。叶子农把大半支烟搭在烟灰缸边上，却并没有去厨房，而是去了卧室，从床头柜的抽屉里拿出两张纸过来递给老九，这才去厨房。

老九一看，惊呆了，竟是叶子农的遗嘱。遗嘱一式两份，内容都一样，分别用中文、英文和德文书写，老九看不懂德文，但英文和中文都看懂了。遗嘱很短，内容是：

如我有不测，不要留骨灰和墓地，就让我顺烟囱飘了，请尊重我这个愿望，谢谢！

叶子农　1992年2月7日　柏林

叶子农到厨房冲了一大茶缸茉莉花茶，端到客厅，倒上两杯，这情形似曾相识，几乎就是两人去年秋天在北京四合院聊天的翻版，但此时的老九却一点也没感到亲切。

老九拿着遗嘱愠怒地说：“你傻呀？还是匹夫之勇？”

叶子农从烟缸拿起已经燃了一大半的烟抽了一口，说：“不想拿出来的，这不是被你逼得没辙了嘛，这东西也只是预备万一的。”

老九发火地问：“可你为啥呀？跟谁呀？”

叶子农说：“跟谁都没关系，也不为啥，就是个人的一种态度。你跟赵一曼说：别打鬼子了，要丢命的。你跟贪官说：别贪了，要杀头的。有用吗？没用。每个人都活在自己的价值观里，我也一样，我就这德行，只能这副德行活，由不得自己。”

老九问：“你啥德行？”

叶子农说：“我认为，认同马克思主义的人与不认同马克思主义的人，都可以自由地走在柏林的大街上，因为马克思主义不是极端主义，不是恐怖主义，不是歪说、邪教，是社会科学，是社会发展规律的发现和解释，是认识事物的方法，是讲因果、讲实事求是。如果因为认同马克思主义就得被吓得缩起来，我会觉得羞耻。这不是跟谁斗争，这只是我对这个事物的态度，如果这个态度必须得以支付生命为条件，那就支付好了。所以说，也不赶快也不赶慢。赶快，是被极端主义吓倒了，揣上个这心病过日子，那还过个啥劲呢？赶慢，是成心去找死，咱干吗非跟活过不去呢？咱不是找死的也不是找活的，咱是过平常日子的。再往大点说，咱不是过好的也不是过坏的，咱是过条件可能的，包括了价值观的这个条件。”

老九说：“那还是没排除危险嘛！”

叶子农说：“我不否认有一定概率的危险，但是也别放大了。人类死于交通意外和不良嗜好的数字要远远大于谋杀，人就不生活了？危险不是来自民主、爱国，而是来自打着各种漂亮旗号的极端主义。不管是民主的极端主义还是爱国的极端主义，不管是种族的极端主义还是宗教的极端主义，都是极端主义。极端主义就是欧洲独有的吗？不是嘛，只要是有人的地方就有可能有极端的人、极端的事。”

老九沉默了，他无法否定叶子农的观点，也就无从说服叶子农。老九并不知道布兰迪曾经用过一句话评价叶子农：你是我见过的最有头脑的傻瓜。但是此时此刻，他心里想说的正是这句话。他从叶子农身上感到了一种精神，一种气场，却又说不清，道不明。

叶子农说：“九哥，你硬要耗着，我也赶不走你，但是耗着没有意义，咱们之间起码的尊重总得有吧。你来了，心到了，兄弟心里已经温暖了。”

老九沉默了很久，明知无望却又无法放弃……终于说：“好吧，我走。你把你的笔记交给我带走，所有的，放到北京保管。”

叶子农笑了笑，说：“九哥，咱得弄明白一件事，咱是看客，不是实践者，坐在观众席上说三道四总比实干来得简单。那些笔记只是个人认识的形成过程，很个人的东西，没你想的那么重要。”

老九说：“重不重要我不懂，我就是留个证据证明你是什么人，你不反对民主，也不是汉奸。你连遗嘱都写了，我也就不避讳啥了，我这也是预备万一。”

叶子农说：“现在是敏感期，本来没事，你这一带就有可能被海关歧读了，只要被歧读就会被放大，媒体一炒又成了政治事件，你说你是帮我呢？还是给我找事呢？”

老九一听，语塞了，他也不能完全排除这种可能。

叶子农想了想，说："本来我是听天由命了，九哥既然来了，那就帮我个忙吧。"

老九问："啥忙？"

叶子农说："我把东西寄到北京，你去取，怎么保管随你了。我觉得当局不会再给我延续居留，提前打理自己的东西，这很正常。我邮寄自己的东西没事，你单独携带是非人物的有明显政治色彩的东西，就可能有事。"

老九点点头说："嗯，有道理。"

叶子农说："我要没事，这些东西对我个人很重要，咱就这点嗜好。万一有事了，这些东西就由你处置，销毁可以，你愿意保存也可以，但是有个原则：不能公开。"

老九不解了，说："为啥不能公开？不公开怎么证明你？汉奸，反民主，这是多臭的名声啊，人都没了还背个臭名？"

叶子农说："于公于私，都不能公开。"

老九则说："于公于私，都应该公开。"

叶子农说："于公说，经过'部长事件'这么一折腾，那个叫叶子农的人俨然已经是理论专家了，专家有影响力，就不能像普通人那样说完就算了，就得有点社会担当了。问题是那些碎纸片的文字仅仅是我的个人认识，或者说仅仅是我的认识能力所能认识的，对错咱都自己揣着，不妨碍谁。一公开就不同了，多少都有点影响性，而咱的观点未必是对的，或者在某一点上是对的，放到宏观大得失上就可能是错的。我还是那个观点，坐在观众席上说三道四总比实干来得简单。要知道大多数人的价值观都是在舆论引导下完成的，大众不可能个个都具备独立、精透的辨别能力。咱既然被扣了个专家的帽子，就不能随便说话了，咱既不能干扰正确的，也不能误导认识能力比咱还不如的，这是一个能被称为专家的人起码的社会良心。如果是听天由命，那我身后的事是不可控的，我没办法。如果你九哥肯帮忙，那就是可控的性质了，就得控制。从这个意义上讲，我个人臭不臭名的还算个啥？"

老九问："那于私呢？"

叶子农说："于私说，你把这些碎纸片抖出去，没人理睬还好，一旦有人理睬，你就算把兄弟扔进长矛大刀的圈子了，愤青骂、反对的骂，只要是看你观点不顺眼的都会骂，你说俺这人都没了你还不让俺清静清静。"

老九沉默了，沉默了很久……终于又拿起那份遗嘱，说："你要么把这个撕了，要么重写。不是俺心地歹毒，你就写了一行字，写给谁呢？"

叶子农说："这么有违习俗的事写给谁合适啊？谁赶上算谁的。"

老九说："就算真有事，连块墓地都不留，要那么绝吗？"

叶子农笑着说："都挺忙的，不来吧显得不仗义，来吧你说有啥好看的？你不弄束花我也知道你惦记我。你又能管我几年？将来没人管了，俺这荒凄凄的更可怜。"

……

两人正在谈遗嘱和笔记的事，忽然听见门铃响了。

叶子农走过去拿起话筒，用德语问："谁呀？"

来人讲的是纯正北京话："我们不是记者，是NRG民主联盟的，找你有事。"

叶子农就用普通话回答："家里有客人，请改天吧。"

来人说："我们可以在下面等，就几句话的事。"

叶子农想了想，还是打开了单元门。不大会儿，随着上楼梯的脚步声越来越近，叶子农把房门也打开，等着来访者。

来了两个人，一个40多岁的样子，瘦瘦的，戴副眼镜。一个20多岁的模样，身材比较健壮，皮肤略黑一些，也戴着一副眼镜。

年龄大点的这人一见面就介绍道："我是张立波，大学教授，之前在北京就职。这位是郑楠，之前在北京读大三。"然后看看老九，问，"这位是……"

叶子农说："朋友，来看房的。"

张立波问："要处理房子吗？"

叶子农说："居留还有几个月就到期了，该打理的打理一下。"

张立波说："如果你能有一个正确的表态，我认为续签的可能还是很大的。"

叶子农拿出两个塑料凳子摆上，说："坐吧。找我有什么事？"

张立波看了一眼凳子，说："不坐了，站着说吧，就几句话。"

这时郑楠以严厉的语气说："哎，我说，你以为你是谁呀，让联盟给你道歉？"

房间里的气氛从这一刻起骤然变得紧张起来。

叶子农看了看郑楠，说："我要有那权力，轮不到您能这样跟我说话吧？"

张立波说：“我们是NRG民主联盟外围组织的，不代表NRG联盟。我们对你的行为有看法，特意来找你理论几句，要让你知道在国外的华人里还有我们这样的声音。”

原来这两个人不是NRG民主联盟的，而是打着NRG联盟的招牌来敲门的，这让叶子农不免有种被欺骗的感觉，却也没计较，说：“您别这么抬举一只蚂蚁，我能管的只是我一只蚂蚁自己的事，我没去试图影响谁，也没请求谁来给我醍醐灌顶。”

张立波说：“国家兴亡，匹夫尚且有责，况且你这个理论专家？根据我对政权周期率的研究，中共政权的气数已尽了，必然被民主制度所取代。”

叶子农回应了一个字：“哦。”

张立波说：“民主是历史发展潮流，是任何力量都无法阻挡的。”

叶子农又回应了一个字：“哦。”

郑楠插话说：“联盟给你道歉，你不觉得羞耻吗？看看你的祖国吧，廉价的颂扬，言不及义的套话，道德沦丧，信仰尽失，到处是权钱结合，到处是贪污腐败，强势利益集团已经肆无忌惮，社会细胞已经坏死，中国正在走向崩溃，我们这个民族没救了！”

叶子农仍然回应了一个字：“哦。”

叶子农的“哦”把张立波和郑楠给激怒了，郑楠激愤地说：“你哦什么哦啊？这会儿你装糊涂了，NRG联盟不会因为你会‘哦’请你当部长吧？”

叶子农也火了，说：“他妈讲理不讲啊？是您要让我知道您的声音，我没要求您知道我的声音吧？我比少女都乖，比老人都安分，我他妈招谁惹谁了？我就日了！”

郑楠说：“日也不行，你招惹正义了。”

叶子农说：“谁的正义？是逻辑不通的正义还是一缸染黑的正义？”

郑楠轻蔑地说：“哟，哟，跟正人君子似的，还真以为自己是什么好东西了！布达佩斯骗局是你干的吧，你的脑筋都用在钻法律空子上了，你连共产党都骗，你这种人也配研究马克思主义？说白了你就是个痞子！”

叶子农说：“马克思没规定痞子就不能研究他的学说吧？我痞我的，妨碍您了吗？您是不是至少应该比一个痞子更讲道理呢？中华民族是个大家庭，在这个大家庭里，我不能算是个好孩子，但肯定不是逆子。”

老九不懂政治，也插不上话，就静静地站在一边看着，密切注意郑楠，如果郑楠敢对叶子农动拳头的话，那他就不客气了。还好，事态并没有向动拳头的程度恶化。

张立波站累了，看了看凳子，说："还是坐下说吧。"

叶子农说："还说什么？您的声音我已经知道了，您已经达到了目的，请回吧。"

郑楠说："废话！不驳倒你我们怎么能站住？"

张立波先坐下，然后示意郑楠坐下，再示意叶子农也坐下，这一刻仿佛他是领导，掌握着节奏和气氛。凳子太小了，4个大男人就这样不舒展地坐着。

张立波说："话要说说清楚，怎么逻辑不通了？怎么就一缸染黑了？"

叶子农说："如果您承认因果律是科学，那么'政权周期说'就是伪科学。李自成符合了瞬间政权的条件，就瞬间了。周朝符合了800年政权的条件，就800年了。您拿个政权周期说去平均一下，那李自成岂不吃亏了？没坐够的江山你给他？这不扯淡嘛！"

张立波以居高临下的口吻说："嗯，有点道理。接着说。"

叶子农说："那就没什么可说了，既然您的民主是历史发展潮流，是任何力量都无法阻挡的，您回家踏踏实实等着就行了，我知不知道都不吃劲，反正你我谁都挡不住，您说了也白说，有那工夫您歇会儿，我也歇会儿。"

张立波轻蔑地说："莫说铁肩担道义了，你连一个中国人起码良知都懒得担了。其实你也不是懒得担，是屁股坐歪了，担了真理所不齿的。"

叶子农说："我不知道未来的中国能有多好或能有多坏，但是作为果存在的，但凡不昧良心的，有谁还能否认现在的中国是鸦片战争以来最好的时代？一缸染黑与一缸漂白本质上没有区别，都是好恶的思维。好恶的思维能实事求是，您信吗？没有谁因为身体好有病就不看医生了，也没有谁因为脸上有粉刺就把脑袋砍了。他妈八国联军和日本鬼子都没能让中华民族没救，您说没救就没救了？您问问中国人民答应吗？操！啥他妈逻辑？"

张立波注意到郑楠有些困惑地看了自己一眼，他意识到很被动了，甚至在学生面前失了面子。他迅速调整了一下思路，话锋一转说："你这么嫉恨民主吗？如果你承认这一点，那你就是无可救药了，我们立刻就走！"

叶子农反感地说："又是民主，这词儿真他妈好使，以民主的名义就可以任意绑架。您可以不尊重我，但是请您对民主这个词给点尊重好吗？"

郑楠说："你一口一个'他妈'，就凭这你就是个痞子！"

叶子农说："这个可以定论了，但是请您比痞子讲理点成不？我他妈最看不上横竖都骂娘的，不管青红皂白先骂了再说，什么心理啊？都骂你妈×，其实谁妈都有×，以共性的东西去推定一方的是非，那个不叫说理，学术点说叫意识形态斗争，俗称就叫骂街。党派之间有骂，国家之间有骂，党骂国骂都是骂，别以为打块集体的牌子就不是骂街了。您把非制度性的和制度性共有的先剔出去，那是人类的智慧到目前还无法根除的顽症，您要连这点耐受力都没有，那不是人类社会的错。剔除了这些，剩下的才是个性制度独有的东西，您再骂娘不迟。拿一个文字上的最好去否定一个条件可能的好，您是天真呢还是别有用心？"

张立波说："骂娘是老百姓的权利，你一口一个'他妈'，不也在骂吗？"

叶子农说："有骂娘权就可以横竖都骂？如果横竖都骂，您连个是非观都没有，那就别扯什么道义了，您就是个骂娘机器，还不如俺这痞子，俺骂娘起码还辨辨是非。如果您就为给共产党挑毛病，那没问题，咱你一句我一句可着劲儿地挑。如果是为发牢骚，咱也可以把好恶带进去，能放大的放大，能缩小的缩小，能歪曲的歪曲，这都没问题。但是，如果是给这个党定性，那就得全面和历史地看了，尤其是以'气数已尽'为结论，那就得看事实和逻辑支不支持了，看社会基础和历史事实能不能撑得起这个结论。"

张立波说："说民主吧，不要顾左右而言他。"

叶子农说："是美国选举制度的民主还是中国人民代表大会的民主？是数人头的民主还是国家所有权根本归属的民主？您扛个美国版的民主去讨论中国问题，您负责把中国的历史条件再重新设定一回？那是人家那块土壤开出的花朵，您指望美国的民主去体现中国的根本利益，除非那是美国人民为了中国人民的利益而奋斗的结果，那人类还是人吗？"

张立波说："人民代表大会制度也可以叫民主？可笑！"

叶子农点上一支烟，说："不幸的是，这个让您可笑的民主成就了中国鸦片战争以来最好的时代，那么是满足您的不可笑重要还是中国人民的好日子重要？这个问题本身会不会就让您觉得可笑呢？如果中国的民主形式不适应国情，它在经济、文化、民生各方面都会反映出来，一个失去社会基础的政治形态不劳您可笑，它自己就会在不断激化的社会矛盾中逐渐消亡。反之，它就是具备社会基础和适应国情的。中国摸索了100多年，好不容易找到了适合自己的发展路子，不能为了讨好洋人就卖了老百姓的好日子。如果说当今世界民主的内涵已经从民天下延伸到不同制度、不同价值观的尊重、共存，那么，‘只要你的民主跟我的民主不一样，我就消灭你’，这样的‘民主’还民主吗？您会不会也觉得可笑呢？”

郑楠突然厉声说：“你别说了，你都把我思想搞乱了。”

叶子农说：“你有思想吗？你有思想就不会搞乱。”

叶子农话音刚落，电话铃响了，他弹了一下烟灰起身去接电话。张立波正想说话，也被电话铃阻断了，只好等着。

电话是戴梦岩打来的，问：“子农吗？”

叶子农一听是戴梦岩的声音，说：“过5分钟再打过来。”说完就挂断了电话。

老九看了张立波一眼，意思是提醒对方该告辞了。

叶子农坐回自己的凳子，说：“该让我听的我都听了，该让我说的我也说了，要批驳就抓紧时间吧，我这儿真有事。要不改个时间来驳斥也行，您驳倒我我会很感激，因为您帮我认识了我没能力认识的，否则咱们就到此为止了，都各自过自己的日子。”

张立波站起来，一扫学者的斯文说：“你这种人不会有好下场的。”

叶子农也站起来，说：“我一只蚂蚁，啥下场都不吃劲，您请便吧。”

张立波说：“嘴硬没用的。”

叶子农说：“这是第二次威胁了，这会儿您不民主了？从小听惯了爱祖国爱人民，可从来就没往心里去过，今天被您这一威胁，我倒觉得有点沾边了。”

张立波和郑楠一前一后，挂着一脸怒气走了。

叶子农尽管心里不愉快，也还是很礼貌地把两位来访者送出门，关上门回来把两只凳子收起，端起茶水就想喝，发现茶早已经凉了，就说：“我去兑点热的。”

老九说：“我去吧，你等电话。”

叶子农说：“你把握不好，得倒出去点再兑热的，还不能都倒完了。”

叶子农把一茶缸凉茶端到厨房，倒掉三分之二的茶水，兑上暖瓶里的开水。老九也跟进来把两杯凉茶倒掉，两人坐回客厅，热茶还没倒上电话又响了，叶子农就接电话。

戴梦岩在电话里问：“有客人吗？”

叶子农说：“两个北京老乡，走了。九哥在这儿，来看看。你说。”

戴梦岩说：“我在晚会上被轰下台了，车也被砸了。”

叶子农嘿嘿笑了笑，说：“砸就砸了呗，汉奸婆嘛，这还有啥新鲜的。”

戴梦岩问：“知道什么最让女人难堪吗？”

叶子农说：“没想过，裙子扣掉了吧？”

戴梦岩说：“嘁！三点式都保守了，掉个裙子扣算什么，太老土了。”

叶子农说：“那我就不知道了。”

戴梦岩说：“最让女人难堪的不是事业失败，也不是走光，是被男人抛弃。”

叶子农一听，说：“得，要下圣旨。”

戴梦岩说：“我决定待在巴黎了。陪我一段，可以吗？”

叶子农怔了一下，问：“你……已经动了？”

戴梦岩回答：“签证、房子都定了。”

叶子农问：“我这种情况能签下来？”

戴梦岩说：“只要不烫手，钱不是完全没用的。”

叶子农问：“花了多少？”

戴梦岩回答：“很多。”

叶子农问：“很多是多少？”

戴梦岩说：“问清楚这个有意思吗？”

叶子农说：“你也不怕给俺这穷人压死了。”

戴梦岩说：“我需要你。别让我太难堪了，好吗？”

叶子农停顿了片刻，脑子里迅速判断着这件事，然后说：“嗯，认识俺的嘴脸是需要点时间。如果签证没问题，俺去巴黎给首长听差。”

戴梦岩说：“我这边走不开，这两天会有人跟你联系，你配合点。我最担心的是你在柏林的安全，如果情况不好我会联系保镖公司，你要不想招麻烦就自己多注意点。”

叶子农赶紧说：“我注意，我注意。”

戴梦岩说：“好了，就这些。替我向九哥问个好。”

叶子农放下电话坐回凳子，说：“九哥，戴小姐让我替她向你问好。”

老九说：“咋，让你去巴黎？”

叶子农点点头，说：“这婆娘是不要命了。”

老九说：“你这种情况能签下来，堆钱吧！”

叶子农思忖着说：“怕是堆也白堆，给你签是真的，明天驱逐你也是真的。没准还是周瑜打黄盖，一个愿打一个愿挨。”

老九给叶子农倒了一杯热茶，说：“那就走个过场呗，被驱逐就跟你没关系了，戴梦岩也说不出啥。说真的，我不觉得巴黎就比柏林安全。”

叶子农说：“乘虚就虚，这种四面光八面净，太他妈不爷们儿了。”

老九就不吱声了。

叶子农这才喝上这口水，慢腾腾地从烟盒里抽出一支烟点上，深深抽了一口，又长长地吐了一口，更像是做了一次深呼吸，然后就这样静静地喝水、抽烟、凝神，一句话不说。这样的沉默持续了有一分多钟，他放下烟，去了卧室，找出纸、笔和一张字条，将字条上的文字照抄了一遍，拿上这张新字条回到客厅。

叶子农坐下，从烟灰缸里拿起那支烟抽了一口，停了片刻，说：“九哥，我想请你再辛苦一趟，替我跑趟北京。”

老九问：“啥事？”

叶子农说：“你知道，我这人没啥朋友。你呢，咋说也是美国人，这事找你帮忙是不合适的，我只是觉得，单就这件事应该不会给你惹啥麻烦。”

老九着急地说：“啥事？你说吧。”

叶子农把字条递给老九，说：“九哥去替俺舍个脸，帮我去块儿心病。梦姐要看清俺的嘴脸，一年足够了。有可能的话，请张主任帮我弄个真居留，一年的。”

老九一边看，嘴里一边念叨：“张志诚……国家安全部……哟，大人物啊。”

叶子农说：“咋说呢？说如果吧。如果我不认识张主任，如果他没说过有事找他，如果碰个钉子，如果他帮不上忙，就都干净了，那就这样去巴黎呗，驱逐就驱逐了。利用女人的单纯，这种事我他妈真干不出来，会落下心病的，以后见了女人别说腰挺不直了，腰下边的也挺不直，咱凭啥？两难取其轻，我只能登鼻子上脸了。如果阴错阳差分开了，戴梦岩会留个心病，老以为你是香饽饽。看清咱的嘴脸分开了，她就心里干干净净过日子了。”

老九说：“那也说不上蹬鼻子上脸吧。”

叶子农说：“张志诚个人没这个能力，不管与法方接触的人是谁，以什么方式，都离不开官方背景这个依托，用了官方背景就是给政府添了麻烦，我这是揣着明白装糊涂，这么没脸没皮的事，别说见面了，打个电话我都张不开嘴，太蹬鼻子上脸了。”

老九点点头，说：“为个女人……至于吗？”

叶子农笑笑，停了少顷，说：“九哥，啥叫文明？众生是敢啐圣人一脸的，是不敢啐强盗一脸的，所以要有文明，不以谁力气大抢食物，让众生也可以啐强盗一脸，让女人、孩子有优先权，这就是文明。咱是爷们儿，不该为女人担待点吗？”

老九叹了口气，摇摇头感叹道：“真是的，咋走到这地步了？”

叶子农说：“嗨，这不就是生活嘛，不定哪阵风把你吹到哪儿了。”

第三十三章

1

老九匆匆离开柏林，是被叶子农“赶走”的，带着叶子农的托付返回北京。他在飞机上一刻没睡，一路都在考虑怎么办好“传话”这事。飞机是午夜时分抵达北京的，老九从机场乘坐出租车到市区，还是住在上次方迪给他预订的那家宝丽宫大酒店，就在方迪的新房社区附近，是一家中档酒店，等他办好入住手续进入自己的房间，时间已经是后半夜了。

此时正是纽约的下午时间。

老九顾不上其他，先往家里打电话，接电话的是他的妻子。

老九说：“我到北京了。”

妻子说：“哦。”

老九说：“你现在跟我说，家里有事，让你赶快回来。”

妻子说：“家里没事啊，都好好的。”

老九说：“我知道，就是让你这么说，你说就是了。”

妻子担心地问：“为什么？你出事了？”

老九说：“我没事，也好好的。让你说你就说，等我到了家再跟你解释，现在一两句话说不明白。好了，你开始说。”

妻子迟疑了片刻，说：“好吧。家里有事，让你赶快回来。”

老九问：“出什么事了？”

妻子不悦地说：“我怎么知道！”

老九说：“你说，别问了，你就赶快回来吧。”

于是妻子说：“别问了，你就赶快回来吧。”

老九说：“哦哦，我知道了，等天一亮我就订机票，交代一下工作就回去。”

妻子问："到底出什么事了？"

老九说："没事，你一说就真了，我需要这个事实，也不一定就能用上。"

……

打完电话，他洗把脸就睡了。连着几天没休息好，这一睡就由不得自己了，一觉醒来都快中午了，马上找出方迪的传呼机号码打电话联系。

一会儿，方迪的电话就打过来了。

老九说："我回来了，昨天晚上到的，降落时间太晚就没通知你。"

方迪说："这么快呀，事情顺利吗？"

老九说："中午吃个饭吧，见面再谈。"

方迪说："我在车床加工厂，跟雷师傅谈完事我就过去。在哪儿见面？"

老九看了看表，说："11点半，我在宝丽宫酒店餐厅等你。"

方迪说："11点半，好的。"

放下电话，老九刷牙洗脸，刮了刮胡子，就等时间了，趁这点时间他把反复想过的东西再过一遍脑子。他站在窗口，俯看着外面的马路、行人、车辆……静静地凝神。叶子农托付他的这件事仅仅是传个话而已，太简单了，简单到无可推托。但是……但是……叶子农去巴黎真是一个正确选择吗？巴黎就比柏林安全吗？他完全不这么认为。他既不能不办，又不能办成；既不能办成，又要给叶子农有个交代；说到底就是既要转达叶子农的委托意图，又要阻止这个意图的结果发生……这就不简单了。他想到了方迪，方迪熟悉本土风俗文化，脑子反应快，语言表达能力强。但是，他也知道方迪一向不喜欢多事，又有敏感的家庭背景，这可不是上次当个临时翻译那么简单，一旦方迪拒绝，会都很难堪。

老九是真头疼了。

将近11点半，老九把旅行包里的钱、护照等重要东西带在身上，下楼去了餐厅，这时餐厅才刚开始营业，还没到就餐的高峰时间，主餐厅里的人很少。老九选了一张靠西墙的小桌子坐下，等方迪。服务员拿来菜谱，他告诉服务员等朋友来了再点菜。

很快，方迪到了，一手拎着包，一手拿着车钥匙。

老九起身招呼道："坐。"

方迪坐下，把包贴墙放到桌上，说："这么快就回来了，我以为得几天呢。"

老九说："被子农赶走的，他也是怕我惹上麻烦。"

方迪说：“机器连杆原来的设计是钢套定位，试了一下效果不太好，容易漏油，金属噪音也大，雷师傅准备改成轨道式的，用轴承和轨道定位。”

老九心不在焉地“哦”了一声。

方迪接着说：“昨天接到通知，老九禅面的商标不能注册，老九已经被人注册了，禅字涉及宗教，早就被佛教组织注册了。”

老九问：“那咋办？”

方迪说：“代理都查过了，‘九哥’‘老九’都被注册了。我想来想去，九哥的本名叫慕容久，久跟九是同音，禅面就是悟的过程，是否可以用‘久悟’？还有，单一个‘面’字我觉得太宽泛了，是否直接用‘杠子面’？叫‘久悟杠子面’？”

老九想了一下，说：“好，就叫久悟杠子面。”

方迪说：“九哥，你连商标的事都不着急？”

老九说：“我着急有啥用？这边有你呢，我也不用着急。说真的，我脑子里一点没想筹建公司的事，那个现在不当紧。”

老九把这趟去柏林的情况详细跟方迪讲了一遍，其间服务员把酒菜陆续上来了。方迪也不插话，就静静地听，偶尔喝一口饮料。

介绍完情况，老九把一张字条递给方迪，说：“这是我让子农写的，笔记寄过来大概要走10多天，你拿上这个条子去找黄主任取邮包。”

方迪接过字条看了看，上写：黄大妈，见此条请把邮包转交给方迪女士，谢谢。下面是叶子农的落款和日期，还有叶子农所在居委会的地址、电话和黄主任的名字、电话。

方迪收起字条，说：“张志诚这个位置的人可不是随便谁都能求的，叶先生也是饿死不求人的主儿，两人又是一面之交，叶先生这个嘴张得不容易啊。”

老九说：“巴黎就比柏林安全吗？还是像囚禁一样把他关起来？”

方迪没吭声。

老九喝了一口啤酒，沉默了好一会儿，说：“传话简单，可传成啥样就不简单了。九哥这人你是知道的，嘴笨，脑子也笨，哪是办这种事的料啊。”

方迪听着，已经感觉到老九要表达的意思了，等着老九继续往下说，而老九却不知道再往下该怎么说了。方迪等了一会儿，说：“九哥，你能在这儿为难就不错了，叶先生要真鼓起勇气给张志诚打电话，你现在连为难的机会都没有了。”

这是一个有倾向性的表态，这让老九心里多了几分底气。

老九说：“昨天夜里我给家里打电话，让你嫂子跟我说家里有事，让我赶快回去。那我就家里有事了，要赶快回去。可我知道你不愿意多事，家庭背景又敏感……”

方迪抬了一下右手示意老九不要讲这些，说：“九哥，说事。”

老九喝了一口啤酒，长吁口气，说：“子农说他只能没脸没皮一回了，我能理解。那九哥这次也是不要脸了，我家里有事得赶快回去，传话的事就转托你方迪了。”

说着，老九将写有张志诚地址和电话的字条交给方迪。

方迪又看了看这张字条，收起，说：“九哥吩咐的事，我照办就是。”

老九叮嘱说：“办好，一定要办好。”

方迪说：“张志诚愿不愿意帮忙？能不能帮？他求助的上级或部门是什么态度？法国官方又什么态度？这都是未知数，即使叶先生直接打电话，办成的概率也是很低的。如果是很容易的事，叶先生也就不存在没脸没皮这回事了。”

老九说：“交给你办我就放心了。那你先慢慢吃着，我这就去服务台问机票，到纽约的班机不少，赶上哪班算哪班，赶早不赶晚。”

方迪点点头说：“好的。”

老九说：“传个话不是啥复杂的事，不能久拖。”

方迪说：“我知道，晚上我准备一下，争取明天就办。如果张主任不在北京，或者有事不能接见，那就不是咱们的责任了。”

老九放心了，去酒店总服务台问机票。

2

方迪驱车提前两个小时把老九送到机场，老九将乘坐晚上8点的航班回纽约。老九担心方迪开夜车路上不安全，就早早让她回去了。方迪离开机场时天色临近黄昏，回到市区大街上已是灯光璀璨了，冬季的北京城到了晚上显得格外绚丽和繁华。

车子快到新房的小区，路过一家饭馆，店家在饭馆门口摆个摊子卖盒饭，方迪停下车过去买了一个盒饭，放到车的仪表台上，开车回新居。

进了门开灯、换鞋、脱下外套……她坐到沙发上准备吃盒饭，这就是她的晚饭了。她拿着一双一次性筷子愣神，一口没吃……愣了一会儿，她放下筷子，盖上盒饭，穿上外套下楼去了，步行走出小区。出了小区大门就是一条大街，大街两侧店铺林立，她走进一家门面不大的烟草专卖店，买了一包烟、一个一次性打火机、一个乳白色的陶瓷烟缸。

回到屋里，她坐到沙发上抽烟，继续愣神……抽到第二根烟，她在房间里漫无目的地走了几圈，熄掉烟，再次穿上外套下楼去了，到街上一家小饭馆买了一瓶白酒和一包五香卤煮花生豆，回到屋里一个人喝酒。没有酒杯，就是举着瓶子喝。花生豆也没放到盘子里，就用手捏着吃，然后用纸巾擦擦手。屋里静静的，没开电视，没烧热水，甚至连一只钟表的声音都没有，只有方迪默默地抽烟、喝酒，偶尔放嘴里一颗花生豆……

不知过了多久，烟缸里的烟头都塞不下了，酒下去了大半瓶子……她终于喝醉了，头重脚轻地到洗手间呕吐，自己都不知道是怎么挣扎到沙发上的，就在沙发上睡着了。

……

第二天下午，方迪驾车来到张志诚的工作单位。尽管她醉了一夜，但是出了家门的女人永远是一丝不苟的，除了眼神里稍稍的倦意，她依然是美丽动人而气质出众的。她把车停在大门口的一侧，走到警卫室窗口。

方迪说："我找张主任。"

值班员闻到了方迪呼吸中的酒气，皱了一下眉头，问："哪个张主任？"

方迪回答："张志诚。"

值班员问："有预约吗？"

方迪回答："来之前我给张主任打过电话，您可以核实一下。"

值班员到里面打了个电话，回来说："证件，登记一下。"

方迪拿出身份证递过去，值班员很仔细地检查、验证，然后记在登记簿上，写完让方迪签字，把证件还给方迪，给了方迪一张准入证。

值班员说："进门照直走，到那栋三层办公楼有人领你进去。"

方迪把车开到纵深的三层办公楼前停下，刚下车就有一个工作人员迎上来。

工作人员问："是方小姐吧？"

方迪出示了一下准人证，说："我是方迪。"

工作人员说："请跟我来。"

到了张志诚的办公室，工作人员先是轻轻敲了两下门，听到里面的人说"进来"才推开门进去，说："张主任，方迪小姐到了。"

张志诚正伏在桌上办公，抬头说："请她进来。"

工作人员对方迪说："请吧。"说完关上门离开了。

张志诚看了看方迪，指了一下对面的椅子，说："坐吧。"

方迪坐下。

张志诚说："说吧。"

方迪把叶子农委托老九、老九因为家里有事又委托给她，叙述了一遍。

张志诚听完，问："你喝酒了？"

方迪尴尬地淡淡一笑，说："见您这样的大官，我得喝点酒壮壮胆子呀。"

张志诚也笑了笑，说："你爸的官更大，都壮胆子得多少酒够你喝呀？"

方迪迟疑了一下，说："我把话带到了，就没我的事了。那您忙，我就不打扰了。"说着拿上挎包要起身告辞。

张志诚摆摆手示意方迪坐下，说："外界对叶子农有各种调子的解读，这个事件有政治色彩，你父亲是将军，是担负国家安全的人，所以我首先要告诉你，你来找我传话就是介入了这个事件，这个情况是必须要让你父亲知道的。"

方迪说："我知道。"

张志诚说："据我知道的情况并且可以告诉你的，昨天中国驻德大使馆派人与叶子农有过接触，鉴于叶子农目前的情况，提醒他在国外可能有人身安全问题，劝导他回国，并愿意为他提供需要的帮助。叶子农已经具备了标志性、传播性和关注性这些要素，容易成为各种极端势力扩大自己影响的载体，袭击叶子农新闻信号强烈，有公示效应。"

方迪说："也许我不该问，您是什么态度？"

张志诚反问："你呢？"

方迪说："我只是个传话的，没资格谈态度。"

张志诚说："叶子农回答使馆人员说：我知道了，谢谢。我知道会是这样的，尽管我不希望这样。从我个人说，我内心肯定这样的人，我相信国家和社会也会肯定这样的人，他不是什么英雄、圣人，你甚至可以认为他就是个痞子，但是，他有底线。”

方迪说：“您尊重他的选择。”

张志诚说：“人各有志，看他的造化了。”

方迪觉得是时候该告辞了，起身说：“那您忙，我走了。”

张志诚说：“稍等。”拿起电话摁了个号码，说，“方小姐属于酒后驾车，安排人把方小姐和车送回去。”然后放下电话说，“我不是交警，就不追究你了。”

方迪很不好意思，说：“谢谢。”说完就告辞了。

方迪在楼下等了片刻，来了两个人，让她上了一辆车，另一人开着她的车，走了。

3

方迪被两位工作人员送到新居楼下，把车钥匙交还给她，就回去了。

回到新房，方迪把那份《方迪与慕容久关于“老九禅面”项目的投资合作协议》从书房里找出来，放进包里。张志诚已经申明必须要向她父亲通报有关情况，这就意味着今天晚上父母与她会有一次审查性的谈话，她需要把汽车、房子、老九、叶子农等等的一切都解释清楚。她本来是想等筹建公司有点眉目了再谈的，而“传话”使这场谈话提前了。

她拿出纸、笔，写了一个简短的提示，放在电话旁边。提示是——

传话的事：尽心了。

张志诚的表态：看他（叶子农）的造化了。

虽然她非常清楚老九的意图，但她还是尊重了叶子农的意志，那么她给老九的回话就成了一个问题，她不能撒谎，也不能清晰表达，所以只能用这种放大概念的方式去处理。

做完了这些，她心里突然空荡荡的。她想去车床加工厂看看，但是不能开车了，她自己都能在呼吸间嗅到酒气。她想给老九打电话告诉他已经见过张志诚了，但此时的纽约时间正是后半夜，人们都在熟睡。于是她打开电视，换了这个台换那个台，换了一轮却什么节目都看不进去。其实她并不是需要做什么，只是需要有个事做让心别老那么悬着。她知道，一直让她的心悬着的既不是父母的审查，也不是如何跟老九交代，而是她选择了尊重叶子农意志是做对了还是做错了？她无法给出一个能让自己心安的答案。

那天为接待老九特意购买的一套茶具已经收起来了，方迪又把它们拿出来，重新摆放一遍是件很琐碎的活儿，她就漫不经心地干着，以此耗时间……等茶具全部摆放好，烧开了一壶水，她就泡茶。她对茶道一点不懂，不是泡过了就是泡轻了，泡过了就兑点白水，泡轻了就当白水喝……多喝点水没坏处，有利于加速体内酒精代谢。

忽然门铃响了，她有些诧异，确切地说她只在这套房子里住过一夜，而且还是在醉酒状态中度过的，在这个小区没有熟人，也没有亲戚朋友知道这个地址。她走到门前透过猫眼观察了一下，见门外站着两个年轻军人。她打开第一道门，留一道纱网防护门。

其中一位军人问："是方迪小姐吗？"

方迪说："是我。"

军人说："首长派我们来接你。"

方迪问："哪个首长？"

军人回答："方副司令。"

方迪说："请出示一下证件。"

军人拿出证件打开，隔着纱网让方迪查验。

方迪看番号、兵种、相片等细节都没问题，说："请稍等。"

穿上外套拎上包，方迪下楼上了军用吉普车，被两个军人带走了。

来到司令部大院，通过门卫，吉普车在司令部楼前停下，坐在副驾驶位置的那名军人带着方迪进入司令部，在二楼的一间办公室门口站下，守门警卫把门打开。

军人进去，行军礼喊道："报告！方小姐接到。"

方迪的父亲50多岁，身着少将军服，正在看一份文件，说："让她进来。"

方迪进屋，军人行个军礼退出了，警卫把门关上。

方父对女儿说："拿把椅子坐过来。"

方迪就拿把椅子坐过来，说："也太快了吧，什么事不能晚上到家说？"

方父说："你着家吗？"

方迪与父亲面对面坐着，太近了，看到父亲面前的那份文件其实就是她调查叶子农的那份文件，虽然是传真件，但是那文字排列格式她是有印象的。旁边还有其他传真件，纸张和字体都一致，应该就是张志诚通报给方将军的资料。

方迪等着父亲发问。

方父说："你一直在外面独立生活，做人做事还是能让家长放心的。你也不小了，院里你们这茬儿的好多都抱上娃了，如果不是特别必要，家长一般不愿干涉你。但是最近你有些异常，特别是跟政治事件扯上关系了，还冒出个房子，这已经不是单纯的家务事了。"

方迪拿出《方迪与慕容久关于"老九禅面"项目的投资合作协议》，说："我跟这个所谓的政治事件是什么关系，相信您看到的资料一定比我知道的详细，我就不多解释了。关于车和房子，如果您看完这个合作协议还需要我解释，那我就再解释。"

方父接过合作协议看了一遍，沉思。

方迪说："帮九哥调查叶子农这事，我承认有失当，但没有牟利，连动机都没有。九哥祖籍是河南，对到他餐馆里打工的中国留学生一般都挺照顾的，我只是其中一个。九哥早就知道我的身份，要有所图谋不会等到6年，也不会只用给个打工机会照顾。"

方父问："你不是一直想争取进电视台工作吗？怎么干起饭馆了？"

方迪说："我就是想离权力和媒体远点，简简单单挣钱，简简单单过日子。"

方父说："有这么简单吗？你一身酒气去见张主任，哪儿来的这么大胆子？张主任是干什么的？五脏六肺都给你扒出来看看，就你那点小心思！"

方迪沉默了一会儿，说："我爱上他了。"

方父也沉默了一会儿，问："什么时候？"

方迪回答："从那天我给他们当公证翻译。"

方父说："家长不干涉你的婚姻，但也不赞成你去充当第三者。人家有女朋友，你插一腿算哪门子啊？"

方迪平静地说："谁插一腿了？我为将来的可能做准备，妨碍谁了？我收集了很多资料研究戴梦岩，她跟叶子农是不可能的。"

方父问："为什么？"

方迪说："叶子农是野生植物，插到盆景里他还是他吗？他都不是叶子农了梦姐还要他干吗？野生植物无所谓雅俗，插到盆景里可就雅俗一身了，叶子农能自在吗？”

方父说：“你年纪不大，心计可不小啊。”

方迪说：“这怎么能叫心计呢，这叫实事求是。他们的关系本来就是一个悖论，我只是看到了这一点。我要有心计，能让张志诚看出来？”

方父问：“你要做什么准备？”

方迪说：“叶子农又馋又懒又邋遢，不求上进，还无组织无纪律。咱们家呢，又是军又是官，讲的是三大纪律八项注意，你们谁也受不了谁。我跟他之间隔着这条河，我只能从这个家独立出来成为我自己，跟他才有可能，而老九禅面就是能让我独立出来的桥。九哥是个好人，我对他隐瞒了这个动机，我也常谴责自己，觉得我是个坏女人。”

方父问：“如果这个九哥没跟你合作呢？”

方迪说：“那我就按老九禅面的思路自己单干了，一样要从家里独立出来。至于接近叶子农，有没有九哥都没关系，您是男的不懂这个。女人想接近一个男人，办法太多了，1000个偶然相遇都想得出来。”

方父问：“醉酒是怎么回事？”

方迪说：“难受呗，不麻醉一下我会疯的。”

方父的眼神里掠过一丝触动，起身去给女儿倒了一杯水。

方迪喝了一口水，说：“叶子农哪怕只有一分危险，我也会有一百分的担心，这种感觉不是我自己能控制的。九哥的意思我明白，我也想利用这个机会，叶子农回北京怎么也比待在巴黎安全，也许从此就跟戴梦岩分开了。但是……我做不到，我不能想象做了那种事将来还能面对他，这跟向九哥隐瞒动机是不一样的，那是女人起码的羞涩和自尊。”

方父说：“只是为了一种可能，这理智吗？为个男人就要从这个家独立出来，这话要让你妈听见，那还不跟点了炸药包一样。你妈为你没少托媒人，她的标准你是知道的。”

方迪说：“我是找男人，这种事强求不来的。嫁人不就是嫁个男人嘛，那就是我认为的男人，我就稀罕他那样的。”

方父思忖了一下，说：“嗯……我先跟你妈谈谈，先透个气儿。”

方迪说：“我妈不是讲政治嘛，那您跟她说，叶子农对我的影响比她对我说教了那么多年管用，她是读社论，人家那是来真的，让你触灵魂，所以，就别在政治上挑刺儿了。”

方父说：“这就是你不对了，根据张主任提供的资料，你跟叶子农只见过一次，你不能因为怕你妈反对就刻意拔高一个人，还是要实事求是嘛。”

方迪说：“那没见过马克思的就不革命了？嘁！”

方父说：“你看看你这是什么态度？”

方迪说：“唉，难怪叶子农不招人待见，他一张嘴就这德行。”

方父说：“那你现在的素质，包括你能被触动的能力，都是从天上掉下来的？”

方迪说：“我生在这样的家庭，就要遵守这种家庭的规则，说话办事要谨慎，社会交往要谨慎，但那不叫政治素质，叫守纪律。九哥都能把‘见路不走’用在生意上了，叶子农只用了一句话就让乔治认输了，这不是政治说教，是让人看得见摸得着的。以前我觉得政治根本不关我的事，也没想过要跟谁走，现在我想了，我要跟共产党走，信仰马克思主义。这话要放在以前，不管是谁说的我都会笑，笑他假大空。现在我信了，市场经济也一样存在有信仰和献身精神的人，我愿意成为他们当中的一员。”

方父看了女儿好久，说：“今天就谈到这儿了，我让他们送你回去。”

方迪说：“审查了半天，给个结论吧，好歹管用一阵子，别动不动又审查了。”

方父说：“丫头片子……还行吧。”

第三十四章

1

4月3日22点45分，从柏林到巴黎的国际航班降落在戴高乐机场，叶子农在他的德国居留还有一个多月就到期的时候离开了柏林。

戴梦岩和4个雷蒙诺公司的保镖在航站楼的一个出口接机，叶子农的这次行程是由雷蒙诺安保公司一手安排的，包括选择航班、接机人数、车辆、行车路线……戴梦岩连自己的车都没开，是被雷蒙诺公司的车接走的。选择临近午夜降落的航班也是出于安全的考虑，避开客流高峰时段，减少遭遇媒体和其他突发事件的几率。

叶子农刚一出来就被4个保镖围上了，行李也被保镖接过，其中一个保镖立即用对讲机呼叫车辆。选择深夜航班是戴梦岩通知叶子农的，他对保安公司的安排并不知情，以为夜里不声张就可以了，眼前的情景如此夸张让他极不舒服，他不满地看了戴梦岩一眼。

戴梦岩说："有什么话回去说好吗?"

叶子农没来过巴黎，对戴高乐机场的情况一点不熟悉，又被4个保镖围着，稀里糊涂走出航站楼，又稀里糊涂被塞进一辆防弹车，左右还各坐着一个保镖。戴梦岩上了前面一辆开道车，4个保镖加上两个司机，这次护卫叶子农的行动雷蒙诺公司派出了6个人。

两辆车从机场到派拉姆公寓一路顺利，一直开到叶子农所住楼座的大门，4个保镖一直护送到三楼房子门前，这时才把行李交还给叶子农。

戴梦岩拿出身份识别卡插入门锁，门锁亮起绿灯，这才可以用机械钥匙开门。她伸手打开客厅的灯先让叶子农进屋，然后用英语对保镖说："到楼下等我，一小时。"

4个保镖离开了。

戴梦岩进屋关上门，也没换鞋，径自到厨房拿来两个酒杯和一瓶红酒，在叶子农对面的沙发上坐下，倒上两杯酒，说："来，干一杯。"

叶子农问："干什么？"

戴梦岩说："你活着到了巴黎。"

叶子农没动杯子，说："你这样张扬，很不好。"

戴梦岩说："总比你没命了好。"说着一饮而尽。

叶子农说："天太晚了，你早点回去吧，别让人家老等着。"

戴梦岩说："人家不是白等的，我花钱了。"

叶子农说："花钱了也不可以这样。"

戴梦岩从包里拿出一套身份识别卡和机械钥匙，说："这个你拿着，我和保镖公司的合同没有限制你的自由。但是，我限制了你的自由，你往门上看。"

叶子农刚才就注意到了，门上有个双面胶粘上的挂钩，挂钩上挂着一条长筒丝袜，是一条而不是一双，很刺眼，叶子农也不知道是什么意思。

戴梦岩说："这套房子是刚买的，原房主是一个海湾国家的商人。时间太紧来不及重新装修了，就这样用了。门窗都是防弹的，还有紧急避难室，外面有五道身份识别系统，没有我的签字任何人不能进入这所房子，只要你不出这所房子就是安全的。如果你要外出必须事先经过我同意，我联系安保公司制订出护卫方案你才能出去。如果你擅自外出，不管你有没有遇到危险，只要你出了这个门，你就准备给我收尸吧。那条丝袜本来是一双的，另一条在我那里，一个人要死一条丝袜足够了，你要觉得我是吓唬你，不信你就试试。"

叶子农问："那你呢？"

戴梦岩说："不管是汉奸婆还是革命婆，我都是婆，没你这个公值钱。我巴不得他们杀了我呢，那我可就真成个人物了，人家赏我这脸吗？如果我真死了，安保公司会派人送你回北京，飞机一落地合同就算终结了，剩下的事梁哥会处理。"

叶子农说："您合适了，那别人呢？又算个什么东西？"

戴梦岩说："我不跟你讲理，讲理我说不过你。除了你的安全别的我都讲理，但是唯独你的安全这一项，不讲理。"

叶子农说："哎哟，好像您曾经讲理过。"

戴梦岩拎起叶子农的行李说："跟我来。"

叶子农跟着戴梦岩来到主卧室。

戴梦岩放下行李说："我把主卧室以外的床全撤了，不管谁来访这里不留人过夜。你不爱洗澡，我也不勉强你了，勤换点内衣，床头柜里全是内衣，足够你换的。"

叶子农说："知道了。"

戴梦岩带叶子农简单看了看各个房间。

这是一套伊斯兰装修风格的房子，屋顶、地板随处可见金色和阿拉伯式图案，客厅里没有普通人家常摆的电视、音响，两个长沙发和两个短沙发围着一张大茶几或者叫大矮桌呈无方向摆设，有点像缩小的圆桌会议，以会客、谈事为主。四壁空空的墙上残留着一些钉子或钉眼，显然是曾经挂饰物留下的痕迹。除了客厅还有一间与主卧室一门之隔的小客厅，适合比较私密的会客。与主卧室的门相对的是一间书房，书房里有电脑、打印机和书柜，基本仿照了叶子农在柏林的书房设备，只是书柜里除了两大排各种时装杂志并没有其他的书。与书房相邻的是一间专门的影音室，有电视机、录像机和LD影碟机，机器都是崭新的，旁边是大量的录像带和LD大影碟，内容都是电影和MTV音乐，电影没有纪录片，大多是欧美和港台的故事片，包括戴梦岩主演的电影。主卧室和宾客室都有卫生间，紧急避难室旁边还有一个公共卫生间。客厅的一侧是餐厅和厨房，也是一门之隔。餐厅的一角有个台子，上面放着一台高级咖啡机，台子里面是咖啡和杯子。

到了餐厅、厨房，戴梦岩说："这房子和所有东西都是给你准备的，只要不出门你可以为所欲为。现在我给你做点夜宵，明天早上你喝牛奶吃面包，中午我给你送饭。"

叶子农说："太晚了，你早点回去吧，一帮人在楼下等着呢。"

戴梦岩说："都是准备好的，很快。"说着打开炉子、启动烤箱，然后才去洗手。

果然很快，原来是现成的潮汕沙锅粥和面包夹煎蛋分别加热一下。夜宵做好以后放到餐桌上，然后戴梦岩就告辞了。

2

来到巴黎的第二天，叶子农是被几声敲门叫醒的，他好像还没有睡够，半趴在床上侧着脑袋，眼睛极不情愿地眯开一道缝，看着戴梦岩站在卧室门口。

他懒洋洋地问："几点了。"

戴梦岩说："12点多了。"

叶子农说："听不到马路汽车，睡得没准儿了。"

戴梦岩说："先起来吃饭，不然饭都凉了。"

午饭是用多格套装饭盒提来的，一份米饭、一份烧海参、一份麻婆豆腐，一看就是从中餐馆里买来的。饭盒是仿瓷材料，颜色、质感、形状都不太适合家庭餐桌。戴梦岩拿出厨柜里的青花瓷餐具，把饭菜装进家常的碗盘，这才摆上桌。

叶子农洗漱之后过来吃饭，一看就说："哟，挺丰盛的。"

戴梦岩说："说你脏吧，可刷牙还蛮讲究的，还刮舌头。"

叶子农边吃边说："老北京用舌刮，现在的人都不怎么用了。"

戴梦岩拿出一个记事本，说："说话不影响你吧？"

叶子农说："不影响。"

戴梦岩说："第一，我跟你说一下我的财产情况……"

叶子农马上摆手制止了，说："别，您积点德吧，别把人往是非的坑里推。"

戴梦岩说："我是想跟你说，只要不是大投资和过分挥霍，活命的钱是足够的，你不用担心钱的问题，需要什么尽管说。"

叶子农说："你悠着点，别压死我就得。"

戴梦岩说："第二，我上午给柏林打了电话，我跟钱静辉主席说房子先不卖了。你不是被驱逐的，将来的情况谁也不好说，这里也不需要钱，柏林留个房产没坏处。"

叶子农说："既然已经说了，那还说啥。"

戴梦岩说："第三，吃饭是大问题，如果请个保姆你能接受吗？"

叶子农说："不能。用不了3天我就成保姆了，让人伺候我受不了。"

戴梦岩说："那你早餐就委屈点，我每天给你送两次饭。我不是说你懒，就算你自己愿意做饭也不可以，这不是一天能学会的，你吃你自己做的饭身体会垮的。"

叶子农说："电脑桌上有个单子，专门说吃饭问题的，你去拿来。"

戴梦岩到书房，拿起电脑桌上的单子看——

大冷冻室的冰箱一台

电热保温壶一个

家用真空包装机一台

不锈钢5升真空密封保温桶两只

灌香肠漏斗两个

大小规格的食品级可高温蒸煮铝箔袋各200个

不干胶空白标签50张

冰箱隔板或抽屉隔板10个

戴梦岩坐回来说："不是很明白。"

叶子农把碗底的几口饭吃完，擦擦嘴，解释道："电热壶90℃常态保温，低于90℃自动加热沸腾。把适合冷冻的熟食包起来，比如米饭、炒饭、卤面，比如麻婆豆腐、红烧肉、香辣鸡翅，比如炸酱卤子、牛肉卤子、豆腐臊子，还有米粥、鸭汤之类。想吃什么就往电热壶里扔什么，食品和水是完全隔离的，水分不增加也不流失。巴黎不缺中餐馆，哪家做得好买哪家的，大桶买回来分装，集好吃之大成，顿顿都能吃到巴黎最好的厨艺。"

戴梦岩说："长期用铝箔袋会不会对身体有害呢？"

叶子农说："既然是食品级的就应该是安全的，而且也不可能长期，签证也不过是一年的时间，你想长期人家法国当局还不答应呢。"

戴梦岩说："难怪有人说方便的东西都是懒人想出来的，有点道理啊。"

叶子农说："试试，慢慢摸索出个法子。"

戴梦岩点点头，说："第四，我想开个服装店，想让你帮我规划规划。"

叶子农诧异地看了戴梦岩一眼，觉得这想法不切合实际，说："你还没到永世不得翻身的程度，别急着下结论。"

戴梦岩我行我素，起身去书房拿来一摞时装杂志，说："你先翻翻，我去刷碗。”说着收拾碗筷端到厨房去刷碗了。

叶子农随手翻了几本杂志，看不进去。

戴梦岩刷过碗，解下围裙坐回餐桌，接着话题说：“巴黎城西有个新区，我老早就在那里买了店面，是给自己留退路准备的。我喜欢衣服，打算将来不演戏了就开个服装店。店面一直是租出去的，5月底就到期了，我想收回来自己开店。”

叶子农说：“你没到不得翻身的程度，这个阵痛也不会太久，这期间你折腾什么都不可能有长远性，有那工夫歇会儿吧。”

戴梦岩说：“你以为都跟你一样吃饱了就睡？我活一天就要奋斗一天。”

叶子农说：“你有钱，真想折腾谁也没辙，那是你的权利。”

戴梦岩不悦地说：“有钱怎么了？你是不是已经高雅到可以不谈钱了？”

叶子农说：“这关雅俗啥事？如果钱是谈出来的，那咱得拼着老命谈。如果钱是作为果存在的，只要条件俱足你谈不谈它都出来。如果谈了没用，那不歇着还等啥？”

戴梦岩说：“你不是说来给我当差吗？你就是这么当差的？”

叶子农说：“对无效劳动和赔本投资尽到提醒义务，这差不这么当该怎么当？当你一动就是损失的时候，不动就是最大效益。”

戴梦岩说：“有你在，我不会栽跟头的。”

叶子农说：“有我在，你已经栽跟头了。车砸了，轰下台了，整个圈子封杀你了，你还要怎么栽跟头啊？只要具备了栽跟头的条件，老天爷来了也得栽跟头。”

戴梦岩说：“赔钱就当消费了，我就想干件我想干的事。”

叶子农说：“哦，敢情您不是高雅到不谈钱了，是高雅到扔钱了。”

叶子农不想跟她争论了，主动回避去了客厅，坐到沙发上。

戴梦岩跟过来，说：“你就当我永世不得翻身了，帮我把店开起来。万一翻身了，扔这点钱不算什么，还能为将来开店做点准备。”

叶子农劝阻无效，无奈地说：“有人是属豹子的，吃饱了就歇着。有人是属鸡的，你把它扔到粮仓里它还是没完没了地刨。”

戴梦岩说：“我就是那个属鸡的，扔到粮仓里也刨，不刨人生就没意义了。”

叶子农说：“要真是不刨就难受，那就刨吧。我不懂时装，怎么帮你刨？”

戴梦岩说：“你懂人哪。斯班卡尔时装大师说过，时装设计的最高境界就是人学。你那次陪我逛街对我就很有启发，店名我都想好了，叫‘浮华散尽–你是你’，品牌定位就是风情女人、品位女人，聘请设计师按我的理念设计，经营自己品牌的极品女装。”

叶子农说：“那就甭开张了，还省了倒闭的程序。或者你就代理个品牌，也可以到批发市场扛两包回来卖。”

戴梦岩非常不悦地质问：“你什么意思啊？”

叶子农说：“你这么老土，干不了这事。”

戴梦岩惊诧地说：“啊？你是说……我老土？”

叶子农说：“咋，不爱听了？”

戴梦岩说：“不是不爱听，是你说得不对，太荒诞了。”

叶子农说：“行，我错了，你对了，这个可以钉到墙上成定论了。但是，你面临的问题会不会因为你对我错就不存在了？”

戴梦岩想了想，问：“什么问题？”

叶子农说：“哦，那就是没问题了。没问题你找我干吗？”

戴梦岩又想了想，说：“嗯，有问题。我看不太清楚，这就是问题。”

叶子农说：“是你让人看的，人家刚瞅一眼你就不愿意了，那还看不看了？”

戴梦岩说：“看，看。我怎么干不了这事？”

叶子农问：“什么是境界？什么是风情、品位？什么是极品？”

戴梦岩说：“境界就是境界，品位就是品位，我有感觉，就是说不出来。”

叶子农说：“那你这不是瞎扯嘛，你说不出来怎么让设计师理解？如果只说概念，哪个设计师停止过追求境界和品位？还轮得着你来要求？你自己都一锅粥，设计师拿什么标准给你设计？要么难为死，要么也给你一锅粥。浮华散尽就更扯了，荣华、豪华、奢华，哪个是人能舍弃的？古往今来，虽然荣华的形式在变，但人们追求荣华的心从来没变过，这东西你不让它出来，人们做个梦也得让它出来。你倒好，都散尽了，谁敢进你的店哪。”

戴梦岩愣住了。

叶子农说：“拿个笔，拿张纸。”

戴梦岩也没情绪了，赶紧去书房拿来纸笔。

叶子农在纸上画了两道竖杠，间隔五六厘米，说：“境界是一个表达状态的区间，两边为界，界内为境，不可能揣着这边扔了那边，是本一的。如果不赋予它具体的内容，这个表达工具本身没有任何意义。风情女人咱就不说了，连性这一境还没出离呢，不然她风情个啥劲呢？品位女人，没品没事，一品就露了俗。对治俗的一境，您还有可能扔了俗吗？只要不出离雅俗，您还有可能不土吗？”

叶子农在两道竖杠旁边又画了两道竖杠，两道外杠的间距更大了，又从起初两道竖杠的小区间画出一个箭头进入大区间，说：“出离，在这事上讲就是不属于雅俗的判断了，进入了一个更大区间的属性，属于平常与不平常的判断。极品女装是啥我不知道，论可表达可操作的起码也该是出离荣华的不需吧。出离荣华不是没有，是不属于。浮华散尽也不可能是你，是穷光蛋。什么叫定位？定位就是排他，就是不能搁哪儿都行。”

戴梦岩问：“那要是再出离呢？”

叶子农说：“那就不是人了，是佛，是基督，不关你的事了，无碍故不说。”

戴梦岩说：“平常？那极品女人就什么都不需要了？”

叶子农看了戴梦岩一眼，说：“晕，什么都不需要了你衣服卖给谁啊？她需要让别人知道她什么都不需要，你就得给她找一个比荣华富贵更高的，是俯视荣华富贵的。你不是卖衣服，是颁发身份，把牌子改成‘浮尘散尽-你是你’，贴块牌子，您这就算开光了。凡是敢进你店的，都是准备抛头颅洒热血的。而你，也必须要赔得起、撑得住。”

戴梦岩沉默了许久，说：“这样的衣服，到哪里去找设计师啊？”

叶子农说：“找什么设计师啊，你攒了那么多杂志，那就是一个智库，你要做的就是站在大师的肩上。浮尘散尽嘛，就是从现有的里面剔除什么，而不是增加什么。你就趴在画报里找浮尘吧，剩下的就是‘你是你’，再把里面具有共性的设计挑出来，取证、存档，预备万一打官司。共性的设计就是公共的，就扯不上侵权。”

戴梦岩起身去书房抱来一大摞时装杂志，放到大茶几上。

叶子农问：“干吗？”

戴梦岩不吭声，又去书房把剩下的所有时装杂志都抱来，放下，这才说：“你看得这么清楚，你就趴在画报里找浮尘吧。我老土，干不了这事。”

叶子农傻眼了，干张嘴说不出一句话。

第三十五章

1

方迪驱车来到叶子农户籍所在的居委会，这是一间建在两座四合院之间的平房，看样子有些年头了，像是“大跃进”时期的建筑，房子有十几米宽，正中间是一扇比普通住宅的门稍大一些的铁门，里面被隔成两个房间，一间大一些，显然是会议室，穿过会议室还有个小一些的房间，就是办公室了，办公室里有3张办公桌和一个很大的文件柜。

办公室里吵吵嚷嚷的有五六个人，男的女的都有，像是在调解纠纷。方迪进去，见里面的人争吵，也不便打扰，就站在门框旁边等着。

一个年近60的大妈注意到了方迪，问：“姑娘，你找谁？”

方迪回答：“我找居委会黄主任。”

大妈说：“我就是，你有什么事？”

方迪说：“上午居委会给我打电话，通知我来拿叶子农的东西。”

黄主任站起来说：“你就是方迪吧？电话是我打的，叶子农寄的东西到了，早先他来过一个电话，说是让把东西转交你。”

方迪说：“我就是方迪。”

黄主任对争吵的人说：“你们先协商着，我先处理那事。”然后走过来对方迪说，“这里太吵了，咱们外面说去。”

出了房子，听不到里面争吵了，方迪主动把身份证拿给黄主任。

黄主任看完身份证，问：“你跟子农什么关系？”

方迪回答：“叶子农跟一个叫九哥的美籍华人是朋友，九哥要在北京开公司，东西是要交给九哥的，现在他人不在北京，在纽约。我是九哥的朋友，跟九哥合伙开公司，所以九哥让叶子农写的转交给我，我替九哥保管。”

黄主任又问："你一个北京姑娘，怎么会跟纽约的美籍华人是朋友呢？"

方迪回答："我在纽约留学。"

黄主任问："有护照吗？"

方迪回答："有。"拿出护照给黄主任看。

黄主任看过护照说："电话、身份都对，关系也说得通，行，东西可以交给你了。"

黄主任进屋，很快就有两只木箱子被4个人抬出来了，方迪赶快上去帮忙，大家七手八脚把箱子装上了车，一只装进后备厢，一只装进后车座，方迪连声道谢。帮忙的人装完车回屋里继续争吵，方迪也要向黄主任道谢告辞了。

这时，黄主任说："姑娘，还有个事得给你说说，你能不能让你那个叫九哥的啥朋友给子农带个话呀？子农的电话联系不上了，这国际长途也打不起呀。"

方迪说："叶子农可能去巴黎了，没关系，有什么事您说。"

黄主任说："子农在我这儿留过一笔钱，这不房子拆迁嘛，分房要补交一部分钱，还有平时交个卫生费什么的，要说且够花的，可新楼那边情况有变化，暖气要交初装费，燃气也要交初装费，以前没说这个呀，那也得交啊，还有这搭伙封阳台，搭伙装修、换门，搭伙它不便宜嘛，你说这钱交不交啊？都交那钱就不够了，不交又怕给他耽误了。"

方迪问："需要多少钱？"

黄主任说："加上还有的，再有两万块钱就敞开儿够。卫生杂费什么的好办哪，没钱了我先帮他垫上，他又不在家住，也没什么水电费。"

方迪又问："您几点钟下班？"

黄主任说："6点。"

方迪说："6点之前我一定把钱给您送来，拿5万，要再有什么事钱不够了您不是有我电话吗，您直接给我打电话就成。"

黄主任说："那敢情好了，钱放大妈这儿你就一万个放心，少不了他一分的。"

方迪说："那谢谢您了，我把箱子送回去就来给您送钱。"

黄主任高兴地说："好嘞。"

黄主任不知道叶子农的"部长事件"是不可能的，却一句没提，既有街道大妈的家常与亲和，又有居委会干部的分寸与警惕。

方迪上车，朝黄主任招招手开车走了。

2

军八大院是一座军官家属院，花草繁茂，绿树成荫，南北大门都有警卫把守，院内日夜有警卫巡逻，进出的大多是军牌车辆。军官家属楼的建筑规格不一，有一栋二层楼住4家的，有一栋楼住十几家的。院内有图书馆、医务所、幼儿园、供应站等设施，在军官家属区和警卫部队宿舍区之间，错落有致地分布着11幢清一色红砖建造的二层小楼，每幢独门独院，居住的都是在职或离休的军级干部，其中一幢就是方迪的家。

方迪的车刚停到门口，正碰上王妈手里拿个布兜子出来。王妈50多岁，在方迪家已经有十几年了，已经成了方迪家的一员。

方迪下车问："阿姨，买东西啊？"

王妈说："家里洗衣粉没了，牙膏也该买了。"

方迪说："车上有东西，您先帮我看着点，我去找人帮我抬。"

王妈说："家里有人，你哥的战友来了，正和你妈说话呢，来找你的。"

方迪一愣："找我？"

正说着，大概里面的人听到了动静，方迪的母亲也出来了，身边还跟着一个30多岁的男人，不用问，他就是方迪哥哥的战友了。

方母一身军装，和蔼稳重，问："东西取回来了？"

方迪说："嗯，两个木箱子，很重，一个人抬不动。"

方母说："这是你哥的老连长，赵军。"

方迪与赵军握手说："赵连长，你好。"

赵军赶紧说："可别叫连长，转业两年了。"然后又说，"多重的箱子？我试试。"

赵军中等身材，黑红的脸，浓眉大眼，厚厚的嘴唇，穿一身洗得褪色的旧军装，朴实中透露着一股军人的气质。

方迪打开后备厢说："估计都是书吧，很重。"

赵军过手试了一下重量，然后一使劲就搬起来了，扛到肩上问："放哪儿？"

方迪说："楼上，放我房间里。"

方迪在前面带路，赵军扛着箱子跟在后面，上楼到方迪的房间，方迪让赵军把箱子塞进床底下，往一头推了推，以便腾出空间放另一只箱子。

两只箱子都抬到楼上放好，方迪从抽屉里拿出一个存折放进包里，然后带赵军下楼到厨房洗洗手，与方母一起在客厅坐下。

方母将一张字条给方迪，说："你不是正在筹建公司嘛，搞公司就需要人，你哥给你推荐个骨干，这是你哥给你的条子。"

字条内容：赵军，36岁，党员，老黄牛，人品没的说，安排个有奔头的位置。哥。

方迪说："妈，这刚混个营长就学会批条子了？我餐馆还没开张呢就归他指挥了？"

方母笑笑说："你哥这不是跟你亲嘛，一方面给你推荐了可靠的人才，一方面你这也是拥军哪。"

方迪说："你看他什么态度？公司又不是我一个人的。"

在一旁的赵军很尴尬，难为情地说："要是为难，那我就……"

方母笑着说："没事，没事，你不了解他们兄妹，谁都不让谁。"

方迪说："赵连长，我是声讨我哥呢，两码事，你别往心里去啊。我确实在筹建一个快餐公司，我和纽约的一个朋友合作的，能不能成还不一定呢，不知道你有什么要求？"

赵军说："那我说说我的情况吧，我16岁当兵，我是吉林的，你看我的普通话还有东北口音。我是前年转业回原籍的，分到轴承厂当保卫科长，厂子不景气，我去了没多久就赶上企业改制，下岗了一大批，你干部不带头怎么说服群众呢？我就下岗了，摆过地摊儿，给人家开过出租车，还干过保安。我没文凭，也没技术，军事那套也用不上。上个星期方营长出差顺路去看我，就给我写了这个条子。"

方迪问："你跟我哥是怎么认识的？"

赵军回答："你哥军校毕业到我这个连当副连长，我们一起工作了两年，后来他去别的连当连长了，还是经常见面，再后来我就转业了。"

方迪问："你爱人做什么工作？"

赵军回答："媳妇在针织厂工作，岳母帮着带孩子，不耽误工作。"

这个"不耽误工作"是句双关语，其中就包括了不耽误赵军在北京谋发展。

方迪看看表，考虑了一下，起身说："赵大哥要不怕误了前程，那就跟我走。”

方母说：“怎么又走啊？你好不容易回趟家，晚饭在家吃吧。”

方迪说：“我白天那么多事，就晚上有点时间，还要准备论文答辩呢。”

赵军站起来，对方母说：“那首长，我就听方迪安排了。”

方母也起身说：“好，你们去吧。”

赵军随方迪出门上车，离开了军区大院。赵军不知道方迪要把他带到什么地方，也不便多问，就这样一声不吭地坐在车里。

方迪先去了一家银行，让赵军在车里等着，自己进去取了5万元现金，然后开车去居委会送钱。看着赵军坚毅而又憔悴的神情，她心里涌起一股酸楚和敬意，对于一个16岁当兵的老连长，他一定有很多感人的故事，字条上的一句“老黄牛”就已经说明了一切。国家正处在改革开放的大潮中，势必会冲击到每一个人的观念、角色和利益，这是一个国家的历史性转折，而千千万万像赵军这样有过勤奋和荣誉的人，正是他们的坚韧和担当成就了这个伟大的转折。在方迪心里，他们是值得尊敬的人。

到了居委会，方迪进办公室把钱交给黄主任，拿上收条，再次开车上路。

出了胡同口，上了马路，方迪问：“你登记旅馆了吗？”

赵军回答：“没有，我下了火车在外面吃了点东西就去你家了，也没什么行李，就几件换洗的衣服，都带着呢，这说话天就热了，带多了也没用。”

从军区大院到前门大街路程不算很远，是由北往南的方向，而从前门大街到生产基地是由南往北的方向，多走了一半的往返。来到生产基地，方迪下车打开大门，带着赵军走到一排平房的西头，打开门锁，里面全是新买的单人木床和被褥，整齐摞成个小山。

方迪又打开另一个房间，里面全是崭新的桌椅，还有塑料脸盆、毛巾之类的物品，然后又打开那间挂有“厂长办公室”牌子的房间，因为这是一个套间，虽然外面是一个门，但里面还有一道门，实际是两个房间，外间已经摆了一张办公桌，桌上只有一部电话。

方迪打开完3个房间，把一大串钥匙交给赵军，说：“这是生产基地所有的钥匙，你就住在这间办公室，床铺都是新买的，你自己归置，电话刚装好，你可以和家里联系。”

赵军拿着一大串钥匙说：“这么简单就录用了，你也不考虑考虑？”

方迪说：“你觉得我还有多少选择？”

赵军说："其实……我挺尴尬的。"

方迪说："我哥14年军龄，能不能看准社会人我不好说，看军人我信他。我也是军人家庭出来的，咱们套话就不说了，我不拿人才捧你，你也别拿给机会寒碜我，说到底就是个餐馆嘛，又不是给谁赏地封侯，而且餐馆我也没干过，如果在军营里我倒有信心赵哥把我训练成好兵。所以呢，大家有缘分就凑在一起混饭吃，好吧？"

赵军点点头说："好。"

方迪说："那从现在起你就是生产部经理了，如果公司发展得好，将来不管是北京的还是全国的子母店，半成品供应这块全归你负责，你的主要收入不是工资，是经营股，经营股与资本股的区别就是：你不胜任这个位置，经营股就不是你的。北京的生产基地除了正常供应半成品以外，还负责向各大城市的母店派出干部。生产部与经营部是合作关系，不是隶属关系，各大城市的生产基地隶属生产部，生产部隶属公司。"

赵军说："这确实是个有奔头的位置，我掂量得出这信任的分量。"

方迪从包里拿出一沓钱，数出1000块递给赵军，说："这是1000块钱，算是公司预支给你的，以后从你工资里扣。你先住下来，这路边有几个餐馆，吃饭的都是过路司机，在车间开伙前你先将就着。现在是筹建公司，事情很多，等你安顿下来再谈具体工作。"

赵军说："钱你拿回去，我出门带钱了，够花。"

方迪说："北京消费指数高，拿着吧，不定什么地方用钱呢。"

赵军拿上钱说："那谢谢了。"

方迪看看天说："天快黑了，你归置好早点休息，我就先回去了。"

赵军把方迪送到大门口。

3

回到天街新村，天色已经擦黑了。

车子一进小区，方迪就远远看见楼前站着的孙瑶和她的车，董丽在孙瑶旁边，还有一个男士，3人正朝她的车注视，孙瑶还朝她挥了挥手。

方迪开到楼前停好车，下来问："你们怎么在这儿？"

孙瑶说："给你家打电话，你妈说你刚走，那就在这儿等呗。怎么这么久啊?"

方迪说："先去办了点事。那就别站着了，先进屋吧。"

董丽说："先给你们介绍一下，这是我男朋友，周富均。"

方迪跟周富均握了一下手说："你好!"

周富均不到40岁，三十七八的样子，高个，不胖不瘦，五官端正，皮肤白净，穿一身深灰色的西服，打着领带，给人以讲究、得体的印象。

周富均说："我们见过面的，上次你们在酒楼同学聚会。"

董丽说："咱们在包间，他是大堂经理，你没注意。"

方迪说："哦，是没注意。你们俩是一个单位的?"

董丽说："可不是嘛。"

方迪说："那先上去吧，有话进屋再说。"

董丽说："别上去了，这都几点了？让富均请咱们吃顿饭。"

方迪说："不行，我就晚上有点时间，得准备下个月的论文答辩呢。"

董丽说："哎呀，不在这一会儿，走吧。"

孙瑶也说："就是，一起吃个饭吧，都等你半天了。"

方迪问孙瑶："什么事啊?"

董丽说："什么事也得先吃饭哪，走吧。"

孙瑶说："就是，先吃饭吧。"

方迪觉得今天这饭没那么简单，就说："那……门口就有个餐馆，就在大门边上，还不错的，特别是豆皮腰花做得不错。但是得先说好了，我请客，要不你们就回去，总不能堵着我家门口让你们请客呀，太寒碜我了。"

方迪说得不无道理，孙瑶看了看董丽。

董丽说："没事，谁请都一样。"

方迪说："那你们回吧，我家里有吃的。"

董丽只能妥协，说："好好，你请。"

孙瑶问："不用开车吧?"

方迪说："不用，就在门口，出门就是。"

4人步行没几步就到了小区门口这家餐馆，餐馆不大，但是设计得很有情调，适合情侣约会或好友小聚，不适合讲排场的宴请。4人坐进一个包间，包间和桌子也不大，甚至空间显得有些局促，却在桌椅和墙饰的细节都刻意营造温馨的气氛。方迪点过酒菜，然后大家喝着茶水聊天等菜，董丽显然是有事的，但也不急于说出来。

方迪对孙瑶说："你跑哪儿去了？还你钱呢找不着你。"

孙瑶说："你不是借一年吗，着什么急呀。"

方迪说："有了就早还嘛。"

董丽说："哟，你这都搞公司了还用跟孙瑶借钱啊？"

方迪说："定做机器那会儿还没人投资呢，我一个穷学生哪来的钱？"

董丽笑着说："孙瑶也是看碟下菜，我要去借她准不借给我。"

孙瑶说："我听银行的人说过，借钱这事呀，一是见死不救，二是雪中送炭，三是锦上添花。见死不救好办，迪子属于锦上添花的，也好办，最难的就是雪中送炭，下一秒死活谁知道啊，血本无归我找谁哭去？"

说话间菜陆续上来了，方迪招呼大家吃喝，边吃边聊。

董丽说："听说你们公司在招人呢，还是骨干。"

方迪说："嗯，店面已经签了，正在注册公司。"

董丽说："都是老同学，我有话就直说了。富均高中毕业下乡了几年，后来招工分配到饮食公司，这一干就是十几年，都奔40的人了，到现在还是个大堂经理，他们那一届的好多都当了书记、老总，他老婆嫌他没本事也离了。我是服务员，他是大堂经理，都窝在一个单位也不是个事。我知道迪子心大，不管干什么都不会小打小闹的，又是外资企业，我想让富均来你这儿谋个发展。孙瑶跟你关系好，面子大，我就把她拉来了，帮我说个情。其实我也拉张娟了，娟说有事不能来，我知道她是不愿意掺和这种事。"

方迪平和地说了两个字："不行。"

董丽和周富均愣住了，孙瑶也愣住了，不是因为结果，是因为这种直白的拒绝。尽管方迪的语气是平和的，甚至是略带歉意的，但在大家听来却还是直愣愣的。

周富均沉着地笑了笑，问："为什么？你了解我吗？"

方迪说："我们这几个同学从毕业到现在，大家的生活、观念都在发生变化，但是还能时不时聚在一起说说话，不容易。同学之间帮忙很正常，但大家都有个默契，尽量避免涉及利益或联系过于紧密的事，毕竟共事就有摩擦，女人又比较情绪。"

周富均点点头说："明白，明白。"

方迪说："所以跟我了解你多少没关系。"

董丽说："我是那种不明事理的人吗？"

孙瑶连撇嘴带扭脸，动作很夸张，感叹道："哎哟，我的妈呀！"

董丽说："你帮谁说话呢？"

孙瑶赶紧说："我错了，我错了。"

周富均说："我以为多个同学关系会优先点呢，没想到成了障碍。其实我们还没到多紧密的程度，能不能成还不一定呢，起码现在她是她、我是我。"

董丽狠狠地瞪了周富均一眼。

方迪说："董丽是我和孙瑶的同学，请你说话照顾一点我们的感受。"

周富均说："我得不到重用就两个原因，一是没文凭，二是说实话。"

董丽说："我跟他还真没到谈婚论嫁，你就是正常招聘也得给人个说话机会吧？老同学要这点面子都不给，那老同学还有什么用啊？"

方迪从包里拿出一沓人员资料，有20多份，搁桌上说："这里除了熟人推荐和人才交流中心的，剩下一大半都是饮食公司的，我一个都没敢碰。饮食公司是铁饭碗，改制了也不是玻璃碗，国家都扛不动的事我一个小餐馆扛得动吗？今天下午公司招了第一个人，我哥的老连长，转业当了保卫科长，企业改制下岗了，摆地摊儿当保安，这个我敢用，我破产了他接着摆地摊儿去。我自己还是学生，我自己都一身债，能不能适应市场我自己都没数，你拿一家的吃喝拉撒到我这儿押宝，用孙瑶的话说下一秒死活谁知道啊？董丽不管你爱不爱听我都希望你明白，只要公司用了周大哥，我就是你董丽的仇人，有闪失我是你们家的祸害，有摩擦我是欺负你男朋友的泼妇，咱们老同学一场，真别走到抓脸撕头发那步。"

周富均说："你自己都没信心怎么干事业？"

方迪说："跳楼卖身我只管我自己，我不能要求别人也跳楼卖身。"

周富均说："谁开店都是先用熟人，慢慢对这一行了解了再向更合适的人过渡。如果你觉得我不行，你随时辞掉我，我们决无怨言。"

董丽说："就是嘛。"然后使劲看着孙瑶。

孙瑶被目光逼得无法抗拒，就说："迪子，周大哥都这么说了，你就问问情况，合适就录用，不合适也不伤和气，是吧？"

董丽说："迪子，你还真别拿老眼光看人，我也在进步啊，我也在转变观念。"

方迪沉默了片刻，说："那……这餐馆就是卖碗面，周大哥要不嫌水浅就说说要求。"

周富均说："还能有啥要求？人往高处走呗。我厨艺一般，相当于中级厨师吧，就是缺个证书。方总，你不是唯文凭论吧？"

方迪说："周大哥可别方总的，等以后真总了再说吧。我就是个混文凭的，所以我不唯文凭，也没敢拿文凭去蒙事。这餐馆不需要厨师，除了会计没有带师的，我相信周大哥也不是奔着当厨师来的。"

周富均一愣，说："没厨师你怎么开餐馆？"

方迪说："就开没厨师的餐馆，但是咱们今天不讨论这个。"

周富均想了一下，没想明白，也不能再问了，于是说："现在是唯文凭的时代，我就是因为没文凭一直提不上去，其实我的强项是管理，北京餐饮界蹚了将近20年，哪家店门朝哪儿？谁是哪个师傅带出来的？我闭着眼都能数过来。这么多年用阅人无数不过分，什么样的顾客没见过？再难对付的场面我都摆平了。"

方迪说："举个例子。"

周富均颇有兴致地说："比如有一次后厨的伙计误把羊肉当成猪肉用了，菜谱根本没有羊肉大葱这款蒸饺，只有羊肉萝卜和猪肉大葱，有桌顾客要了4笼猪肉大葱蒸饺，结果端上了4笼羊肉大葱的，这顾客还偏不吃羊肉，人家肯定不干哪，就跟服务员发生争执，我过去了不管三七二十一先批评服务员，然后跟顾客解释：本店就没有羊肉大葱这款蒸饺，只有羊肉萝卜蒸饺，你可以拿筷子拨开蒸饺，如果是萝卜馅的就一定是羊肉的，如果是大葱馅的就一定是猪肉的。结果顾客没了脾气，只能又点了4笼海鲜蒸饺，不但平息了争吵，还多卖了4笼蒸饺，顾客吃了哑巴亏还说不出什么，维护了酒楼的利益。"

方迪说："如果在我店里，你就被解雇了。"

周富均："当然了，回头客的生意我不会这么做，要看情况了。饭店经理的应变能力非常重要，要会看的。"

方迪问："周昌浩你知道吗？"

周富均说："那当然，北京餐饮界的泰斗。"

方迪说："我有幸拜访了老爷子，他老人家一生过手了很多餐馆，过一个成一个，我就问他有什么诀窍，他说就一句话：让顾客觉得你是傻瓜。"

周富均说："我尊敬老爷子，但那套理念已经过时了。餐馆跟顾客是什么关系？计划经济那会儿叫为人民服务，今天是什么？是天敌。俗话说无奸不商，投资就是要赚钱的，不然你捐给慈善得了，而顾客天生就是要少花钱多吃点，这个矛盾是不可协调的。俗话说买家没有卖家精，比谁精就是斗智，斗赢了你成功，斗输了你破产，你想破产吗？"

一套理念加上一句“你想破产吗？”，怎么都让方迪觉得有点像街边算命的，你如果害怕了就会讨教逢凶化吉的法子。

方迪说：“我也能找到个‘俗话说’，俗话说无信不立。每个人都能从‘俗话说’里找到依据，那‘俗话说’也就不那么重要了，重要的是你需要哪个俗话说，从这个俗话说里获得心理支持。你的理念与这餐馆的理念是不兼容的，我很抱歉。”

周富均有些失望，叹了口气说：“唉，还是人微言轻啊！同样的话，如果我像你一样揣个文凭留洋回来，可能你听着就不一样了。我以为方总受过美国高等教育，思维会跟我们那些领导不一样，没想到没什么区别，骨子里还是国学的东西。”

董丽已经很不耐烦了，说：“富均，还有谈下去的必要吗？”

孙瑶说：“董丽，干吗呀？”

董丽起身拿上包，伸手拉周富均离开，说：“我们没地位，高攀不上。”

方迪平静地说：“董丽，你要拿话噎我也拣句合适的，我这餐馆就是卖碗面条，有地位的人我养得起吗？”

董丽拉上周富均愤愤地走了，孙瑶也赶紧跟了出去。

方迪收起那沓招聘人员资料，孤零零一个人喝啤酒。

一会儿孙瑶回来了，坐下说：“董丽都哭了。”

方迪说：“如果公司是你开的，你会因为怕董丽哭就用这样的人吗？”

孙瑶说：“那绝对不会。”

方迪说：“董丽是好人，就是太妇女了。”

孙瑶说：“董丽怎么找这么个油子？太油了，面不改色心不跳。”

方迪说：“文凭不是决定一切的，他这10多年走过来，一个领导眼瞎，所有的领导都眼瞎吗？甭管好官坏官，都需要有人抬轿子，在需要政绩这一点上是没区别的，要是连坏官都不需要你抬轿子，那就真不是人家埋没你了。”

孙瑶说：“迪子，我得好好巴结你，万一哪天我倒霉了，我要跟你混。”

方迪说：“哎哟姑奶奶，您积点慈悲心吧。”

第三十六章

1

巴黎是时尚之都，服装加工业十分发达，市区及近郊遍布着大大小小的制衣厂。戴梦岩要经营自主品牌的服装，就必须对服装加工业有所了解。她清楚将来自己的产品定位，不可能规模生产，只能找小而精的制衣厂，而考察制衣厂则是她必做的工作。

这天上午她收拾好装束，下楼开车去考察制衣厂。汽车就停在楼下的路边，她刚走出公寓不远就听见有人叫她，一回头，有个中国小伙子在她身后。

小伙子疾步赶过来，又叫了一句："戴小姐！"

前段时间戴梦岩一出门就撞上记者，由于她总不说话，蹲守的记者渐渐就少了，公寓门前恢复了平静。她打量小伙子，背个行李包不像记者的样子。

小伙子上前自我介绍："我叫沈彪，从纽约来，昨天下午到的。我是农哥的朋友，要回北京的，专门绕道来看看农哥。我不知道农哥住哪儿，也没农哥的电话，只有通过你才能见到农哥，想请你帮忙给联系一下。"

戴梦岩说了句："对不起，我帮不了你。"就去开车。

沈彪追上去，对着车窗说："我真是农哥的朋友，在布达佩斯认识的，我去美国还是农哥给帮的忙，你可以给林雪红和九哥打电话，我来之前还去找过他们。"

戴梦岩连话都不说了，开车就走。

上午考察了两家制衣厂，临近午饭时间她回来了，远远看见沈彪还在路边等着。车子就从沈彪旁边开过，她丝毫没有理会沈彪的意思。

沈彪不等戴梦岩下车就追上来说："戴小姐，你帮我跟农哥联系一下吧，你一说有个愤青他就知道，说北京刀客也行，他一定会见我。"

戴梦岩下了车，问："你怎么找到这里的？"

沈彪早有准备，马上拿出几张纽约的报纸，有英文的，也有中文的，指着上面每个有关戴梦岩的报道解释道："我从报纸上得到的消息，知道你在这条街，这座公寓，不知道是哪个门牌，也不知道电话，九哥和林雪红他们也不肯告诉我，我就在这里等了。"

戴梦岩说："别等了，子农的情况你应该知道，他现在不适合会客。"

沈彪说："你帮我联系一下吧，农哥一定会答应见我。"

戴梦岩说："你没明白，子农同意了也没用，决定权不在他手里。子农在巴黎，我要对他的安全负责。我不想多说了，你请回吧。"

沈彪拦住戴梦岩，说："那你就让我见一下吧，见不到农哥我是不会走的。"

戴梦岩停了片刻，问："我可以看看你的护照和机票吗？"

沈彪拿出护照和机票。

戴梦岩看过护照和机票，还给沈彪，问："你非要见他？"

沈彪点点头："嗯。"

戴梦岩说："第一，你要接受安检，就是搜身。第二，不可以留宿。第三，然后我才能问子农见不见你。"

沈彪赶紧说："我接受安检，保证不留宿，你现在就可以搜。"

戴梦岩说："不是我安检，是保安，但要经过你的书面同意。"

沈彪说："我同意，我同意。"

戴梦岩说："你稍等，我上去打个电话。"

戴梦岩上楼回到房间给叶子农打电话，说明情况后征询叶子农的意见。

叶子农在电话里说："见吧，不见不合适。"

戴梦岩下楼，对沈彪说："子农同意见你，上车吧。"

戴梦岩开车送沈彪到派拉姆公寓，在广场大门向保安出示了身份卡，不同级别的卡代表了不同权限。她向保安说明了情况，沈彪通过了第一道关卡。

到了公寓入口，戴梦岩把准许沈彪见叶子农的条件向值班室的保安做了说明，值班长查验了沈彪的护照、机票和入宿旅馆的凭证，然后让沈彪填写一张英文版的安检登记表，除了时间、身份、拜访对象、户主同意等信息外，主要是书证自愿接受特殊安检。沈彪的英文并不是很好，在戴梦岩的帮助下才完成了登记，戴梦岩也在户主一栏签了自己的名字。

填写完安检登记，沈彪和旅行包一起被带进值班室的里间，一名保安对沈彪身体和旅行包进行了安全检查，没有发现具有攻击性的器物和其他危险品，随后被带出来，值班长也在安检登记表上做了填写，签上自己的名字，最后给沈彪发了一张访客通行卡。

沈彪有了这张卡，就可以通过电梯和走廊这两道关了，剩下最后一道是房门。沈彪跟着戴梦岩到房门，想在戴梦岩面前表现一下跟叶子农关系很近，就上前敲门。

戴梦岩说："别敲了，子农没权力开门。"

戴梦岩打开门让沈彪进屋，对叶子农说了句"我回去了"就关门走了。她知道叶子农与沈彪只是布达佩斯有一面之交，对沈彪并不了解，尤其是叶子农正处在非常时期。

她对沈彪是有戒备的。

2

叶子农是不敢碰门的，听见开门声就走过来，站在门边迎着。戴梦岩对沈彪的态度显然不够友好，甚至没有起码的客套，他能理解，毕竟连他自己都不了解沈彪。

叶子农把沈彪迎进客厅，握手寒暄："吃了吗？"

沈彪笑着说："没呢，一直在梦姐楼下耗着。"

叶子农说："我也没吃呢，你先坐，我去加一份。"

沈彪放下行李包说："我先去洗手间。"

叶子农带沈彪到自己卧室的卫生间，然后去厨房了，从新买的大冰箱里拿出两袋冷冻食物扔进电热壶里，又冲了两杯茶端到客厅。

这时沈彪已经回到客厅了，接过一杯茶说："农哥，这是啥地方啊？刚才安检差点连裤衩都扒了。"

叶子农说："梦岩跟保安公司的协议有特殊条款，不是所有公寓访客都这么折腾。饭已经热上了，要等半个小时才热透，你先喝口水。"

沈彪又环视了一下房子，问："这屋里让抽烟吗？"

叶子农说："桌上有，自己拿。"

沈彪没拿桌上的烟，拿出自己的烟点上一支，说："这房子太高级了，怕给熏了。”

叶子农说：“没那么邪乎。这回不抽我的了？你不是说我的烟好嘛。”

沈彪指指茶杯说：“水也没喝你的，饭吃不吃你的也不一定呢。”

叶子农问：“啥意思呀？”

沈彪语气郑重地说：“农哥，我先这么叫着。我这人不会兜圈子，我就问你一句：你是不是汉奸？兄弟我在乎这个。你的消息满天飞，梦姐的车都被砸了，我信谁的呀？我搞不清你是吃哪路的。来之前我就想过了，就算你是汉奸，你帮过我，我也当面给你道个谢，咱布达佩斯那段就算过去了。”

叶子农笑着说：“我说管个屁用啊。”

沈彪说：“管用，你说的我就信。”

叶子农说：“那你就该吃吃，该喝喝，准保脏不了你的中国心。”

沈彪一拍桌子说：“我就说嘛，汉奸能帮我这样的人？”

沈彪拿起杯子喝了一口茶，又说：“得嘞，以后你还是我农哥。这烟还得抽你的，农哥的好烟不抽白不抽啊。”说着摁灭手里的烟，点上一支桌上的烟。

叶子农问：“你跟美国人比了吗？”

沈彪不好意思地说：“比了，输了，虽然不是正式比赛，但确实技不如人，还是天外有天哪。不过交流一下也挺好，交了朋友，长了见识。”

叶子农说：“就是，不能啥事都上纲到保家卫国。”

沈彪说：“这次在美国交了几个ZIPPO圈的朋友，我打算在北京开个ZIPPO专卖店，搞一些市场推广活动，把个性贴章的业务也搞起来，以前是玩，以后就当饭吃了。”

叶子农说：“又有兴趣，又能当饭吃，好啊。”

沈彪说：“我上学的时候就跑到夜总会挣钱，表演火之浴是单次挣钱最多的，就是燃烧手指给客人点烟，这是个最有争议的危险动作，震撼至极，摧残也至极，我从练这个就没离开过烧伤膏。有一次我给客人点烟，丫点雪茄，半尺长的雪茄能好点吗？这操性的！可咱也不能栽了呀，手指头就那么竖着，真他妈疼死我了，心说你丫烤猪蹄呢！不过那孙子还算仗义，一把给了5张。农哥要有兴致，我给你表演一个？”

叶子农连连摆手：“别，别，咱不玩这个。”

沈彪说：“其实我心里……唉，咋说呢，本来是去跟美国人叫板的，结果拿人家的产品当饭吃了，这算啥事啊？我喜欢ZIPPO不假，可就有件事让我特他妈别扭，ZIPPO徽章有好多国家的国旗，就是没有中国的。”

叶子农说：“不了解ZIPPO的运作机制，也不知道这个能不能说明什么，但是中国比发达国家落后是事实，自己不强大起来，人家给你个面子也不吃劲。”

沈彪打开旅行包，从里面拿出一尊佛像放茶几上，说：“农哥，这不要开店了嘛，我在纽约请了一尊佛像，开过光的，还是个洋和尚。听说你上过佛学院，你给看看。”

叶子农说：“这我可看不了，两码事。”

沈彪问：“咋是两码事呢？”

叶子农说：“宗教是管心理支撑的，佛法是管认识实相的。我在佛学院混了两年，宗教这块对我没啥用就没学，你要让我说几身几相都是管啥用的，我真说不上来。”

沈彪赶忙把佛像收起，说：“让农哥见笑了。”

叶子农说：“这有啥见笑的，对自己管用就行，又没妨碍别人。”

闲聊了一会儿，叶子农觉得饭该热透了，就去厨房准备午饭，沈彪也跟了过来，见叶子农打开电热壶的盖子，从冒着热气的壶里拿出四个铝箔袋，两份米饭两份红烧排骨，分别倒进两只碗和两个盘子，端上餐桌，午饭就算成了。

沈彪看看铝箔袋，以为是工业化的方便食品，就说：“农哥，你就吃这个？”

叶子农说：“这个怎么了？这都是梦岩从巴黎的中餐馆一家一家挑出来的，大量买回来分装，冰箱里都满了，顿顿吃的都是巴黎最好的厨艺，咱还想啥呀。”

沈彪尝了一块排骨，惊讶地说：“哟，味道是不错……要是有点酒就更好了。”

叶子农说：“有啊，红酒白酒都有，你喝什么？”

沈彪说：“白酒。”

叶子农拿来白酒和杯子，倒上两杯。

沈彪说：“这一晃半年了，来，咱哥俩碰一个。”

叶子农就跟沈彪碰了一杯酒。

沈彪说：“农哥，那你是马克思主义者了？”

叶子农说：“不是。是有接触，认同马克思主义。”

沈彪说：“认同就算是。”

叶子农说："我认同的东西多了，纽约的自由女神、基督的博爱、佛法的如是、儒家的修身，那我就都是了？我倒没啥意见，人家答应吗？"

沈彪说："农哥，你咋跟雪红姐说我是愤青啊？弄得人家都那样看我。"

叶子农说："你屁大点事都能上纲到保家卫国，还能是啥？"

沈彪说："其实我还真不是愤青，不瞒你说我对马克思主义也是有研究的。毛主席他老人家说过，要认真看书学习，弄通马克思主义。"

叶子农说："这么劳神的事让别人去弄吧，你就不用了，你不需要。"

沈彪不解，问："为啥我不需要？"

叶子农说："你请一尊佛干啥呢？不就是心想事成嘛，一炷香的成本啥事都交给老天打点了，干吗要去弄通马克思主义？当然还是这样划算哪，这账谁还算不过来。请尊佛像还要开光的人，你信他真想弄通马克思主义吗？"

沈彪说："我认为唯心主义和唯物主义不必矛盾，完全可以达到完美的统一。"

叶子农说："你咋这么有本事呢？"

沈彪说："咋了？"

叶子农说："搅拌机也没这个搅法的吧？你左也唯右也唯，那还唯个啥劲呢？先甭管唯的对错，你先唯住了再说吧，如果连唯都没唯住，你拿啥统一？"

沈彪说："讽刺我？那好，我出门就把佛像砸了。"

叶子农说："人家佛像招你惹你了？我只是说你不需要弄通马克思主义。每个人的活法不一样，有人靠鼓励，有人靠信心，有人靠真相，不是人人都需要弄通马克思主义的，也不可能嘛。宗教能给人心理支撑就是有用，人需要心理支撑，没心理支撑步都迈不动。"

沈彪说："我没心理支撑也迈得动。"

叶子农说："这就是扯淡了。现在让你走到客厅，你留下的脚印就是你走这段路所需要的面积，如果把脚印以外的实地削掉，每个脚印之外全部是万丈深渊，你再走个试试，我怕你一步都迈不动吧。脚印以外的实地就是心理支撑，你没踩上不表示它没起作用，人活的过程就是不断寻找心理支撑的过程。咋，没弄通马克思主义的都不活了？"

沈彪愣了一会儿神，说："难怪梦姐把你关起来，这女人心够大的。"

叶子农说："吃饭，吃完饭你教我两招火机，咱来点实惠的。"

沈彪说："别两招了，你能学会一个就不错。"

吃完饭，叶子农把碗筷收拾到洗碗池，重新泡了两杯茶端到客厅。

沈彪看着门上挂的那条丝袜说："农哥，门上挂条丝袜啥意思？多难看哪。"

叶子农说："警告我的，碰了门就出人命，警告的标识能好看嘛。"

沈彪似乎明白了点，不再看丝袜了，从口袋里拿出ZIPPO打火机和一只便携油壶，抽出机芯加油，调整好机器收起便携油壶，说："看好了，这个叫复燃。"

沈彪把打火机打着，立在桌上，用拇指和食指在火口慢慢而流畅地移动捏灭火焰，等了几秒已经熄灭的机器，突然在机器旁"叭"地一拍桌子，机器又神奇地燃烧了。

叶子农看得目瞪口呆，惊叹地说："神了！"

沈彪说："那就学这个？"

叶子农想了想，说："不行，这个太着表演了，没有那种随手就来的范儿。"

沈彪说："哦，要够范儿的。那学五指转吧，这个绝对让你不丢份儿。"说着拿起机器在手上舞动起来，叶子农又看到了在布达佩斯河边让他惊叹的一幕。

叶子农说："这个太复杂，没信心了。"

沈彪说："简单的……那学戒子火吧。"说着演示了一遍，确实简单。

叶子农说："这个不厉害，镇不住人。"

沈彪想了想，说："那你看看这个龙抬头。"然后演示了一遍。

叶子农说："这个够范儿，我就学这个龙抬头。"

于是，两人坐到一个长沙发上，一个教，一个学，时间就这样不知不觉过去了。叶子农学得手累了，就去冲了两杯咖啡，两人坐在餐桌旁一边抽烟一边喝咖啡。

沈彪看看表，说："农哥，时间也不早了，有个事我得跟你说说。"

叶子农问："啥事？"

沈彪说："我不是要开个ZIPPO专卖店嘛，店铺已经托朋友盘下了，转让费、装修、房租预付、备货……都需要钱。个性贴章这块需要添置专业设备，蚀刻啥的都是平面，层次关系和冲击感根本无法达到浇铸的效果，添置设备也需要钱。我去美国没花啥钱，办一个美国签证的行情我知道，农哥给帮忙我已经很感激了，这钱不能你出。我的意思是，现在生意刚准备起步，我手头实在不宽裕，等缓过劲儿了我再还这个钱。”

叶子农说：“事不是我给你办的，钱也不是我给你出的，林雪红把这笔钱打到劳务输出成本里了，你给我给得着吗？本来就是带捎的事，你运气好正赶上茬口，要谢你该谢林雪红和大家才是，谢你那点精神头，不然萍水相逢凭啥招这闲事。”

沈彪沉默了一会儿，说：“雪红姐去柏林找你，布达佩斯的事全是为了罗家。话你可以那么说，可我最受不了这种高高在上的，好像别人都是该贪便宜的小市侩。”

叶子农说：“唉，说你愤青吧你不愿意，那你靠点谱成不？布达佩斯的事，理论上说如果劳务方履行了合同，林雪红收的保证金是要退还的，否则参与这事的人都成了蛇头。我帮你搭个便车可以，收了你的钱也是蛇头。俺挣点啥钱不行啊，非挣你爱国心的钱？你是谢我呢还是花钱买我坐牢呢？”

沈彪愣住了，又沉默了一会儿，说：“农哥，你想过我的感受吗？”

叶子农想了一下，说：“那你就给我做个国旗贴章吧，纯铜的，浇铸的，就是那种雕刻的效果。在柏林没怎么想家，到巴黎才十来天就想家了，心境变了。”

沈彪说：“一个贴章可没那么值钱。”

叶子农说：“这世上还有比心愿更无价的吗？你想给中国人露个脸，我凑机会帮你搭个便车。我想家了，你圆我个寄托。这一来二去的挺好，再描就走味儿了。”

沈彪无言了。

第三十七章

1

老九从在北京与叶子农那次闲聊以后，改变了经营思路，用了将近半年的时间完成了菜、卤、面的操作流程和量化数据，这期间除了一些必要的事务之外，他的精力几乎全部用在这项工作上。1992年4月23日，老九带着操作流程和量化数据再次来到北京。

老九一到北京，改造生产基地的工程马上就开工了，施工队进场，对两个主生产车间的墙面、门窗、排水、电路全面改造，到处是水泥瓷砖，到处是施工人员，生产基地一片繁忙景象。大门口停了好多车辆，有施工单位的，有市政、消防、卫生单位的，还有刚刚购置的生产基地专用面包车和方迪的私人轿车。

老九、方迪和赵军跟在市政、消防、卫生几个单位的人身边，听他们指导，陪同指导的还有招商办的负责人，赵军拿个本子一直在记各方的指导意见。指导完工作，这些人就一起走了，老九、方迪和赵军把这些人送出大门，握手道别。

望着几辆远去的汽车，赵军说："把几个部门叫到一块儿来，不容易。这要一家一家来指导，施工不定多扯皮呢。"

方迪说："这是招商办协调的，现在对外资都挺重视的。"

说话间有一辆小摩托车开过来，开到方迪旁边停下，骑车人的身躯与小摩托车显得有些不成比例，骑车人摘下头盔挂在车把上，走近方迪。

方迪问："家里的事都办完了？"

来人点点头说："办完了。"

方迪介绍道："这就是石天佑。"然后对石天佑说，"这是董事长，这是赵经理。”

石天佑说：“董事长好，赵经理好。”

石天佑32岁，中等身材，大众化的发型，穿一套深蓝色西装，方脸大眼睛，神态谦卑而不失大方，整个人显得朴实精干。石天佑原是四川农村的小学教师，来北京6年了，一直在川府酒家工作，从传菜工干到餐厅经理。川府酒家因内部矛盾关门，员工解散。方迪经人引见拜访一位饮食公司退休老厨师，这位老厨师是川府酒家老板的父亲，在川府酒家做技术指导，老厨师向方迪推荐了石天佑。

老九打量了一下石天佑，问：“算正式上班了？”

石天佑说：“嗯。”

老九看看方迪和赵军说：“那按现在的说人就算到齐了。”

方迪说：“是啊，既然人都在，那咱们到办公室说说吧。”

老九说：“好。”

4个人就回到大院里，外面施工噪音很大，大家进到赵军的办公室关上门，各自找个位置坐下，屋里的噪音小多了。

方迪、赵军和石天佑都看着老九，等董事长讲话。

老九对方迪说：“别看我呀，我说不好，你说。”

方迪说：“这也算咱们公司第一次开会了，董事长怎么能不说话呢。”

老九说：“让你说你就说吧，咱不讲究那个。”

方迪说：“那九哥让我说，我就说了。”

老九说：“说吧，本来你就是负责管理的，技术上的事我补充。”

于是方迪就挪动了一下身体，面向赵军和石天佑，说：“公司的大概情况我跟两位都分别谈过，今天咱们再重复一下，这样正式一点。赵大哥是公司生产部经理兼北京公司生产基地厂长，石大哥是北京公司总店经理，目前公司的经营部经理空缺。北京公司总店的店面已经租下来了，租期10年，5月1日交付。公司的名称是久悟杠子面有限公司，营业执照打算下个月申请。杠子压面机和模拟手工切面机已经做好了，经过72小时疲劳试验，等车间改造好了就安装。设备和技术我不懂，这方面的情况请董事长谈。”

老九说：“技术是家传的，设备花钱就能买来，你就谈那个花钱买不来的。”

方迪说：“赵军在部队是连长，石天佑在川府酒家是餐厅经理，论年龄论阅历我都没资格指手画脚，但资本权利是另外一回事，那我就尽我的职责了。关于本公司生存原理的资料都给你们了，那不是给普通员工看的，公司对他们没那样的要求，但作为指挥员必须这样要求你们。久悟杠子面是什么呢？概括地说，就是以九哥的技术为基础的、以见路不走的理念为指导思想的、让一碗手擀面以更具有竞争优势的成本无损复制而可能乘以最大市场系数的经营构想。在本公司，拿经验、模式、权威来生搬硬套的做法是不允许的，你的建议和决定必须是依据公司实际情况实实在在解决问题的，如果谁拿某某公司都是这样做的、这是某某权威说的来支持你的观点，这说明你还没有理解公司的经营理念。如果我们的观念发生严重冲突，就失去了合作基础。公司是做生意的，不是让你拿来去学习榜样的。”

石天佑说：“方总，恕我直言，拿到资料我就在想一个问题，经验都是从实践中总结出来的，不能一概否定吧？如果我在川府酒家的经验是没用的，那我来这里干什么？”

老九笑了笑，因为他向叶子农也问过同样的问题。

方迪说：“经验是工具，不是目的，这就是为什么要反对经验主义和本本主义，你唯了经验和本本，你就在不知不觉中已经把它给目的化了，公司倒成了你实现经验主义和本本主义的工具，要是你自己掏钱办的公司，你干不干呢？”

赵军和石天佑都嘿嘿笑了。

方迪说：“赵经理负责生产基地，石经理负责餐馆，用部队的话说就是给你番号了，招兵买马就是你自己的事了。你们招的人我会关注，但不干预，如果你这支队伍又不能打仗又捅娄子，说明你招兵无方，带兵无方，等我干预的时候，说明事态已经很严重了。”

谁都明白“事态严重”是什么意思。

……

这次所谓的“公司第一次会议”纯属偶然，也没有过多谈及事务性议题，主要还是重申和强化公司理念，统一认识，为即将全面展开的各项工作打好思想基础。会议开了一个多小时，大家围绕着为什么半成品生产基地要与餐馆分离、为什么不允许有厨师、为什么不允许对员工倡导奉献精神、为什么不允许追求利润率最大化、为什么不允许高档奢华、为什么不允许聘请专业人才来策划等一系列问题进行了讨论。

石天佑是骑摩托车来的，路程又比较远，方迪看时间不早了，就说：

“九哥，石经理路远，时间也不早了，今天就先说到这儿吧？”

老九说：“好。”

方迪说：“那就散会。”

2

方迪送老九离开生产基地时天已经黑了，汽车行驶在去北丽别墅的大道上。老九采纳了方迪的建议，在北丽别墅买了一幢房子。

车里，老九说：“道理都对，可心里还是虚虚的，这么干真能成吗？”

方迪笑了笑，说：“九哥财大气粗，现在回头还来得及。我可是没有回头路了，除非九哥赦免我，让我回到原来的状态。”

老九说：“可不这么干，又能怎么干呢？我是真被失败折腾怕了。”

方迪说：“谁不怕呀？我这无知无畏的都害怕，九哥蹚水的能不怕吗？怎么说呢？至少从理论上说，市场竞争的一般规律就是质量、价格，其中质量包括了产品和服务，说起来就这么简单，可做起来太难了。咱难，人家也难，那就看谁偏离航向少点了。”

老九问：“晚上怎么吃？”

方迪说：“九哥想吃什么？我陪你去。”

老九说：“去烤鸭店吧，九哥请你吃烤鸭。”

方迪说：“九哥，你是不是有什么事啊？”

老九说：“咋这么想呢？”

方迪说：“经验。九哥一请我吃好的，准有事。”

老九笑笑说：“走吧，我也想吃了。”

来到烤鸭店，门口的车已经停满了，方迪找了半天才找到一个停车位，豪华气派的烤鸭店人来人往，老九和方迪在服务员的帮助下总算找到了一张桌子，落座。方迪要了几碟时令小菜，给老九要了一瓶啤酒，边吃边等烤鸭。

方迪问：“九哥，你是不是真有事啊？”

老九说：“我是这么想的，你离去论文答辩不是还有几天吗，店面还没交付，生产基地这边也有赵经理盯着，这几天咱们两个有一个人留在北京就够了。”

方迪说："九哥，你有话就直说吧。"

老九停了片刻，歉意地说："我想去看看子农，他到巴黎都快一个月了，也不知道他那边的情况到底怎么样。还有就是，我这心里一发虚就想子农，看见他就心里踏实。"

方迪说："就这事啊？那你赶紧去，九哥心里踏实比什么都重要，主帅心不定，那三军还不成了一盘散沙？"

老九说："我去去就来，不耽误你去纽约。你在这边做了那么多工作，我这刚来几天又要走，不像话呀，请你吃顿饭，表达个歉意。"

方迪笑了，说："那九哥你吃亏了，上次在纽约你就白请了一次，这次又白请了。你今天不是还说吗，花钱能买来的事都好办。方向能力是花钱买不来的，我知道轻重。"

老九说："我可真没那么势利。"

方迪说："九哥，你来了以后就一直忙，有些不当紧的事想等你不忙了再说，你要去巴黎就得说了，你现在不忙了吧？"

老九说："不忙了，你说。"

方迪说："我去居委会取箱子，黄大妈说叶先生留的钱已经用完了，装修费什么的黄大妈还给垫付了一部分，我就擅自做主送去了5万块钱，这事没做错吧？"

老九高兴地说："没有，没有，这是给我帮忙呢，谢谢你。你先记个账，等我从巴黎回来了就把钱给你打过去。"

方迪说："还有个事，这机器已经做出来了，专利一直没注册，张娟找我谈过，说雷哥也不好处理这事，因为创意是你的，设计和制造是雷哥，注册到谁名下都不合适，可又挡不住将来被别人抢注了。我说我也不好表态，这事得问问九哥。"

老九想了想，问："你什么意见？"

方迪说："这事我老早就想过，机器没做出来之前说这个没意义，做出来以后如果咱们不准备涉足这款机器的生意，我认为专利对咱们就没有多大意义。专利的实际作用是保证自己生产合法和限制大公司参与竞争，很多作坊企业你根本限制不了，你没时间和精力去跟他打官司。如果是餐馆同行的竞争，他仿造自己用的机器不需要专利，你限制不了他。我认为不管是机器还是经营思路，只能占一时优势，不可能让咱们一劳永逸，最重要的还是见路不走的指导思想，始终坚持实事求是地发现问题和解决问题，这才是咱们的立命之本。”

老九说：“我同意你的看法，那就让雷师傅注册吧。其实真正创意也不是我的，是子农的，再说我也不懂别的行业。”

方迪说：“好，那我按九哥的意思回话了。”

等了有20多分钟，烤鸭这道菜上来了，一个小推车上放了一只刚出炉的烤鸭，上菜的师傅娴熟地片出一盘，方迪和老九就开始卷着小饼吃烤鸭。

老九吃了几片，擦擦嘴，说：“你说石经理真懂见路不走了吗?”

方迪也擦擦嘴，喝口水说：“别说他了，我都嘴里念着还犯糊涂呢。这次招骨干，有几个饮食公司的老厨师真是人才，干了一辈子了，我差点就顺着人才这条线下去了，忘了咱们需要的是什么人才，等静下来我就想，不对呀，人才多了，是你需要的吗？咱们需要的是能够贯彻执行咱们公司宗旨的人，不是去给自己请个领袖。如果是请把握方向的人，那也该是九哥去请叶先生。我也是天天念叨见路不走，可一到事上就不当家了，不知不觉就被一些概念顺跑了，要真那么好懂，罗家明也不会往自己脑袋上开一枪了。但是，懂一点就管懂一点的用，还是不一样的，比一点都不懂的人还是少出点错。”

老九感叹地说：“唉，人哪，光有一膀子力气不够啊。”

第三十八章

巴黎，戴高乐国际机场。

戴梦岩向机场工作人员询问了16点35分从北京飞抵巴黎的航班旅客出口，然后就来到这个出港口等候，手里拿着一块用繁体字写着“九哥”的牌子。戴高乐机场是世界上最大的机场之一，设计结构复杂，经常有旅客在这里迷路。戴梦岩虽然经常出入这个机场，也接过叶子农，但独自来接人还是第一次，并不熟悉哪些航班的哪些出港口。她与老九只在柏林接触过一次，没有留意过这个人，也没留下什么印象，即使见了面也未必能认出来。

纽约至巴黎的航班旅客陆续走出来了，戴梦岩在人群中搜寻年龄在40岁上下的高个子男性，直到有一个人朝她走来，她看着这个人也觉得似曾见过。

走来的正是老九，他冲戴梦岩笑笑，招呼道：“是戴小姐吧？我是老九。”

戴梦岩赶忙上前握手，歉意地说：“九哥！对不起呀，柏林那次印象不是很深，不敢肯定能认出来，对不起啊！”

老九笑着说：“可我认识你呀，戴小姐大名鼎鼎，没柏林那次我也认得出来。”

戴梦岩说：“九哥不必客气，就叫我梦岩吧。”

老九点下头说：“哎。”

戴梦岩说：“九哥一路辛苦了，我帮你拿行李。”

老九的行李只有一个旅行包，他往上一提表示很轻，说：“不用，不用。”

戴梦岩说：“那咱们上车吧。”

……

机场到市区20多公里，5月初的巴黎气候宜人，今天的天气又格外晴朗，老九也没像沈彪那样对戴梦岩有敌意，戴梦岩一路驾车虽然话不多，却也很愉快。

戴梦岩说："九哥，子农下厨，说让你尝尝他的手艺，在家忙呢，不能来接你。"

老九说："他是怕记者拍到我跟他在一起，对我不好。"

戴梦岩笑笑，说："是这个意思吧。"

老九说："我也不想让他出来，少出来一次就少一点危险。这是两好搁一好，都合适。"

戴梦岩说："我给九哥订了艾丽丝饭店，子农不希望你住他那里，他说你来巴黎是顺便看看朋友，主要是旅游的性质，至少真有事了得有凭据这么解释，希望九哥理解。"

老九说："理解。"

戴梦岩说："那就先去酒店了，办完登记再去尝子农的手艺。"

老九点点头，说："好的。我就是稀罕，子农会做饭吗？"

戴梦岩说："不知道，反正我没吃过，也从没见他做过。"

老九一笑说："哎哟，那我这面子大了。"

……

戴梦岩先把老九送到艾丽丝饭店，陪老九办完入住登记，然后才去派拉姆公寓。

汽车开到派拉姆公寓，老九下车打量了一眼这座奢华的公寓，不免心生感觉，既能感觉到戴梦岩对叶子农的真心，又能感觉到戴梦岩与叶子农之间的距离。他清楚，叶子农是愿意融入普通人的生活，而不是奢华、尊贵、高高在上。

在户主戴梦岩的陪同下，老九经过严格而繁琐的安保手续才得以准许进入公寓。戴梦岩打开房门，叶子农不在客厅，只能听到从厨房传出的"哗哗"流水声。

戴梦岩走到厨房对叶子农说："子农，九哥到了。"

叶子农正在洗切菜板，忙关了水龙头，一边用围裙擦手一边快步到客厅，见了老九热情地上前握手，说："洗菜板呢，没听见开门。"

老九见叶子农居然还系着围裙，笑道："兄弟，我看你这样咋着就想笑呢？"

叶子农说："我忙活一天了，给九哥做我最拿手的。"

大家坐下，老九打开旅行包，拿出两盒咖啡和两盒茶叶放到茶几上，说："我知道梦岩啥都不稀罕，也不知道送点啥合适，就带了两盒咖啡，梦岩可别嫌弃。"

戴梦岩拿过咖啡放到自己身边，说："九哥送的我就稀罕，谢谢九哥。"

老九很高兴，说："茶是托人从台湾带的，你们也尝尝。"

叶子农说："谢谢九哥。"

老九说："你到巴黎以后我就准备签证，早就想来看你，又怕给你添麻烦。回头我想办法搞个商务签证，一年的，随时都能来看你。"

叶子农起身说："时候也不早了，九哥先坐，我炒菜去。梦岩也别闲着，先去给九哥弄点喝的，然后帮我把餐具摆上。"

老九也起身说："我不累，我想看看你啥手艺。"

叶子农说："是我下乡时候学会做的最好吃的菜。"

老九跟叶子农到厨房一看，所有厨具全部是崭新的，看不到一丝厨房油污。厨台上摆着六盘切好的菜、一盆豆腐和一碗葱花，炉灶已经架上了炒锅。

老九问："子农，你这厨具崭新崭新的，用过吗？"

戴梦岩在餐厅操作咖啡机，位置与站在厨房门口的老九很近，插话说："九哥，这厨房里出现新鲜蔬菜都是第一次，这厨具能不新吗？"

老九说："子农不做饭，你也不做呀？"

戴梦岩说："你问他，他让我做吗？人家有先进的餐饮管理法。"

老九问叶子农："啥先进的管理法？"

叶子农说："我先炒菜，回头告诉你。"

叶子农倒油、开火，开始炒菜。

戴梦岩冲了三杯咖啡放到餐桌上，也好奇地站在厨房门口看叶子农如何炒菜。

炝锅，倒西红柿，放酱油、盐，一通扒拉。

炝锅，倒胡萝卜，放酱油、盐，一通扒拉。

炝锅，倒午餐肉，放酱油、盐，一通扒拉。

……

原来叶子农的"手艺"就是炝锅，倒菜，放酱油、盐，扒拉。从西红柿、胡萝卜、午餐肉到洋葱、香肠、牛肉，六道菜，无论荤素通通是这四步招式。老九和戴梦岩刚开始还抱有好奇，可看着看着就忍不住想笑，最后笑得弯着腰都站不直了。

六道菜陆续出锅，叶子农说："三荤三素，还差一道汤。"

老九收住笑，问："子农，这汤不会还是那路子吧？"

叶子农说："那当然，汤嘛。"

结果是：炝锅，倒豆腐，放酱油、盐，一通扒拉，还是那四步招式，唯一的不同就是多了一步加水的程序，老九和戴梦岩又是一通大笑。

叶子农等着水烧开，点上一支烟，说："你们是资产阶级，不懂。我下乡那会儿，能吃顿豆腐就是改善生活，过年才炒几个菜，一年也炒不了几回呀，只能练到这个段位了。"

戴梦岩说："就你这水平还帮九哥策划餐馆？"

叶子农说："我没策划，那是九哥把实事求是的认识运用在开餐馆里。"

豆腐汤刚一烧开锅，叶子农就起锅倒进汤盆里，六菜一汤，齐了。

餐桌太大，三人集中在一端入座。戴梦岩给叶子农和老九倒上红酒，自己就拿那杯咖啡代酒了，端起杯子说："我祝九哥北京的餐馆早日开张，生意兴隆！"

老九也端起杯子说："我祝梦岩的店也早日开张，生意兴隆！"

叶子农说："九哥的餐馆就别祝了，准成的事，一祝就咒上了。梦岩的店难说呢，得使劲祝祝，让老天爷加持一把。"说着拿起杯子，碰完就喝了。

老九愣了一下，随即说："那就都不祝了，都准成。"

戴梦岩就跟老九碰了一下杯子，说："好，借九哥的吉言，都成。"

老九关切地问："子农，你真觉得北京的店能成？"

叶子农说："开餐馆跟别的事一样，都需要术、道俱足。术在这里就是烹饪手艺、资金啥的，道在这里就是思维方式、大环境判断、决策原理。无道无方向，无术无实施。九哥的条件都俱足了，就没有不成的道理，因果还能虚了吗？"

老九说："那我也借子农的吉言了。"

叶子农说："我没吉言，我就傻乎乎说实话。都是实话，对梦岩的店就是臭嘴了。"

戴梦岩说："九哥，还记得柏林开会吧，你说子农多坏呀，他让我把地球扛住。"

老九"嘿嘿"笑笑。

叶子农说：“那你说咋办？那么多钱，你让个穷光蛋想辙，给点时间还不耐烦了。要么您就别来，咱要打算端着就端踏实了，那钱咱不要了，那才叫要派。”

戴梦岩说：“我挣的每一分钱都是汗水泡出来的，冬天浇凉水，夏天晒起皮，人能累到站都站不起来，你见过吗？你的钱都是歪门邪道来的，你当然不在乎。”

老九说：“我看报纸，中国跟匈牙利的互免签证条约作废了，4月28日在北京签订了新的中匈签证协定。果然是这样啊，难怪当时子农一再说要快，要快。”

叶子农说：“以后这种偷鸡摸狗的事做不得了，得注意影响了。说心里话，咱真没打算有正形来着，可奥布莱恩就愣给你往正人君子上捣腾，咱不装绅士不行了。”

戴梦岩说：“你再装也成不了绅士，就像我，再装也成不了淑女。”

老九说：“梦姐的风范咋能是一句淑女可比的？说实在的，我做梦都没想到能有机会跟梦姐这样的大明星一起吃饭，我觉得很荣幸。”

戴梦岩说：“九哥，你要这样说可就是赶我了。”

叶子农说：“梦岩这性子不叽扭，适合做兄弟。”

老九问：“啥是叽扭？”

叶子农说：“就是女女的，劲儿劲儿的，普天下的人没有不欠她的。”

戴梦岩说：“做兄弟，那你抢银行要分我一半的，我给你望风。”

叶子农说：“您望个风就要分一半？”

戴梦岩说：“我是你兄弟嘛。”

叶子农说：“咱不是拜把子那种，咱可是亲兄弟。”

戴梦岩说：“亲兄弟？那我连风都不望了，回家为你祈祷，照样分一半。”

三人哈哈大笑，客厅里充满轻松、愉快。

第三十九章

1992年5月12日，星期二，下午。纽约圣尼耶尔大学商学院1992届工商管理学毕业生论文答辩会举行，答辩会场设在一间预先布置好的教研室。

方迪返校已经几天了，今天是她毕业论文答辩的日子，她是第二批答辩生。方迪经历过新闻学院的毕业论文答辩，对本次工商管理学答辩又有充分准备，之前也参加了答辩委员会组织的预答辩，心里并不紧张。答辩席在讲台上，台下坐着3位答辩委员，主答辩是学院的副院长。方迪上台先向答辩委员说了声“老师好”，然后就开始论文陈述。

方迪的毕业论文题目是：《决策的法则——见路不走》。

方迪说：“我承认，初次听到‘见路不走’的时候我很排斥，甚至在心里嘲笑，觉得故弄玄虚。当我明白了这个词的含义之后，我觉得我很浅薄，也为我的嘲笑而惭愧。”

方迪说：“在这所伟大的学校里，相信每个学生对‘创新’这个词都很熟悉，每个老师都在强调创新，技术创新，管理创新，思维创新。如果不拘于字面，我的理解是：创新并不是执着于新旧，而是要善于发现和创造更符合实际的方法。市场条件在变，必然要求决策和管理相适应，而不断催生的方法普遍具有‘新’的特征，人们就习惯了用‘创新’这个词来表达。这是一个方便的表达，其本质是‘更适应条件’和‘更符合需要’的意思。”

方迪说：“为什么每个老师都在向学生强调创新精神呢？我的理解是：因为人们习惯于把每一个成功的范例都贴上标签，正确的、先进的、潮流的，然后拿着这个标准衡量一切管理方法，只要是不符合这个标准的，就是错误的、落后的。这很可怕，因为每个企业的具体情况不一样，没有哪种条件是可以悉数复制的。我们在教室里学习了很多方法和技巧，正如老师反复所讲的，是引导、启发我们的思维，培养我们的独立思考能力，而不是让我们去照本宣科、生搬硬套，其本质，就是培养我们见路不走的能力。”

方迪说：“过去我是以两极判断事物的，非好即坏、非对即错、非此即彼，这样的思维很狭隘，事实上很多事物并不是以简单的对错就可以判断的，是属于条件的可能与否。任何事物，从成因到结果都是有规律的，什么条件产生什么结果，什么结果需要什么条件，这是科学。如果符合一个好听的概念比符合实际重要，对于企业就很危险，就会脱离实际。有一个很中国化的提法，叫解放思想，跟老师讲的‘创新’基本是一个意思，都是主张挣脱模式思维的束缚，用实事求是的、辨别的、证明的科学思维去认识事物。所谓‘决策’，是指具有方向性意义的重要决定，正确的决策是企业得以生存和发展的根本，而‘见路不走’就是企业决策的法则，不唯经验、教条，不唯标签、模式，只以企业的根本利益为目的，遵循因果律，走条件的可能。只有这样，企业才可能具有顽强的生命力。”

方迪说：“……”

方迪用了不到7分钟完成了自己的论文陈述，从“创新”一词开始说起，分析创新的表达本意，延续到“需要”、“目的”、“正确”，延续到见路不走，延续到决策法则。

下一个程序就是答辩。

主答辩提问：“定律是不是路?”

方迪回答：“不是。定律是定律，路是路。路是方便的、经验的、模式的、固化的、既有的，定律是必然的、因果的、规律的。”

一位答辩委员问：“我们不需要学习前人的经验吗？人类不是在一代一代的知识积累中得以进步的吗？这是两问一题，并作一题回答。”

方迪回答：“知识包括了定律和经验，但现在讨论的主题不是给知识划分范畴，而是讨论经验与因果律的关系。见路不走是不唯经验、教条，不是排除经验、教条，不唯就已经包含了学习、借鉴。任何一个成功的经验起初都不叫路的，走的人多了才叫路。见路不走是更接近科学的思维，不表示路就没用了，对于不能理解见路不走的人，见路就走也不失为一种方法，至于能走到哪里就得靠碰运气了。人是懒于动脑、勤于动心的，喜欢把某个条件放大为成因的全部，这样容易比照，容易获得信心。最简单的例子就是：大家都是人，别人能做到的我也能做到。事实不是这样的，别人能做到的我不一定能做到，‘都是人’只是其中的一个条件，只有我具备了别人能做到的全部条件，我才可能做到，而事实上我很难悉数复制别人的条件，只有根据我的条件去做我能做到的，才是不脱离实际的。”

另一位答辩委员问：“见路不走，人怎么出行呢？不看路标见路就走，实际生活里有那么傻的人吗？如果没有，你的命题还有意义吗？”

这也是一个故意混淆概念和逻辑关系的提问，考的是答辩人的思维。

方迪回答：“如果事物都是肉眼能看到的，那就简单了，相信谁也不会傻到不看路标见路就走。问题是很多事物是需要用思维的眼睛去看的，识别一条马路简单，识别一条思维的路就不那么简单了，我不知道有多大的可比性。思维的认识方法，中国人叫解放思想，世界人民管它叫智慧，佛教称之为开天目，可见比肉眼的认识要困难得多。

主答辩问：“我明白你的意思，也同意你的观点，但我们是不是应该有个更容易让人理解的提法呢？比如：正确的路。”

方迪回答：“我认为，‘正确的路’是一种正确的、保险的、不出错的、同时也是没有质性甄别和无从操作的表达方式，请原谅我冒昧，如果因为还没有一个公认的叫法而放弃了可能的表述方式，这是不够积极的。路包含了模式、经验、教条，不管用什么提法，首先要把这些东西剔除出去，要有质性甄别，强调、突出走因果，走条件的可能。我非常赞成老师的观点，应该有个更容易让人理解的提法，但是以我现在的能力我无法回答这样的问题，我把老师的这个问题当做课外作业留给自己。”

主答辩微微一笑，看了看两个答辩委员，然后对方迪说：“你可以下去了。”

……

方迪毕业了。

方迪感谢老九的那个笔记本给她帮了大忙，在她看来，五分抄袭、三分思考、两分临场发挥，就这么蒙混过关了。

毕业典礼，颁发学位证书，穿学位服拍照、狂欢……永不褪色的程序。

第四十章

1

戴梦岩从雷蒙诺保安公司出来，开车去了派拉姆公寓，途经那家香港餐馆，她停下车进去买了3份九龙凤翅。她算计着冰柜里储存的鸡翅已经不多了，该补充了。

她心情很好，因为她准备了一个她认为一定能让叶子农惊喜的好消息。

来到派拉姆公寓，她走到餐厅，见叶子农伏在餐桌上研究时装画报，餐桌的另一侧摆上了筷子、勺和一小碟辣椒酱，显然是准备吃午饭了。

叶子农一看袋子上“九龙饭店”就知道是鸡翅，起身说：“我去拿包装。”

戴梦岩把3份九龙凤翅取出来放到餐桌上，打开其中的一个方便饭盒，鸡翅这时候还是热的，叶子农在包装前还可以吃点新鲜的。

叶子农抱出真空包装机和铝箔袋，摆开阵势准备分装。

戴梦岩从包里拿出一张3天前的华人报纸，展开第一版放到桌子上，指着上方一行红色大标题提示道：“你看看这个。”

红字标题是：中国交响乐《我的祖国》将在巴黎演出。副标题是：著名作曲家、指挥家易海峰率中国首都交响乐团来巴黎访问演出。文章介绍了中国首都交响乐团来巴黎访问演出的时间、地点、场次，音乐会的名称就叫《我的祖国》，《我的祖国》这部交响乐是著名作曲家易海峰的代表作，易海峰本人也是中国首都交响乐团的首席指挥。

戴梦岩说：“你做火机贴章，我就明白了你的心思。我刚从安保公司出来，他们制订了一套方案，车辆、保镖、包厢都是保密的，连我也不知道。这是你来巴黎以后的第一次公开露面，出现在这样的场合对你的形象有利，也让外界看到你跟我是在一起的。”

叶子农看完，略带歉意地说了一句：“我就不去了。”

戴梦岩满心期待叶子农的惊喜，却不料是这样的反应，诧异地问：“你怎么了？”

叶子农说：“我去不合适。”

戴梦岩说：“是怕花钱？还是怕人看见跟我在一起？你什么意思啊？我告诉你钱已经付过了，很多，你去不去都要不回来了。”

叶子农说：“一锅粥，就别让我解释了，一解释你准得跟我干仗。”

戴梦岩说：“不解释才干仗。你说吧，说不出正当理由你必须得去。”

叶子农问：“你保证不吵架？”

戴梦岩说：“不吵，你说吧。”

叶子农说：“一个躲在鼠洞里偷生的人，就别去糟践那支曲子了。”

戴梦岩惊呆了，她怎么也没想到是这样的理由。这就是说，是她让叶子农变成了躲在老鼠洞里偷生的人，以至于听一场《我的祖国》都是糟践了那支曲子。她盯着叶子农，气得好久才憋出一句话：“叶子农，你太恶毒了！”

叶子农说：“你看，还是吵上了。”

戴梦岩质问道：“你做火机贴章怎么没说糟践？国旗就不伟大吗？”

叶子农说：“那个没有公示性，不涉及社会观感，反映的是我的真实态度。这个是招摇过市的，当个人私事涉及了社会观感，你的顾及半径就得延伸。因为认同马克思主义就需要保护，这不是我的真实态度，也不能表达这个态度。”

戴梦岩愤怒地说：“你要用这种方式表达来巴黎的不满，当初就不该答应我。我一直是仰着脸看你的，我以为你跟别的男人不一样，我以为你不会虚伪。”

叶子农起身说：“我回避一会儿，我去厨房抽支烟，你冷静一下。”然后把烟、打火机和烟缸拿到厨房。

戴梦岩说：“这又是发泄不满。”

叶子农说：“这是不激化矛盾。”

戴梦岩匆匆到厨房把烟、打火机和烟缸拿过来，说：“就在这里抽吧，我不冷静，也冷静不了。我说过不许跟我用心计，我说过没有？说过没有？”

叶子农慢腾腾点上一支烟，平静地说：“我以前有个女朋友钱包被偷了，她就骂，骂小偷出门就被车撞死，外带全家都不得好死。我说骂两句娘消消气就算了，不必用那么恶毒的诅咒。结果她说：我知道你烦我了，是男人就大大方方说出来，别像个娘们儿拐弯抹角，真没劲。你还能说什么？把混淆逻辑当法宝用，你觉得这可以表示女人率真吗？”

戴梦岩说：“不许在我面前提别的女人。”

叶子农说：“嗯，我错了。”

戴梦岩说：“你是说我跟那个女人一样？你说我没素质？”

叶子农说：“你看，你又提了。”

戴梦岩说：“我可以提，你不可以。”

叶子农说：“哦，那我又错了。”

戴梦岩说：“好吧，我不混淆逻辑，你说吧。”

叶子农问：“如果你的混淆与不混淆是可控的，那你就是故意混淆逻辑了？”

戴梦岩又想发火了，压制一下，说：“我有那个本事吗？你能不这么阴险吗？”

叶子农说：“那就是没个准了，随时可能一锅粥，这理还有的讲吗？”

戴梦岩“噌”地站了起来，说：“我现在真觉得你恶毒了。”

叶子农说：“你不是故意的，但你是知道有混淆逻辑可能的，既然知道有可能，就冷静一些，别急着干仗。讨论问题是要有基础的，咱先端正个态度，拿出点气量。”

戴梦岩又重新坐下，故意夸张地做了一个深呼吸，说：“好了，我拿出气量了。”

叶子农停了片刻，问：“鸦片战争以来的历史你了解吗？”

戴梦岩说：“这跟这事有什么关系？”

叶子农说：“中国历史上的衰落是以鸦片战争为节点的，你要想不一锅粥，就得从鸦片战争这个节点说起。如果你对鸦片战争以来的历史一点不了解，我就别费那个劲了。”

戴梦岩回答：“不敢说了解，也不能说不了解，知道一点吧。”

叶子农说：“中国自鸦片战争衰落以后，除了挨打受气没别的，中国人一直在探索民族复兴的路子。历史的事实是，中国人民选择了马克思主义。今天的中国社会问题很多，可以让人骂娘的事也很多，但瑕疵、错误和问题都不颠覆一个基本事实：今天的中国是鸦片战争以来最好的时代。这说明马克思主义实事求是的路子是对的，社会主义的经济发展方式是符合中国国情的。你知道一点历史，你愿意承认这个基本事实吗？”

戴梦岩说：“你要给我洗脑？”

叶子农说：“如果你的脑子谁一洗就成什么样，你还有脑子吗？”

戴梦岩忍不住笑了，说：“那就成水桶了，倒进去什么是什么。”

叶子农说：“我没能力给谁洗脑，你就看到什么说什么。”

戴梦岩说：“嗯，那我承认。因为内地发展得好，很多港台艺人都去内地发展了。”

叶子农说：“马克思主义经过100多年的实践和修正，已经不再是徘徊的幽灵了，已经成为‘人类社会发展规律学’的一个重要组成部分，是社会发展规律的发现和解释，是实事求是的认识、态度和方法。不管出于什么动机，我接触马克思主义已经20多年了，一个研究进而认同马克思主义的人，不敢自由地走在所谓‘自由世界’的大街上，这个态度本身就是对马克思主义的否定，就是对中国人民选择社会主义道路的否定。一个能让中国一天天变好的政治基础，我这个所谓的研究者连承认这个政治基础的正当性的勇气都没有，我有什么底气谈祖国？这脸子我觍得下去吗？”

戴梦岩质问：“这话来巴黎之前你怎么不说？”

叶子农只是抽了一口烟，没有回答。

戴梦岩说：“我不懂什么共产主义社会主义，你也别拿大理论吓唬我。你的态度能挡住人家反对共产主义吗？没有你的态度中国就不走社会主义道路了吗？”

叶子农说：“谈不上挡什么，我要有那能耐先把地震洪灾挡了，扯得着吗？这不是跟谁作斗争，我也不是哪党哪派，仅仅是我的个人态度。我承认我不是什么好东西，打架斗殴干过，歪门邪道捞钱也干过，可你赶上了这种事，就是地痞流氓也得有个底线。”

戴梦岩说：“既然你的态度什么都挡不住，你这个态度就是没用的，为了一个没用的态度去拿命冒险，你傻呀？”

叶子农说：“就这点而言，人类不是因为聪明而有别于其他生命的，是因为傻，人类傻到除了食物还要讲尊严、人格，还可以为这些不惜生命，在其他生命看来是够傻的。”

戴梦岩说：“那我就是那个其他生命了？你骂我。”

叶子农说："本来这个不属于傻不傻，你要非用这把尺子，就只能这么解释。"

戴梦岩问："那属于什么？"

叶子农说："不傻，也不聪明，是就这德行，说文绉点叫价值观。"

戴梦岩沉默了许久，说："那就是我傻，傻死了。是我让你来巴黎的，我以为只要把你保护好就没事了，原来我已经罪大恶极了，我妨碍了你的态度，我让你钻老鼠洞了，我还否定了中国人民的选择，我罪大恶极。"

叶子农说："你看，又干仗了。这刚拿出点气量就掖回去了，咋这么抠门呢？"

戴梦岩说："我就问你一句：你死了算谁的？"

叶子农说："想避免麻烦，可以不见布兰迪，可以不去纽约，可以先答题后拿钱，可以回国找个地方躲起来，可以不回国应讯，可以就任政治部长，可以签了政论片……只要修改其中的任意一个条件都可以避免现在的果，不缺这点智力。这就不是算谁的了，是就是我这种德行的，遇到这种事我这种人就这副德行。"

戴梦岩不能否认叶子农说得有道理，而从心理上又无法接受叶子农的说辞，她想反驳叶子农的观点，却找不出清楚的表达，欲言又止。

叶子农说："在北京你是汉奸婆，到了巴黎你就是赤色婆了，你就没危险了吗？谁能保证你不会被迁怒呢？你把叶子农保护起来自己出门了，一旦你被迁怒，按你的逻辑那梦姐就是叶子农害死的，叶子农就担得起吗？"

戴梦岩再次陷入了沉默，沉默了许久、许久，说了一句："你走吧。"

叶子农问："走哪儿？"

戴梦岩说："回北京。"

叶子农说："如果是为了躲避风险回北京，那跟躲在这所房子里有什么区别？"

关起来是钻鼠洞，放出来后果担不起，送回北京也不行。戴梦岩愤怒了，她想说：我该怎么做才对呢？这回该我说了，你给我指条生路吧，给我个赎罪的机会也行啊。又觉得这样说太啰嗦了，一把拽过挎包，狠狠地扔了一句："你想逼死我吗？"

她愤然而去，而叶子农刻意在讨论前铺垫的"冷静"还是没起作用。

2

关不得，放不得，撒手舍不得。

戴梦岩性格刚烈，一向敢做敢当，但是这次却陷入了一个从未有过的困境，这不是艰难的选择，而是根本没有一条路可以让她走。

离开派拉姆公寓，脱离了直接冲突，戴梦岩逐渐从情绪化的状态冷静了一些，她驱车返回自己的住所，还没走到家就懊悔了，懊悔自己说出的那些话。

——这话来巴黎之前你怎么不说？

——你走吧。

——你想逼死我吗？

她对这三句话尤其懊悔。

这话来巴黎之前你怎么不说？——如果叶子农在柏林跟她说这个，以她的心态，一定会认为叶子农是找借口拒绝她，甚至会骂他虚伪。

你走吧。——这话就这么轻易从嘴里说出来了，这是她的真实想法吗？不是。

你想逼死我吗？——叶子农连奥布莱恩都没抱怨，能怪罪她吗？

回到家，她甩掉鞋一头扎在沙发里，也顾不得什么优雅了，更没心思研究服装店。她脑子已经乱成了一团麻，她需要思考，她必须从这个无路可走的困境里找出一个解。

她不懂政治，但是她信叶子农，她相信自己的眼睛。中国确实选择了马克思主义和社会主义道路，中国又确实是在一天天变好。

尽管叶子农并没有跟她要求自由，只是不愿以自卑的心态去听《我的祖国》这样主题的音乐会，但事实上她已经不能再把他关下去了。因为一条丝袜阻碍了叶子农的态度，导致一个研究了20多年马克思主义的人不敢承认马克思主义的正当性，不敢承认中国人民选择社会主义道路的正当性，而且他又是叶辉将军的儿子，这个事实是有例证效应的，这个负面影响也是会被人利用的，这个结果她担不起。

是她让叶子农来巴黎的，如果叶子农在巴黎遇害，这个结果她也担不起。

把叶子农强行送回北京？中国人最恨汉奸，中国人里也有极端民族主义分子，谁又能保证在北京就一定没风险呢？还有一种可能：叶子农被仇视社会制度的极端分子加害了，再转嫁给政府，制造政治事端……一切假设似乎都很虚幻，但却都不能排除理论上的可能，唯一不同的是，叶子农的死活从此就跟自己没关系了，这就是说叶子农死不死并不重要，重要的是只要自己不担责任……这个假设稍一深想就让她后背渗出了一层冷汗，因为这完全不是她的真实内心，她的真实内心是：她不怕死，她是怕叶子农死。

强行送回北京，也就意味着她跟叶子农从此分手了，这个也是她不能接受的。就算一定要分手，也要明明白白地分，不能是这个分法。大难临头各自飞，太没“格”了，那不是她戴梦岩的所为，那样的话还不如让她现在就死。

她甚至做了最极端的假设：如果叶子农在哪里都是遇害，是在巴黎遇害好一点呢？还是在北京遇害好一点？那还不如死在巴黎，起码不是被当成汉奸诛杀的。巴黎与北京，怎么判断两者的危险系数呢？这个事情属于“危险系数”的判断吗……

……

她不知在沙发上躺了多久，想了很多很多，却始终没找出一个解。她也想到过给梁士乔打个电话，听听梁哥的意见，而这个念头也只是在她脑子里一闪就过去了，梁士乔的意见不用问她也知道，不是强行将叶子农送回北京就是继续强制保护，站在梁士乔的角度，他首先考虑的不可能是叶子农，只能是她戴梦岩。

她想得头疼，连午饭都忘了吃，也不知道饿了，以至于躺得太久骨头都疼了。她起身在房间里来回走了几圈，茫然地在窗前伫立，不知是窗外的视野开阔了她的思路，还是在这一刻她突然醒悟了，她突然意识到：自己的思路错了，关与放本来就是矛盾的，如果只是就事论事思考，她永远解不开这个结。

不知道怎么活，还不知道怎么死吗？笨蛋！她在心里骂了一句自己。

她换了一种思维，按自己的逻辑做了一个推理：子农的命比我重要，能让子农舍命的东西一定比我的命更重要。既然哪个结果都担不起，担不起就不担了。

她心里一下子豁然了，也轻松了。

她走到电话前，想通知雷蒙诺保安公司取消护卫计划，既然不需要保护了就别让保安公司白忙了。她刚拿起电话却又放下了，因为按合同规定即使取消计划也不退款的，但是有可能被对方误解为她在争取退款，她是在意自己形象的人，有损形象的事她不能做。

她看看表，已经是下午3点多了，这时她感觉到饿了，却也顾不上吃东西了，她拿上车钥匙和手袋下楼，开车去了玛丽亚音乐大剧院。

在玛丽亚音乐大剧院的售票处，她买了两张5月19日的门票，也就是中国首都交响乐团在巴黎的最后一场演出。两张票不再是包厢，而且是座位既靠边又靠后的经济票，不管是选择的演出场次还是座位，都照顾到了叶子农的低调性格。

买好了音乐会的门票，她再次去了派拉姆公寓。

叶子农还在餐桌看时装画报，抬头看着进门的戴梦岩，笑了笑，说："嘿，你也不歇踏实了再来战斗，这连续作战的战法不适合解决非理性矛盾。"

戴梦岩也不说话，放下包收拾餐桌上的碗筷，就进厨房了，洗碗、煮咖啡，然后用托盘端来两杯滚烫的咖啡，把一堆时装画报往一边推了推，放下咖啡。

叶子农看了看咖啡，笑着问："啥意思，缓和？还是战斗升级了？"

戴梦岩坐好，歉意地说："是我不冷静，我们重新谈。"

咖啡太烫了，叶子农轻轻抿了一口，说："你这咖啡……能当谈话基础用吗？"

戴梦岩说："能，这次是真拿出气量了，谁的理站住脚就听谁的。"

叶子农看着她，确信她说的不是气话了，这才说："好。"

戴梦岩说："不管怎么说，生命是第一位的。"

叶子农说："那赵一曼、张自忠岂不亏死了？你得说群众的生命是第一位的，大家都第一了，还有第一吗？这是一个在不同条件下有不同适用的概念，不能滥用。群众生命的第一位是以警察、军人的牺牲精神为基础的，对于军人和警察，使命和荣誉是第一位的。"

戴梦岩说："过去共产党搞地下斗争，都是钻老鼠洞了？"

叶子农说："斗争与生活、政治集团与个人、政治斗争形式与个人生活态度，属性和规则都不同，没有类比性。"

戴梦岩说："好，我说的没站住脚，该你了。"

叶子农说："柏林不给居留只能回北京也罢，来巴黎给梦姐当差也罢，都是我个人的正常生活，没刻意躲什么。如果我是必须死的，你已经让我多活了几天，这就是真相。对于理论上的危险，不否认，不放大。咱别用'必须’抬举自己，咱没那么重要。”

戴梦岩质问：“理论上的危险就不是危险了？”

叶子农说：“车祸、酗酒、自杀、天灾……哪个都比政治谋杀死的人多，人类就不生活了吗？我也不是非跟活过不去，过马路我也走斑马线，地震了我也往外跑。人嘛，活着就有麻烦，就得有担当。谁都不想有麻烦，也不是所有的麻烦都能躲过的，躲你能躲的，受你该受的，这就是生活。一辈子自我鄙视，那是生不如死，那还活个啥劲呢？那才是必死，连个碰运气的机会都没有。从鼠洞里走出去不一定死，起码还有个碰运气的机会。”

戴梦岩说：“别嫌我啰嗦，我再问你一次：态度比活还重要吗？”

叶子农说：“每个人都活在自己的态度里，都按自己的标准衡量各种关系，什么关系承载什么内容，核定多少担当。有人要钱不要命，有人要心安不要命，有人连横穿个马路都可以不要命，形形色色，看人了，所以叫大千世界嘛。”

戴梦岩从包里拿出刚买的两张音乐会门票放到叶子农面前。

叶子农拿起门票看看日期、座次、票价，明白了，也愣住了。

戴梦岩说：“我不懂政治，我信你，你觉得比命都重要的东西，那就一定很重要。都是中国人，谁不希望中国好呢？我也不希望你去做对国家不利的事。”

叶子农放下门票，说：“如果因为我出事了你就背包袱，那我还是在屋里待着吧。”

戴梦岩起身走到门前，拿下了那条丝袜，塞进包里，坐下。

叶子农小心地问：“塞包里啥意思呀？”

戴梦岩说：“我那边还有一只呢，我穿啊。”

叶子农以咖啡代酒，端起杯子说：“不找死，不找活，平常过日子。”

戴梦岩说：“听你的，不找死，不找活。”然后端起杯子碰了一下。

叶子农感激地点了一下头，说了一句：“谢谢！”

戴梦岩说：“自由了，出去看看巴黎？”

叶子农说：“吃。”

戴梦岩说：“我哪顿饭饿着你了？”

叶子农说：“活命的吃跟美食的吃，不一样。”

戴梦岩想了想，说：“那我就先带你看几家餐馆，都是巴黎有名的，就当兜风了，喜欢吃哪家你自己选。”

叶子农高兴地说：“好。”

……

叶子农来巴黎以后，从机场到派拉姆公寓就是他对巴黎的全部印象。一个多月了，他没有迈出过房门一步，甚至没触摸过门把手。当他一脚迈出房门的时候，他的心里获得了一种挣脱压抑的轻松，作为一个他这样的社会成员，他承担了他认为应该承担的社会义务。

派拉姆公寓的保安都知道309号住着一个从不出门的中国籍男人，当戴梦岩与叶子农一起走出公寓的时候，楼梯口和大门口的保安都用异样的眼神看着叶子农。

戴梦岩驾车在巴黎的大街上兜风，叶子农惬意地抽着烟，呼吸着自由的空气，享受着开阔的视野。从这一刻起，他们这种不是恋人的关系又翻开了生死担当的一页。

戴梦岩开着车，冷不丁地说：“我恨奥布莱恩。”

叶子农说：“恨倒说不上，单就这事说，不怎么让人尊敬吧。”

戴梦岩说：“我没你那么大度。”

叶子农淡淡地说：“都是人的那点事，赶上就赶上了，没啥大不大度的。”

戴梦岩说：“你不是人吗？”

叶子农说：“好歹你也是受过洗的，该知道‘日光之下并无新事’这句话吧。”

戴梦岩点下头说：“知道，《圣经》里的。”

叶子农说：“你、我、奥布莱恩，世上所有的人，只要人性没发生质变，就都是人的那点事，只是随着条件的变化以什么形态呈现而已，已有的日后必有，已行的日后必行。《圣经》跟你说这个啥意思呢？知道点，大惊小怪就少点，心态就平和点。”

戴梦岩说：“你怎么懂这么多啊。”

叶子农说：“你怎么这么有钱哪。”

戴梦岩说：“我问你呢。”

叶子农说：“所以，都没啥。达摩面壁、愚公挖山，各下功夫，各摘果子。”

3

5月19日，中国首都交响乐团在巴黎的最后一场演出，观众依然很多，只是相比首场演出少了一些官方人物和媒体。考虑到观看演出的大部分都是巴黎的华人，叶子农和戴梦岩直到临近开幕才进入剧院，座位又是靠边、靠后的，并没有引起太多人的注意。

玛丽亚音乐大剧院有着悠久的历史，建筑富丽堂皇，可以容纳1200个座位。中国首都交响乐团演出阵容强大，其中指挥、首席钢琴、首席小提琴都是世界著名的音乐家。

第一个曲目是小提琴协奏曲《茉莉花》，一开场就赢来了观众热烈的掌声。

交响乐《我的祖国》放在了演出最高潮的部分，也是观众最期待的。指挥家易海峰已经完全沉浸在音乐里了，每个动作、每个眼神……都无不达到了忘我的境界。

叶子农听过这支曲子，却从来没有这样直接、真切和有现场感染力地听过，这是一种不一样的触动。随着音乐的起伏，他的思绪和感慨也在流动。

交响乐《我的祖国》问世时间并不长，首次演出是在1990年8月1日的中国人民解放军八一建军节音乐晚会上，尽管那只是一场普通的音乐晚会，对于《我的祖国》这支曲子甚至不乏试演的成分，然而这支曲子就这么以它不经意的方式轰动了。

这是一支伟大的曲子。

这是一支时代催生的曲子。

100多年来，中国的音乐伴随着一个民族的苦难和挣扎，呻吟与呐喊、颂扬与斗争的声音占据了中国近代史的绝大部分板块，直到改革开放，从大众对港台音乐的饥不择食到如今不是爱得死去活来就是痛得死去活来的极端个人化，好像除了数伤疤这世上就没别的事了……中国的经济已经呈现出强劲的发展势头，而人的历史尺度的认识却相对滞后于经济的高速发展，这是正常的，是人的认识能力渐进成熟的一般规律。然而，作曲家易海峰先生敏锐地意识到：一个时代来临了！人们的思想终会沉淀、从容，发展的国力和坚实的经济基础必将催生与这个时代相适应的音符。于是，一支伟大的曲子诞生了。

中国人，从几千年从容走过的泱泱风范到100多年来屈辱与抗争的阵痛，到中国越来越受到世界的瞩目，发展、壮大、沉淀、从容，中华民族必将回归炎黄血脉最本质特征的泱泱风范，时代和未来需要这支凝聚中华民族认同感的曲子，需要一支让世界认识中国、让中国人逐渐回归炎黄血脉最本质状态的曲子，无论你在任何角落，只要你还是个中国人，只要你身上还有炎黄的血脉，一听到这个音符你就会自豪地想到：我是中国人。

叶子农是用自己的心在倾听这支曲子。

它不是写实的，如壮丽山河之类。

它不是叙事的，如历史变迁、民族历程之类。

它不是抒情的，如决心、信心、悲壮、豪迈之类。

作曲家只写一种状态，抽象的、概念的。4个元素：美好、从容、坚韧、博大。从音乐的关系和方式上说，是“我”看到了什么，而不是“我”表达什么，而“我”看到的这个不是肉眼之实的，是思维的眼睛以历史的大尺度所看到的，是炎黄血脉最本质状态的，它出离时代，出离了政治、宗教、信仰，出离了地域、国度，出离了阶层、族群……

它是符号的、标志的。

叶子农愿意相信：随着时间的流逝，它也必将是不朽的。

第四十一章

1

6月初的北京，炎暑的气息已经悄悄临近了。

经过整整一个月的紧张施工，餐馆内外装修一新。根据老九提供的老照片，门头沿袭了纽约“面王府”的中式风格，以墙体和四根红柱子为依托支撑起一排大门楼，内侧的两根柱子上依然是一副纯铜镀金的对联，右联“千金一勺卤”，左联“万贯一口汤”，招牌也依然是黑底金字：久悟杠子面。招牌上方则是“久悟杠子面”的霓虹灯字号。

由于半成品生产与餐馆是分离的，对原来的厨房面积进行了大幅度压缩，扩大成了两间大餐厅。二楼保留了原有的总经理办公室、会计室，取消了包间，扩展成一个大餐厅。餐厅内部采用土黄色地砖、红木色墙裙，墙壁和屋顶采用了略微泛点黄头的米白色，而实木桌椅全部采用了与墙裙略有差异的红木色，整齐地三列排开，漂亮而壮观。装修的硬件部分基本都完成了，总体还是沿袭了“面王府”的风格，在暖基调中突出视觉的清晰明快。餐馆离开业还有时日，大门和玻璃窗上都贴着“内部装修”的告示。

二楼有两间办公室，方迪和老九共用一间，牌子上写着：董事长、总经理，另一间石天佑和会计共用，牌子上写着：经理、会计。方迪的办公室大一些，设施也好一些，除了办公桌还有沙发、电视。办公室的走廊有两个出口，一边通往餐厅，一边通往一楼室外。

方迪办公桌上摆满了等她签字的票据、餐厅服务规范草案、厨房岗位责任草案、餐具购置清单、生产基地培训教程……她要逐一审核，或批准，或提出处置意见。这时走廊传来脚步声，接着有人敲门。

方迪仍低着头处理事务，只是说了声：“请进。”

石经理进来，穿着一身夏装餐馆制服，黑裤子、白短袖、红领带。这是经理服，在这批定制的餐馆制服里是数量最少的一款。石经理说："方总，制服都换好了。"

方迪说："哦，有问题吗？"

石经理说："没有，都挺好的。想请你去看看，给大家说几句话。"

方迪说："店里归你管，我手伸太长了不好，会让员工无所适从。"

石经理说："不是我要求的，是那帮丫头，她们说你漂亮，能干，想听你说说话。"

方迪笑笑，说："女人可经不起这么贿赂，好，我去，这些我拿回家处理。"她把桌上的票据和文件收到包里，跟石经理一道下楼了。

大餐厅里，姑娘和小伙子30多人整齐地站成两排，前排是女生，后排是男生，厨房领班和前台领班分别站在两排前面。女服务员制服是红色的，流线型门襟、青花布襟边和黑色盘扣，小巧的红色围裙上还有一个既装饰又实用的口袋，配上黑裤子，怎么看都给人一种传统厨娘的贤淑和温存。前台领班的制服款式与女服务员一样，所不同的是颜色有区别，是深红色的。厨房领班的制服与普通厨房操作工的制服也有区别，虽然都是白色，厨房领班的制服在领围和袖口多了一道金边。区别较大的是传菜生的制服，红色，直对襟，领围、袖口和门襟都是黑色的。大家见总经理来了，既紧张又高兴。

方迪仔细打量了一番，笑着说："哟，可真漂亮啊！大家坐吧，都坐，别站着。"

大家都把目光投向石经理，石经理说："坐吧。"

石经理发了话，大家才各找椅子坐下。

方迪把包放在餐桌上，她却没坐，站着说："餐馆是石经理的工作范围，本来是不该我说话的，我也说，他也说，大家就无所适从了。那我就说点原则性的东西吧，这样就跟石经理的工作不冲突了，咱们就是闲聊，聊到哪儿算哪儿，也不必有个主题，好不好？"

大家说："好。"

方迪说："我先问大家个问题，开餐馆，你们认为什么是硬道理？"

一个小伙子立刻举手站起来说："好吃是硬道理。"

另一个小伙子也站起来说："实惠是硬道理。"

一个姑娘站起来说："舒心是硬道理。"

方迪说：“很好，其实就这点事，说起来谁都知道，但是做起来就难了，不难就不会有那么多倒闭的。咱们公司也想做到这3条，公司努力去做了，但是不管公司怎么努力，最终都要通过你们的手去传递给顾客，从这个意义上说，不管是公司还是我个人，都是要仰仗你们的，所以，我先给大家鞠一躬，拜托了！”

方迪就给大家鞠了一躬。

不知是谁鼓了两下掌，结果大家就都跟着一起鼓掌。

方迪说：“你们注意到了没有，咱们厨房的煮面锅不是一口大锅，而是两台长方形的栅栏锅，能同时独立煮24碗面，每个煮面格还安装了计时提示器，谁能说说为什么？”

厨房领班举手站起来说：“我在面馆干过跑堂，我知道。”

方迪说：“好，你说。”

厨房领班说：“大锅面先出的夹生，后捞的都泡糟了，只有中间捞的好吃。大锅面师傅要赶时间捞，分得也不标准，有时候小碗比大碗还多，有时候大碗比小碗还少。还有就是下面全凭掂量，下多了捞一边，等来票了回锅加热再上桌，回锅面是最难吃的。咱们的煮锅是单碗下面，计时、定量，那肯定不会出现上面的问题。”

方迪说：“说得非常好，但是即使这样也难免会有出错的时候，比如看错票了，多下了一碗面，在咱们店里再回锅就是被禁止的。出了错怎么办？公司的原则是：提醒你，再提醒你，直至你证明自己不适合这个工作。但是，如果谁把出错的后果摊给顾客，一次，仅仅只有一次，你就可以回家了，因为顾客拿你没办法，但是拿餐馆有办法，下回他不来了。他是来给我送钱的，没他我就得饿死，你都砸我饭碗了我还跟你客气什么……”

这时吧台的电话突然响了，打断了方迪的讲话。餐厅空旷、安静，就显得电话铃声格外响亮。石经理一直站在方迪身边，赶紧去接电话。

片刻，石经理过来说：“方总，董事长请你过去。”

方迪对大家说：“车间那边有事，那今天就说到这儿，有机会咱们再聊。”

石经理说：“说完吧，几分钟的事，大家都挺愿意听的。”

方迪想了一下，说：“好，那我就再说几句。服务行业有句名言：顾客是上帝。我就从来没信过，咱拿亲娘都不会当上帝，怎么会拿顾客当上帝呢？不可能嘛。再说上帝他老人家是全能的，也不需要你做什么，所以就别说那连鬼都不信的，咱不会比顾客更聪明，你能拿顾客当顾客，公司就已经很知足了。谁拿顾客当天敌，谁跟顾客斗智斗勇，谁就违背了久悟杠子面的精神，谁就是不适合本公司的人。”

这段话很严肃，餐厅里鸦雀无声。

方迪说：“如果要让我说几句鼓劲儿的话，我想说：今天你们在座的每一个人都是公司的创业元老，如果公司能按预期的发展，公司将会有一个高速扩张的阶段，那时候公司的最大困难不是资金，不是技术，是派不出干部。”

这句“是派不出干部”听了确实让人鼓劲儿，大家热烈鼓掌。

一个姑娘见方迪拿包要走，就起身问：“方总，我可以叫你方姐吗？”

方迪笑着说：“可以，当然可以。”

另一个姑娘说：“方总，开业前能和我们照张相吗？这餐厅多漂亮啊！”

方迪说：“可以，没问题。”

方迪跟大家招招手告辞，拿上包离开餐厅。

石经理送方迪到门口，没等方迪上车，说：“方总，我有个问题想好多天了，就是不知当问不当问，怕问了你不高兴。”

方迪刚拉开车门，停下来，说：“什么事？你说。”

石经理拿出那几张作为装修参照的照片，说：“方总有事，也不用现在就答复。公司不是要求指挥员要理解见路不走吗？咱这餐厅和门头几乎照搬了照片上的样子，这都是董事长的父亲那时候的照片，时间过了这么久，还是纽约的，这样照搬也算见路不走吗？”

方迪说：“让你实事求是，你会操作吗？”

石经理说：“会说，不会做。做的时候都以为是实事求是，事后看就不是了。”

方迪说：“实事求是太概念了，见路不走就是让实事求是好理解一点，当然理解见路不走也难，但总比实事求是具体了一点。面王府经过几十年的摸索改进，也经历了中西文化的审美检验，证明是与杠子面不冲突的就餐环境。最好的设计在哪里？董事长不知道，我就更不知道了，这时候要求的不是好，是别错。咱们讲过，见路不走不是让你非跟别人一样或不一样，是让你以结果对条件的需要去取舍。不唯经验教条，不是否定，经验教条也是从实践中得来的。你的预期果对条件有什么要求，你就去准备这些条件，不在意这些条件是新的还是旧的，也不在意是一样的还是不一样的，这就是见路不走。”

石经理说：“好，我再想想。我就是个小学教师，还是教算术的，方总别介意啊。”

方迪说：“都是说时容易做时难，一样的，都慢慢理解。”

2

生产基地的牌子挂出来了，全称是：久悟杠子面有限公司生产基地。整修过的大门比之前显得正规了许多，门柱包上了花岗岩，大门改成了轨道式栅栏，厂区和大门的地面都重新做了硬化处理，大门也设立了门岗，路人透过栅栏门就可以看到干净整洁的厂区。

门口停了一中一小两辆面包车，其中小面包车是车床加工作坊的。方迪把车停在小面包车旁边，拎上包进了大门，冲看门大爷点头笑了一下。

由于杠子压面机工作时有噪音，面条车间就设在了离办公区较远的南车间，而汤卤车间离大门很近。车间里焕然一新，分为净菜、备料、加工3个工作区，沿南墙是一排长长的瓷砖灶台，大灶6个，中灶4个，小灶两个。沿北墙是净菜区，水池、案板一字排开。中间是一排长长的备料台，全部是不锈钢材料，台子下面带储物柜。

一名20多岁、身穿白色厨师服的员工站在3号大灶前，用一个特制的大铲子在不时翻动大锅里的卤子，肉卤在慢火的煨炖下发出“咕嘟、咕嘟”的响声，满车间都是卤香。

方迪见老九不在这里，就去了面条房，一进车间就看见老九、赵经理、两名员工、雷师傅和他带来的一个徒弟，大家围在杠子压面机前，赵经理正在操作机器，老九和雷师傅在谈着什么。面条房里切面机、和面机、分装台一应俱全，也是即将投产的状态。

方迪上前跟雷师傅打招呼，握手道：“雷哥来了。”

雷师傅说：“我来调试一下机器，换一副弹簧，再说说曲轴箱的事，顺便把打火机也给你带了。”然后看看徒弟，徒弟把一只小尼龙包递给师傅。

方迪说：“哟，都做好了？”

雷师傅把两只打火机交给方迪，说：“你看看，满不满意？”

方迪一手拿一个，沉甸甸的，滑润、漂亮，她高兴地说："谢谢，太谢谢啦!"

老九知道方迪偶尔抽烟，对她喜欢打火机也不奇怪，拿过一只看了看，推开上盖，一打就着了，说："不错，好手艺。这打火机样子好眼熟，就是正面少了一块。"

雷师傅说："少了一个台阶，其实是一块连体白板贴章，你是从画报上见的吧？那可是一款名机，整个打火机都是纯金的，我就是照画报上做的。"

方迪知道老九很少抽烟，也没有喜欢打火机的嗜好，不会去留意打火机的画报，即使画报放在面前他也不会去留意一只打火机，于是她问："九哥，你见过那只火机?"

老九说："见过，真沉哪，比这个沉多了。"

雷师傅惊讶地说："哎哟，那你可真有眼福啊，那款全世界就只有一只。"

方迪知道叶子农喜欢打火机，但他不是一个奢侈的人，如果老九是在柏林见到的那只打火机，什么人有财力和心情送叶子农那么贵重的东西呢？方迪不用猜也知道，那个人只能是戴梦岩。方迪把打火机收进包里，问："九哥，叫我有事啊?"

老九说："曲轴箱的事想听听你的意见，还有就是唐人街的调料来路广，北京的调料四川的多些，口味上还是有差别的，今天用小锅试了几锅，调了一下方子，试大锅，已经煮4个多小时了，你也来鉴定鉴定。"

方迪说："九哥，这得听你的，我哪儿行啊。"

老九说："你在纽约吃了6年，怎么不行？我是有点不自信了。"

方迪说："那你还不如别说鉴定呢，冷不丁吃，我一口就能吃出来。"

老九说："那好，不说鉴定了，说曲轴箱，雷师傅你说吧。"

雷师傅说："是这样的，机器可以定型了，核心部件就是曲轴箱，咱这个是汽车曲轴焊个箱子装上去的，行程不宽裕，合适的报废曲轴也不好找，用新曲轴就不划算了，加工难度也大，费时费工，稳定性也不好，这台机器只能叫原理机。我跟厂家联系了曲轴箱，一台两台人家不给做的，最少10台，不知道你们是什么意思，如果嫌多就不做了，下一台机器还用汽车曲轴的办法。如果可以订10台，我想搭车要两台，你知道我媳妇是压面条的，想让娟子给策划策划，弄个牌子弄个包装，看能不能往超市里拱一拱。"

方迪说："以现在的投入算账，如果失败了，这10台曲轴箱的损失真可以忽略了。”

老九说：“我也是这个意思，那就10台。”

雷师傅说：“好，我去办。那你们忙，我就回去了。”

老九说：“别走啊，卤熬好了，面条马上就出来，你也给尝尝，提点意见。”

雷师傅说：“好，好，那我就尝尝九哥的手艺，呵呵。”

老九对一名员工说：“卤子可以关火了，去把水烧上，准备煮面。”

杠子压面机案板以下的机械部分都用白铁皮包住了，不仅好看，更是为了安全。一张案板被固定在轨道上，两边各竖着一根不锈钢圆柱，圆柱上套着弹簧，两根圆柱中间横着一根木杠子。案板上放着一团硬面，赵经理操控着案板前后移动，让杠子每一下都压在它该压的位置，让面团均匀而柔性地受力，杠子以恒定频率“咣、咣、咣”地运动。

面饼压好以后，赵经理拿刀把面饼分成30厘米左右的大块，拿起其中一块装到切面机的压磙上，开动机器，经过两道压薄进入切刀，设定厚度和宽度的面条就出来了。赵经理抓起面条熟练地“啪啪”一甩，形状非常规矩地码在不锈钢托盘端里。

老九说：“走，煮面。”

大家来到汤卤车间，稍等了一会儿锅里的水就烧开了，老九将面条下锅，赵经理把一小盆肉卤放在备料台上，葱花、辣椒油、菜码也准备好了。面下好后，老九给在场的每人都捞了一小碗，配上葱花、辣椒油、菜码，就可以吃了。

老九吃了一口，不说话。

方迪吃了一口，点点头说：“嗯，是这个味。”

赵经理吃了几口，说：“这个味正，香，上午那小锅料味有点重。”

雷师傅吃了几口，说：“哦……好吃，真好吃。这面条的配方比俺媳妇的好，肯定不是只放点盐和碱，还有别的。”

方迪一笑说：“这个可不能跟雷哥交流。”

雷师傅几口就吃完了，放下碗说：“卤子做试验，有必要做这么大一锅吗？”

老九说：“不管小锅怎么调整，最后都要经过实际生产量试验，没办法，做试验这是必须的，自己人吃点，吃不完的倒掉。”

雷师傅说：“可不是俺想占便宜，多好的卤啊，倒掉太可惜了。俺那边人多，各家一分就没了，要是倒掉的话你让我拉走吧，别糟践东西啊。”

老九对赵经理说："装密封桶里，帮雷师傅抬车上带走。"

赵经理说："好的。"

雷师傅说："先给他们留够了，剩下的我拉走。"

老九说："不用，这几天牛肉卤、大汤卤都要调配方，够他们吃的。你要不忌讳，做完试验我让赵经理都给你送过去。"

雷师傅说："这忌讳啥？都是好东西。赵经理打个电话就行，我马上开车过来。"

赵经理和雷师傅去装肉卤了，老九和方迪身边没有了其他人。

老九说："你一说是那个味，我就放心了。"

方迪说："九哥，这会儿没人，说句让你伤心的话吧？"

老九一笑说："你说。"

方迪说："这面比你擀的面条好吃，口感更好，不比不知道。"

老九说："我知道。机器还是比人有劲，不知道累啊。"

方迪说："我看这进度，8月份就能开业。"

老九说："时间不考虑了，一定要准备好了再开业。赵经理这人真不错，有素质。今天我挺高兴的，你毕业了也没庆祝一下，晚上叫上赵经理咱们吃个饭吧。"

方迪说："我一堆文件没处理呢，也没心情，你要请赵经理你们去吧。"

老九说："论文答辩过了，我就买了一瓶酒想给你庆祝一下，你一直忙也没时间。"

方迪笑笑说："那这瓶酒你先留着，我现在还没资格喝它。"

老九不解，问："咋没资格？"

方迪说："那个是纸上谈兵，不算数，等这事干成了才算数。"

第四十二章

1

戴梦岩在巴黎新区出租的店面房5月28日就合同期满了，承租方在迁移过程中遇到一些麻烦故而拖延了几天，戴梦岩直到6月5日才收回房子。收回店面第四天的下午，她与约定的一家装潢公司去店面看房屋结构，商议服装店的装修事宜。中午她小睡了一会儿，两点钟刚过，她收拾装束做出门准备，这时候电话铃响了，她拿起电话。

电话里是一个熟悉的声音："梦岩吗？我是梁哥。"

戴梦岩好久没跟梁士乔有联系了，高兴地说："梁哥，是你呀。"

梁士乔说："我到巴黎了，刚安顿好，这就准备去找你呢。这次来的人多，除了看你还有别的事，就没跟你打招呼，使馆派车来接了，我还给你带了几位客人。"

戴梦岩问："客人，谁呀？"

梁士乔说："都认识，见了面你就知道了。"

戴梦岩说："我约好了一家装修公司下午3点看房子，店面收回来了，设计装修方案之前他们要实地看看，可能他们已经出来了，临时取消已经来不及了。"

梁士乔说："那就去店里吧。"

戴梦岩说："店里都空了，连杯水都没有，怎么招待客人？你还记得那条街上有个咖啡馆吧，我安排好装修公司的人看房子，然后在咖啡馆门口等你们，那里好一些。"

梁士乔说："先见面，见了面再说。"

戴梦岩说："好吧。"

戴梦岩放下电话，收拾好装束就匆匆出门了，驾车去门面房。

装潢公司的人果然已经提前到了，来了两男一女三个人，都是法国人。项目负责人是一位漂亮女士，讲一口流利的英语。另外两位一个设计师，一个是设计师助理，设计师助理端着一台照相机，肩上还挎一个棕色牛皮工作包。

戴梦岩打开店门，领他们进店里实地察看、拍照、测量。

门面房是一厅三室结构，之前的承租方也是经营服装，三室中较大的一间当库房，两个小间一个用作试衣间，一个当办公室。房子里空空荡荡，属于承租方的东西都搬走了，只有办公室的一张桌子和几把椅子是她买房子时置办的，现在已经陈旧破损了。戴梦岩想着梁士乔和几个客人要来的事，独自到办公室的那个房间查看，空间很小，她不清楚梁士乔所说的客人究竟是几个人，就是临时坐会儿空间也太狭小了。

她走过去，用英语对女负责人说："帮个忙，让他们把办公室的桌子搬到厅里。"

女负责人就吩咐两个男士把办公桌搬到了厅里。

3把椅子，都是软座带扶手的，戴梦岩分3次逐一搬到营业厅，然后在靠近玻璃门的位置站着，透过玻璃观察外面，随时准备出来迎接梁士乔和几位客人。

很快，店门口开过来一辆使馆牌照的轿车，从车里下来4个人，果然她都认识，一位是中国著名电影导演黎中旭，一位是中国电影制片公司总经理张群，两位都是中国电影界大名鼎鼎的人物。还有一位是中国驻法大使馆的外交官徐正勋，戴梦岩与这个人没有接触，但是以前在一些场合有过碰面、寒暄，彼此都有印象。

戴梦岩迎出来，对走在前面的梁士乔叫了一声梁哥，然后就与后面的客人握手，称导演黎中旭为"黎导"、总经理张群为"张总"、外交官徐正勋为"徐先生"，逐一寒暄。

车子是由徐正勋驾驶的，他也是最后一个下车的，徐正勋在与戴梦岩握手时，特意将另一只手也附上，郑重地说了一句："戴小姐，你受委屈了。"

戴梦岩当然注意到了这是一个外交官身份的人讲出的一句有定性含义的话，事情发生得太突然了，她一时不知该怎么回应，就什么话也没说。

众人走进房子里的时候，正值装潢公司的人看完房子要走，戴梦岩先把装潢公司的人送出门，这才回来招呼客人。

5个人，3把椅子。戴梦岩见大家都站着，说："你们坐，我和梁哥站着就好。"

徐正勋和蔼地笑着说："我跟你说完那句话，我的任务就完成了。黎导和张总有事要跟你谈，你们坐，我跟梁先生站一会儿。"

张群坐下，对戴梦岩说："你坐。黎导，你也坐。"然后说，"戴小姐，是这样的，我们公司计划拍个历史题材的片子，片名《革命先行者》，反映孙中山先生从辛亥革命到北伐战争这段历史，想请你出演宋庆龄，一是你演过宋庆龄，二是票房的考虑，你最合适。社会上有不少你的传闻，我们和有关部门接触了一下，他们很支持，希望促成这次合作，这我们就心里有底了。合同和剧本都给梁先生了，你先看看剧本，然后考虑一下给个答复。"

戴梦岩说："好的，谢谢。"

黎中旭说："戴小姐，大家都知道，台湾问题是中国的核心关切，两岸在一个中国的基础上搁置争议，积极拓展共识空间，促进经济合作和文化交流，谋求两岸的和平、稳定和经济发展，将是两岸关系的发展趋势。《革命先行者》是两岸共识空间的重大题材，党政高层十分重视，从各方面都给予大力支持，同时这个本子也具有很强的故事性和观赏性，预计会有广泛受众。我认为这个本子需要你，你也需要这个本子，我希望你能认真考虑宋庆龄这个角色，我相信经过年初以来那些事件的磨炼，更有利于你理解和把握这个角色。"

戴梦岩说："谢谢。"

徐正勋等黎导演说完，恰到好处地插话，随和而又客气地说："戴小姐，你跟梁先生好久不见了，你们聊聊。我们还有别的事，就先告辞了。"

戴梦岩起身说："好的，你们有事，先忙。"

戴梦岩送客，站在路边目送着汽车走远了，与梁士乔一起回到店里。

梁士乔坐下，从包里取出3个剧本和3份合同，其中一份就是出演《革命先行者》的片约合同，说："你身价涨了，香港、内地，有路子嗅到内情的公司都给你涨了。"

戴梦岩对这句话沉默不语。

梁士乔说："剧组定于9月5日在北京召开《革命先行者》电影开拍发布会，届时国务院广播影视行政部门的领导将出席发布会，在主要演员上台的时候，领导会跟你握手，会当众说一句：你受委屈了。9月11日是中秋节，国务院负责港澳台事务的部门将举行一个中秋茶话会，有国家领导人参加，你到了北京就会收到请柬。茶话会各大媒体都会报道，新闻画面和图片里都能看到你的身影。”

戴梦岩问：“这些是谁告诉你的？”

梁士乔说：“是港澳事务办公室的工作人员找我谈的，肯定是上面的意思。叶子农的案子背景复杂，官方这样处理是恰当的，你不是汉奸婆了，就是给叶先生正名了。”

戴梦岩说：“我懂。”

梁士乔沉默了一会儿，说：“对叶先生解除保护我是不赞成的，所幸还没出事。你现在面临着重要转机，趁现在还没出事，你是不是可以考虑做点什么？”

戴梦岩说：“做什么？无非是送回北京或再关起来，能做我早做了。我不懂政治，但是能让子农看得比命都重要的东西，我就相信一定重要。如果他必须死的话，我宁愿让他死在巴黎，总比被当成汉奸死得体面。”

梁士乔说：“万一叶先生真有不测，你真担不起。”

戴梦岩说：“担不起就不担。”

梁士乔这次沉默了好久，说：“偌大中国，不缺你这点无谓的表示。”

戴梦岩说：“开始我也以为是表示，后来我才明白了，是态度，纯粹是个人态度。自己的事，不用表示给谁。”

梁士乔环视了一下空荡荡的房子，转移了话题，说：“还好，没动工，没动工就没什么损失。还是租出去吧，这些事情我来处理，你专心看本子。《革命先行者》不用说了，我希望另外两个本子也签了，这是两家香港公司投拍的，都跟你有过合作，人家一闻到风就来找我了，只要汉奸婆的事一明朗，你就是票房。这两个本子你可能不喜欢，但这已经是能挑出来算好的了，演艺圈你也知道，大家要彼此照应。”

戴梦岩说：“梁哥，我满脑子都是服装，突然有人来跟我说这些，我都懂，可就是不关我的事，没感觉。你给我点时间，我现在不在状态。”

梁士乔说：“那当然，我是先给你吹个风，别让梁哥太难做了。”

戴梦岩说：“好久不见了，晚上我请梁哥吃个饭吧。”

梁士乔说：“今晚不行，改天吧。今晚中法文化协会有个晚宴，是商议巴黎中国电影周的事，这是来巴黎前就定下的，香港来了两个代表，我也不知道为什么就被邀请了。要是不忙的话，你送我一趟回酒店吧，说好的我们几个在酒店集合，统一接送。”

戴梦岩把合同和剧本都收进包里，说：“好，我送你回酒店。”

戴梦岩锁上店门，开车送梁士乔回酒店，汽车向巴黎市中心驶去。

路上，梁士乔说：“梦岩，我是你的经纪人，你是我朋友，你给我交个底，你和叶先生有可能吗？”

戴梦岩平静地回答：“没有。”

梁士乔问：“为什么？”

戴梦岩说：“你说过的。”

梁士乔说：“那是我的看法。”

戴梦岩说：“就是那样的。我是人，他是猫。”

梁士乔说：“叶先生做得很可以了，你做得也很可以了，都不错。”

说到这事，戴梦岩显得有些伤感，说：“这半年，我像活了半辈子。奥布莱恩是真让我开眼了，原来大众是可以这样被操弄的。以前我最烦娱乐记者，现在觉得他们那点八卦伎俩简直纯洁得像天使。和平年代，大家都忙着赚钱，可就是有人还得提着脑袋过日子。都说人各有志，说实在的，认识了子农我才真正见识了什么叫人各有志。”

梁士乔说：“是啊，不同的圈子有不同的活法。”

戴梦岩说：“梁哥，如果有人跟你说：瞧你那穷酸样。你会生气吗？”

梁士乔说：“会的，人不可以这样没礼貌。”

戴梦岩说：“我就真跟子农这么说过，我故意的。你觉得子农会有什么反应？”

梁士乔想了想，说：“我想象不出来。”

戴梦岩说：“他没生气，还说谢谢。我不明白，为什么还要谢我呢？他说：能让您获得优越感，这让我觉得我的穷酸也有了价值。这句话我一直记着，让我想了很多，比如吃得苦中苦方做人上人，比如出人头地，原来我们的快感、满足感、优越感是要从我比别人强里获取的，原来我们是这个活法。我突然不知道自己是谁了，想想常挂嘴边的爱心、善良，我突然觉得好假好假。子农真的是让我见识了什么叫人各有志，突然你看见人不为财死了，鸟不为食亡了，你傻眼了，不知道为什么活了。”

梁士乔笑着问："那叶先生怎么活呢？"

戴梦岩笑笑，说："子农是不找死不找活，平常过日子。我没他那平常心，我活一天是一天，走哪儿算哪儿。"

梁士乔沉默了好久，说："这次，你能演好宋庆龄。"

戴梦岩说："这次演宋庆龄，我是真害怕了。"

梁士乔说："你已经不再是明星了，你成熟了。"

2

送过梁士乔回酒店，戴梦岩开车去了塞纳河一处她常去的地方。

一切来得太突然了，就像她跟梁士乔说的，她什么都懂，可就是不关自己的事。她需要静一静，整理一下思路。重返影坛将意味着她的生活格局发生重大变化，她的活动重心又回到了香港和内地。如果巴黎不再是她常态生活的地方，她与叶子农目前维系的状态也将受到影响，她不可能把叶子农一个人放在巴黎，当叶子农不再是汉奸的时候，北京对叶子农无疑是最安全的，而这也意味着，她与叶子农都将回到各自最初的生活。

塞纳河有一处台阶，长长的，宽宽的，那是她喜欢的一个地方。她把车停在附近，步行走过去，在离水面第三层的石台坐下，河水就在脚下涌动，水波柔缓地撞击着台阶，几只鸽子在旁边嬉戏，不远处的铁桥不时有游艇驶来，夕阳在河面上映满了金色余晖。

如果说以前她还看不清楚的话，那么现在她看清楚了，她与叶子农的关系原本就是一道无解的题。如果叶子农图她的钱财、名气，她会藐视他，也就不会有什么以后了。如果她的钱财、名气对他是无效的，那么以她的价值观和思维是根本无法达到与叶子农默契的，而叶子农也不是一个只要有个女人上床就能过日子的人。

如果有机会，首先要解决的是叶子农的安全问题，然后才是其他。

她就这样静静地坐着，想……

夜色渐临，河岸亮起灯光，她离开塞纳河去见叶子农。

自从叶子农恢复自由以后，她来叶子农这里就不再用钥匙开门的方式了，每次来都是先摁门铃。门开了，叶子农显然是刚吃过晚饭，从神态和饭后刚擦过嘴的油润能看出来。

戴梦岩这个时间来，叶子农以为是来找他一起吃晚饭，于是说："我刚吃过饭，要知道你来我就不吃了，你该先打个电话。"

戴梦岩说："不是来找你吃饭的。"

餐厅的大餐桌上仍然铺着一片时装杂志，戴梦岩走到餐桌前放下包，二话不说就开始收拾杂志，很快归置成三大摞推到餐桌一端，餐桌上顿时腾出一大片地方。

叶子农看不明白，问："杂志不用看了？"

戴梦岩说："你坐。"

叶子农就坐下。

戴梦岩也坐下，问："我还是首长吗？"

叶子农说："当然是。"

戴梦岩又问："能指示？"

叶子农回答："能。"

戴梦岩说："好。"说着拿过包，从里面取合同和剧本。

叶子农静静地看着，不明白发生了什么。

戴梦岩取出3个剧本和3份合同放到叶子农面前，说："首长指示，先看这个。"

叶子农看了一下，问："有人来了？"

戴梦岩把下午的事叙述了一遍。

叶子农说："这是早晚的事。"然后指了指3摞杂志说，"你这不是瞎折腾嘛。"

戴梦岩说："开店也是早晚的事，多做点准备没坏处。你先帮我看剧本，看完剧本还得看杂志，服装的资料我要保存的，以后用。"

叶子农说："剧本我更不懂了，你这不是难为人嘛。"

戴梦岩说："没让你懂，你就是读者、观众，看完把看法说清楚就可以了。"

叶子农说："每个立项都有它的动机，不是局外人能随便判断的。布兰迪政论片的立项就是为了赚钱，真不真理的关他屁事，你真讲理了，他真不干了。布达佩斯建厂，方便面在东欧有没有市场关我屁事，你真建厂，我就不干了。人家的本子怎么赚钱？赚谁的钱？甚至为不为赚钱？人家有自己的考虑。表演我不懂，审查有专门机构，你让我看个啥？"

戴梦岩说："问题是，本子好不好关我的事了。我不缺钱，不该拍的可以不拍。你的意见只对我有用，不会干涉别人。"

叶子农说："如果你拒签，你总得有个理由吧，理由也是有特征的，角度、半径，这个特征就把我卖了，我干吗去当那不是东西的？人家招我惹我了？你拍电影这么多年，什么本子没见过，你真缺这点判断力吗？"

戴梦岩说："本子我没看，梁哥说有两个本子可能是我不喜欢的，那两个香港公司都跟梁哥有交情。梁哥这几天就回去，如果有需要推掉的，我希望是和梁哥当面谈。"

戴梦岩拎上包，走了，叶子农赶紧跟了过去。

戴梦岩拉开门，临走说了一句："我想享受你帮我，就这些。"

3

第二天下午，戴梦岩一个人开车去超市了，她算计着叶子农的生活用品该补充了，她采购了诸如牙膏、电池、卫生纸、ZIPPO汽油、烟、咖啡粉、糖、面包、饮料、香肠……两大包东西，然后去派拉姆公寓。

停好车，刚从车里拎出两个大包，一个保安就上前帮她拎包，送到房门口。戴梦岩谢过保安，摁门铃等了一会儿，没动静，就拿钥匙自己打开门。

客厅的窗帘都拉着，也没开灯，屋里的光线很暗，这说明叶子农还在睡觉。戴梦岩轻手关上门，轻脚走到餐厅，把两大包东西放到餐桌上，走到主卧室一看，叶子农果然还在床上睡觉，轻轻带上门，这才回到餐厅打开灯，灯光就不影响叶子农休息了。餐桌上仍然摆着3摞杂志和剧本、合同，只是旁边又多了一张A4打印纸，上面是打印的文字。

她坐下，拿起文件看，文件没有标题，直接是内容——

一、《风雨旺角街》是常规商业片，江湖恩仇，不存在大的原则判断。

二、《泣血春秋》是一个以战国为历史背景试图诠释帝王之道的本子，该剧的帝王之道就是杀人。儿子不杀人就当不了王，父亲着急了，用计激怒儿子，儿子把爹杀了，学会杀人的儿子凭借杀人获得了当王的资格，他家的王权得以世袭或者叫没失传。

当今世界连曾经先进的欧美制度都显出落后相了，此剧还拿嗜血来诠释帝王法则，不要说为人民服务的宗旨了，就连世界最基本的共性价值观都背离了。文明最基本的价值就是不唯丛林法则，连恐怖主义都知道举块民族的牌子，连邪教都知道弄个善良包裹一下，这本子如此赤裸宣扬嗜血，是文明的基本价值和人类的生存秩序所不能接受的。

本子很文学，堆了很多词汇渲染情绪，但是看不到几句讲理的，为血腥而血腥，为激动而激动，自己过把心潮澎湃的瘾就得，从立场、立意就没打算对谁负责。

接这种本子，须慎重考虑社会观感。

三、《革命先行者》是一部下了功夫的本子，大主题，大题材，于反对台独、维护一个中国、促进两岸沟通、弘扬爱国主义都有积极意义。

以孙中山为领导的、具有广泛社会基础的辛亥革命结束了几千年来的封建制度，其意义是革命性的，是历史性的，是伟大的。中国人民、国共两党和社会各党派都给予孙中山极高的评价和尊敬，这是共识的，是各种价值观在这个问题上认同一致的。

第一次国共合作，联俄、联共、扶助农工的三大政策，都是作为历史存在的，既反映了国民党的历史功绩，又反映了国共两党反帝反封建的一致性，同时也反映了国民党在当时的历史时期对共产党的主张的承认和支持。

《革命先行者》再现了国民党在反帝反封建斗争中的历史进步作用和伟大功绩，一个中国已然在其中，中国共产党存在的法理已然在其中。此剧最难能可贵的地方是：出离了两岸思维，立足共识空间的史实、公理。

这个题材的历史空间本身就恢弘壮阔，具有很强的故事性和观赏性，而广泛的受众必将产生广泛的影响，于任何演员都是一个可遇不可求的平台。如果你把这个本子拍好了，有可能会成为你的演艺生涯具有划阶段意义的作品。

戴梦岩一连看了两遍，很满意。本子是昨天下午交给叶子农的，也就是说叶子农用了不到一天的时间看完了3个剧本，确实重视了。

看完剧本意见，她开始分放买来的两大包东西，把各种食品和生活用品分别放置到该放的地方，时间就这样一点点过去了。干完家务，她煮了一杯咖啡，再看剧本意见。这时叶子农从卧室里出来了，先打开客厅的灯，然后走到餐厅坐下。

叶子农说："意见整理好就给你打电话了，你不在家。"

戴梦岩说："我去超市了。"

叶子农说："我听见门铃了，就愣起不来，太困了。"

戴梦岩说："那你再睡会儿。"

叶子农说："不睡了，再睡夜里又睡不着了。"

戴梦岩说："那我给你倒杯咖啡，提提神。"说着去倒了一杯咖啡放到叶子农面前，然后拿起《泣血春秋》剧本，说，"这个公司是梁哥最不想得罪的。"

叶子农说："你要两肋插刀就另说了，况且插的还是港币。"

戴梦岩说："这本子在香港上演不是问题……内地不是也说百花齐放吗？"

叶子农说："百花齐放就是啥花都有，问题是你是啥花？"

戴梦岩说："那到底能不能签？"

叶子农说："决定权在你，我不是你。如果是我就不签。"

戴梦岩说："这就对了嘛。什么慎重考虑，就是怕担责任。你有点担当可以吗？"然后她又拿起《革命先行者》剧本，说，"你觉得，我怎么才能演好宋庆龄呢？"

叶子农说："不知道，知道了我就吃导演这碗饭了。"

戴梦岩拿起剧本意见说："你这个意见就挺专业的。"

叶子农说："判断主题思想是政治范畴，表演是艺术范畴，两码事。"

戴梦岩说："你从观众的角度看。"

叶子农笑笑说："我还有别的角度可以窜来窜去吗？"

戴梦岩说："那就说，有什么说什么。"

叶子农想了想，说："我看过你的片子，商业片居多，表演比较港味儿，不是香港话的港味儿，是表演风格的港味儿，我不知道怎么形容，只是一种感觉。演商业片没问题，可能就该要那个劲儿，但是演宋庆龄可能就不一定恰当了。也许，我是说也许，你演宋庆龄如果克服了港味儿，或许你就成功一半了。”

戴梦岩说：“你不用可能也许的，你说得对。还有呢？”

叶子农说：“剧本里宋庆龄的台词以‘对了’或‘哦，对了’引出下文的方式大概出现过4次，这种略显市井的语式可能不适合宋庆龄的语言，她所处的位置和环境对她的举止言谈应该是有要求的。当然，这只是瑕疵，不颠覆整体人物。”

戴梦岩沉思了片刻，把剧本、合同、意见都收进包里，说：“准备一下，跟我出去。”

叶子农问：“去哪儿？”

戴梦岩说：“走吧，到地方你就知道了。”

叶子农穿上外衣，拿上烟换上鞋，跟戴梦岩出门了。

天色已是傍晚，外面已呈现出灯火的世界。出了公寓，上车，戴梦岩打开天窗，拉出烟灰盒，意思是叶子农可以抽烟，然后自己系好安全带，驾车上路了。

叶子农不知道要带他去哪里，也不便再问，就独自抽烟。

戴梦岩一边开车，问道：“不找死，不找活，是你说的吧？”

叶子农说：“是。怎么了？”

戴梦岩说：“8月底你跟我一起回香港，再从香港到北京，要一路招摇。我这个婆还有点用，只有我是婆，我不是汉奸婆了才对你有正名作用。到了北京我就忙着拍戏了，这是自然发生的，没有刻意，是平常过日子吧？”

叶子农说：“是。要是再回巴黎就是找死，咱谁也不是非跟活过不去。”

戴梦岩说：“你在北京的房子已经拆了吧？就是没拆你也不能住了，你住那破屋，我这个婆就是假的，那你就是让我出丑呢，也别谈什么正名作用了。就算我给你放生了，你也是戴梦岩放生的，太寒酸了，人家笑话梦姐。”

叶子农笑着说：“行，在首长的亲切关怀下，我到了北京就奔小康。”

戴梦岩说：“那还来得及吗？明天我跟梁哥谈本子，让公司帮你奔吧。”

叶子农说：“那可得请梁哥悠着点，台子码太高我够不着，别让我踮着脚尖夹菜。”

戴梦岩说：“不用你的钱，你只要同意就可以了，台子码多高不关你的事。”

叶子农说：“你要这样，我就不能接受了。”

戴梦岩说："接不接受，等你活着到北京再说吧。不管你能不能活着到北京，我都要提前安排好，有没有造化住那是你的事，看你命了。如果你活着到北京，一切都好说。如果你没了，给你买个宫殿你也带不走，还是我的。这就是个虚名，你不至于连这点虚名都不舍得给我吧？我没你那么大度，我在乎那些人的嘴，我要让他们统统把嘴闭上。"

叶子农在看剧本期间就考虑过这些问题，知道戴梦岩大概会是什么态度，但是当戴梦岩需要他正式表态的时候，他还是又过了一遍脑子，审视这件事的性质、分寸，以及他如果活着到北京，他对这件事的后续处理能力。北京的拆迁房是早晚的事，栖身不是问题。柏林的房子处理之后，加上在纽约拿乔治的那笔钱，即使戴梦岩给他买比较贵的房子，后续处理房子的绝对损失也在可控之内。现在他要做的就是处理好眼前的事，希望戴梦岩无论是感情还是事业都有一个平稳过渡。至于更远的，正如戴梦岩所说：还是等活着到北京再说吧。

他沉思了一会儿，说："你要不嫌折腾，就随你。"

汽车拐了几条街，沿着塞纳河走了一段，在一家日本餐馆门前停下，餐馆挂着十几只红灯笼把门前映红了一片，札幌拉面的招牌格外醒目。

戴梦岩把车熄了火，拔出钥匙，说："你看本子有功劳，我要犒赏你。"

叶子农说："外行人外行地瞅一眼，这算啥功劳？就算犒赏，你也该犒赏点斯文的。"

戴梦岩正要下车，回头看了叶子农一眼，问："你斯文吗？"

叶子农说："我不斯文也得装啊，我怕你受折磨。"

戴梦岩说："准许你吃面发出声音，这算不算犒赏？"

叶子农这才明白，嘿嘿一笑说："岂止算哪，这犒赏大大的！"

这是一家高档日本餐馆，主餐厅有20多张桌子，坐式就餐。纵深处是一道走廊，走廊两侧是几个包间。穿着木屐和服的女招待带领他们到一个空包间，打开日式的拉门，房间里是日本传统的跪坐式榻榻米餐桌，客人席地而坐，很适合情侣相会或挚友小酌。上过小毛巾和茶，戴梦岩点菜，辣汁三文鱼、牛柳寿司、日式火锅……点了一通，主食自然是给叶子农要了札幌拉面，她给自己要了茶碗蒸、茶泡饭。

酒、菜陆续上来，两人一边品菜，一边聊。

戴梦岩说："你好像没什么朋友。"

叶子农说："我嘴臭，不招人待见。"

戴梦岩说："调查上说，你以前组织团伙斗殴，够上团伙那人也不少人啊。"

叶子农说："那时候流落街头，不拉帮结伙就得饿死。时代变了，过去打群架的那帮都混到上流了，没混到的也在努力攀登，我这好吃懒做的就掉队了。"

戴梦岩轻轻摇摇头，问："你，真的是混日子吗？"

叶子农说："你都看到了，混不混的就是那样。"

戴梦岩说："你的心思没在过日子上，当然你可以说那就是你的日子。你到柏林不会只为看看推倒柏林墙吧？我觉得你有更重要的事，你只是不说，或者不方便说。"

叶子农说："何以见得？"

戴梦岩说："接触久了，一些不经意处感觉到的。你在剧本意见里就有一句：当今世界连曾经先进的欧美制度都显出落后相了。"

叶子农说："重新打印，这句话要删掉。连着看了3个本子，脑子有点不听使唤了，这句话就是没过脑子的错误。"

戴梦岩说："没过脑子才是真的。"

叶子农说："过了脑子也是真的，真的也有当说和不当说的。我不想评价西方民主的是非，孬好都是人家的事，也都不是从天上掉下来的。"

戴梦岩说："可你一不留神还是露出来了。"

叶子农说："所以要掖回去。"

戴梦岩一笑，说："你不想让我看清嘴脸了？"

叶子农的表情没有任何变化，继续喝酒、吃东西，只是没接这个话题。

戴梦岩说："认识一场，你总该让我知道你是谁吧。"

叶子农说："有些事是能想不能说的，说了就是邪恶，就是精英主义的蔑视大众，就是与人民为敌，一大堆罪名。有些事是能说不能想的，民主、自由、人权，说了没事，放之四海不挨骂，一想就蹦出一堆问号，摁都摁不住。"

戴梦岩说："拿出来几个看看。我不懂，就想看看。"

叶子农说："什么是民主？判断民主的标准是什么？意志一定体现利益吗？人民这个词是不是被滥用了？还有自由、人权，等等吧，都是问号。"

戴梦岩说："你想为共产党辩解？"

叶子农说："共产党需要我辩解吗？人家是实践者，我只是个观众，不管是听信共产党的还是听信攻击共产党的，只要听信一方就不会有问号。”

戴梦岩点点头，说：“有道理。”

叶子农喝了口啤酒，放下杯子说：“什么是民主？也许这个问题很简单，简单到什么程度呢？人民的国家，人民也得有个管理国家的法子，每个国家的情况都不一样，不可能一个法子四海显灵，上帝都不会答应，那他妈还是因果律吗？从家天下到民天下，民主是国家所有权转移的性质，判断主不主的依据是什么？是利益，是看所有权利益的受益者是谁，这比判定哪种形式属不属于民主更能让人看清真相。如果数了半天人头，人民不是所有权利益的受益者，您再怎么数人头也是假民主。佛法讲见相非相，马克思主义讲透过现象看本质，就是这个道理。数人头作为一种解决问题的方法，只有适用恰当与否的判断，没有好坏对错的判断。把一种方法当成民主去等同于人民的利益，而且还是唯一的方法，而且这唯一的方法还要放之四海而皆准，这个让我不解。”

戴梦岩说：“我一直都没觉得中国算民主国家，不信你可以问问九哥，他跟我的看法肯定是一样的。不管我去内地拍戏还是九哥到北京开店，都是生意，跟政治没关系。但是不管怎么说大家都是中国人，都希望中国好。”

叶子农说：“不只是你们这些香港的纽约的，内地也有人持这种看法，说到祖国的发展就满身自豪，说到民主就底气不足，好像矮了谁半截。”

戴梦岩说：“嗯，就是这样的。”

叶子农说：“你的意志能体现什么？是你的好恶和认知能力。凡是符合你的好恶和认知能力的，你就赞成，否则就反对。”

戴梦岩说：“那当然，谁都一样。”

叶子农说：“如果意志一定体现利益，那就只有开张的，没有倒闭的，没有谁开张是为了倒闭。如果意志不一定体现利益，你在重大利益面前是愿意相信你的意志还是愿意相信科学论证？如果这时候有人一味迎合你的好恶和认知能力，你会害怕吗？”

戴梦岩说：“小事不会，大事会。”

叶子农说：“所以，佛法才让你依法不依人，马克思主义才跟你说事物规律不以人的意志为转移。也所以，一个实事求是的机制是否比一味迎合意志更可能接近科学呢？”

戴梦岩沉默不语。

叶子农说："人民是由每一个具体的人汇总而成的，我们每一个人都有这样那样的优点缺点，怎么一汇成人民就无瑕了呢？缺点的那部分都扔给谁了？如果缺点是扔不掉的，那人民的决策是不是要有一个科学的过滤机制？还有自由，稍有点常识的人都知道自由与束缚是本一的东西，自由这个词本身就是一个边见有漏的方便说，总把人推到相对与绝对的坑里打转转，转晕了拉倒。如果非用这个词，那是不是也该有个定义？是不是应该定义成：自由就是人民的根本利益和生存秩序所能允许的基本权利？"

戴梦岩依然沉默，只是看着他，静静地、久久地看着。

叶子农被看得有些不自在，以为自己的言论触发了戴梦岩的反感或鄙视，于是无可奈何地摇摇头，无奈地自嘲道："好吧，我他妈心理阴暗，见不得人民意志自由。"

戴梦岩也摇摇头，说："我不是那个意思。我在想：你思考这些有什么用呢？"

叶子农说："世界是一个大市场，这个市场竞争首先是以国家为单位的竞争，没有国家的竞争优势，就无从谈起所在国人民的好日子。中国地大人多，搞好了，就是可以承载大产业和大市场的大优势。搞不好，就是内乱、荒废和十几亿人要穿衣吃饭的大包袱。这个道理不复杂，是个中国人都懂。"

戴梦岩点点头："嗯。"

叶子农说："我有种预感，中国要一直按实事求是的路子走下去，中国在国际市场竞争中将会越来越呈现优势，中国让一些国家刮目、不适应，可能只是个时间问题了。"

戴梦岩说："那是好事啊。"

叶子农喝了一口啤酒，沉静地说："中国的最大威胁不是人家的航母导弹，是自家人看不清楚的各种民主。凡是数人头的就往民主里归置，凡是没数人头的就往皇权里归置，这种思维除了西方民主就是皇权，不知道意志不一定体现利益，不知道还有个'见路不走'的该怎么办就怎么办。没有矛盾的社会是不存在的，利用、放大社会矛盾，用所谓的民主来搞乱中国，这是成本最低、遏制力最强的利益争夺。我再痞，也没痞到跟人民过不去。自己过过脑子，真遇到事了不至于稀里糊涂瞎起哄。"

戴梦岩说："人跟人不一样，都想到一起也难呢。"

叶子农说："政治是百人一步的事，如果中华民族每个人都往前迈了一步，集合起来就是这个民族往前迈了一步，就是历史的一步。”

戴梦岩一笑说：“我信你，那我也算往前迈了一步。”

叶子农说：“别信我，你稍过过脑子就行。如果我说：西方人民日夜牵挂着中国人民的冷暖，一心在为中国人民的利益而奋斗，上帝会不会把我扔到疯人院去？如果中国人民抛开自己的利益去为西方的价值观而奋斗，上帝会不会把中国人民都扔到疯人院去？”

戴梦岩哈哈大笑。

叶子农说：“有人说民主不是简单的数人头，是尊重，好像一说数人头就贬损了民主的光芒。真他妈扯淡，那您就直接尊重好了，干吗再弄个民主搅和呢？八竿子打不着的事都能拿来贴金。好，就当是尊重，那您放眼世界看看吧，一个主权国家尚能用国家机器限制丛林法则，联合国拿什么去限制国际关系的丛林法则？只要你不给我利益我就给你民主了，这是哪家子的民主？今天制度不一样我就消灭你，明天呢？制度一样了就没别的矛盾了？人种不一样，宗教信仰不一样，文化背景不一样，是不是都要消灭呢？都消灭了，没差异了，还他妈尊重个屁呀。我说句痞子的话，如果数人头是普世的，那就该先从联合国做起，中国人口最多，那是不是就意味着全世界各国的事都要由中国人民决定？”

这个“全世界各国的事都要由中国人民决定”又让戴梦岩一阵大笑，然后说：“我好像听明白点了，你的意思是不是说：中国的民主比西方的民主更科学、更先进？”

叶子农说：“不能这么说，一个药方包治百病那一定是瞎扯。土壤不一样，也许栽到人家的地里就开不出富强的花朵了。佛法讲不住一法，马克思主义讲一切以时间、地点和条件为转移，都是这个道理。只能这么说，意志不一定体现利益，人类作为一个社会整体要认识到这一点，可能还有一段很长的路要走。”

说话间，服务员把拉面端上来了，好大的一只黑碗，宽宽敞敞装着一碗面。

叶子农说：“嘴脸看过了，那我可以领赏了？”

戴梦岩点点头。

叶子农先往碗里放了一小勺辣椒，然后捧着大碗吃起来，长长的面条吸进嘴里是吸溜吸溜的声音，嚼面条是吧唧吧唧的声音，吃得很香，很惬意。

戴梦岩静静地看着，看了一会儿，说："你这么用脑子，不累吗？有人说人还是糊涂一点的好，太明白了会活得很累。"

叶子农说："神人。"

戴梦岩问："怎么了？"

叶子农说："他一定曾经明白过，一看活得很累，又回去糊涂了，不然他怎么知道？"

戴梦岩笑笑，说："嗯，吃饭吧。"

戴梦岩静静地看了一会儿，又说："今天，就你我，我想看你吃面的样子。如果你当着一桌朋友也这样吃，我承认，我会觉得很没面子。"

叶子农嘿嘿一笑说："那当然，太不给梦姐长脸了。"

……

吃过晚饭，戴梦岩结过账，送叶子农回去。

戴梦岩认识叶子农以来，这是他们第二次深谈，第一次是关于"鼠洞"的问题。随着她对叶子农内心深处的了解，那个"柏林会议"的叶子农就显得越来越表象了，一个内在的叶子农与一个表象的叶子农，在人的习惯认识上很难重叠起来。

车子在巴黎的夜幕里穿行，梦幻、时尚、浪漫……人们形容夜巴黎的那些东西该有的都有了，这里寄托着戴梦岩对未来生活的期许，而叶子农与时尚和浪漫太遥远了，而她与叶子农的内心也太遥远了。半敞的车窗吹淡了叶子农的酒气，也吹拂着她的思绪。

戴梦岩问："你思考那么多问题，思考过你的将来吗？"

叶子农回答："没有，瞎混呗。将来怎么样我不知道，就像我不知道会去纽约，也不知道会来巴黎，我只能做现在知道和想做的。"

戴梦岩说："这几年内地有个流行语，叫傍大款，知道什么意思吧？"

叶子农回答："知道。"

戴梦岩说："有个女记者采访，问我会不会傍大款，我告诉她，我就是大款。"

叶子农说："懂。因缺有需，你不缺。"

这句话之后，戴梦岩一路就没再说话。

车子开到派拉姆公寓，戴梦岩停车，下车。

叶子农下车，说："那我上去了。"

戴梦岩站在车边，点下头，等叶子农刚走了几步，轻轻叫了声："子农。"

叶子农停下。

戴梦岩在夜色中注视了一会儿叶子农，问："我可以抱你一下吗？"

叶子农愣了一下，说："当然，这是女士的特权。"

戴梦岩上前抱住叶子农，把头埋在他的胸膛里，许久，低声说："给我一个理由。除了别说为我好，说什么都可以。"

叶子农窘迫地停了一会儿，歉意地说："我野惯了，真的很难融入那个阶层。"

戴梦岩埋着头，说："如果有一天我给你放生了，不是因为我不缺。"

叶子农说："懂。怜悯野生动物。"

戴梦岩说："你能这么照顾一个女人的体面，谢谢。"

第四十三章

1

1992年8月6日，立秋的前一天，“久悟杠子面”总店开业。

门头没有变化，门头两边各是一块宽2.5米、高1.5米的大玻璃窗，玻璃窗有变化，两块玻璃上的文字、图片是一样的，顶部是一行字体稍大的蓝色文字，醒目地写着：本店不是以面推菜的，奔大菜的朋友，抱歉了！接下来是两排红色文字，一排写着：久悟杠子面，然后是慕容牛肉大汤面、慕容牛肉卤子面、慕容清汤窝窝面、慕容酸辣臊子面4款慕容府家传杠子面，隔一行再往下是老九锅挑炸酱面、老九过凉炸酱面、老九锅挑打卤面、老九过凉打卤面4款老九研发的杠子面。另一排红色文字写着：辅面小菜，然后是慕容花雕凤翅、慕容红烧排骨、慕容白烧腐竹、慕容白烧豆腐4款慕容府家传菜，隔一行再往下是香辣豆芽、酸辣土豆丝、四季燕菜、香卤炸豆腐。每个品种都有价格和实物照片，不用顾客去猜，所有品种的价格都比一般餐馆的价格偏低，让人一目了然。

餐厅的四墙没有任何装饰物，全部是错落有致的介绍单个品种的镜框，品名、价格、实物照片、品种特点，交代得清清楚楚，不用看菜谱，环视一眼就知道自己要吃什么。所有的一切都是为了方便顾客的，包括避免让经济条件不好的顾客拘谨、窘迫。

中午11点半，在石经理的主持下举行了一个简短的开业仪式，全体身着制服的员工在餐馆门前整齐列队，有不少等着就餐的人在四周围观。石经理站在门口的台阶上作了一个非常简短的发言，说：“今天是开业第一天，我没什么好说的，就一句话，拜托大家啦！”然后给全体员工深深鞠了一个躬，开业仪式就结束了，顾客鱼贯进入餐厅。

这天，老九没来，而方迪也只是站在楼上办公室的窗前注视。

方迪好久没抽烟了，今天准备了一包烟。能想到的都想了，能做到的都做了，剩下的就是让实践检验了。她坐在沙发上，小音量而且是心不在焉地看着电视新闻，办公室里隐约能听到餐厅熙熙攘攘的声音，这声音的密度让她心里有几许安定，她静静地抽着烟，以缓解内心的紧张。虽然说失败了还可以总结经验再来，但人的心里还是恐惧失败。

或许方迪还是觉得电视声音干扰了餐厅熙熙攘攘的声音，她把电视机关掉了，坐到办公桌前，拉开抽屉，拿出一张保存的两个多月前的报纸，展开到有她关注消息的版面，那是一篇叶子农和戴梦岩出现在巴黎音乐会的报道。在独自一人的时候，这篇报道她不知看了多少遍了，如果说开业的成败让她紧张，而叶子农的安危则是她心底最揪心的不安。

这是一篇香港记者刊发的报道，文字描述了叶子农与戴梦岩出现在《我的祖国》巴黎音乐会的情况，配发了多幅照片，特别提到了叶子农身边没有保镖，还拿出了叶子农夜抵巴黎机场时保镖簇拥的照片做对比。方迪能够想象得出，要让戴梦岩解除保护，叶子农需要怎样的理由、怎样的周折，而戴梦岩又需要下多大的决心。

但是，方迪理解叶子农。

就在她思绪飘向遥远的巴黎时，电话响了，她的心本能地颤了一下。知道这个电话的人很少，基本都是公司内部人员，而没有特殊情况餐馆的事是不需要她处理的。现在刚刚开业才半个多小时就来电话了，说明情况已经严重到超出了石经理的处置权限。

她镇定了一下，拿起电话平静地问："什么事？"

打电话的不是石经理，而是前台领班，说："有位叫孙瑶的女士一定要见你。"

方迪的心失重地落下了，说："让她上来吧。"说完她放下电话，收起报纸。

一会儿，外面的脚步声自远而近，敲门。

方迪说："请进。"

孙瑶推门进来，说："又偷抽烟了。"

方迪说："我干吗偷着抽啊，犯哪条了？今天开业头一天，我说姑奶奶，您老串门儿会不会挑个时候啊？我接个电话都提心吊胆的。"

孙瑶把包搁桌上，坐下说：“知道你忙，我找娟儿哭了一盒纸都没找你。今天我10点钟就来了，像个树桩子躲一边，还不照顾你呀？”

方迪仔细打量孙瑶，也没看出什么，就问：“怎么了？”

孙瑶说：“经纪公司没续约。”

方迪说：“你这条件还在乎它续不续约？”

孙瑶从包里拿出一沓照片甩桌上。

方迪拿起细看，都是一个姑娘的照片，有在大学校园里的，有穿学士服的毕业照，有山水旅游的，有逛街吃饭的，也有一些室内穿着暴露的，其中还有跟孙瑶丈夫亲热的。方迪看过之后问：“哪儿来的？怎么会到你手里？”

孙瑶说：“洗衣服掉出来的。王八蛋……故意的，这是要跟我摊牌呢。那臭不要脸的我见过，不就是奶子大点，身材好点，文化高点……”

方迪说：“姐，这对男人已经够了吧？不用再点儿了。”

孙瑶说：“嫌我俗，也不看看自己是什么东西，小学都没毕业。”

方迪说：“你们才一年多吧？也太快了。那你找我干吗呢？陪你哭也不能在这儿啊。”

孙瑶说：“我要跟你混。”

方迪愣住了，愣了半天说：“你躺着吃站着吃都够了，这店明天死活还不知道呢，你投庙也不看看有没有香火，就是有，你也不是烧香的，你是拆庙的主。”

孙瑶说：“我先把娟儿出卖了吧，是她让我找你的，我觉得她说得对。娟儿说了，再晚就来不及了。”

方迪不解，问：“什么来不及了？”

孙瑶说：“你们公司规划北京的加盟店是20个，对吧？”

方迪说：“有这个规划，还没考虑细则，现在八字没一撇呢谈这个太早，娟儿问做机器的用途，我也就是跟她念叨了几句。如果市场定位是正确的，运转系统也成熟了，在北京规划发展20个加盟，不能无限发展，得保护加盟店的利益。”

孙瑶说：“不管哪个城市，半死不活的餐馆都是最多的，北京也一样。开业的场面我看了，也进去吃了，看得出你们是正经干事的，又不收加盟费，只要加盟就有钱挣，20个指标那还不一转眼就没了。我就是离婚也得榨他几桶血，可那也不能坐吃山空啊。”

方迪说：“这可没你走台来钱快，更没傍大款来钱快，创业那都是孙子干的事，爷是用来败家的。你不行，你是爷呀。董丽我得罪了，我不想把老同学都得罪了。”

孙瑶说：“我也想扭扭屁股就来钱，可由得了我吗？也怪我，过了几天好日子就不想继续革命了，这身肉是贼吃贼长，后面有更嫩的排大队呢，没办法，这行就这么残酷。咱姐们儿这么铁，也不能一点用都不管吧，那你还是人吗？我盘几个店加盟你，你要求人家什么条件就要求我什么条件，论先来后到我也不迟，总不能姐们儿铁反倒没机会了吧？”

方迪沉思了许久，问：“你真能当孙子？”

孙瑶说：“我能，我真能，我现在已经是孙子了。”

方迪拿过桌上的纸和笔推给孙瑶，说：“那你写个培训申请书吧，我给你批了，你到会计那儿去交一块钱培训费，然后准备好了来上班，餐厅一个月，后厨一个月。”

孙瑶说：“我给你打工两个月，我还给你一块钱，资本家也没这么狠吧？”

方迪收回纸和笔，说：“那算了。”

孙瑶赶紧夺回来，说：“我写，我写还不成吗？”

孙瑶就写了一句话：本人孙瑶申请到贵公司培训。后面是日期、签名。

方迪看了看，说：“行。”然后签上：同意，请会计收取1元培训费。

孙瑶说：“等准备好了我保证按时上班，但要爆发离婚大战怎么办？”

方迪说：“请假，而且在培训期间如果你受不了了，你随时可以放弃。”

孙瑶说：“我知道你这是为我好，我懂。那咱先说好了，东城、崇文、宣武归我了。”

方迪说：“东城、崇文已经有家了，是石经理的朋友，如果他们不合格或放弃，你自动升为第一顺序，如果合作成功你就再选别的吧。”

孙瑶说：“看看，怪不得娟儿说再晚就来不及了，那西城、海淀、宣武归我了。”

方迪说：“甭管当不当真，你吃得下吗？”

孙瑶拿上培训申请书要去财务室，说：“只要你发展得好，我就吃得下。”

2

老九没参加开业仪式不是因为要检验队伍，而是因为害怕，所谓“身体不适”只是一个托词，真正的原因他只告诉了方迪一个人。以“久悟杠子面”的规模和背景，组织一个像样点的开业典礼不是问题，事实是老九和方迪一致选择了低调开业，老九是失败怕了，还没开业就准备接受失败了，而方迪则是缺乏实践经验，也不敢对结果抱太多乐观。

老九的别墅是二层小楼，一楼除了睡觉、喝茶的简单物件，其他都没置办，他既没心思也没时间。免税的汽车买了，一直停在楼下没开，他还没时间去办中国驾驶证。这天他睡得很晚，起得也很晚，磨磨蹭蹭刷牙洗脸，磨磨蹭蹭到小区外的粤菜酒楼吃点东西，又磨磨蹭蹭回来喝茶，今天他的最大事情就是打发时间，等待一个结果。但是，不管他怎么磨蹭时间都过得很慢，他实在无聊了，就到楼上找点事做。

楼上简直就是一个调味品配料作坊，北屋十几只敞口的麻袋靠墙排成一圈，里面装的全都是各种调味品，有花椒、八角、桂皮、茴香、白芷、草果等等。另一间北屋是码放整齐的一包包规格不一的调料袋，这种无纺布调料袋是特别定做的，耐拉扯、耐蒸煮，经得住大勺翻腾。南屋是一张配料操作台，有调料容器、电子秤、漏斗、电动缝纫机，居然还有一台小天平……这里，就是“久悟杠子面”的核心机密了。

尽管各种用途的配方老九已经熟记于心，但还是严格按照配方单子配料，一种用途的料袋一次配20袋，缝纫机封口走两道线，就可以装箱了，箱子上贴着用途名称的标签。根据公司保密制度规定，厂长领取料袋的种类和数量都有记录，每种料袋使用过都要回收，在有指定人员监督的情况下清点、拆袋、混合，然后才可以作为普通垃圾处理。有些料袋是与汤卤煮在一起用的，有些料袋是单独熬调味汁用的。比如大汤牛肉卤，厂长和操作工都知道煮制的配料、时间、火候和合格标准，却唯独不知道调味料袋里的东西，即使能猜出一部分材料，但材料的配置比例也无从得知。生产基地从员工到厂长都签过保密协议，岗位不同保密等级也不一样，配方作为最高机密，只有老九一个人知道。

配料是一件机械而琐碎的工作，需要耐心和细心。这个果然是打发时间的好办法，老九干累了就到楼下喝茶歇会儿，然后再上楼配料，反反复复，就这样消磨了一天，天什么时候黑的也没注意，也没心情吃饭，终于熬到了餐馆打烊的时间。

晚上9点半电话准时响了，老九拿起电话。

方迪的声音，说："情况没担心的坏，比预期的好，我这就把报表给九哥送去。"

老九的心这个激动，说："再说一遍。"

方迪说："情况比预期的好。"

老九说："喝酒，20分钟后我在大门口等你。"

方迪说："好的。"

放下电话，老九下楼坐到沙发上愣神了好一会儿，长长嘘了一口气，到厨房拿上那瓶提盒装的红酒，那是当时要给方迪庆祝论文答辩的酒，他提着这瓶酒出门了。8月的北京正是酷热的季节，夜晚凉爽了些许，也开始了这个城市的夜生活。

实际上老九并不是20分钟才到大门口，而是提前了，一直朝方迪来的方向张望，直到看见方迪的车开过来，开到近前。

方迪的精神很好，伸手打开副驾驶的车门，说："九哥，上车吧。"

老九拉开车门将酒示意了一下说："今天可以喝了吧？"

方迪说："那当然。"

老九把酒放到后座上，然后坐回前面，接过方迪递上的营业报表。

方迪打开车内灯。

老九看完报表沉默了片刻，说的第一句话却是："我想去看看子农了。"

方迪一点不觉得意外，说："哦，那就去呗。"

老九说："开业大吉，不管对别人算个啥，对我老九可不是个小事，我还是第一次尝到没失败的滋味。"

方迪说："九哥，不用解释吧？"

老九说："这刚开业就想走……"

方迪说："这儿有我呢，通过今天我也练点胆子了，人在阵地在，嘿嘿。九哥要备什么礼物你就吩咐，我去办。"

老九说："子农是我兄弟，开张大吉就是最好的礼物。"

方迪不以为然地笑笑，关了车内灯，问："去哪儿?"

老九说："先去厂里看看，叫上赵经理。"

方迪发动车开走了。

方迪说："今天我对营业情况一句没干预，今天最大的情况就是没有、其实也不敢预料生意有这么好，连厂里的应急储备都不够了，石经理准确判断了这个情况，提前6小时通知赵经理，赵经理果断决定紧急生产，保证了晚餐正常供应。餐厅虽然出现了一些配合不畅的问题，但总体讲，生产和营业两大系统是有效运转的，经受住了实战检验。"

老九被车窗的风吹着，说："好啊，太好了。这算运气好呢？还是算因果不虚?"

方迪说："我觉得算因果不虚。"

老九说："你刚才笑什么？开张大吉不算礼物吗?"

方迪说："看对谁了。你这不是摸着石头过河，也不是造原子弹，没那么多变数。如果叶先生认为你的条件都成熟，那你开张大吉就是应该的。北京人爱吃炸酱面，你要真没什么可送的，送瓶面酱可能都比报喜强。"

老九说："那子农也太势利了。打个赌，你输了请九哥吃饭。"

方迪笑笑说："要是九哥输了呢?"

老九说："我请你呀。"

方迪说："好。"

北丽别墅离生产基地不远，很快就到了，方迪停好车，和老九一起从小门进去。

方迪问看门大爷："赵经理休息了吗?"

看门大爷说："没有，一个人在车间喝酒呢。"

赵经理在车间东侧的一块空地上独自喝酒，坐一只小凳子，前面用倒扣的塑料菜筐当小桌子，上面铺了一张报纸，有烟、打火机、半茶杯酒、一小碟子花生米，小碟子旁边还有个花生米的袋子，里面的花生米没倒完，一看就知道是从店铺里买来的花生米。

见老九和方迪进来，赵经理忙站起来说："哟，董事长和方总来了。"

老九说："怎么一个人喝上了。"

赵经理拘谨地一笑，说："开业头一天哪，这么好，想喝一口。"

老九说："就是来找你喝酒的，走，出去找个地方喝。"

赵经理忙歉意地说："不行啊，我已经喝不少了，4点钟还要出去买菜。"说着指了一下地上的酒瓶，一瓶酒已经下去了一小半，大概喝了有3两酒。

老九说："有采购员还用你跟着去呀？"

赵经理说："采购员是我带的农村兵，人可靠，业务还不行，我得带带他。"

方迪说："九哥，那就在这儿喝吧，意思一下，让赵经理早点休息。"

老九犹豫了一下，含蓄地说："这也没个菜呀。"

赵经理说："下了班任何人不能开火，咱不能3个公司领导带头违反制度啊。"

老九赶紧改口说："那是，那是。"

方迪说："酒在车上，我去拿。"

赵经理说："我去吧。"

方迪就把车钥匙给他，说："在后座上。"

方迪到餐柜找来3只小碗摆台子上，老九又找来两只小凳子。赵经理拿来红酒，老九亲自打开给每人倒上。

老九说："论文答辩，开张大吉，都是高兴的事。来，碰一杯。"

方迪碰完杯说："我开车，意思一下啊。"象征性地喝了一点点。

老九说："赵连长啊，方总是双料硕士，那可是咱们公司的招牌啊。"

方迪和赵经理都注意到了，老九称呼的是"赵连长"，这是第一次，就这么不经意地说出来了，说明老九已经从心里认可了赵经理。

方迪笑笑说："九哥，'久悟杠子面'才是咱的招牌，代表着见路不走、实事求是。我还是愿意说那句话，用马克思主义指导我们赚钱，那是战无不胜的。"

老九对赵经理说："你看，就是不一样吧？"

赵经理说："我真不是想夸谁，方总真是人才。"

方迪被说得不好意思了，说："哎哟，那就别费事了，干脆我自己夸夸自己吧。"

老九说："哟，那我想听听。"

方迪说："我觉得，今天我才像个战士，硕士比战士差远了。"

第四十四章

1992年8月12日，星期三，天气晴朗。

戴梦岩去巴黎机场接老九，这是她第二次接老九了。下午将近6点时，老九随旅客从机场出口走出来，肩上挎着一个不大的旅行包。

戴梦岩心情很好，迎上前与老九握手，叫了一声："九哥。"

老九也很精神，完全没有长时间旅途的疲惫，说："又让你来接，麻烦你了。"

戴梦岩接上老九驾车离开机场，戴梦岩即将重返影坛，老九的北京餐馆生意红火，两人都是好心情，一路有说有笑。闲聊中老九向戴梦岩简单介绍了北京餐馆的情况，戴梦岩也向老九说了一些上次梁士乔来的情况。戴梦岩还是先把老九送到艾丽丝饭店，安排好老九的住宿然后才去派拉姆公寓，这时的巴黎已经亮起了街灯。

在派拉姆公寓停好车，将要上楼的时候，戴梦岩说："九哥赶巧了，子农一个星期前预订了一家餐馆，你上去喝口水歇一下，咱们去吃法国大餐。"

老九说："子农啥没吃过？吃什么法国大餐哪。"

戴梦岩说："子农说别处的法国大餐是别处的，他要尝尝巴黎的法国大餐。我不太愿意让他去预订的餐馆，可这顿饭排了一个多星期才等上，我也不好说什么。"

老九点下头说："明白，我跟他说。"

上楼，走到门前，戴梦岩摁了一下门铃。

叶子农开门，跟老九握着手说："九哥，咱这点钱全给飞机加油了。"

老九说："哪能呢，我是来给你报喜的。"

叶子农和老九落座，戴梦岩去泡茶。

老九放下包，打量着叶子农的衣服，叶子农穿了一套圆领套头式的白色运动卫衣，脚上一双运动鞋，显然是出门的准备。老九说："哟，你就穿这去吃法国大餐?"

叶子农说："梦岩跟你说了？穿这好哇，耍得开，咱就是吃，咋能吃好咋来。我排了十来天才等上，你咋这么能赶呢，不早不晚，天算哪。"

老九说："我不稀罕啥法国大餐，我稀罕你的先进餐饮管理法，就在家吃了。"

叶子农说："九哥，真不是专门为你准备的，我不可能十来天之前就知道你来吧？啥道理咱都讲过，咱不在这上面纠缠了。梦岩的情况想必她都告诉你了，现在也不用担心给你造成坏影响了，咱就是平常过日子。真要有事，躲过了今天也一样有事。"

戴梦岩用一个盘子端来3杯茶，每人分了一杯，也坐下。

老九看了看戴梦岩。

戴梦岩说："子农都说了，那就吃吧。"

叶子农说："喝口水，准备出发。"

老九喝了口水，说："子农，我这次来给你带了份大礼，四个字：开张大吉。"

叶子农一笑说："九哥，俺可从没争竞过啥礼的，可你真要送也不给点实惠的。"

老九说："九哥开张大吉，大喜呀。你想咋实惠？太让俺老九心寒了。"

叶子农说："这算啥喜呀？你要是撞大运撞上的，叫喜。如果是因果必然的，那就不叫喜了，叫正常。你这次是撞大运吗?"

老九说："不是。"

叶子农说："那咱喜个啥劲呢?"

戴梦岩就坐在一边笑。

老九从包里拿出一瓶北京黄酱和一瓶甜面酱，说："幸亏我留了一手。明天我去置办擀面杖、案板、面粉、肉，晚上请你吃正宗的老北京手擀炸酱面。"

会做北京炸酱面的都知道，黄酱和甜面酱是要掺在一起用的。

叶子农拿起一瓶北京黄酱看看，说："九哥的手擀面那是没说的，在北京开店那做炸酱也应该错不了，捞面过下凉水，再抓把黄瓜丝，哎哟……人生极乐原来在这儿啊。"

老九问："这礼咋样?"

叶子农仿佛闻到了北京炸酱面的香味，神往而夸张地说："知我者，九哥也。"

喝了口水，让老九稍作休息，3人去预订餐馆吃米其林星级的法国大餐了。

这家餐馆在一条商业街上，店面装潢古典、豪华，餐馆前面的一大片空地可停车，车辆不多，进入的人也不多，并没有车水马龙的景象，空间、节奏都很从容，大尺寸的高级地砖醒目地宣示着这块领地的尊贵。餐馆大门有4层台阶，进门往前走五六米右拐就是餐厅，地面铺着浅咖啡色的地毯，餐桌之间的距离很大，给人一种空旷而自由的存在感。几盏大吊灯恰到好处地分布，灯光不是很亮，是那种安静而温馨的色调。餐桌是圆的，雪白的台布中间放着一束插在玻璃瓶里红黄搭配的鲜花。

3人由服务员带领在预订的桌位入座，一顿法国大餐就开始了。

前菜、主菜按顺序陆陆续续地上桌，叶子农这身短打发挥了作用，动作自如，没有西装革履那么束缚。戴梦岩因为开车喝的是无酒精饮料，叶子农和老九喝红酒。

席间，老九笑着说："子农，有时候你也资产阶级呀。"

叶子农嘿嘿一笑说："俺也就是吃上偶尔资产阶级一下，别的都是无产阶级。现在吃啥都是梦岩买单，咱逮住个富婆那还不狠宰，权当打土豪分田地了。"

老九说："那是你没把梦岩当外人。"

戴梦岩淡淡地说了一句："没当外人就已经是外人了。"

老九一愣，知道自己说错话了。

戴梦岩端起杯子说："九哥，咱不管子农那套。你开张大吉，咱祝贺一下。"

老九赶紧端起酒碰了一杯，说："谢谢！谢谢!"

叶子农也端起酒说："九哥，兄弟臭嘴，道个歉。你开张大吉，咱也祝贺一下。"

老九又跟叶子农碰了一杯，说："子农话不中听，可都是大实话，谢谢!"

法国大餐优雅、绅士，美食和情调是不可分割的一体，讲究的就是享受这个过程，而不是填了肚子就拉倒，一顿饭吃上几个小时是很平常的事。

一瓶酒喝到一半的时候，老九渐渐话多了，说："子农，见路不走，真好哇！九哥是尝到甜头了，难怪内地这边老说实事求是，罗家明不识货呀。"

戴梦岩说："罗家明就没懂，也不怪他，是不好懂嘛，我就没懂。"

老九说："挣脱思想枷锁，好说不好做啊。"

戴梦岩笑笑说："那么容易挣脱的大概就不是枷锁了吧。"

叶子农说："一个人都难，一个国家就更难了，以前的《红旗》杂志改成《求是》，其实就是一次了不起的大转折。"

老九说："我这次来一是报喜，二是就想跟你说说话，就像在北京那次一样。"

叶子农说："九哥，此一时彼一时啊，当初在红川到底是谁难为谁呀？"

老九说："我难为你，我难为你。"

叶子农说："终于平反了，心理平衡了。"

老九对戴梦岩说："你看看，他到现在还记仇呢。"

叶子农说："俺当然记仇了，你忘了在北京你是咋歹毒俺的。"

老九说："明天吃了我的炸酱面，这事就不许提了，行吗？"

叶子农说："行，成交。"

老九对戴梦岩说："梦岩，到了北京你可要去店里给俺捧场啊。"

戴梦岩说："只要九哥不嫌我多事，我没事就去吃。"

尽管叶子农在吃饭上不是个擅长持久战的人，但这顿饭也吃了近两个小时，一方面是法国大餐的程序繁琐，一方面是心情愉快。

吃过晚饭要先送老九回酒店，老九喝酒上头，满脸通红。

出了餐馆大门，走几步刚下台阶，大家都听到了一个沉闷的声音，接着又是一声，但是大家都没有反应过来发生了什么事。

只有叶子农感觉到了，他看了看前方，马路对面是一座大楼，密密麻麻很多窗户。他又低头看了下胸前的血，说了句："还真他妈抬举我。"身体就支撑不住了。

老九看到叶子农倒下才意识到发生了什么，脑子"嗡"地就炸了，身上那点酒劲也惊去了一半，他本能地喊了一声："快叫救护车！"疯了一样冲进餐馆打电话。

叶子农是被子弹射中了，没有听到枪声，听到的只是子弹击中身体的声音，子弹应该是自上而下打来的，避开了街上的车辆和行人，这显然是预先埋伏好的狙杀。

戴梦岩抱住叶子农，随着他倒下的身体斜跪在台阶上，让他仰靠在自己腿上，左手臂托着他的头部，眼看着他胸部白色的运动卫衣被不断涌出的血染红了一片，她手掌沾上的血鲜红鲜红的，还带着叶子农体温。她直愣愣地看着自己满手的鲜血，无可自控地愤怒了！尽管她无数次假设过类似的情景，尽管她理性上有足够的心理准备，但是当这一幕真实发生的一瞬间，她还是崩溃了，她完全失去了理智。

她本能地、歇斯底里地哭喊道："为什么？为什么呀？"

叶子农吃力地抬手轻微摆了摆，吃力地说："都是人的那点事，没啥为什么。"然后微弱地念叨，"说你老土吧，你还不愿意。"最后的"意"字已经微弱到没有力气出声了。

戴梦岩并非不知为什么，但失控的本能还是让她撕裂地喊了。

她明白叶子农的意思。

叶子农曾经跟她说过：你、我、奥布莱恩，世上所有的人，只要人性没发生质变，就都是人的那点事，只是随着条件的变化以什么形态呈现而已，已有的日后必有，已行的日后必行。《圣经》跟你说这个啥意思呢？知道点，大惊小怪就少点，心态就平和点。

她的心态没能因为叶子农的话有任何一点平和，但至少她不喊了，她沉默了。

第四十五章

天空黑云密布，眼看要下大雨了，餐厅里已经没有顾客了，“久悟杠子面”的员工正在开饭，今天的午饭是白菜粉条炖肉，主食是米饭，员工们有的几个人围一盆菜吃，有的一碗米饭上挖勺菜自己吃。方迪端个空碗等着打饭，副总经理站在她旁边也准备打饭。

副总经理看了看黑板上粉笔字写的通知：今天下午2点，各部门经理、领班到3号餐厅开会。又看了看窗外，说：“看这天阴得，预报说傍晚有大雨，我看等不到了。”

方迪看看表差20分钟2点，说：“这雨下成什么样没准儿呢，你去打电话问他们出来了没有，没出来就先别来了，看看天气再说。”

副总经理去服务台打电话。

方迪打了一小碗饭菜，迎着刚打完电话的副总经理走过去。

副总经理说：“他们已经出来了。”

方迪说：“那就等吧。”说完端着一碗饭上楼了，进了自己的办公室。

餐馆的开局比预期的要好，营业额一直呈上升态势，但是也暴露出一些问题，主要集中在协调方面，一些职能和流程的衔接不流畅，时有撞车和误工的情况发生，以老九纽约店的管理模式为蓝本的管理方法无法适应北京店的大流量、快节奏。生产基地与餐馆也存在协作不畅的问题，对高峰时段的爆发式客流估计不足，缺乏应急储备。餐馆开业以来方迪频繁召集开会，发现问题及时解决，心里也越来越有数，尽管存在这样那样的问题，但是营业额一直上升却是餐馆的基本局势，餐馆的产品定位没问题，产品质量没问题，所存在的问题是发展中的问题，是需要进一步完善和提高的问题。

她把碗放桌上，随手拿起遥控器打开电视机，当她一个人吃饭的时候，她喜欢一边吃饭一边看看新闻什么的。她刚打开电视，就正赶上一位主持人在播报新闻——

中国公民叶子农在巴黎一家饭店门前遭枪杀，巴黎警方已经就此案展开调查。据巴黎警方透露，叶子农是被两颗子弹射中胸部当场死亡，国际极端组织“自由红色战斗旅”给法国电视台打电话声称对刺杀事件负责，该极端组织称：自由世界不欢迎共产主义者，同时也是对叶子农藐视民主的回应，称叶子农藐视NRG世界民主联盟就是藐视民主。NRG世界民主联盟随即在纽约发表声明，否认与该国际极端组织有关，并对刺杀事件表示谴责。中国外交部发言人在新闻发布会上表示，中国政府强烈谴责这一恐怖主义暴行……

方迪就像被一把锋利的刀猛砍了一下，刀太锋利了，还来不及感觉疼痛，只有理性在告诉她：那个让她每天都提着心的事终于发生了。

这一刻她的头脑还是清醒的，她意识到：楼下的人在等着她主持会议，而她很快就会坚持不住，她会瘫倒的，她必须马上离开这里，到一个没人的地方待着。于是她拿起包和桌上的车钥匙，关掉电视，迅速离开办公室。

副总经理正在餐厅的一张桌子吃饭，一边还和围在旁边的几个人聊着什么，见方迪下楼就放下筷子迎过来，说：“方总，开会的人都到齐了。”

方迪说：“我有事出去一下，会议你主持。”

副总经理说：“外面已经下起来了。”

方迪说：“我有事。”说着出了餐馆，开车走了。

餐厅里大家你看我、我看你，都很不解。

天空黑云翻滚，狂风大作，豆大的雨点在电闪雷鸣中噼里啪啦往下砸，方迪恍惚觉得这是天意，犹如她濒临崩溃的内心。

雨像倾泻一样下着，雨刮器快速地摆动才能看清路面，方迪跟着车流行驶，希望快一点回到房子倒在床上，她感到方向盘越来越沉，手脚越来越无力，仿佛人都被抽空了，窒息得连呼吸都困难。她真真切切感觉到了疼，感觉到了心在滴血，那种疼痛从心底蔓延，冷得像寒冬，热得像火烤，欲生欲死都不能……她知道自己快坚持不住了。

前面出现一座石桥，她把车停在桥边，撑着发虚的身体走到桥的人行台阶上，靠着石栏瘫坐在地上，任凭大雨倾泻，涨疼的头在冷雨的倾泻中似乎好受了一点。这一刻，所有的理性都崩溃了，她双手捂住脸，顺着指缝流淌的已经分不清是雨还是泪……

第四十六章

1

叶子农的遇刺和中国政府的表态，以及声称对刺杀事件负责的极端组织的表态，使得一度揣测叶子农的“汉奸说”不辩自明，戴梦岩的“汉奸婆”自然也就不复存在了。曾经的委屈发酵着人们的敬佩，此时的“梦姐”无疑更具商业价值。于是，那些影业、广告、演出之类的公司……那些曾经熟悉和不熟悉的朋友……凡是有条件入境法国的都来了。戴梦岩的公寓楼下每天都涌来很多车辆，这条街道本来就不宽，由于媒体和访客的车辆频繁聚集，几度造成交通堵塞，警察加强了这个路段的交通疏导，到了第四天才逐渐恢复正常，一些大的国际主流媒体都撤离了，却仍有少数香港和内地的娱乐媒体记者在楼下蹲守。

第四天的下午2点，老九准时来到戴梦岩公寓。这几天上午9点和下午2点，他像上班一样按时来公寓，由于戴梦岩拒绝他人帮忙，老九就担起了协助迎来送往的角色，虽然来访的高峰已经过去，但还是有些零星访客前来慰问。

老九一进门就把一只盒子交给戴梦岩，说：“花买好了。”

这是一只普通的纸盒子，如果不打开就看不出里面装的什么。戴梦岩接过盒子放到大餐桌上，把花拿出来用报纸包好，装到一只大点的挎包里，再把小挎包里的所有东西都装到大挎包里，说：“记者看见你拿盒子上来了，我再拿盒子下去，再去机场接梁哥，容易被记者怀疑是鲜花，梁哥用鲜花一定是去看子农，这样就更容易被跟踪了。”

老九说：“要不……还是我去机场吧，我叫辆出租车一样的。”

戴梦岩说：“梁哥想先去看子农，那地方你只去过一次，还是夜里，你找不到的。梁哥前两次来巴黎我都没去接，现在也不忙，还是我去，你还留在家里接待客人。”

老九说：“我是怕万一有记者跟踪发现了那个地方，那地方以后就招人了。”

戴梦岩说：“我会看情况的，如果有跟踪就不去了。”

老九说：“这记者要守到什么时候才肯散哪？”

戴梦岩说：“我想好了，公布一些信息，把子农的遗嘱也公布了。有些情况不给媒体一个交代，这事就没个完。”

戴梦岩拿上车钥匙和里面放有鲜花的挎包下楼了，一出公寓就被记者围上，六七支话筒伸到眼前，闪光灯咔嚓咔嚓闪个不停，每个记者都提各自感兴趣的问题。戴梦岩曾是与媒体发生冲突最多的明星之一，自从见识了奥布莱恩的算计，她对记者容忍了许多。六七个记者一起提问，乱哄哄的她也听不清楚在问什么，只顾往汽车跟前走。

一个香港记者追着说：“大家都不容易，说点什么吧，给点料好交差，大家就散了。”

一个北京女记者也说：“就是啊，蹲几天了，给点料大家就散了。”

戴梦岩停下脚步，说：“我去机场接梁哥，没时间回答太多问题。”

一个记者问：“匆忙火化遗体，也不举行仪式，为什么这样处理？能解释一下吗？这样做是不是对死者不够尊重？”

戴梦岩从衣袋里拿出事先准备好的叶子农的亲笔遗嘱，展开让记者看，摄影记者对着这张遗嘱一阵狂拍。戴梦岩说：“遗嘱一式两份，是子农的亲笔，一份交给九哥保管，另一份就是这个。子农的愿望，我就不解释了。我不知道有没有顺烟囱飘了这项服务，即使有我和九哥也做不到，只能做到人的感情所能承受的程度。”

一记者问：“骨灰是带到香港？北京？还是留在巴黎？”

戴梦岩回答：“13日警方勘验，14日上午火化，15日凌晨4点我和九哥把骨灰撒在塞纳河了，选择凌晨4点是不想让外界知道撒骨灰的地点，大家就不要问了。”

有记者问：“下一步你有什么打算？”

戴梦岩回答：“想一个人出去走走，散散心。”

记者问：“据说9月初将在北京召开 《革命先行者》开机发布会，你参加吗？”

戴梦岩回答："参加。"

有记者问："叶子农的遗物和财产怎么处理？"

戴梦岩回答："目前还没商量这个问题。"

有记者问："梁士乔是您的朋友和经纪人，为什么拖到今天才来？是不是你们的合作出现了什么问题？"

戴梦岩回答："我和梁哥之间的信任不必拘泥礼节。"

一记者问："有人说你是拿叶子农的血给自己镀金，用政治拔高自己，你怎么评价？"

戴梦岩回答："如果我拿子农的血给自己镀金，那最毒妇人心说的就该是我了。不管是汉奸婆还是毒妇，别人怎么说那是别人的事，我无话可说。"

有记者问："你打算去哪里散心？"

戴梦岩说："这个不算问题，我就不回答了。"

有记者问："你的服装店还开不开了？"

戴梦岩说："好了，我要去机场，没时间了。"

……

戴梦岩独自一人驾车去戴高乐机场接梁士乔，下午3点30分梁士乔搭乘的航班准时在机场降落，戴梦岩顺利接到了梁士乔。梁士乔是在叶子农遇刺后的第四天抵达巴黎的，他的香港护照无需法国签证，这个延迟的反应在一般人看来也不太合常理。

一见面，梁士乔说："辛苦你了。"

戴梦岩说："没有，这几天没完没了接待客人，我也该出来透透气了。"

戴梦岩的表情很平静，看不出一点悲伤，也没过问梁士乔为什么事发几天了才来，好像是一种默契，又好像是一种距离。

出了机场上车没走多远，戴梦岩说："花买好了，在我包里，你拿出来吧。"

梁士乔从挎包里拿出鲜花，说："机场没碰见记者，应该没有跟踪。"

戴梦岩说："他们想知道的我都说了，再跟也没什么意思了。我倒是觉得，我们之间其实不用太计较礼节的。"

梁士乔说："上次看罗家明是为你，但这次不是为你，也不是礼节。"

戴梦岩看了一下梁士乔，没吭声。

梁士乔问："九哥住哪家酒店？"

戴梦岩回答："艾丽丝饭店。"

梁士乔说："那我就住艾丽丝饭店。"

戴梦岩停顿了一下，说："九哥人实在，不一定愿意跟我们这样的人交往。"

梁士乔说："我们不实在吗？"

戴梦岩说："你要跟人说演艺圈的人实在，你看有几个信的。"

梁士乔说："第一次见九哥是在纽约一家咖啡馆里，然后是柏林债权会议，这次又在巴黎见面了，怎么都该喝杯酒坐坐。"

戴梦岩说："坐坐可以，九哥明天上午就回纽约了，别误了班机。"

梁士乔说："我跟谁喝酒都是点到为止。"

汽车行驶到市区，戴梦岩在几条僻静街道转了几圈，确信没有车辆跟踪了，这才沿塞纳河行驶，来到一处河堤的台阶旁边停下车，下到七八个台阶后就是缓缓流淌的河水。

戴梦岩站在最后一个高出水面的台阶说："就从这里撒下去的。"

梁士乔把花束拆散了，蹲下轻轻放入水中，然后伫立。鲜花被河水冲成了一枝枝，顺着塞纳河漂远了。

梁士乔望着漂远的鲜花，说："你没必要留在巴黎了，去北京吧，熟悉一下剧组。"

戴梦岩说："我先去纽约，见奥布莱恩。"

梁士乔沉默了许久，说："还有意义吗？"

戴梦岩冷冷地说："我质问一声可以吗？喊一下疼可以吗？"

梁士乔不再说什么了。

2

戴梦岩去机场后，家里陆续来了七八位客人，老九就安排客人在客厅等候，给客人端茶倒水，只忙碌却很少说话，偶尔会被动地应酬几句。来的人不是明星就是老板，都是业界有头有脸的人物，老九完全不了解这个圈子，跟所有人都不熟悉，生怕哪句话说错了对戴梦岩造成不利。客厅的长方形大餐桌派上了用场，宽宽松松能坐十几个人，加上戴梦岩后来添置的沙发，同时接待20位客人都不是问题，客人们相互闲聊也不冷场。老九知道，客人们见不到戴梦岩是不会走的，否则就失去了前来慰问的意义。

餐桌的中央放着一个宽25厘米、高13厘米的亚克力台牌，非常醒目，台牌的两面正对着餐桌的两端，两面都写着同样的两行文字，第一行字：感谢朋友们的关心！第二行字：谢绝礼品、礼金，请不要让梦岩为难，谢谢！

这时门铃又响了，老九到门旁拿起听筒，问："喂，哪位?"

来人是女性，回答："我是梦岩的朋友文娟，香港的，来看看梦岩。"

老九就摁了一下电控锁打开单元大门。

这座公寓是老式建筑，无论当年还是现在都属于中产阶层住宅，保安级别与派拉姆公寓相差很多，只要户主不提出要求，公寓管理员一般不干预访客。

一位衣着华丽的女子挽着一位40多岁的男人走楼梯上来，老九在门口迎接，客客气气将客人请进屋子。文娟是香港的当红歌星，陪她一起来的男人是她丈夫，台湾企业家。文娟与客厅里的人差不多都认识，大家纷纷起身打招呼。老九向文娟夫妇解释戴梦岩去机场接梁士乔，然后去给客人上茶。

两杯茶刚端上来还没来得及放下，门铃又响了，老九送上茶然后赶紧到门边接听。由于来的都是中国人，老九仍旧用华语问："喂，哪位?"对方却没听懂。对方可能用法语说了什么，老九也没听懂。

老九就用英语再问一遍："喂，哪位?"

这次对方听懂了，也用英语回答："我叫莫纳，是纽约邮轮公司巴黎代办处的，是戴梦岩小姐上午打电话到公司约的，谈加勒比海8日游的事。"

今天是叶子农遇刺后的第四天，明天老九也要回纽约了，那么事过之后戴梦岩想出去散散心也是人之常情。他没往深想，此刻也容不得他多想，他给莫纳打开单元的门，然后仍然打开房门迎候，一会儿上来一个不到30岁的法国小伙子。

老九说了句"请跟我来"，直接把他带到里面的一个房间，这样就把莫纳与客厅里的人隔开了。老九关上门，对莫纳解释道："戴小姐很快就回来，家里来了很多客人，不希望被生人打扰，请您待在这个房间里等她。"

莫纳点点头说："好的。"

老九又到厨房烧水，忙活着给客厅的人续水添茶。

当客人们听到钥匙开门声的时候，知道戴梦岩接梁士乔回来了。

戴梦岩一进屋就歉意地说："不好意思，让大家久等了。"

梁士乔跟这些人都认识，也一一打招呼。

文娟说："怎么搞的，就没有帮忙的吗？"

一位影视公司的经理说："哪里呀，是梦岩不让帮忙啊。"

梁士乔说："砸车的事梦岩有情绪，可以理解，人嘛。"

一位演出公司的老板说："之前都是误会，都过去了。"

一位女演员说："事实证明你们是爱国的。"随即被男朋友狠狠瞪了一眼，因为所谓的事实无非是叶子农的遇刺，这话放在这样的场合无疑会刺激戴梦岩。

这位女演员的男朋友赶紧补了一句："梦岩有需要帮忙的言一声，一句话的事。"

戴梦岩说："有九哥帮忙就可以了，现在梁哥也来了，没事的。"

梁士乔见大家都站着，就说："大家坐，大家坐。"

人见到了，大家坐下礼节性地客套一番，然后就纷纷告辞了。戴梦岩把大家送到楼梯口道别，返回屋子。

送走客人，梁士乔这才顾得上与老九握手，说："九哥，辛苦了。"

老九说："里屋还有个人呢，纽约邮轮公司代办处的。"

梁士乔怔了一下。

戴梦岩说："是我约的，让他过来。"

老九把莫纳带到客厅，坐在餐桌的一角与戴梦岩挨得很近，老九和梁士乔坐在旁边。

戴梦岩说："我想乘从纽约出港的邮轮，走加勒比海这条航线的，也借这个机会看一下纽约的朋友。我9月初有安排，请你介绍一下近期的。"

莫纳问："您有过入境美国的签证吗？"

戴梦岩去卧室拿来护照，说："7次入境美国。"

莫纳看过护照上的7次入境美国记录，又查了一下手里的资料，介绍说："红钻石公主号8月25日从纽约起航，加勒比海8天游，有内舱、海景舱、阳台房三个起价，途经牙买加、墨西哥，载客量5600人，航速23节，吨位……"

戴梦岩打断了莫纳的介绍，说："说说签证、机票、酒店。"

莫纳说："签证、机票、酒店都可以代办，舱位和酒店的规格由您决定。由原居地飞到纽约免费接机，送您到预订酒店。"

戴梦岩问："我需要提前一两天到纽约，来得及吗？"

莫纳回答："签证加急需要付加急费。"

戴梦岩拿出小费给了莫纳，说："你准备好合同，我明天付款。你可以回去了。"

莫纳收起小费，说："谢谢！"就告辞了。

老九送走莫纳，关上门。

戴梦岩说："我们坐那边吧。"那边就是指沙发。3人坐到沙发，戴梦岩说："九哥明天要回去了，有个事商量一下，子农的笔记、房子、财物怎么处理？子农没亲人，也没什么朋友，趁九哥在，我们几个拿个意见。"

老九看看梁士乔，没言声。

梁士乔看看老九，也没言声，或者说不便发表意见。

戴梦岩说："九哥，你先说。"

老九说："按说梦岩最有资格说话，要是梦岩非要跟大家商量，那我就说个情况，子农是有个朋友的，还是个不一般的朋友。"

戴梦岩问："谁？"

老九回答："张志诚，国家安全部门的负责人。"

接着，老九把他所知道的有关张志诚的情况讲了一遍，包括叶子农让他找张志诚帮忙法国居留的事，以及张志诚的态度。

得知叶子农为了"真居留"居然请张志诚帮忙，梁士乔的眼神里写满了感叹。戴梦岩倒没什么反应，以她对叶子农的了解，叶子农做这样的事并不让人意外。

老九说："子农最重要的东西就是笔记了，财物怎么处理我不好说，我觉得笔记交给张志诚应该不会错。"

梁士乔说："张志诚是叶先生的朋友，又能代表组织，即使万一出现叶先生的远亲来追讨的情况，由组织处理也更稳妥，于公于私都恰当。"

戴梦岩说："我同意，不只是笔记，是全部。"

老九说："子农说过，那个纯金打火机是他替你保管的，是不是拿回来？"

戴梦岩说："我从没承认过他这个说法，我送给他的，就是他的，他的历史怎么写都不能漏掉这个。没了这个打火机，那我的存在算什么？还有他让沈彪做的那个国旗贴章的打火机也要取回来，那个也是历史，那不是汉奸有心情干的事。"

老九说："我不知道这事。"

戴梦岩把餐桌上的包拿过来，从包里取出一个地址字条交给梁士乔，说：“这是当时沈彪写给子农的，当时这个ZIPPO专卖店还没开业。”

梁士乔看了一下地址，说：“九哥回纽约，这事就我来办吧，拿到以后交给谁呢？”

老九说：“东西是我让方总保管的，交给张志诚也肯定是她去办，你就给方总吧。我给你写个地址，你打电话或去餐馆都可以。”

戴梦岩说：“那这事就这样定了。”

3

梁士乔和老九入住的是同一家酒店，戴梦岩把他们送到艾丽丝饭店，就在酒店的餐厅一起吃的晚饭，席间戴梦岩话很少，主要是陪老九吃饭，表示尊敬。戴梦岩吃了一小份法式鹅肝炒饭，象征性地尝了几口菜，就先退席了。

戴梦岩用餐巾擦擦嘴唇，说：“九哥，我有点累了，想早点休息。你们慢慢吃，明天上午我来接你。”说着拿起包起身了。

老九赶紧站起来，说：“好，你早点回去休息吧，这几天你太累了。”

戴梦岩见老九要送送她，就说：“别送了，车就在门口。”

老九还是送了，送到酒店门口，看着车走远了才返回餐厅。

没有戴梦岩在场，酒桌一下就冷场了，老九跟梁士乔不熟，找不到话说，回到座位后沉静了几秒钟，很不自然，就给梁士乔的杯子添了点啤酒，说：“梁先生，喝酒。”

梁士乔没喝酒，问：“九哥，加勒比海8日游，你怎么看？”

老九说：“这里的事我不懂，不敢乱说话。梦岩让我接待客人，我就接待客人。”

梁士乔说：“你把叶先生当兄弟，你在梦岩心里就是大哥，梦岩对你很尊敬。”

老九赶忙说：“哎呀，这可不敢当。”

梁士乔说：“是真的。”

老九说：“那……梦岩出去散散心也好吧？换换心境。我听她说过，要在北京参加个啥发布会，还有个中秋茶话会，都挺重要的，需要调整一下状态吧。”

梁士乔静静地说："去了加勒比海，还有以后吗？"

老九一下子就愣住了。

梁士乔说："没有以后了。"

老九惊诧道："你是说……她……"

梁士乔说："是的，就是那样的，不是殉情，是担不起一条人命。大家都用功利的眼光看她，都觉得她捞到好处了，没人觉得她会有事。其实，不是每个艺人都唯利是图，追求梦岩的富豪大有人在，梦岩如果为财富是不会找叶先生的。"

老九说："不找死，不找活，平常过日子，梦岩对子农是有过承诺的，否则子农连门把手都不敢碰一下，更别说走出那扇门了。"

梁士乔说："一边是民族大义，一边是叶先生的命，梦岩没有选择，只能赌命。她现在要办两件事，一是见奥布莱恩，二是在加勒比海消失。见奥布莱恩需要美国签证，出了这样的政治事件对办签证可能有影响，一般来说交给旅行社代理要好办一些，所以她选择在纽约登船的邮轮。梦岩去过加勒比海，而且很排场，带了摄影、灯光、化妆一大帮人，拍了很多写真，她对邮轮和这条航线很熟悉，所以她选择加勒比海。"

老九如梦初醒，自语道："原来是这样，一点没看出来啊。"

梁士乔说："梦岩心里再苦也不会做出一副悲戚的样子给人看，我太了解她了，她就是那样的性格，宁折不弯。"

老九说："她见奥布莱恩干什么呢？子农说过，这事过去了。"

梁士乔说："他过去了，梦岩没过去，梦岩不可能有叶先生那么大度。"

老九停了许久，问："那……该咋办呢？"

梁士乔说："我要有办法，出事的第二天我就来了，不会等到今天。梦岩这个人劝是劝不来的，心病只能心治。我想来想去，只有一个人的话也许她能听进去。"

老九问："谁？"

梁士乔回答："你，九哥。"

老九连想都不用想，说："就我这笨嘴笨脑的，太不着边了！我跟梦岩算上这回才第二次接触，你跟她是那么多年的朋友，你的话要没用，那就谁来都没用了。"

梁士乔说："我有三个不能说。第一，我是反对放叶先生出来的，我跟梦岩说过：出了事你担不住的。现在真出事了，我无法自圆其说。第二，我在梦岩身上有利益，我说什么都有功利之嫌。第三，我说的话只能是我的思维，我知道我是谁，我就是一个文化商人，我的话对梦岩是不起作用的，而叶先生的话就能让梦岩不惜生死，思维是不一样的。”

老九说：“梦岩那么多朋友……”

梁士乔立刻打断了老九的话，说：“梦岩没朋友，如果有的话就是你我。梦岩这个人是不能劝的，唯有拿硬道理让她心服，劝了只能让她死得快点，就好像一个人要跳楼，下面的人都在劝：别跳啊，别跳啊。你还好意思不跳吗？不跳都对不起大家。”

老九问：“那我跟她说啥呢？你给我点拨一下。”

梁士乔说：“那你就成传话的了，还是我的思维，结果会更糟。梦岩在没见到奥布莱恩之前是没事的，你还有时间考虑，怎么想就怎么说。最重要的是，叶先生是你兄弟，梦岩心里认你这个大哥，你有权说她，有资格说她。”

老九沉思了好久，说：“子农的案子是张志诚负责的，子农的居留、梦岩的茶话会和出事后使馆第一时间来慰问，这都不是偶然的。我觉得梦岩的情况应该让张志诚知道，毕竟认识高度不一样，他跟子农也不是一般的朋友，这也是于公于私都合适。”

梁士乔端起酒杯说：“九哥，拜托了！”

第四十七章

过了处暑，北京的8月天气依然炎热，但是已经让人感到了秋天的气息，空气的湿度下降了许多，清晨和夜晚已经有了凉意，闷热的夏天即将过去。

上午10点，生产基地的配送车到了，方迪到后院帮着卸车、搬运，参加了今天的质检验收，这是每天的例行程序，执行总经理、厨房经理和餐厅经理这3人都是质检员，按规定只要有两个人投了否决票，该项品种就视为不合格。方迪是首席质检员，不一定每天都参加质检，但是拥有一票决定权。

质检验收分目测、手感、品尝几部分，现在首先验收的是面条、汤卤，由执行总经理掌锅煮面，先尝白水锅挑面，判断面条的面香、韧性、口感，再尝汤卤面，判断每一种汤卤的味道、口感。验收过面条、汤卤，下一项是验收辅菜的调料和半成品，由执行总经理和厨房经理掌勺，就在这时，大家听到餐厅服务台的电话响了。

餐厅部经理走过去接电话，随后说："方总，是九哥的电话，找你的。"

方迪走过去拿起电话，说："九哥，我是方迪。"

老九说："我回来了，在纽约，有事跟你说，你去办公室接电话。"

方迪放下电话就去楼上办公室，关上门，电话一响就拿起："九哥，你说。"

老九先把他们在巴黎商量的关于叶子农遗物的处理意见讲了一下，然后着重把梁士乔跟他谈的关于戴梦岩的情况讲了一遍，方迪听着，一直没说话。

老九说："我能和梦岩谈什么呢？我想听听你的意见。"

方迪没有回答，而是问："如果你跟戴小姐谈了无效呢？就无可挽回了？"

老九说："梁先生说了，只要梦岩上了邮轮，他就一定会在船上，也可以在纽约雇几个保镖上船，这要先看张主任的意见，然后我和梁先生再商量。"

方迪说：“绝对不能走到硬来的地步，只要硬来就无可挽回了。”

老九说：“明白呀，都明白，所以我想听听你的意见。”

方迪说：“九哥，事关人命，出不得差错，还是让有能力的人判断吧，我尽快向张主任反映情况。”

老九说：“我跟梦岩谈啥与张主任是啥意见是没关系的，梦岩这个人是劝不来的，只有拿硬道理让她心服。梦岩这事从一开始就跟政治有关系，你的脑子是有政治这根弦的，你不帮九哥，那九哥还找谁去？你大胆说，说了总比不说强。”

方迪为难地在电话里自语：“啥是硬道理呢？”

老九说：“你别管硬道理软道理，你就说自己的看法。”

方迪说：“这事挺突然的，至少没想到吧，因为叶子农不可能置戴小姐的生死于不顾而一意孤行，如果她没了，那岂不是等于宣布她是被叶子农逼死的？这是支持叶子农还是控诉叶子农？这个问题她想过没有？如果戴小姐不认为叶子农的表态比叶子农的命更重要，她是不会放叶子农出来的，所以那不是叶子农一个人的表态，是他们两人共同的表态，如果她尊重叶子农，尊重她自己的表态，她就不能死，她委屈于此，她的了不起也于此。戴小姐是对香港和国家有用的人，只要她活着就是对叶子农的支持，往大里说就是对国家的支持。”

老九说：“说得太好了，都在点上。你的话我都录下了，回头我慢慢琢磨。这事你给九哥帮了大忙，谢谢啊！”

方迪说：“九哥，你可别说我帮忙了，甄别、判断和决定怎么说的权利都在你，这种事是出不得差错的，这后果我担不起。我还是尽快向张主任反映情况，张主任的判断能力和可调用的资源是跟我们普通人不一样的，一有消息我马上给你打电话。”

老九说：“好的，好的。另外，店里的情况怎么样？”

方迪说：“还行吧，营业额一直呈上升态势，主要问题还是集中在职能和流程的衔接不流畅，特别是客流高峰时段速度跟不上，还需要一段时间磨合、调整。”

老九说：“辛苦你了。那你忙吧，有情况我们随时联系。”

方迪说：“好的。”

……

打完电话，方迪看看表10点40分了，就拎上包、拿上车钥匙、锁上办公室的门，下楼开车出去了，一直向郊外行驶，没人知道她要去什么地方。

大约走了40分钟的车程，前面出现了一片山，进山的入口处有一道壮观的大门，门头上写着“雨花亭陵园”5个大字，门口有几个摆摊卖祭品的商贩，没什么生意，如果不是节日性的扫墓这里平时是很冷清的。大门有一个门卫，但是并不过问进出的车辆和人员，车辆一进大门就能看见醒目的路标，指向公墓区和办公区。雨花亭陵园是永久性公墓，完全建在一片山上，一面临水，占地面积2200亩，盘山柏油路通往各大墓区，直至山顶。

方迪沿路标驶到办公大院，停下车走进销售部办公室，这时已经临近下班时间了，屋里只有一位30多岁的妇女值班，方迪走上前说：“我昨天预约的，来看墓地。”

值班员翻着记录问：“叫什么？”

方迪回答：“方迪。”

值班员说：“嗯，有的。哎呀，都快下班了，要不你下午再来吧。”

方迪说：“我钱都带来了，您还让我再跑一趟？”

值班员说：“你不是只来看看哪？”

方迪说：“看哪，看好了就买呀。”

值班员的态度立刻发生了变化，热情地说：“现在就付款啊？那好，那好。我家就住楼上，下不下班的都一样。你要是付全款呢，还有20%的优惠。你选雨花亭算对了，国家批准的正规公墓，受法律保护，规模大，风水好，将来一定会增值的，不像非法墓地，说拆就拆了，你一分钱都收不回来，坑死人呢。”

方迪说：“我想先看看。”

值班员问：“你是给什么人买呢？什么价位的？有什么要求？”

方迪说：“给我自己买，位置清静一点，类型朴素一点，别太招眼。”

值班员看着方迪，说：“你这么年轻……”

方迪说：“商场如战场嘛，谁敢保证破产跳楼的都是别人不是自己呢？万一破产了连个埋的地方都买不起，我还是先买好了再说吧。”

值班员说：“那……那……越往山顶越清静，越靠山沿越清静。当然啦，越往山顶就越贵，越临湖近越贵，风水好啊。”

方迪说：“好，那我就到这些地方看看。”

值班员起身走到门口，对着院子喊："耿大爷！耿大爷！"

随着喊声，很快走来一位老汉，大约60岁的样子。

值班员说："你带方小姐到A9、A11、A12三个区看看，要求清静。"

耿大爷点点头说："要清静的，好嘞。"

方迪开上车，耿大爷坐在副驾驶位置带路，沿着盘山柏油路一直开到山顶的停车平台，再沿水泥台阶登上山顶。山顶的墓区面积不是很大，墓型都很豪华，确实清静，四面一望山峦湖水尽收眼底，既有高处不胜寒的孤独，又有唯我独尊的高贵。

耿大爷说："这是A12区，是陵园最好的地段，最清静了，也最尊贵。"

方迪看了看，说："这个高高在上，不行，咱就是普通群众。"

耿大爷说："那就去A9区看看，又清静，又不太显。"

于是方迪和耿大爷上车又往山下走，来到位于半山腰的A9区，靠近山沿的位置地形比较复杂，上一块下一块，左一块右一块，山下就是一片湖水。

方迪选了一块墓地，说："就要这个。"

耿大爷说："这块已经付过定金了，你要看上这块得碰运气，3个月如果买家没付全款就算没成交，然后谁先付款归谁。"

方迪说："您把没卖的给我指指看。"

耿大爷把没卖的墓位一一指给方迪。

方迪选了一处，说："就要这个22号，这个多少钱？"

耿大爷说："付全款有20%的优惠，优惠之后1.8万，A区标准墓型，4种墓型风格都是一个价。墓型不满意可以换，就高不就低，再加钱。"

方迪指着旁边一个已经刻字的墓位说："就像那个就可以。"

耿大爷说："那是A区标准的简约型，不用加钱。"

方迪说："这万元户才几年哪，一个墓地就1.8万。"

耿大爷说："有便宜的呀，几百千把的都有。"

方迪问："建好能用需要多长时间？"

耿大爷说："从付款签合同算起，到碑文制作、客户验收、预约落葬、封穴盖顶，一般要半个月，碑文太多时间就长一些，手工刻字嘛，还要看师傅手头的活紧不紧。"

方迪说："碑文刻我的名字，就两个字，其他什么都不要，连日期都不要。"

耿大爷诧异地看了看方迪，说："哦，哦，那……就该刻红字。"

第四十八章

正在筹拍的电影《革命先行者》剧组大本营设在北京的一家酒店里，剧本修改、演员面试和其他前期相关事务都在这里进行。今天下午，剧组又召开了一次《革命先行者》筹备协调会，地点在酒店会议室，梁士乔作为戴梦岩的经纪人参加了会议。

散会后，梁士乔向剧组要了一辆车，开车的是一个40多岁的司机，汽车的挡风玻璃里侧贴着"《革命先行者》剧组"的字样。梁士乔是去新街口找沈彪取叶子农定做的国旗贴章打火机，沈彪的ZIPPO专卖店就开在这条街上。

沈彪的ZIPPO专卖店很好认，因为招牌就叫"ZIPPO沈彪专卖店"，招牌的下方还有一行醒目的铜制铸字：定做个性贴章。店面不是很大，有十几平方米的样子，两面长长的玻璃墙柜摆满了打火机，收银台前面的空地有一张小桌、3把椅子，都很精致，是卖家与客人交流的地方。店里并没有看到铸造、打磨的设备，显然制作个性贴章另有工作间。

梁士乔让司机在外面等着，自己进到店里，见小桌前围坐着3个男子，其中一位在介绍手里的打火机，桌上还放着几只ZIPPO打火机。

见有客人进来，女服务员马上迎上去招呼道："您好！"

梁士乔问："请问沈彪先生在吗？"

话音刚落，坐在小桌前介绍打火机的男子应声站了起来，打量了一下梁士乔，说："我就是沈彪，请问您有什么事？"

梁士乔拿出从巴黎带回的字条，说："我受朋友委托来取打火机。"

沈彪接过字条看看，问："你是谁？受哪位朋友委托？"

梁士乔回答："我姓梁，是戴梦岩的经纪人，受戴小姐的委托。"

沈彪稍想了一下，转身对两位男子说："兄弟，我这儿有点私事，你们回避一下。"

两位男子马上起身，其中一位说："彪哥，那我们先走了，改天再来。"

沈彪从收银台里面拿出一块"暂停营业"的牌子对女服务员说："你也回避一下，把这个挂上去。"

等屋里就剩他们两人了，沈彪又看了一眼字条，说："戴梦岩？她凭啥？"

梁士乔说："这打火机是叶先生定做的，戴小姐和叶先生的关系你是知道的。"

沈彪说："啥关系？是用政治拔高自己，拿农哥的命给自己镀金？还是利用农哥的包容满足她的占有欲？说穿了不就是这关系嘛。"

梁士乔这才明白沈彪为什么要让他人回避，原来还是给戴梦岩留了面子。梁士乔没接触过沈彪，彼此都不了解，只知道沈彪去巴黎看望过叶子农，沈彪的这个态度是梁士乔无论如何想不到的，他不悦地说："你不了解情况不可以乱讲的。"

沈彪说："我很喜欢梦姐的电影，可以说她拍的每部片子我都看过，如果她不把农哥扯进来，我绝对是她的忠实影迷。我不否认她在巴黎让我难堪过，但是我理解，她也是为了农哥的安全，我沈彪还不至于那么小家子气。农哥是什么人戴小姐是清楚的，如果农哥留在北京就不会死，我就知道这个，别的也不想知道。"

梁士乔说："你可以有你的看法，但是不能因为有看法就不给打火机了。"

沈彪说："戴小姐没资格代表农哥。"

梁士乔想了想，谨慎地说："恕我冒昧，如果是钱的问题，好说的。"

沈彪当即就火了，手往店门一指，说："请你出去。"

看来真不是钱的问题。

梁士乔说："如果不是钱的问题，你这个态度，那我就要说几句了。"

沈彪瞥了梁士乔一眼，问："说啥？"

梁士乔说："叶先生认为，如果因为认同马克思主义就需要在巴黎躲起来，这个态度就是对中国社会制度正当性的否定。叶先生去不去巴黎是他们个人感情的事，我们局外人无权裁判。戴梦岩不懂政治，但是能让叶先生看得比命都重要的东西，她就相信一定重要。戴梦岩保护叶先生是押上命的，放叶先生出去也是押上命的，命都没了还谈什么好处？叶先生遇刺还算个义士，戴梦岩没了算什么？不死算恶妇，死了算偿命，这样的好处你要吗？这种事要放到你我身上，不一定能做到吧？如果是连我们自己都做不到的事，我们又有什么资格去指责戴小姐？我告诉你：如果能把她拉回来，我宁愿听你骂她。”

沈彪愣住了。

梁士乔说：“这个打火机也不是戴梦岩要收藏的，人都没了还收藏什么？这火机是要按遗物交给官方的，包括戴小姐送给叶先生的纯金打火机。”

梁士乔说完就走了。

沈彪回过神，马上追了出去，喊道：“梁先生等一下。”说完到墙柜下面的货柜里取出一个精致的盒子，走出去交给梁士乔，说：“打开验一下吧。”

盒子里面是一只铸铜立体国旗贴章的打火机，非常漂亮。贴章的下沿还有一行小字，也是一体铸出来的，写着：1992.04.21 YZN DZ。一看就知道“YZN DZ”五个字母是“叶子农定做”汉语拼音的第一个字母，日期、字母即是这枚个性贴章的唯一性。

沈彪说：“底机不是ZIPPO，农哥特意交代用国产的。”

梁士乔合上盖子，说：“谢谢！”

沈彪问：“那戴小姐……”

梁士乔说：“尽力吧。”

梁士乔上车，客客气气与沈彪挥手道别，离开ZIPPO沈彪专卖店。

来到“久悟杠子面”餐馆，虽然还没到晚饭时间，但是店里已经零星开始上人了。梁士乔走到服务台，问女服务员：“请问方迪小姐在吗？”

女服务员问：“请问您是……”

梁士乔回答：“我姓梁，是九哥的朋友，有件东西九哥让我转交给方小姐。”

女服务员说：“请稍等。”接着就打电话，然后说：“请您到二楼办公室。”

梁士乔上到二楼，看见一女子从办公室出来，朝他迎上几步，问他：“是梁先生吧？”

梁士乔说：“是的，我是梁士乔。”

女子上前握手，说：“我是方迪，请屋里坐。”

进了办公室，梁士乔在沙发上落座，从文件包里取出打火机，打开盒子，连同盖子一并放到方迪面前的茶几上，说：“这是九哥让我交给方小姐的打火机。”

方迪拿起打火机看了看，说："九哥说您在巴黎，这么快就送来了。"

梁士乔说："九哥给我打电话，说那事由张主任处理了，让我该忙什么忙什么，我就回来了。梦岩有部戏要开拍了，有好多协调工作。"

方迪说："是吧，挺忙的啊。"

梁士乔说："给方小姐添了麻烦，多谢了。"

方迪说："不谢，应该的。"

梁士乔与方迪是第一次见面，相互之间都是陌生的，没什么话可说，按人之常情交付完打火机就该告辞了，但梁士乔没有告辞的意思，他似乎有什么话要说，又有些犹豫，在想说与犹豫之间迟疑了片刻，还是说了："方小姐，你……是亲自跟张主任谈的吗？"

方迪回答："不，我打电话谈的。"

梁士乔微微点下头，说了声："哦……"这声"哦"不自觉地拉了一个长音，有一种微妙的意味，既表示"知道了"，又夹杂着些许不放心。

方迪说："九哥告诉我的当天我就和张主任联系了，办公室的人说他不在，我说叶子农的案子是张主任经办的，我有重要情况跟张主任反映。对方说可以转告，我说不行，必须直接跟张主任通话。对方让我放下电话等着，停了几分钟我父亲的电话打过来了，我知道这是对方在核实我的身份，然后对方让我守着电话继续等，又过了20多分钟电话来了，是张主任亲自打来的，我把九哥说的情况转述了一下，他先说了一句'这个子农啊'，对叶子农没处理好这事不满，然后说：你告诉他们，该忙什么忙什么，这事我来处理。张主任随国家领导人出访，人在巴基斯坦，张主任的工作性质和级别我知道，我判断不了他的行踪哪些涉及保密、哪些可以公开，所以我只把张主任的答复告诉了九哥，其他什么都没说。我理解您的担心，怕我不上心，那我就跟您说了吧，希望这不算个错误。"

梁士乔的担心显然是多余了，他有些尴尬，歉意地说："对不起，我多心了。"

方迪说："梁先生放心了就好。"

梁士乔起身说："那我就告辞了。"

方迪把梁士乔送出门。

梁士乔说："留步，留步。"

方迪伸出手与梁士乔握手道别，说："那您慢走，我就不远送了。"

握手间，梁士乔把包夹在腋下，刻意把另一只手也握上，感激地说："谢谢你，谢谢张主任，真的非常感谢！请方小姐放心，我不是多嘴的人，知道分寸。"

方迪说："真的不谢，我很钦佩戴小姐，都是该做的。"

第四十九章

得知张志诚已回到北京，方迪马上办理叶子农的物品移交。这天下午她开车回家，她的新房子对于她只能叫居所，只有父母住的地方才能叫家。

路过大院篮球场，几个小伙子正在打篮球，方迪停下车喊了一声："涛子，小军。"

两个小伙子跑过来，小军问："方姐，啥事？"

方迪说："耽误一会儿行吗？帮姐搬两个箱子装车上。"

涛子问："箱子在哪儿啊？太远可能时间不够，还有事呢。"

方迪说："在我家楼上。"

涛子说："那没问题。"然后对球场的人喊道，"等着啊，马上回来。"

两个小伙子上车，到了方迪家的院子门口。这个时间方迪的父母都上班了，家里只有王妈在，王妈听见车声已经迎出来了。

方迪下车说："阿姨，你在这儿看车，我带他们上去搬箱子。"

方迪带他们上楼到自己的房间，掀开床单，指着两只木箱子说："就这两个，一趟只能搬一个，搬下去先放地上让王妈看着，等这个也搬下去了再装车。"

两只木制包装箱打得很结实，尺寸都是高35厘米、宽50厘米、长80厘米，上面都贴着运输单子，来时什么样现在还什么样，原封未动。等两个小伙子把箱子都搬到院子门口，方迪指挥着将一只箱子放进汽车后备厢，一只箱子放进后排车座。

车里已经坐不下两个人了，小军说："方姐你忙吧，没几步路，我们走过去。"

方迪说："谢谢啦。"然后开车走了。

来到张志诚所在的办公机关，她把车停在大门旁边，下车到警卫室窗口办手续，递上身份证对值班警卫说："我找张志诚主任，有预约的。"

值班员打电话核实之后让方迪填写登记，发给一张准入证，问："知道地方吗?"

方迪说："知道，来过。"

值班员说："进去吧。"

办公楼下，张志诚、周秘书、秦处长、焦干事4位已经在等候了，焦干事还拿着一只照相机，方迪的车一过来就开始拍照，包括方迪下车、方迪与张志诚握手寒暄、打开汽车后备厢抬出两只箱子、对箱子的细节特写……所有过程都被照相机记录下来。

箱子搬进一间会议室，会议桌上已经摆好了开启箱子的工具，有钳子、撬杠、锤子、螺丝刀等，几个人很快就把两只箱子打开了，然后清点箱子里的物品，多少本笔记、多少盒录像带、多少本书、"文革"时期的大茶缸、纯金打火机、遗嘱……边取东西边登记，写了一张物品移交清单，所有过程同样被照相机记录下来。

方迪把叶子农定做的打火机也放桌上，说："我经手的就这些，还有20多万美金和柏林两套房子，九哥说随后办理，需要点时间。叶子农在北京有一套房子，您处理就行了。"

全部登记过之后，张志诚把清单给方迪，说："你核对一下，没问题就签个字。"

方迪核对了一下，在移交清单上签字。

这时，周秘书、秦处长、焦干事都在看东西，一个看笔记，一个看打火机，一个在看叶子农的遗嘱，虽然每个人在看的东西不一样，但表情却是一样的，都是感叹。

方迪很想拿过打火机仔细看看，却也不好意思从别人手里硬要过来。

张志诚看了看签字，说："请转告慕容久，并通过慕容久转告戴梦岩和梁士乔，我感谢他们的信任，非常感谢。"

方迪说："好的。那没别的事我就告辞了。"

张志诚说："等会儿，我还有话跟你说。"然后对秦处长说，"你们待会儿再看。"

秦处长把一本笔记递给张志诚，说："不简单啊，你看看。"

张志诚接过笔记看打开的那一页，点点头说："嗯，有见解。"

方迪也很想知道叶子农的笔记里写了什么，就问："我能看看吗？"

张志诚说："当然。"就把笔记递过去。

方迪坐下，看打开的那一页，明白秦处长说的应该就是这段了——

中国盛也民主，衰也民主，盛于实事求是的民主，衰于事于道的民主，盛于国家所有权利益的本质民主，衰于迎合大多数人好恶的形式民主。美国式的民主曾经是革命的，现在已经不革命了，甚至需要革命了，美国人民和欧洲人民如果还抱着美国式的民主不放，将来的结果很可能跟苏联一样，是自身垮掉了，用不着谁去打倒。意志不一定体现利益，人类社会走到这个共识还需要时间，谁先意识到，谁就占优势。

方迪还注意到旁边那页的一段话——

说到专制，不管什么事、什么条件，不问青红皂白，唯数人头论，也是一种专制，是对实事求是的专制，是对科学决策的专制，本质上还是对国家和人民根本利益的专制，而违背科学的，违背事物规律的，就没有不付代价的。

方迪随手翻了一下，又被一段话吸引了——

判断一种文化的利弊，如果不是以认识事物真相和接近事物规律的法理论，而是以东方与西方的方位论，以黄土与海洋的颜色论，以传统与现代的时间论……这就唯了，要么东方西方，要么黄色蓝色，要么唯心唯物，要么儒家法家，很多的，这个思维半径已经不足以有效判断事物了。讲唯本身就错，说唯已经有了一堆，再弄个唯心与唯物的统一就更错，那不叫统一，叫搅拌，就更一锅粥了。人陷在这个境里面出不来，很多事物就无解，不是所有的判断都适用非此即彼的。如果不以方位、地域、新旧为判断，而是以认识事物真相和接近事物规律的有效为判断，你就不在意它古今中外。

方迪看着，脑子里想着老九跟她说过的话：叶子农说笔记是他个人的认识，对错都是他自己的事，不能公开，不妨碍谁。当然，这些话她已经告诉过张志诚了。

张志诚对秦处长他们说："你们先忙去吧，我跟方迪谈点事。"

周秘书、秦处长和焦干事3人离开了会议室。

方迪站起来说："有事啊？"

张志诚说："桌上的东西你挑一件，留个纪念吧。"

这是方迪没想到的，她怔了一下，说："这怎么可以呢？"

张志诚说："那我这个处置权就是假的了？"

方迪环视了一眼桌上的东西，伸手拿起大茶缸，说："我留这个。"

张志诚有些意外，说："我以为你会选国旗打火机呢。"

方迪说："国旗打火机是叶子农的政治态度，有标志性，我拿不动的。"

张志诚问："那为什么是大茶缸呢？"

方迪说："您是上海人，不了解以前的北京，以前'文革'那会儿不像现在这么忙，特别是到了夏天，大点的男孩子一到晚上就扎堆儿，一个大茶缸，几个杯子，几个暖瓶，沏上一大缸子高末，高末就是茉莉花茶的碎末，便宜，三四个人就这么喝茶聊天，半夜都不散，好像有说不完的话。现在大家都忙着挣钱了，叶子农的心思不在挣钱上，人又懒散，就很难有什么朋友了。他一直带着这茶缸，我觉得他是内心孤独，他怀念那段日子。"

张志诚点点头说："嗯，那你就留着吧。"

方迪说："梁士乔来送打火机，问了戴梦岩的事。"

张志诚说："我已经布置下去了。"

方迪说："我也是这么回答的。我跟九哥谈过我的看法，不知对不对。如果可以，我想知道您是怎么看这件事的。"

张志诚说："戴梦岩心理有障碍，可以理解。她的公民身份隶属港英当局，她与子农也不是相互属于的关系，这就涉及两个权利，一个是身份权利，一个是关系权利。在人们的习惯认识里，如果她与子农的关系是母子、夫妻或情侣，就不存在用谁的血给谁镀金了，那叫牺牲与担当，而戴梦岩缺乏这种心理支持，也容易被人用功利的思维去评价。在这种负罪感的基础上，价值观的波动、感情的失败、失去叶子农的悲痛，还有曾经的委屈、无奈，所有这些集中在一个时间点时，戴梦岩这种宁折不弯的性格就很难承受了。但是我们说，不管是戴梦岩缺乏心理支持还是有些人用功利的思维看问题，都是狭隘的。任何一个中国人维护自己的祖国，都理当受到国家和人民的尊敬，这才是本质，才是主流。戴梦岩无愧祖国，没什么不可心安的，解了这个负罪感，她才有心理支撑的基础。”

方迪说：“还是您看得透彻。”

张志诚说：“嗯？学会拍马屁了？”

方迪说：“没有，是真心话。”

张志诚说：“戴梦岩想做什么就让她做去，她心里积的东西得有个释放，到了船上会有人跟她做伴的，她会有新朋友。梁士乔处理得也很好，不扩大范围，不许有围观的和好心帮倒忙的。只有子农没处理好，事情没搞扎实就跑出来了，戴梦岩要是出了事，他子农跑到西天也得兜着。要求戴梦岩能跟上子农的思维，不现实的，他那种思维太一竿子到底了，一般人很难适应。子农属豹子的，吃独食惯了，做群众工作他还需要学习。”

方迪说：“人都没了，怎么学啊？”

张志诚看了看方迪手里的大茶缸，说：“来世你教他。”

第五十章

1

戴梦岩8月24日上午飞抵纽约，当天下午就去见奥布莱恩。

老九的车已经在酒店门口等候了。

开车前，老九问了一句："要是他不在呢？出访、休假啥的。"

戴梦岩说："不在我就等，不一定非在纽约登船。他要不见我，我就求见乔治，请总裁把这个交给他。"说着，戴梦岩从包里拿出一张字条递给老九。

这是一张小字条，连对折一下都没有，更没信封，凡经手的人都可以看到内容。字条是戴梦岩用英文书写的，内容是——奥布莱恩先生：我尊敬美国，尊敬美国精神，但是请您告诉我，我该需要什么样的理由才能尊敬您呢？——落款是戴梦岩。

老九把字条还给戴梦岩，没说什么，开车去迪拉诺公司总部。

到了迪拉诺公司总部大楼前的广场大门，老九把车停在一边，戴梦岩下车向门卫说明求见奥布莱恩的来意，出示护照证明身份。

值班保安问："有预约吗？"

戴梦岩回答："没有。"

保安说："抱歉，请您预约了再来。"

戴梦岩说："请您告诉他，是叶子农的女朋友戴梦岩求见，他一定会见的。"

保安犹豫了一下，说："请稍等。"说完进值班室打电话。过了几分钟保安出来，再次打量了戴梦岩一眼，说："奥布莱恩先生请您上去，他的办公室在3楼，出电梯向右转，门上的牌子写着第五工作室，您可以进去了。"

戴梦岩上车，老九把车开到大楼门前，等戴梦岩下车开到停车位置等候。

戴梦岩乘电梯到3楼，出电梯正要往右转，这时奥布莱恩不知是出于内疚还是出于对女士的礼貌，没有在办公室坐等，而是迎了出来。奥布莱恩问了一句："是戴小姐吗？"两人在相距将近一米的距离都站下了，戴梦岩也知道了面前的这个人就是奥布莱恩。

戴梦岩静静地站着、看着，奥布莱恩头发雪白，满脸皱纹，眼袋松弛，高大而消瘦的身躯因为有些驼背显得更加苍老。就在这一瞬间，她在脑子里盘旋过无数次的那句质问突然就凝固了，沉重得让她拿不起来，这个沉默的女人甚至连嘴唇都没颤动一下，就这样沉默地对视着，相持了几秒钟转身走了，走的楼梯。

停车场上，老九看见戴梦岩从大门里出来便发动汽车迎了过去，戴梦岩上车，汽车驶离迪拉诺公司总部大楼，汇入路上的车流中。

老九问："见了？"

戴梦岩轻轻点下头："嗯，一个老人，满头白发。"

老九又问："说了？"

戴梦岩摇下头："没有。"

老九愣了一下，不解地问："咋了？"

戴梦岩说："他满头白发……我说不出口了。"

老九极其不解地问："为啥？"

戴梦岩说："该给他这把年纪留点尊重。"

老九眼里闪过一丝惊讶。

2

第二天中午，老九在自己的餐馆里请戴梦岩吃了一顿饭，饭后稍事休息老九就送戴梦岩去曼哈顿东河码头登船。邮轮起航前一小时全部乘客都必须登船完毕，所有迟到的乘客将无法登船，只能在下一个港口登船，所以一般要求乘客提前3个小时到达码头。

到了码头，老九把车停在码头的停车场，帮戴梦岩把行李交给邮轮的工作人员，然后就该办理登记上船手续了。登船大厅的人很多，要先通过安检再登记上船。

戴梦岩说："九哥，我去排队，你就别陪我等了。"

老九说："时间还早呢，外面有露天餐厅，喝杯咖啡吧，九哥有话跟你说。"

戴梦岩迟疑了一下，说："好吧。"

登船大厅周围有好几处露天餐厅，每个遮阳伞下一张桌子，几把椅子，提供啤酒、咖啡之类的饮品。戴梦岩和老九来到一家露天餐厅选了一张桌子坐下，要了两杯咖啡。

老九说："梦岩，你是名人，你要觉得九哥还配跟你说句话……"

戴梦岩立刻做了一个手势打断了老九的话，然后平静地说："九哥，我不敢说在纽约有朋友，但熟人还是有几个的。这次来纽约我没有通知任何人，就麻烦九哥了，我说这个没什么看不看得起的意思，你就是我九哥。"

老九点点头，说："送子农的时候我掉泪了，说实在的，我爹走我都没掉泪，毕竟人到岁数了，叫白喜。可子农……太可惜了。"

戴梦岩说："是我没做好。"

老九说："你做得不是好不好，是对。"

戴梦岩沉默不语。

老九说："我是美国人，你是香港人，说到底还是中国人。都是中国人，谁不希望自己的国家好呢？放子农出来，那不是子农一个人的表态，是你们两人共同的表态，没有你的支持子农做不到，子农是相信你才敢走出那扇门的。你要是没了，就是子农逼死你的，往大里说就是国家逼死你的，这个你就能扛住了？你委屈于此，了不起也于此。你是对香港和国家有用的人，你好好活着就是对子农的尊重，往大里说就是对国家的尊重。"

戴梦岩被说到了心底最隐秘的痛处，嘴唇颤抖，眼泪夺眶而出。

老九说："出去散散心也好，早点回来，别让九哥惦记。"

戴梦岩的眼泪哗哗地流，已经坐不住了，说了声"谢谢九哥"，起身去了登船大厅。

第五十一章

天高云淡，凉爽的风吹来秋天的气息，这是最美的季节，雨花亭陵园被笼罩在满山遍野的秋色中，郁郁葱葱，虽没有高山峻岭的磅礴气势，却别有一种温婉的风韵。

方迪这是第三次来墓地了，第二次是来验收和预约落葬，办理落葬手续。今天是她的墓地封穴的日子，上午10点她按预约落葬时间准时来到墓地，耿大爷已经在此等候了，并且准备了扫帚、撮箕和一把小铲子，还有半桶清水，水桶里放了块抹布。墓地的基座和围栏是白色大理石，大约一平方米多点，墓型简约、庄重，墓穴是敞开的，穴盖就在旁边，黑色的大理石墓碑上只有两个红色刻字：方迪。没有日期，没有其他碑文。

耿大爷说："你把里面打扫一下，墓碑也擦擦，要自己做的。我先下去，过半个小时我带人来封穴，你放东西要仔细，盖子用水泥封牢就不能打开了，忘东西不敬。"

方迪说："知道了大爷，谢谢啊，麻烦您了。"

耿大爷摆摆手说："没啥，怕你年轻不懂啊。"说着就先离开了。

方迪用扫帚将墓穴里的尘土仔仔细细扫成一堆，用撮箕撮出来倒掉，又用抹布将墓碑和墓穴擦拭几遍，里里外外都收拾干净之后，她把一只提包打开，先是取出一块红绸子铺在墓穴底部，然后取出大茶缸、4个杯子、一袋茉莉花茶、一包大前门香烟、一盒录有她跳舞的录像带，依次摆放整齐，最后放进去的是那两只不锈钢打火机。

她一边做这些，一边念叨着："我们只见过一面，我没资格对你做什么，可你知道女人还特爱把自己当回事，好在你也不在意这些，那就这样了。我不是个迷信的人，可心里的牵挂总得有个寄托吧，我就是放心不下你老在外面飘荡，总有个刮风下雨的时候吧，你要是不嫌弃呢，碰到刮风下雨就进来躲躲，累了就来歇歇脚，我把心放在这儿了，你什么时候来我都陪你。戴小姐的事张主任批评你了，说你没处理好，事情没搞扎实就跑出来了，我觉得批评得对。我挺佩服戴小姐的，豁得出去，是个有血性的女人都会那样。”

两只打火机很沉，放在录像带上她怕时间久了压坏，就拿下来放在旁边，念叨：“录像带是我跳舞的，专门找人编辑了一下，打算有机会了勾引你，我搁这儿了，希望能把你勾引过来。这两个打火机是不锈钢的，经磕碰，摔坏了也不值几个钱，本来也是勾引你的，现在我决定把它当成奖章发给你，一个普通女人给你发的奖章。他们都说你挺赖的，我也觉得你不是乖孩子，那要表扬你什么呢？就两条：一是有底线，二是包容女人。”

放好了东西，她坐在墓沿上从包里拿出烟和打火机，点上一支烟，静静地抽着，静静地望着远方，山风吹拂着她的头发。她没哭，她的神态像雕塑一样平静，可眼泪却像决堤一样啪嗒啪嗒往下流，心在喃喃：臭小子，爱死你了！受不了你，真的受不了你……

2011年10月28日

图书在版编目（CIP）数据

天幕红尘 / 豆豆 著. -- 北京 ：作家出版社，2013. 6（2024. 8 重印）
ISBN 978-7-5063-6904-6

Ⅰ. ①天… Ⅱ. ①豆… Ⅲ. ①长篇小说 - 中国 - 当代 Ⅳ. ①I247.5

中国版本图书馆CIP数据核字（2013）第073678号

天幕红尘

作　　者：豆　豆
责任编辑：雷　容
装帧设计：曹全弘
出版发行：作家出版社有限公司
社　　址：北京农展馆南里10号　　**邮　　编：**100125
电话传真：86-10-65937186（发行中心及邮购部）
86-10-65004079（总编室）
E-mail:zuojia@zuojia.net.cn
http://www.zuojiachubanshe.com（作家在线）
印　　刷：北京中科印刷有限公司
成品尺寸：152 × 230
字　　数：350千
印　　张：24.25
版　　次：2013年6月第1版
印　　次：2024年8月第14次印刷
ISBN 978-7-5063-6904-6
定　　价：78.00元（精）